나무 대륙기

VOL. 1

제1부

워터멜론
스톤

차례

세상은 한 그루의 나무

목숨은 매일 피고 지는 꽃
시체가 쌓여 땅이 되고
마음은 하늘이 되고
소원은 바람이 되는 세상

그리고

빛에서 난 혹과 심연에서 난 어둔
그 가운데에 용들이 있나니

— 『나무 대륙기』 중 발췌

소개

지역

나무 대륙: 세계수 신화를 가진 가상의 대륙.

령: 나무 대륙을 동, 서, 남, 북으로 나눈 영토 구분.

동령: 나무 대륙의 '동쪽' 지역.

목국: 나무 대륙의 동령에 위치한 작은 나라. 수도는 가름.

인물

서미: 목국의 반공주, 목단왕의 여동생 녹옥 공주가 혼외로 낳은 사생아.

무화: 서미 공주의 이야기꾼 시녀.

수련: 왕가의 보물인 수현의 연주자.

반하: 적송가의 장남.

단풍: 반하의 하인, 붉은 머리의 이방인.

사극: 반하의 할아버지.

무릇: 반하의 아버지.

버들 부인: 반하를 총애하는 사교계의 권력가.

태산: 고래등걸의 영주.

향목 노부인: 태산의 어머니.

목단: 목국의 왕.

청목: 목단의 아들, 세자.

호연: 목단왕의 사촌 형, 연제군.

녹옥 공주: 목단왕의 여동생, 반공주의 친엄마.

야르스: 고래등걸에 밀항한 해적 두목.

카르파: 해적 두목의 보좌.

클로버: 해적이 찾는 보물.

마노: 무화와 서미를 구한 은인.

오트: 무화와 서미의 양육자.

밤: 무화의 친구.

어스름: 무화의 왼팔.

아라킨: 고래등걸의 영주인 태산의 조선소 설계자, 이방인

나무의 꺾인 가지가 홀로 자라면
그건 이전의 그 나무일까,
새로운 다른 나무일까

제0장

물에 비친 달

내가 왜 여기에 있지?

여자는 가물가물한 기억을 더듬었다. 어둑한 촛불이 흔들리고 캄캄한 벽에선 축축하고 역한 냄새가 났다. 사방에서 춤추는 그림자들 속에선 당장이라도 **어둔**이 튀어나올 것만 같았다.

"반공주는?"

태산이 물었다.

"이쪽에."

하인의 대답에 여자는 날카롭게 웃었다.

"킥킥……."

피 맛이 고이며 입안의 통증이 살아났다.

"뭐가 우습지?"

태산의 거대한 몸뚱이가 바싹 다가왔다. 여자는 곰 같은 손에 흠씬 두드려 맞고 거적을 쓴 채 통에 넣어져 어딘가로 옮겨졌다. 통이 덜컹거리며 바닥에 닿자 남자들이 말했다.

"살살 다뤄. 공주님이잖아."

태산도 여기 있을까? 그럴 리가 없겠지. 바쁜 몸이시니까 말이야. 여자는 그의 실망한 얼굴을 보지 못하는 것이 무척 아쉬웠다.

"이걸 어쩌나. 나는 반공주가 아닌데."

굴려진 통 속에서 아프게 쏟아져 나오며 여자가 말했다. 그들은 아마 진짜 공주는커녕 잘 차려입은 귀부인을 가까이서 본 적조차 없으리라.

"뭐라고?"

남자들은 수선스럽게 저희끼리 떠들었다.

"내가 그랬잖아, 하나가 더 있다고."

"없어. 저년 하나뿐이었다고. 진짜야. 혹시 있더라도 그 불에선 타 죽었을걸."

"그럼 설마 달아났다고? 언제? 어떻게?"

남자들은 주인에게 불벼락을 맞기 전에 여자를 족치기로 했다.

"말해, 반공주는 어디 있지?"

입안에 뭉근한 생피 맛이 느껴졌다. 여자는 혀끝으로 이빨을 더듬었다. 상태가 좋지 않은 것도 있지만 아직 다 제자리에 있었다.

"몰라. 지금쯤 아주 멀리 달아나셨겠지."

눈앞에 번쩍하는 통증이 지나갔다.

"말해!"

여자는 고통에 무감해지도록 자신을 깊숙한 방에 밀어 넣고 문을 닫았다. 말소리는 물속에서 듣는 것처럼 먹먹했고 늘어진 왼팔은 무거웠지만 여자는 당황하지 않았다. 원래 왼팔은 별로 쓸모가 없으니까.

"그만해, 어린애잖아."

"좋아. 그럼 어린 계집애를 다루는 방법으로 다뤄주지."

담배에 쩐 지독한 냄새가 몸보다 먼저 다가왔다. 까마득한 어둠이 눈앞에 펼쳐졌다. 이런 일이 언젠가 있었다. 그게 언제였더라. 떠올리기 전에 몸이 먼저 움직였다. 윽 하는 신음소리와 함께 여자의 손엔 물에 비친 하현달을 떠낸 듯한 단검이 들려 있었다.

"답례해도 될까?"

사방에 피와 비명이 튀었다.

제1장

흰 눈 위에서 붉게 피다

눈 덮인 가지 사이로 떨어진 햇살이 비단 치마 위에 오색으로 아롱졌다.

"서미 공주님, 밖을 보세요. 정말로 아름다워요."

무화가 마차 창문에 드리워진 차양을 들추자 서미 반(半)공주는 끙끙대며 손을 저었다.

"그냥 둬."

반공주는 숲을 지나는 내내 창백한 얼굴을 의자 모서리에 파묻고 꼼짝도 하지 않았다. 마차 멀미는 뱃멀미와는 달랐다. 활기찬 무화와는 달리 서미는 새로운 고역에 쉽게 익숙해지지 못했다.

"박하사탕을 드릴까요, 서미 공주님?"

궁에서 나온 수행시녀 말리가 비단에 싼 작은 알갱이를 권했다.

"아니, 꼴도 보기 싫어. 말도 시키지 마. 넘어올 것 같으니까."

서미는 손사래 치고 딱딱한 의자 속으로 몸을 웅크렸다. 그럴수록 멀미가 더해진다고 무화가 말렸지만 서미는 당장이라도 뒤집어질 것 같은 속을 의지할 곳이 절실히 필요했다.

"너도 박하 잎을 좀 주랴?"

말리는 공주에게는 박하사탕을 권하고, 무화에게는 말린 박하 잎을 주었다. 둘은 또래였지만 하나는 시녀고 하나는 공주로 하늘과 땅만큼 신분이 달랐다. 반쪽뿐인 사생아라도 반공주는 목단왕의 누이인 녹옥 공주의 딸로 엄연히 왕실의 혈통이었다. 하지만 반쪽인 것을 상기시키듯 궁궐에서 내준 마차는 형편없었다. 팔걸이는 기울기가 안 맞고 의자 방석은 딱딱해서 아프다 못해 엉덩이에 감각이 없었다. 낡은 바퀴가 삐걱대서 심하게 흔들리는 건 더 말할 것도 없었다. 사실 서미는 벅찬 여행길의 마차 멀미보다 왕실의 푸대접에 상심했다.

'진짜 공주라고 생각하지 않는 거야. 사생아니까.'

노래하는 나무 배에서 내리면서 기대했던 공주의 일상은 실망의 연속이었다. 찰진 쌀밥에 달콤한 다과와 비단 금침의 나날에 대한 서미의 기대는 조금씩 허물어지다 이번 여행을 끝으로 더 모을 수도 없이 부서져 내렸다.

'그럴 리가 없잖아.'

무화는 서미를 위로했다. 진짜 공주가 아니라면 뭣 하러 궁궐에서 번거로움을 감수하며 바다에 떠 있는 노래하는 나무 상단 본선까지 마중을 왔겠으며, 상단에서 지낸 과거를 감추고 유학 생활로 포장했겠는가.

'바보. 그런 말이 아니잖아. 왜 내가 이런 푸대접을 받아야 하느냐고.'

그건 확실히 이상했다. 하지만 둘은 곧 이유를 알게 되었다. 서미는 왕실의 사생아였고, 그건 기대만큼의 영화를 보장하긴커녕 상상 이하의 일들이 벌어질 수도 있었다. 어린 서미가 갑판의 소금 얼룩을 박박 닦아 기름을 먹일 때, 일주일 내내 물고기와 말린 과일만 먹어야 할 때조차 놓지 않았던 꿈은 여기에 없었다.

'우리 엄마는 공주님이야. 그러니까 이 지긋지긋한 뱃일 따위는 조만간 때려 칠거라고.'

'그래? 언제?'

'언제든.'

서미가 말했다. 무화는 밧줄 끝을 잡고 반대편을 던지며 말했다.

'그래, 언제든 올 테니까 지금은 그거나 좀 매지?'

그런데 정말로 그런 날이 왔다. 갑판 위에 그려진 거대한 그림을 짙은 색 천으로 가린 위에서 뚜렷이 다른 두 무리의 사람들이 만났다. 한쪽은 역사와 전통을 짐작할 수 없이 오만 가지 색과 모양의 옷을 입은 노래하는 나무 상단의 선원 무리고 다른 하나는 목국의 왕실 정규 복식으로 치장한 사신단이었다. 머리색도 재각각인 상단과 달리 사신들은 눈도 머리도 밤처럼 검은 색이라 전혀 다른 세상 사람들처럼 이질적이었다. 서미와 무화는 똑같이 생긴 사람들 속이 아니라 알록달록한 사람들 편에 어정쩡하게 서 있었다.

'어느 쪽이 공주님입니까?'

쌍둥이처럼 서 있는 소녀들을 보고 목국의 사신이 물었다. 한쪽이 조금 더 키가 크고, 다른 쪽의 눈이 더 크고 둥근 것 외에 두 소녀의 나이와 얼굴 모양은 비슷해 보였다.

'나예요.'

오트가 소개하기 전에 서미가 우아한 자태로 당당하게 가슴을 내밀었다. 무화는 반 발짝 물러서 서미의 뒤에 섰다. 오트는 내키지 않는 듯 천천히 입을 떼었다.

'이분이 서미 공주님이십니다.'

사신단 전체가 서미 앞에 무릎을 낮췄다. 그 순간만큼은 무화도 서미가 부러웠다. 약간, 정말로 아주 조금. 아니 전혀. 사실은 끝내주게 많이. 무화는 한숨을 쓴 웃음으로 치장했다. 서미의 곧게 뻗은 뒷목이나 아름다운 옷감의 물결치는 자락, 매끄러운 팔을 치장한 리본이나 장신구를 볼 때면 항상 그때가 떠올랐다. 둘이 완벽하게 달라진 한순간이.

'같이 갈래?'

사신단을 등지고 묻는 서미의 얼굴은 약간 겁에 질려 보였다. 무화가 허락하지 않으면 안 가겠다고 할 것만 같았다.

'응.'

그때, 거절했으면 어떻게 됐을까? 서미는 무화와 남겠다고 했을까? 아니 안 그랬을 거다. 그래도 무화는 고개를 끄덕였다.

'응.'

어차피 성년이 되면 배에서 내려야 하고 무화는 육지에서 달리 갈 곳이 없었다.

서미는 무화를 공주의 말동무 시녀로 데려와 변함없이 친구처럼 대했다. 하지만 서미는 공주님이었고 무화는 하녀였다. 그게 무슨 뜻인지 무화는 혹독하게 배우고 있었다.

"오랜만이지, 여기."

이름 없는 산이 기지개 켜듯 가까워지는 모습을 보며 무화가 말했다. 둘은 저 산그늘 아래, 아무도 가난하다는 걸 모를 만큼 다들 가난한 곳에서 나고 자랐다. 하지만 아이들은 가난 같은 걸 몰랐다. 알아도 신경 쓰지 않았다. 어른들이 먹고 사는 일로 바쁜 동안 산이 아이들을 먹이고 입히고 놀려 주었다. 둘은 쌍둥이처럼 사이좋게 붙어 다니며 다슬기를 줍고 두릅을 꺾고 산딸기를 땄다. 실개울은 은빛 뱀의 비늘처럼 굽이굽이 반짝이며 흘렀고 마당에선 금빛 보리가 익었다. 아이들 키만큼 훌쩍 큰 보리가 바람결에 너울처럼 황홀하게 일렁일 때면 그 아래 핀 새빨간 꿀풀이 달콤하게 둘의 혀끝을 적셨다. 무화는 솥뚜껑에서 익어가던 납작한 밀기울의 따뜻한 냄새와 밭일과 물일에 거칠어진 엄마의 손이 따갑게 머리를 쓰다듬던 기억, 분홍색과 금색으로 아름답게 뒤엉킨 노을 아래 훌쩍 검어지는 산들이 서로서로 껴안은 채 잠드는 모습을 눈에 박힌 것처럼 기억했다.

"오고 싶지 않았어. 너도, 그 팔 다친 거 생각이 날 거 아니야."

흐트러진 머리카락 한 올 없이 세밀하게 땋아 내린 머리에 진주알을 장식한 서미가 말했다. 무화는 두꺼운 옷소매 아래 숨긴, 화상 같기도 하고 뒤엉킨 문신 같기도 한 섬뜩한 상흔을 문질렀다.

"별로, 다 잊었어."

생명이란 질긴 것이어서 견디기 어려울 만큼 혹독한 기억은 잊히거나 사라진다.

"이름 없는 산은 싫어. 여기서 좋은 기억은 한 개도 없어."

서미가 말했다.

"녹옥님이 유폐된 곳이니까 당연하지."

무화가 말했다. 서미의 엄마는 목단 임금님의 동생, 그러니까 공주님이었다. 하지만 역모를 꾀한 죄로 이름 없는 산에 유폐되었고, 거기서 서미를 낳았다. 왕실에서는 뒤늦게 모함이었다는 것을 밝혀내고 녹옥을 공주로 복위시켰지만 이미 돌이킬 수 없는 일들이 일어난 다음이었다. 바로 반공주 서미다. 녹옥 공주는 왕실 여인의 몸으로 아비를 모르는 사생아를 낳았다. 그리고 자신의 죄에서 도망치듯 잠병을 핑계로 은거했다.

"그것 말고."

서미는 창 너머로 시선을 돌렸다. 무화는 서미의 눈에 뒤엉키는 고통을 보지 않아도 되어서 다행이라고 생각했다. 둘 다 상처를 가졌지만 서미의 것이 더 크고 깊었다. 그건 무화를 도우려다 입은 상처였다.

둘은 그 일에 대해서는 결코 서로 입을 열지 않았다.

엄마를 여의고 의지할 곳이 없어진 어린 소녀를 홍등가에 동녀로 팔아넘긴 건 평소 둘을 귀여워하던 약제사였다. 무화는 주머니에 싼 사탕을 내밀던 따뜻한 손을 따라 짐승을 가두는 울 같은 거친 나무로 엮은 상자 속에 갇혔다. 은밀한 조명 속에서 기분 나쁘게 번들대는 눈들이 좁은 등과 어깨를 아프게 찔렀다. 무화는 그들 하나하나의 얼굴보다는 검은 음영과 길고 허연 수염, 잿빛 광택을 발하던 늙은 머리들로 기억했다. 서미가 어떻게 무화가 있는 곳을 알아내 찾으러 왔는지는 알 수 없었다. 서미는 그날 녹옥 공주와 궁으로 입궐

할 예정이었다.

무화는 혼자 텅 빈 낡은 툇마루에 멍하니 앉아서 불기운이 없는 아궁이와 차게 식은 솥을 보고 있었다. 엄마가 돌아가신 것을 전하려 했지만 서미는 입궐 준비로 바빠서 만날 수가 없었다. 산골 구석에서 장례라고 할 것도 없는 초라한 행사가 하루만에 끝나자 무화를 떠올리는 사람은 없었다.

약제사의 크고 듬직한 손을 잡았을 때 눈물이 나던 게 기억났다. 약제사는 산을 내려가 마을을 통과해 계속 걸었다. 무화는 너무 어렸고, 너무 많이 울어서 몸도 마음도 엉망이라 어디로 가고 있는지 몰랐다. 알았다고 해도 어쩔 수 없었으리라.

서미는 무화가 마을에 닿기 전부터 뒤를 따르고 있었다. 영리한 서미는 약제사의 낌새가 수상하다는 걸 단박에 눈치 채고 몰래 둘을 쫓아왔다. 그러나 무화가 우리 안에 갇히는 순간, 등 뒤에서 커다란 손이 서미의 두 팔을 꽉 붙잡고 들어올렸다. 아무리 버둥거려도 발은 허공을 찰 뿐이었고 둘은 결국 같은 우리에 처박혔다.

'저 애를 사지.'

커다란 에메랄드 반지를 낀 굵은 손이 서미를 가리켰다.

그자의 머리는 까마귀처럼 검고 이마는 주름 한 점 없이 팽팽했으며 지금까지 본 손님들 중에 가장 젊었다. 둘은 어른의 나이를 잘 몰랐지만 그곳의 손님은 대부분 머리가 허옇거나 아예 없었기 때문에 분명히 구분할 수 있었다.

서미는 무화 때문에 홍등가에서 동녀로 팔렸다. 엄마의 손을 잡고 비단과 향유로 둘러싼 채 궁으로 가야 할 아이가 무화 때문에 더러

22

운 보자기를 쓰고 재갈을 물린 채 끌려갔다. 그리고 무화를 구하러 다시 돌아왔다. 불길 속에서 피투성이로 친구를 구하러 되돌아온 서미가 무슨 일을 겪었는지 무화는 알지 못했다. 몰라서 묻지 못한 것을 지금도 다행이라고 생각했다.

지금도 눈을 감으면 불길 사이로 팔을 잡아끌던 서미가 보였다. 불붙은 나무 기둥이 맞잡은 둘의 손 위로 쏟아졌다. 몸이 타오르는 것 같은 통증이 왼팔을 때리며 시퍼런 파도가 둘을 삼켰다. 죽음이 얼음장 같은 손으로 심장을 움켜쥐자 정신을 잃은 서미가 멀어져 갔다. 무화는 온 힘을 다해 서미를 붙들었다. 하지만 화상을 입은 팔로는 수영은커녕 떠오르는 서미를 붙잡아 가라앉는 물귀신밖에 되지 않았다. 그걸 깨달은 순간, 무화는 서미를 놓았다. 그때 가늘지만 힘센 손이 둘을 한꺼번에 잡았다.

무거운 물속을 바람처럼 가볍게 유영하는 얼굴 뒤로 금빛 물고기 떼 같은 머리카락이 일렁였다. 어쩌면 저렇게 아름다울까. 무화는 정신을 잃으면서도 보석처럼 푸른 광을 발하는 눈을 기억했다. 서미가 보여 준 녹옥 공주의 목걸이처럼 빛났다. 그 사람은 둘을 배 위로 끌어 올리는 데 힘 하나 들이지 않았다. 마치 물이 그 사람이고 그 사람이 물인 거 같았다.

'나는 마노다. 노래하는 나무 상단의 우두머리지. 너희가 달리 갈 곳이 없다면, 성인이 되기 전까지 이 배에서 지내게 해 주마. 하지만 규칙을 어기면 언제든지 내려야 한다.'

둘이 말을 할 수 있을 만큼 회복되자, 마노가 말했다. 그 뒤로 쭉, 왕실에서 서미를 찾아오기 전까지 둘은 노래하는 나무 상단에서 먹고 입고 배우고 일하며 자랐다.

"자꾸 입궐 시기를 늦추는 이유가 뭐지?"

서미 공주가 말리에게 물었다.

"지금 방문하는 **고래등걸**의 봄 축제가 서미 공주님을 정식 소개하는 자리가 될 겁니다."

말리가 대답했다.

"하지만 그건 정식 입궐이 아니지. 공식 행사는 대궐에서 치르는 거지. 언제까지 일국의 공주를 허름한 사가에서 변변한 시중도 없이 지내게 할 거지? 녹옥님은 도대체……."

서미는 녹옥 공주를 절대로 엄마라고 부르지 않았다. 한동안 버려졌기 때문이리라. 서미가 무화를 구하느라 녹옥 공주의 복위 행렬에서 떨어진 이후 다시 제자리로 돌아오는 데 7년이 걸렸다. 그건 서미가 살아온 절반에 가까운 시간이고 기억의 대부분을 차지한 시간이었다.

"초조해하지 마. 네가 공주님이란 건 변하지 않아. 늦든 빠르든 입궐은 조만간이잖아."

서미의 입에서 입궐 이야기가 나올 때마다 무화는 괜히 쿡쿡 찔렸다. 사정이야 어찌됐건 서미가 녹옥 공주와 입궐하지 못한 건 무화 때문이니까.

"넌 몰라."

서미의 목소리에 날이 섰다.

"응. 미안, 공주님."

무화는 얼른 사과했다.

"그런 식으로 말하지 마. 놀리는 것 같잖아."

옆에서 없는 것처럼 앉아 있던 말리가 입을 열었다.

"아무리 말동무라도 반말을 하게 두시면 안 됩니다. 버릇을 제대로 들이셔야죠."

공주님이 무화를 아끼는 걸 아는지라 말리는 팔 병신이라는 말은 입에 담지 않았다.

"참견할 바가 아니다."

서미가 잘라 말했다. 말리는 입을 다물었다.

"역시 아무리 공주라고 사탕발림해도 반쪽짜리라 이거지."

서미가 씁쓸하게 중얼거렸다.

"서미 공주님, 그런 황망한 말씀은. 얘, 너도 무슨 말 좀 해 봐라, 무화. 네 할일이잖느냐."

말리가 옆구리를 찔렀지만 무화는 어깨만 으쓱했다. 진실을 치장할 말은 없었다. 서미가 원하는 게 그런 것이 아니란 건 무화가 더 잘 알았다.

"쉬어 갈까요, 서미 공주님? 이 앞에 적송가에서 관리하는 쉼터가 있습니다."

박하 잎처럼 상쾌한 목소리와 말발굽 소리가 마차 창문으로 흘러 들었다. 신이 완성한 그림 속에서 방금 튀어나온 듯한 얼굴이 나타나자 마차 안의 모두가 잠시 숨을 멈췄다. 목(木)국의 최고 권력이라 불리는 적송가의 장남 반하는 훤칠한 키에 잘생긴 얼굴과 사슴 같은 날렵함까지 고루 갖춘 아름다운 청년이었다. 그가 지나는 길에 쌓인 눈물과 한숨만으로 온 나라에 융단을 깔 수도 있었다. 흑발 흑안에 단일 씨족으로 이루어진 목국에서 출생 불가능한 은발 때문에 사생아라느니 외도라느니 별의별 소문이 돌았지만 그를 앞에 두고 그 말을 떠올릴 수 있는 사람은 아무도 없었다.

"반하."

반하를 부르는 서미의 목소리가 봄바람처럼 부드러워서 무화는 마음이 불안해졌다. 마차를 탄 내내 찡그리고 있던 이마도 활짝 펴졌다. 비바람에 잔뜩 오므린 꽃봉오리가 환하게 잎을 펼치는 것 같았다. 무화는 반하를 보았다. 이 세상 것이 아닌 것처럼 투명한 광택이 도는 묵직한 은발과 설광과도 같은 푸른 그늘을 드리운 눈썹 아래 흑요석 같은 눈이 섬뜩했다. 서미는 잊어버린 걸까? 아니면 듣지 못한 걸까? 마노는 그런 눈을 보면 달아나라고 했다. 내포물 가득한 보석처럼 내부에 별을 품은 눈을 만나면.

"쉼터는 얼마나 남았죠?"

"이 숲 끝입니다."

"그래요."

반하는 고개를 살짝 낮추고 시야에서 사라졌다. 좋아한다면 좀 더 이야기 하고 싶을 텐데 서미는 그런 눈치는 조금도 보이지 않았다. 공주님은 역시 다르구나. 동갑내기라도 서미는 무화보다 생각하는 것도 행동하는 것도 훨씬 어른스러웠다.

"잠시 머물러 계십시오. 자리를 정돈하고 모시러 오겠습니다."

말리가 내리며 여닫은 문에서 찬바람이 몰아 닥쳤다. 쉼터 근방에 차례로 마차가 서는 동안 무화는 공주님의 모피를 턱 아래까지 다시 여며 주었다. 한겨울임에도 서미의 윗저고리는 어깨를 있는 대로 파서 보는 사람이 추울 지경이었다. 입은 사람이 불편한 옷을 누구 보라고 입힌 걸까.

"정말로 여기 와 버렸다."

서리 거인의 숨결 같은 찬 입김이 마차 안에 떠다녔다. 뜨거운 물을 채운 주머니는 이미 다 식었다. 무화는 내려서 그것부터 덥혀 달래야겠다고 생각했다.

"마당에 보리가 있었지."

나무로 뼈대를 이은 천정 사이사이에 잘 익은 생선살점 같은 하얀 회를 바르고 물고기 비늘 같은 낡은 기와를 이은 오래된 집이 무화네였다. 듬성하게 엮인 기왓장 사이로 바람이 불면 딸그락 딸그락 소리가 나고, 구멍 거미가 기어 나오는 서늘한 벽과 흙 위에 얇은 거적을 짜서 깐 바닥은 항상 불그스름한 색이 묻어났다. 아궁이가 있는 쪽 거적은 시커멓게 불 얼룩이 져 있었고 윗목은 한여름에도 얼음장처럼 서늘했다. 거친 나무로 짜 맞춘 마루는 오랜 발길에 반들반들하게 닳아 있었다. 서미와 무화는 툇마루에 걸터앉아 마당 한가운데 보리가 자라는 걸 보았다. 봄이 오면 덜 녹은 눈 밑으로 황금빛이 물결쳐서 마치 흰 피부를 가진 금발의 처녀가 누워 잠든 것 같았다.

정성껏 돌을 골라 디딤돌을 두르고 텃밭을 꾸릴 때 엄마는 둘에게 심을 것을 고르게 했다. 무화는 보리를 골랐다. 서미는 새빨간 꿀풀을 심었다. 굶주린 봄과 흙이 마르는 초여름에 요긴한 양식이 되었던 밭을 돌보는 것도 둘의 몫이었다. 별다른 간식거리가 없던 아이들의 혀끝을 달콤하게 적시던 새빨간 서미초(鼠尾)의 맛을 무화는 아직도 기억했다. 서미의 이름과 똑같은 그 꽃은 낮에는 처녀의 귀에 걸린 루비 귀걸이처럼 밤에는 눈에서 흐르는 핏방울처럼 보였다.

"잘 때마다 천정 구석에 어둔이 있다고 겁을 줬었지."

서미가 말했다.

"거짓말이었어. 미안."

무화는 촛불이 닿지 않는 방구석이나 대들보 위에 고여 있던 어둠을 떠올렸다. 새카만 고양이처럼 광택이 흐르는 암흑이 무화와 서미를 보고 있었다.

"그때 얼마나 무서웠는데."

"애들은 원래 자기 전에 별의별 상상을 다 하잖아. 잊어버려, 공주님."

문설주 위에 검게 웅크린 어둔은 작고 다정했다. 잠 속으로 굴러떨어지기 직전에 불안을 다독이던 부드러운 숨소리와 안개처럼 엷고 보드라운 촉감을 기억하며 무화는 그것이 아이들이 흔한 착각이나 설피 깨다 남은 꿈의 조각이 아니길 늘 빌었다.

"모시러 왔습니다."

그들을 마중 온 건 말리가 아니라 반하였다. 그가 마차 문을 열며 우아하게 절하자 서미는 깜짝 선물을 받은 것처럼 환하게 웃었다. 반하는 지나치게 몸이 붙지 않도록 조심하며 서미의 허리를 안아 내렸다. 무화는 오른팔로 마차 문을 버티며 폴짝 뛰어내려 뒤를 따랐다.

오래된 쉼터의 낡은 정자는 겨우내 드나든 사람이 없던 듯 나무로 된 처마가 쌓인 눈의 무게를 이기지 못하고 한쪽으로 기울어 있었다. 하인들은 얼음 낀 돌 탁자와 의자에서 물기와 검불을 털고 모포와 비단을 깔고 임시 바람막이를 설치했다. 다른 하인들은 돌을 쌓아 만든 화덕에 불을 피웠다. 서미와 반하가 들어섰을 때 쉼터 안은 이미 아득함이 감돌고 화덕 위의 주전자에선 따뜻한 김이 솟고 있었다.

서미 공주가 나타나자 먼저 자리에 앉아 있던 젊은 귀족 몇몇이 자리에서 일어났고, 늙은이들은 억지스레 목례만 까닥했다. 이것이 반공주에 대한 대우로군. 서미는 딱히 서열을 가리지 않고 반하와 함께 젊은 귀족들 사이에 앉았다. 무화는 시중을 들러 근처에 머물렀다.

"얘, 너, 이걸 공주님께 올려라."

궐 밖 사교계의 여왕으로 불리는 버들 부인이 무화를 불러 옥 찻잔을 건넸다. 부러질 듯 가느다란 손목에 걸린 커다란 에메랄드 팔찌가 몸을 가누는 추처럼 움직였다. 무화는 왼팔을 쓸 수 없기 때문에 오른손 한쪽만으로 잔을 받아들었다. 버들 부인의 눈꼬리가 매섭게 올라갔다.

"버릇없이, 어디 윗사람의 잔을 한 손으로 받느냐!"

두툼하게 속을 댄 가죽 장갑이 벼락같이 뺨을 후려쳤다. 무화는 찻잔을 든 채로 부어오르는 뺨을 가리지도 못하고 멍청히 서 있었다. 서미 공주가 무화를 감쌌다.

"제 아랫사람입니다."

버들 부인은 눈살을 찌푸렸다.

"이 무례한 것이 공주님의 사람입니까? 아무리 천둥벌거숭이처럼 자라셨어도 아랫것 교육은 바로 시키셨어야죠."

서미의 얼굴이 싸늘하게 굳었다.

"그 아이는 왼팔을 쓰지 못합니다. 그 아이를 질책하는 것도 제 몫이지 부인이 상관할 바가 아닙니다."

버들 부인은 심드렁하게 대꾸했다.

"알아야 할 것을 이리 모르시니 말들이 많은 겁니다. 반쪽 공주라는 입장만으로도 구설수에 오르는 판에 출신도 모르는 팔 병신을 아랫것으로 두시다니요. 뭐라고들 떠드는지 아십니까?"

어떤 심한 모욕보다 아픈 데를 찌르는 한마디가 효과적인 공격이다. 상처에서 흐르는 신선한 피 냄새를 맡지 못한다면 버들 부인은 사람들을 후리며 사교계를 좌지우지 하지 못했을 것이다.

"뭐라고들 떠드는데요?"

서미가 냉랭히 물었다. 버들 부인이 가늘게 눈을 떴다. 새로 나타난 반공주는 별궁에서 두문불출 하는 어미 녹옥 공주보다 껄끄러운 존재였다. 권력은 신분을 거스를 수 있지만 여자의 아름다움은 시간을 거스를 수 없었다. 버들 부인은 아름다움이 권력과 상통하는 단어라는 걸 알고 있었다. 그래서 반공주를 견제하는 게 몹시 중요했다.

"반공주가 똑같은 걸 아랫것으로 뒀다고 하겠죠."

공기가 침묵으로 얼어붙었다. 버들 부인은 혀를 어설프게 휘두르지 않았다. 칼을 빼들었다면 숨통을 끊어야 했다.

"지금 저를 모욕하는 겁니까?"

서미 공주의 얼굴이 새빨갛게 달아올랐다.

"공주님께서 그러도록 하셨죠."

버들 부인은 의연했다. 팽팽하게 맞선 둘 사이를 반하가 갈랐다.

"그만하십시오, 버들 부인."

그는 서미에게 귓속말했다.

"공주님께 자기 사람을 넣지 못한 분풀이를 하는 겁니다."

반하를 빼앗긴 버들 부인의 눈에서 불똥이 튀었다.

"네가 얼마나 특별한 시녀이길래 공주님께서 그리 아끼시는 걸까. 여기서 좀 자랑해 보려무나. 그럼 떠도는 말들이 좀 없어질지도 모르지."

이글이글 타오르는 두 사람 사이에 무화가 땔감으로 던져졌다.

"공주님……."

무화가 도움을 청하자 서미는 깊게 한숨을 내쉬며 모피 속으로 몸을 웅크렸다.

"이 애는 아홉 나라 말을 할 줄 압니다. 외국에서 아주 요긴했죠."

무화는 원망의 눈길을 보내며 손안의 찻잔이 식어 가는 동안 한 편의 시를 아홉 나라 말로 노래했다. 아름답게 다듬은 목소리가 좌중을 압도한 가운데 창백한 박수 소리가 울렸다. 빙사 반하였다.

"확실히, 앵무새를 데리고 다니는 것보다는 낫겠군요."

무화는 새빨개진 얼굴로 절하고 자리에서 달아났다. 놀림감이 된 기분은 참혹했다. 차가운 바람이 따뜻한 천막 안보다 상냥하게 느껴질 지경이었다. 이러려고 서미와 함께하겠다고 자청한 게 아니다. 서미를 지키고 싶었던 거지 놀림감이 되려던 게 아니다.

"이거."

물에 적신 차가운 수건이 무화의 부은 뺨에 닿았다. 산처럼 큰 남자의 머리는 가을에 물든 산꼭대기처럼 빨갰다.

"단풍나무 같네."

무화는 차가운 수건으로 뺨을 눌렀다. 그가 웃었다.

"맞아. 그게 내 이름이야."

단풍은 붉은 머리카락을 쓸어 넘겼다. 무화는 그의 눈동자를 들여
다보고 싶은 것을 간신히 참았다. **옥인**이 아니야. 그럴 리가 없다. 옥
인들은 육지를 밟을 수 없다.

"그 잔, 안 깨먹고 용케 버텼네."

그는 손을 내밀어 얼음이 끼기 시작한 잔을 받았다. 커다란 손에
감싸인 찻잔은 소꿉 장난감처럼 앙증맞아 보였다. 무화는 흘끔 그의
발을 훔쳐보았다. 큰 키에 어울리게 손발도 컸다.

"적송가 사람?"

그는 반하를 모셨다. 크고 늘씬한 반하 공자 옆에 그림자처럼 묵
묵히 서 있는 커다란 하인은 설산의 단풍처럼 좋은 그림이 되었다.

"그래. 두 분 시중은 나 혼자 충분하니까 넌 가서 좀 쉬어."

차가운 마음이 살짝 녹았다. 머리색 때문일까, 그와 함께 있으니
모닥불 앞에 있는 기분이었다. 덩치가 크니까 체온도 높겠지.

"고마워. 나중에 과자를 챙겨줄게."

무화는 물주머니를 챙겨들었다. 단풍은 잔을 가지고 쉼터로 돌아
갔다.

귀족들이 불 앞에서 따뜻한 차와 간식거리로 속을 채울 동안 하
인들은 쉼터 밖을 맴돌며 온기를 찾아 화덕 근처에 옹기종기 모여
있었다. 무화는 물주머니를 데워 마차 안에 넣고 그 앞에서 몸을 쭉
쭉 폈다. 왼팔이 덜렁대는 꼴이 우스워서 남들 앞에서는 크게 움직

이는 것을 삼갔지만 지금은 신경 쓰고 싶지 않았다. 하녀들이 이쪽을 보며 수군대는 게 느껴졌다. 무화가 입을 일자로 다물고 눈을 부라리자 하녀들은 얼른 모른 척 고개를 돌렸다.

"얼굴, 괜찮아?"

쉼터에서 나온 서미가 물었다.

"네, 공주님."

전혀 괜찮지 않다.

"미안해."

서미는 얼음장처럼 차가운 손을 무화의 뺨에 댔다. 무화는 그 따뜻한 쉼터 안도 서미에겐 칼날 위를 걷는 것처럼 차디찼으리라는 것을 깨닫고 눈을 감았다. 그래, 가장 앞에서 맞서 싸우고 있는 건 언제나 서미다.

"괜찮아. 그 늙은 암여우는 너를 병아리처럼 한입에 삼킬 생각이던데. 뭐든 울타리를 쳐야지."

둘은 어릴 적에 그랬듯이 이마를 맞댔다.

"앞으로도 계속 계속 이런 일들이 일어날 거야."

서미가 말했다.

"괜찮아."

무화가 말했다.

"네 말을 들을 걸 그랬지? 궁궐 같은 데 가지 말고 둘이 육지서 장사나 하자는 거."

서미가 말했다.

"거짓말."

33

무화는 억지로 웃었다.

'정말로 갈 거야? 궁궐에 가면 너는 그냥 소모품이 되는 거야. 순혈종 새끼를 낳게 접붙이는 암소처럼. 그러다 쓸모가 없어지면 결국에는 잡아먹히겠지. 그래도 좋아?'

배에 있을 때, 무화가 말했다.

'넌 암소가 비단 옷 입는 거 봤어?'

서미는 곱게 머리를 땋아 올리며 말했다. 간이 탁자에는 목궁의 인장이 찍힌 서신이 놓여 있었다.

'그리고 네 말처럼 우리가 육지로 달아나면 마노의 입장이 곤란해지리란 건 생각 안 해?'

무화는 마노를 따랐기 때문에 그 말은 효과가 있었다.

'궁궐에 가면 이제 궐 밖에는 나올 수 없을지도 몰라.'

상단을 따라다니면서 구경한 수많은 공주님들이 그랬다. 그들이 궁을 떠날 때는 결혼할 때와 죽을 때뿐이었다. 아무리 신분이 높아도 여자의 삶은 별반 달라지지 않았다. 무화는 그들이 아름답고 견고한 성채에서 보호받는다고 느끼지 않았다. 충분히 성장한 어른을 무엇으로부터 보호한단 말인가. 그들은 그저 보물을 지키듯 공주를 지키는 거였다. 여자들은 말하는 재산이지 사람이 아니었다.

'네가 생각하는 것과는 달라. 난 원래 내 것을 받으러 가는 거야.'

서미는 한참만에 말을 이었다.

'너, 산에 살던 때 기억나?'

'그럼. 별거 없어도 재밌었잖아?'

무화의 대답에 서미는 '쾅'소리 나게 서랍을 닫았다.

'내가 기억하는 건 비참함과 굶주림뿐이야. 두 번 다시 그 따위로 살고 싶진 않아.'

'우리는 여기서도 충분히 잘 지냈잖아.'

무화는 그들을 둘러싼 노래하는 나무 상단의 배를 가리켰다. 오래된 나무 냄새가 웅얼대는 노랫소리처럼 배 안을 떠다녔다.

'너는 그렇지. 너는 마노가 예뻐하니까.'

서미는 냉정하고 차분하게 말했다. 그때 무화는 서미가 무슨 생각을 하고 무엇을 견디고 있는지 알지 못했다. 무화는 모르지만 서미는 아는 무시무시한 진실들과 마주할 날이 곧 오리란 것도 모르고 있었다.

'하지만 난 아니야. 난 여기서 아무 쓸모도 없고 그런 나를 견딜수 없어. 배에 남건 성에 가건 갇히는 건 마찬가지야. 그렇다면 조금이라도 내게 유리한 걸 선택하겠어. 어차피 팔 거라면 최대한 값을 받아야지.'

서미가 말했다.

'상단에서 제대로 배운 건 내가 아니라 너네.'

무화가 말했다. 서미는 쓰게 웃었다.

무화는 돛대에 기어올라 멀리서 다가오는 범선을 바라보았다. 규모는 작지만 왕실의 문장이 그려진 깃발을 달고 있었다. 똑같은 검은 머리를 한 사람들이 한데 모인 모습은 시커먼 지네 떼가 바글바글 뒤엉켜 있는 것처럼 소름이 끼쳤다. 무화는 뒤를 돌아 노래하는 나무 상선을 내려다보았다. 빨강 노랑 회색 남색 알록달록한 나비들이 날아다니는 것 같았다.

'공주님이 되면 호위가 필요하겠지? 나 어때?'

무화가 아래를 보고 말했다. 서미는 이마에 손 그늘을 드리우고 올려다보았다.

'네가? 아무도 너처럼 어린애를 무서워하지 않아.'

'겁주는 역할은 저기 아저씨들한테 맡기고. 나는 여자니까 그들이 지켜줄 수 없는 곳까지 너를 따라갈 수 있잖아.'

서미는 생각에 잠겼다.

'너는 여기 남고 싶잖아.'

서미가 말하자 무화는 어깨를 으쓱했다.

'마노는 내가 지켜주지 않아도 되잖아.'

서미는 웃었다. 무화가 말했다.

'그 불속에서 네가 내 목숨을 구했잖아. 이번엔 내가 너를 지킬 차례야.'

서미는 새삼 무화를 보았다. 과거가 되돌아와 둘에게 어린 시간을 덧씌웠다. 둘은 작은 아이가 되었고 사창가를 뒤덮은 불길이 무화를 감쌀 때 피에 젖은 서미의 손이 돌 벽 뒤의 틈으로 무화를 끌어냈다. 무화는 포기하려고 했다. 포기하고 싶었다. 하지만 서미가 무화를 놓지 않았다.

'기억 안 나.'

서미는 등을 돌렸다.

'너는 잊어도 돼. 내가 대신 기억할 테니까.'

무화가 말했다. 고래등걸에서 탈출한 날 서미는 무화를 붙들고 가까운 해안으로 뛰어들었다. 불에 지진 상처에 소금물이 스며들어 기절할 만큼 아팠다. 둘이 노래하는 나무 상단에 구조된 건 기적과 다름없었다. 무화는 눈을 찌르는 열기와 코에 가득 찬 매캐한 연기와 온몸을 마비시키는 얼음 같은 찬물의 기억 속에서 계속 깨었다 잠들었다. 깰 때마다 미온한 회색빛이 뿜어져 나오는 이상한 돌이 천장에 매달린 게 보였다. 무화는 어떻게 돌에서 빛이 날까 생각했었다.

"버들 부인은 왜 그렇게 너를 미워해?"

무화가 물었다.

"말린 멸치처럼 배배 꼬인 늙은이 주제에 주책맞게 딱 붙는 옷이나 입는 암여우는 내가 저한테 위협이 될까 봐 선수 치는 거야. 뒤통수를 탁 치면 화장이 가면처럼 툭 떨어질 테니 나한테 이길 자신이 없는 거지."

서미의 말에 무화는 참지 못하고 웃어 버렸다.

"사실은 반하 때문이야."

서미가 작게 말했다.

"그 암여우는 반하를 손에 넣고 싶어 해. 그래서 반하는 나한테 딱 달라붙어 있는 거지. 암여우를 견제하려고."

"반하 공자님은 너를 좋아해."

무화가 말했다. 서미는 고개 저었다.

"아니, 그런 척할 뿐이야. 반하는 나를 다른 여자들에게 방패로 휘두르려는 거야. '공주님'이라니! 그야말로 절묘한 한 방이지. 비록 그게 왕실 바깥으로 도는 사생아 반공주라도 말이야."

상대에게 반한 채로 냉정을 유지할 수 있는 사람이 몇이나 될까. 무화는 서미의 침착함에 혀를 내둘렀다.

"남들이 뭐라 건 간에 신경 쓰지 마. 너보다 더 공주님다운 공주님은 없어."

무화가 말했다. 서미는 빙긋 웃었다.

"너를 지켜주러 왔는데, 너 혼자도 충분한 거 같아."

무화는 쉼터를 넘겨다보았다.

"그렇지 않아. 내가 하는 싸움과 네가 하는 싸움이 다를 뿐이야."

서미는 잠시 무화의 어깨에 기댔다.

"공주님."

밖에서 말리가 불렀다. 서미는 눈을 떴다. 무화는 서미와 떨어지는 게 아쉬웠다.

"반하 공자께서 적송가의 마차로 함께 가시기를 청하십니다."

무화는 벌써부터 쑤셔오는 엉덩이를 문지르며 속으로 쾌재를 불렀다. 그러나 입은 전혀 반대로 말했다.

"거절하면 안 돼?"

"왜?"

"그냥."

서미가 말리에게 말했다.

"수락하겠다고 전해요."

그리고 무화에게 속삭였다.

"반하를 좋아하지만, 그래도 늘 네가 먼저란 거 잊지 마."

무화의 얼굴이 빨개졌다. 서미는 무화의 손을 꼭 잡았다 놓고 마차에서 내렸다. 무화는 서미의 치마가 끌리지 않도록 거들었다.

밖에는 반하와 단풍이 기다리고 있었다, 서미는 반하의 팔 위에 다정하게 손을 얹고 앞서 갔다. 무화와 단풍은 뒤를 따랐다. 적송가의 마차는 외관보다 훨씬 안이 널찍하고 의자 등받이도 푹신했다. 단풍은 마부 옆에 앉았다. 마차 지붕은 그의 키를 감당할 만큼 높지 않았다. 무화는 눈이 내리지 않아서 다행이라고 생각하면서도 그가 추울까 봐 염려되었다. 그래서 얼른 물주머니를 하나 더 챙겨서 마부석에 전해주었다.

"바람이 차가워."

단풍은 눈으로 감사를 전했다. 무화는 상단 식구들을 생각나게 하는 그의 빨간 머리와 커다란 덩치, 조용하고 자상한 태도까지 퍽 마음에 들었다. 그래서 그가 감기에 걸리지 않기를 바랐다.

"내 하인에게 마음이 있나?"

무화는 마차 뒤에서 불쑥 나타난 반하를 보고 깜짝 놀랐다.

"아닙니다, 공자님."

무화는 황급히 고개를 숙였다. 아직 출사도 하지 않고 작위도 없지만 그는 목국에서 가장 강력한 세도가인 적송가의 장남이었다. 그의 조부 사극이 물러나면 조만간 그 권세는 고스란히 그의 것이 될 터였다. 미리미리 조심해 두는 게 나았다.

"언제부터 공주님을 모셨느냐?"

개인 사찰인가?

"어릴 적 유배지에서부터 모셔 왔습니다."

무화는 정직하게 대답했다. 반하는 무화를 세워 놓고 반 바퀴 돌아 머리끝부터 발끝까지 이 잡듯이 훑어보았다. 무화는 모멸감에 거의 그를 때려눕힐 뻔했다. 바르르 떨리는 꽉 쥔 오른손과 힘없이 늘어진 왼손을 보면서 반하가 물었다.

"왼팔은 의수냐?"

무화는 이를 악물고 날카롭게 쏘았다.

"공주의 시녀가 팔 병신인 게 공자님까지 신경 쓰실 만큼 중요한 일인지 몰랐습니다."

반하는 무화의 왼팔을 잡아 채 팔뚝을 걷었다. 수십 마리의 뱀이 뒤엉킨 듯한 붉은 자국이 확 드러났다. 소름끼치는 형상에 반하는 움찔 손을 놓았다.

"화상이냐?"

"이름 없는 산에서 곰이 공주님께 달려드는 걸 말리다가 다친 겁니다."

무화는 딱딱하게 대답했다.

"곰이 물어뜯은 거 같지는 않은데?"

반하가 꼬치꼬치 캐물었다.

"긁은 자국입니다."

거짓말이다. 그건 홍등가에서 서미와 빠져나올 때 생긴 흉터였다. 하지만 반공주가 홍등가에 팔렸었다는 건 절대 비밀이었다.

"이름 없는 산에 곰이 산다는 건 금시초문이군."

"공자님이 못 보셨다고 없는 건 아니죠. 시키실 게 없다면 공주님께 가겠습니다."

무화는 고개 숙이고 그를 지나쳤다. 반하가 말했다.

"네 공주님은 나를 좋아하는데, 시녀인 네가 그 따위로 행동해도 될까?"

무화는 그를 돌아보았다. 그리고 그가 놀랄 틈도 없이 바싹 다가가 말했다.

"공주님이 안 좋아했으면 공자님을 근처에도 못 오게 했을 거예요. 자기만 아는 남자는 여자를 불행하게 하죠."

순식간에 쳤다 빠지는 무화의 움직임에 반하는 철렁했다. 뭐지, 이 계집은? 아홉 나라 말을 왼다고 반공주가 곁에 둔 게 아니었다. 반하는 표정을 굳혔다.

"겁이 없구나. 내가 지금 이 자리에서 너를 죽여도 아무도 말 못하는 걸 알긴 해?"

무화는 그의 협박이 진짜라는 걸 알았다. 반공주의 시녀는 고매하신 귀족 나리에게 목숨을 구걸하듯 애처로운 미소를 띤 채 깊게 허리를 낮추었다. 하지만 그 입이 하는 말은 비굴한 태도와 전혀 달랐다.

"지금 안 하신 걸 후회 하실 겁니다."

반하는 웃었다. 진심에서 우러난 웃음이었다.

"너를 지켜보겠다. 장담하건대, 너는 네 공주에게 독이 될 거야."

그가 말했다. 무화는 고개 숙이고 마차에 올랐다.

"저게 목국의 중추, 항구 도시 고래등걸입니다."

서미는 해안선을 끼고 멀리 내려다보이는 오밀조밀한 집과 성곽, 저택을 감싸 안은 낯익은 능선을 응시했다. 어릴 적 산 위에서 내려다보던 풍경의 반대편은 낯설면서도 친숙한 묘한 기분이 들었다.

"저 건물은 뭐죠?"

서미 공주가 물었다. 바위에 다닥다닥 달라붙은 굴 껍질 같은 집들과 뚝 떨어진 곳에, 길고 시원하게 뻗은 해안선 너머로 큰 구조물이 있었다. 까치집처럼 흉흉한 머리를 이고 거대한 아랫니를 드러낸 채 바다를 향해 입을 벌린 모양이 꼭 해안에 매인 거대한 짐승의 머리뼈 같았다. 하지만 가까워질수록 까치집 머리는 거대한 목조 지붕으로, 무시무시한 이빨은 배를 묶는 말뚝으로 변했다.

"7년 전 여기에 큰 화재가 났습니다. 그때 불타 버린 항구 대신

새로 만든 조선소와 항구입니다. 조선소는 선박 수리소도 겸하고 있어서 다른 항구에 들어갈 배들도 고래등걸로 유입해 무역량이 세 배로 늘었답니다."

반하가 말했다.

"그렇군요."

서미는 창문으로 비치는 저녁 햇살과 바람이 매서운 듯 눈을 감았다. 앞마당에 금빛으로 일렁이는 보리 울, 그 아래 핀 빨간 꽃. 삯일에 거칠어진 손으로 얼굴을 쓰다듬던 엄마는 그 꽃의 이름을 따서 서미의 이름을 지었다.

"고향에 돌아온 기분이 어떠십니까?"

반하가 물었다. 서미는 무심하게 대꾸했다.

"감회가 새롭네요."

황금빛 노을이 방금 도축한 짐승의 뱃속처럼 시뻘게지며 컴컴한 바다를 향해 추락했다. 불이 났던 옛 항구로 난 모든 길들이 흐르는 혈관처럼 붉게 물들며 세상은 종말의 때에 달한 듯 엄숙하고 으스스해졌다가 곧 푸르스름한 평온에 젖어들었다. 서미는 차라리 무섭도록 캄캄한 밤이 오는 게 안심될 지경이었다. 어둠은 모두의 눈을 가리고 안심시켰다. 그러면 서미도 얼마든지 들통 나지 않는 거짓말들을 할 수 있었다.

"도착했습니다."

마차가 멈추자 단풍이 빠르고 우아한 동작으로 문을 열었다. 서미 공주는 반하와 나란히 저택의 진입로를 걸었다. 무화와 말리가 뒤를 따랐고 단풍이 그 뒤에 섰다. 다른 귀족들도 삼삼오오 무리 지어

43

등장했다. 고래등걸 영주 저택은 크고 화려하고 지나치게 깨끗했다. 계단의 반석이 너무 반들거려서 발 딛는 게 신경 쓰일 정도였다.

"새로 지었군요."

반하가 말했다. 서미는 멀찍이 정원 너머로 보이는 옛 저택의 낡은 첨탑을 바라보았다. 하늘은 검지만 땅은 더 검어서 나뭇가지와 얽힌 옛 저택의 지붕이 분명히 가름되었다. 일정한 시기에 지어진 오래된 건물들은 모두 닮았다. 그래서일까, 낯익은 느낌은. 한 번쯤 산 위에서 이곳을 내려다보았을지도 몰랐다, 어쩌면 더 자주.

"신년 봄 축제에 맞춰서 완공했습니다. 영주님의 집무실은 북관에 있고, 서관은 축제 전용으로 개방되었습니다. 여러분이 지내실 곳은 동관입니다."

안내를 맡은 청지기가 말했다.

"남관은?"

서미 공주가 물었다. 청지기는 슬쩍 눈을 낮추고 대답했다.

"앞으로 영주님의 새 가족들이 지내시게 될 예정입니다."

순간 서미와 무화는 서로 눈을 맞췄다. 젊고 미혼인 반공주한테 시리도록 어깨가 드러난 저고리와 비칠 것처럼 얇은 비단 치마만 입힌 채로 여기까지 보낸 목적은 따로 있었다. 봄 축제나 조선소 건립 기념식은 핑계였다.

"입궐도 전에 벌써 밖으로 내돌리다니, 궁궐 서관은 사생아 활용법이라도 새로 편찬해야겠어."

서미가 말했다. 목소리가 너무 무심해서 공기가 싸늘해질 틈도 없었다. 반하만 슬쩍 웃었다.

44

고급스럽게 꾸며진 전실에는 꽃 모양을 흉내 낸 유리 등갓을 씌운 이국적인 조명등이 어둠을 밝혔고 가문의 초상화들이 걸려 있었다. 초상화는 여럿인 것도 있고 혼자인 것도 있고 호화로운 가구와 함께 그리거나 이름 없는 산을 배경으로 한 것 등 종류와 크기가 다양했다. 무화는 문득 노인을 그린 초상화 앞에 발이 멎었다.

"왜?"

앞서가던 서미가 돌아보았다.

"이 그림, 본 적이 있어요."

조그만 두 소녀가 쇠창살 속에 있었다, 작은 짐승들처럼. 이끼 긴 벽돌과 좁은 길을 따라 불길이 굶주린 입을 벌리고 기어올랐다. 그 너머로 큰 나무에 기댄 산장이 보이고 툇마루를 지나 마당 밖까지 길게 늘어진 핏자국을 따라가면 빼꼼 열린 방문 틈으로 내장과 살점과 함께 반쯤 뭉개져 허연 머리카락이 늘어진 뻘건 머리통이 벽에 눌어붙은 것이 보였다. 무화는 눈을 깜박였다. 뭐지, 이건? 꿈, 기억?

"물감도 덜 말랐는데?"

서미 공주가 코앞에서 그림을 들여다보고 말했다.

"착각했나 봅니다."

무화는 그림 앞에서 물러났다.

"곰에 물려 돌아가셨다는 선대 영주님이시군."

반하가 말했다. 그는 무화의 왼팔을 보았다.

"이름 없는 산의 곰에게 물린 사람이 참 많군요? 거기엔 이름을 부를 수 없는 다른 것들이 살아서 곰이나 범 같은 맹수는 없다던데요."

무화는 그와 눈을 마주치지 않으려고 고개를 숙였다. 이마에 살짝 식은땀이 흘렀다.

"그냥 떠도는 소립니다, 반하 공자님. 곰 같은 맹수가 바로 '이름 없는 것'들이죠. 범도 제 말하면 온다니 위험한 것에게 이름 붙이는 걸 꺼리던 관습이 남아 있는 겁니다."

맞은편에서 걸어오던 남자가 말했다. 그는 바로 직전까지 읽고 있던 문서를 뒤따르는 서기관에게 넘겼다. 손가락에서 커다란 에메랄드 반지가 번쩍였다. 버들 부인의 팔찌만큼 크고 인상적인 보석이었다. 반하는 갓 마른 초상화 속에서 그의 얼굴을 찾아냈다. 작은 키에 다부진 어깨를 가진 눈빛이 형형한 남자가 바로 고래등걸의 영주 태산이었다.

"제가 듣기로는, 그건 곰이 아니라 어둔이라더군요. 태고의 그림자 속에서 기어 나온 괴물들요."

반하가 말했다. 오래된 이야기 속의 희미한 그림자였던 괴물들이 사람들의 입에 오르내릴 때마다 새로이 색을 입으며 되살아나는 모양이 아름답고 오싹하게 떠올랐다. 태산은 허허 웃었다.

"연제군 마마랑 자주 어울리신다더니 재밌는 말씀을 들으셨군요. 연제군 마마님은 이름 없는 산 그늘을 지나는 것도 싫어하시죠."

반하와 태산은 목단왕의 사촌 연제군에 관해 짧은 사담을 나누었다. 그 사이에 버들 부인이 끼어들었다.

"고래등걸이란 이름도 여기에 살았던 **외뿔고래**에서 유래했죠?"

버들 부인이 말했다.

"그렇습니다, 부인. 제가 마지막 한 마리를 사냥해서 조선소를 닦는 기초로 썼죠."

태산이 자랑했다. 서미는 피로한 기색을 드러냈다.

"사냥 자랑은 나중에 남자분들끼리 하시는 게 어떨까요?"

태산은 얼른 하인들에게 방문객들이 쉴 곳을 안내하도록 시켰다.

"송구합니다, 공주님. 모쪼록 편안하게 쉬십시오. 필요한 것은 뭐든 말씀만 하시면 됩니다."

그는 이동하는 무리 속에서 서미 공주에게 따로 말했다.

"잠깐 뵐까요?"

서미는 피곤했다.

"나중에 뵙고 싶습니다만."

"잠시면 됩니다."

태산은 인사하고 물러갔다.

무화는 처마 아래의 하늘이 점점 어두워져서 마침내 산등성이와 뒤엉키는 혼돈의 접점을 가만히 응시했다. 눈앞에 떠오르는 반점처럼 미미하게 어른대는 형체가 보였다. 무화는 걸음을 늦추어서 일부러 행렬에서 뒤쳐졌다. 등 뒤를 밟아오는 그림자가 저 혼자 살아나 무화의 귀에 속삭였다.

지금 여기 어둔이 있어.

그건 **밤**의 목소리였다. 무화는 흠칫 돌아보았다. 아무도 아무것도 없었다.

"얼른 따라 오잖고!"

말리가 무화를 불렀다. 무화는 서둘러 공주님 옆으로 갔다.

"왜?"

서미 공주가 물었다.

"아무것도 아닙니다."

무화는 환영처럼 촛불을 따라 일렁이는 자기 그림자를 돌아보았다. 아까는 분명 다른 방향으로 늘어져 있었다. 왼팔의 상흔이 살아 있는 뱀처럼 아프게 조여 왔다. 저들끼리 술렁이는 소리와 파닥파닥 뛰는 작은 고동이 느껴졌다. 그건 무화의 맥일까, 다른 누군가의 심장일까?

귀빈실에 당도하자 할일이 아주 많았다. 무화는 부엌에서 식수를 받아다가 찻물을 끓이고 말리는 공주님의 머리를 다시 다듬고 허리띠와 목걸이를 바꿔 주었다. 말리가 싸늘하게 드러난 어깨와 윗가슴에 잠자리 날개처럼 투명한 이국풍 비단으로 만든 저고리를 걸쳐 주자 보일듯 말듯 한 가슴 계곡이 더욱 아찔해졌다. 서미는 화장을 직접 고쳤다. 커다란 눈매가 그윽해지도록 눈가에 선을 그리고 눈썹에 금가루를 뿌리자 세상 사람 같지 않은 기묘하고도 매력적인 얼굴이 거울 속에 천천히 떠올랐다. 서미지만 서미가 아닌 얼굴이었다. 무화는 화장하는 동안 맞은편에 의자를 놓고 앉아서 무릎 위에 서미의 발을 올려놓고 주물러 주었다. 추위 속에서도 발은 달군 쇠 신을 신은 것처럼 뜨거웠다.

"지금이라도 거절하고 올까?"

무화는 서미가 걱정됐다.

"해야 할 일인걸. 미룬다고 없어지지 않는다면 해치워야지."

서미는 태산의 손가락에서 번쩍이던 반지를 떠올렸다. 에메랄드는 너무나 값지지만 유리만큼 깨지기 쉬운 보석이라 노동은커녕 손에 흙 묻힐 일도 없는 신분이라는 것을 강조하려고 걸치는 보석이었다. 버들 부인의 손목에도 휘청댈 만큼 무거운 에메랄드가 걸려 있었다. 홍등가에 나타난 그 남자도 에메랄드 반지를 꼈었다.

난로의 주전자가 끓어오르자 무화는 빈 그릇에 물을 옮겨 담고 적당한 온도가 될 때까지 식혔다가 차를 우렸다. 서미 공주가 한 잔을 채 비우기도 전에 문을 두드리는 소리가 향기를 흩었다. 서미는 퉁퉁 부은 발에 꽉 끼는 신발을 다시 신었다. 말리는 주변을 정돈하고 병풍을 쳤고 무화는 한 숨 기다려 문을 열었다. 문 밖에는 태산이 서 있었다. 나이를 먹었지만 잘생긴 얼굴이었다. 세월과 부는 얄팍하고 비열한 젊은이에게도 무게와 품위를 덧입혔다. 무화는 그의 얼굴에서 시간을 한 겹을 덜어내 잔인하고 영악한 젊은이와, 두 겹의 세월을 덧씌워 욕심 사나운 늙은이를 한꺼번에 보았다. 그 얼굴이 피와 뇌수에 짓이겨지던 모습이 생생하게 떠올랐다.

"여행은 어떠셨습니까?"

태산이 공주에게 정중히 절했다. 서미도 마주 절했다.

"길을 좀 더 다져야겠더군요."

"역시 소문대로 영민하신 분이시군요. 말씀하신 부분이 조선업으로 고래등걸에 불어넣은 활기를 장기화하는 데 중요한 관건이 될 겁니다."

태산의 입술이 길게 웃었다. 먹잇감을 눈앞에 둔 악어 같은 미소였다.

"천천히 그 이야기를 좀 더 청해도 되겠죠?"

태산이 손짓하자 음식이 가득 담긴 손수레가 나타나 탁자 위에 음식을 차리고 사라졌다. 분명히 사람의 손으로 차려낸 것인데도 보이지 않는 마법이라도 부린 것 같았다. 서미는 달콤한 한숨을 쉬었다. 그래, 내가 원하던 게 이런 대우지. 하지만 꿍꿍이를 가진 늑대에겐 아니다.

"저녁 식사에 대한 초대는 받지 않았습니다만?"

서미는 탁자에 눈길 한 번 주지 않고 말했다. 저녁 식사는 너무 친밀하고 많은 가능성을 암시했다. 태산은 약간 주춤했다가 곧 중년다운 능글능글함을 발휘했다.

"제가 실수를 저질렀군요. 여행길에 피로하신 공주님께 편안함을 제공하려는 뜻이지 다른 의도는 조금도 없습니다."

그럴 리가.

"실리적인 분이시로군요."

서미는 그가 일말의 사과나 미안함도 비치지 않았다는 것을 기억해 두었다. 여기는 태산의 집이고 그의 영역이었다. 서툰 짓은 하지 않는 편이 현명했다.

태산이 손짓하자 비스듬히 열린 문 옆에 대기하고 있던 하인이 자개로 상감한 아름다운 상자를 들고 왔다. 태산은 그것을 건네받아 손수 공주님께 바쳤다. 서미는 약간 물러서 말리에게 눈짓했다. 말리가 대신 상자를 받아 열자 온 방 안이 꽃향기로 넘쳤다. 서미의 눈이 빛났다. 겨우내 갇혀 있던 봄이 상자 속에서 불쑥 튀어나온 것 같았다. 태산은 꽃 상자와 함께 서미 앞에 무릎을 꿇었다.

"서미 공주님께 청혼합니다. 한 눈에 반한다는 말을 믿은 적이 없는데, 정말로 그런 일들이 일어난다는 걸 알았습니다."

태산은 한 점의 진심도 없이 매끄럽게 혀를 굴렸다. 서미는 그를 자세히 뜯어보았다. 서른 다섯? 마흔? 그 둘 사이에 거대한 간극과 아주 많은 사연이 있다 해도 열다섯에게는 그냥 다 똑같은 아저씨일 뿐이다.

"너무 빠르시군요."

서미는 간신히 대답했다. 예상이야 했지만 선제공격이 너무 빨랐다.

"서미 공주님을 처음 뵌 순간부터 너무 긴 시간이 흘렀다고 생각 듭니다만. 먼 발치서 뵌 녹옥 공주님을 생각하면 아주 짧은 시간이 라고 느껴지기도 하는군요."

유폐지에서의 환영이라니, 참으로 복잡하군. 백년 묵은 능구렁이 같으니라고. 서미는 입안을 살짝 깨물었다.

"왕실의 혼인은 저 혼자 대답할 수 있는 종류의 문제가 아니란 걸 태산 공이 더 잘 아실텐데요?"

"이런, 제가 마음에 들지 않으십니까? 그럴 만도 하죠. 빙사 반하 를 거느리고 오셨으니. 그런데 그자는 확실히 사내입니까?"

태산이 비아냥댔다. 서미는 경계의 표정을 숨기지 않았다.

"의중을 헤아릴 수가 없군요."

태산은 하인들에게 물러가라고 손짓했다. 말리와 무화는 공주님 곁을 지켰다. 태산은 둘을 불만스러운 표정으로 노려보았지만 그게 그들의 할일이었다.

"소문처럼 반하 공자에게 마음이 있으신가요? 설마 벌써 선을 넘 으신 건 아니겠지요?"

서미의 뺨이 딱딱하게 굳었다.

"상관하실 바가 아닙니다."

"청혼자에게 비밀 연인이 있다는 것이야 말로 최우선으로 상관해야 할 일이 아닐까요?"

태산은 몸을 앞으로 내밀었다. 서미는 반사적으로 물러났다. 입냄새와 뒤섞인 향수 냄새가 역겹게 풍겨왔다. 끈질긴 아저씨는 인기 없는데.

"반하 공자의 용모와 지위가 탐나지 않을 여자는 없죠."

서미가 의연하게 말했다. 태산은 싱긋 웃고 한발 물러났다.

"7년 전 고래등걸의 사창가에서 큰 화재가 났었죠. 불이 항구와 마을까지 번져 가서 피해가 이만저만이 아니었습니다. 공주님께도 화상 자국이 있으시다는데, 어딥니까?"

차가운 뱀이 탁자 아래서 발목을 휘감고 지나갔다. 서미는 몸을 움츠렸다. 태산이 탐색하듯이 서미를 훑어보았다.

"제가 이곳에서 났다는 사실이 비밀인 줄로 알았습니다만?"

태산은 씩 웃었다.

"여기는 수도 **가름**이 아니라 이름 없는 산이 있는 고래등걸입니다. 조그만 산골 마을에서 자란 계집애들은 밭을 갈며 애를 낳거나 몸을 파는 일 외엔 아무 것도 할 수 없는 곳이죠."

서미는 미간을 찌푸렸다. 대화의 방향이 좋지 않았다.

"무슨 의도로 그런 말씀을 꺼내시는 겁니까?"

태산은 고개를 까닥했다.

"제 청혼을 숙고하실 몇 가지 정보를 드리고 싶어서죠. 잘 들어보십시오. 산골 마을에 계집애 둘이 살았습니다. 서로 어미가 다르지만 단짝처럼 붙어 다니고 한 어미가 밥을 먹이고 또 다른 어미가 옷을 지어 입혀서 마치 한 배에서 난 쌍둥이 같았죠."

눈앞에 황금빛 보릿단이 물결쳤다. 낡은 보를 덮은 소반이 놓인 툇마루. 소반 밑에 있던 엄마가 지은 누빔 옷 두 벌의 포근함과 마당에 가득 핀 새빨간 꿀풀의 맛이 혀끝에서 살아났다.

"나가 있어라."

서미는 말리와 무화를 물렸다. 무화는 발이 떨어지지 않았다. 서미와 태산을 둘만 두고 싶지 않았다. 말리도 같은 생각이었는지 곁방에서 의자를 가져와 문 옆에 앉았다. 무화는 문 앞을 서성이다가 한숨을 쉬고 말리 옆에 앉았다. 벽에 등을 기댔지만 무거운 나무가 소리를 흡수해 안의 말소리가 새어 나오진 않았다. 엿들을 방법이 있지만 다른 눈이 있어서 기다리는 수밖에 없었다.

"공주님은? 벌써 주무셔? 내가 가도 될까?"

컴컴한 복도 위에서 안개 같은 은빛이 쏟아졌다. 난간에서 반하가 이쪽을 내려다보고 있었다.

"태산 영주님이 방문하셨어요."

무화가 그를 올려다보며 입모양으로 말했다.

"무슨 일로?"

무화는 대답하지 않았다. 무화는 공주님의 하녀지 반하의 시중꾼이 아니다.

"태산공과 공주님을 단 둘만 뒀어? 네 역할은 그 반대일 텐데?"

반하는 계단을 내려왔다.

"공주님이 내보낸 거냐? 공주님 일상에 네가 몰라야 할 일이 있다는 건 이상한데?"

빙사는 눈치가 빨랐다. 무화는 탐탁찮게 어깨를 으쓱했다.

"잠깐 따라와."

무화는 말리를 돌아보고 반하를 따라갔다. 공주님에게서 너무 멀어지진 않게 조심했다.

"말씀하시지요."

무화가 멈춰 서자 두어 걸음 앞서 가던 반하가 돌아왔다. 둘이 선 곳에서는 공주님의 방문이 보이지만 말리에게선 둘이 보이지 않았다.

"충성심이 강하군."

반하는 값을 매기듯이 무화를 훑어보았다. 또다. 무화는 모른 척하려고 했다. 배에서 내려서 가장 견디기 힘든 게 이런 시선이었지만 무화는 참았다. 서미 곁을 지키기 위해서.

"태산이 무슨 용건으로 왔지?"

"공주님께 청혼하셨습니다."

반하는 약간 놀랐다.

"예상했지만 너무 빠르군."

무화도 동의했다.

"공주님도 그렇게 말씀하셨습니다."

반하와 서미야말로 가장 잘 어울리는 한 쌍이었다. 생각도 행동하는 것도 비슷하고 함께 있는 모양새도 아주 잘 어울렸다. 태산과 비교하면 1000만 배는 더. 그런데 왜 반하는 공주님에게 청혼하지 않는 걸까? 만약 서미가 누군가와 혼인해야 한다면, 반하가 아닌 다른 누구도 상상할 수 없었다. 사실은 반하에게도 보내고 싶진 않지만.

"공자님은 공주님을 얻고 싶지 않으십니까?"

지나치다고 생각 들었지만 묻지 않을 수 없었다. 반하의 눈이 커졌다. 그는 금방이라도 터질 것 같은 웃음을 간신히 삼키며 말했다.

"참으로 주제넘구나."

"저도 그렇게 생각한 참입니다."

무화가 말했다.

"이유가 있지. 하지만 넌 몰라도 돼."

"네. 하지만 서미 공주님께는 꼭 말씀해 주시기 바랍니다."

"왜? 공주님이 내게 청혼 받고 싶다시더냐?"

이런 뱀.

"애인이냐고 추궁 받는 입장이라면 들어둬야 한다고 생각했을 뿐입니다."

반하는 싱겁게 피식 웃었다.

"태산이 압박하고 있군."

그는 조금도 신경 쓰지 않는 눈치였다. 그래서 괜히 무화가 상처 받았다.

"그나저나 공주님도 꽤나 건방진 하녀를 두셨군. 감히 빙사에게 꼬박꼬박 말대꾸라니."

반하가 무화에게 성큼 다가왔다. 무화는 잠시 숨을 멈췄다. 은은한 정향 속에 금속과 불에 녹은 유리 냄새가 났다. 반하의 향기였다.

"단풍이 왜 너를 신경 쓰는 걸까?"

그를 앞에 두고 마음이 떨리지 않는다면 여자도, 사람도 아니리라. 하지만 무화는 마음을 단단히 다졌다. 그는 서미가 좋아하는 남자다.

"너도 그가 마음에 드나?"

반하는 무화 쪽으로 손을 뻗었다. 반짝이는 은발 아래 눈송이로 빚은 듯한 속눈썹에 감싸인 새카만 눈이 무화를 내려다보았다.

"공자께서 간섭하실 만한 일이 아닙니다."

무화는 온 정신을 그러모아 간신히 대답했다.

"그래? 난 아니라고 생각하는데. 단풍은 내게 중요하거든."

무화는 그의 취향에 대해 부인네들이 속삭이던 말이 퍼뜩 떠올랐다. 반하의 곁에는 무수히 많은 여자들이 있었지만 정말로 그와 가까운 여자는 없었다.

'흥. 못생긴 것들이 멋대로 지껄이라지. 남자는 거울에 비친 자기 얼굴보다 못한 여자는 여자로 치지도 않는 법이야.'

거울 앞에선 서미가 말했다. 그 말대로라면 반하의 눈에 여자로 비칠 만한 사람은 손에 꼽겠지.

"저는 공자님의 하인에게 아무 생각도 없사오니 부디 두 분의 일은 알아서들 하시고 저는 빼 주시죠."

무화가 날쌔게 빠져나가려는데 개줄 같은 것이 덜컥 목을 잡아챘다. 반하의 손에 목걸이가 잡혀 있었다. 무화는 가슴이 철렁했다. 마노가 준 청옥 목걸이다.

"이건 훔친 건가?"

등불을 받은 청옥 안에서 빛 물결이 출렁였다. 파랑 중의 파랑을 녹여 빚은 듯한 보석은 왕이 지닐 만한 물건이었다.

"훔친 게 아닙니다. 제 것입니다."

무화는 반하의 손에서 목걸이를 낚아챘다. 그 전에 반하의 손이 휙 물러났다.

"하찮은 시녀가 지닐 물건이 아닌데? 네 공주님은 네가 이런 걸 갖고 있다는 걸 아셔?"

"공자님과는 상관없습니다!"

무화는 구슬을 뺏긴 어린애처럼 발을 동동 굴렀다. 반하는 무화를 희롱했다.

"그래? 난 상관 있을 거 같은데? 정말로 훔친 게 아니야?"

무화는 치를 떨며 반하를 쏘아보았다. 서미만 아니면 때려 눕혔으리라.

"그만 하시지요, 도련님."

뒤늦게 온 단풍이 반하를 말렸다. 그가 청옥 목걸이를 받아 무화에게 돌려주자 무화는 끈이 끊어지지 않았는지 확인하고 재빨리 옷 속에 넣었다.

"나한테 설명해야 할 거야."

"나중에요."

단풍이 말했다. 무화는 둘이 평범한 주종관계가 아니라고 짐작했다. 복도 너머 서미 공주의 방문이 벌컥 열렸다.

"제 얘기에 대해서 긍정적으로 생각하시는 게 좋을 겁니다."

태산이었다. 반하는 입술에 손가락을 얹고 단풍과 복도 안쪽으로 숨었다. 무화는 서둘러 서미 공주에게 달려갔다.

"공주님?"

"문 닫아."

무화는 눈앞에 날아온 신발을 날쌔게 피하며 말리의 코앞에서 문을 쾅 닫았다. 문 너머에서 투덜대는 소리가 들렸으나 곧 잠잠해졌다.

"왜 그래? 저자가 나쁜 짓 했어?"

"나쁜 짓? 내가 그러게 놔두겠니? 역겨운 자식."

서미는 분이 풀리지 않는지 맨발로 방안을 오락가락했다. 무화는 문간에 뒹구는 비단 신발을 주워들었다. 태산이 한 개라도 맞았으면 좋았을 텐데 비껴간 모양이었다.

"청혼한 거 아니었어?"

"청혼? 하! 요즘은 협박을 청혼이라고 하나 보지?"

무화는 짧게 숨을 들이쉬고 용기를 내 물었다.

"우리가 홍등가에 있었다는 걸 그 자식이 알아냈어?"

서미의 표정이 딱딱해졌다.

"입조심해, 무화."

무화는 얼른 자기 입을 막았다. 서미는 잠자리 날개 같은 상의를 벗어던지고 치마도 여민 채로 북북 벗었다. 무화는 문밖으로 얼굴만 내밀어 말리를 불렀다. 말리는 무화를 한번 노려보고 서미의 옷시중을 들었다.

"저거 당장 내다 버려."

서미가 태산이 가져온 꽃을 가리켰다. 무화는 꽃 상자를 치우면서 손도 대지 않은 저녁 식탁을 흘끔 보았다.

"식사는요?"

"됐어. 치워."

오늘도 부엌 구석에서 차가운 음식을 먹겠구나. 모두와 함께 둘러

앉아 따뜻한 음식을 먹던 때가 참 멀게 느껴졌다. 꽃을 안고 나가면서 무화는 문 앞에서 잠깐 망설였다. 지금 나가면 반하와 마주칠지도 모르겠다. 서미에게 반하가 밖에 있다는 걸 말할까 잠시 고민했으나 말하지 않기로 했다. 가뜩이나 예민해진 서미를 자극할 필요는 없었다.

서미는 옷을 갈아입고 뜨거운 물로 목욕한 뒤 차 한 잔을 마시고 잠자리에 들었다. 무화는 부엌 옆문으로 들어가 빈 아궁이에 꽃을 넣었다. 붉고 노란 불길이 꽃을 태우며 달콤하게 젖은 연기가 눈을 자극했다. 무화는 가만히 불길에 일그러지는 꽃송이들을 보다가 눈물을 털고 마구간 옆 마차 보관소로 갔다. 반공주의 초라한 마차는 화려함을 뽐내는 다른 마차들에 밀려 처마 밖에 나와 있었다. 무화는 마차 밑에서 가방을 꺼냈다. 안에는 질긴 천으로 만든 남자 옷과 신발, 푹 눌러쓰는 모자가 들어 있었다. 무화는 겉옷을 덧입고 치마를 벗었다. 치마 안엔 가죽바지를 입었고 허벅지에 달처럼 흰 칼집을 매고 있었다. 무화는 가방 안에서 한 자루를 더 꺼냈다. 장검보다는 짧고 단검보다는 긴, 두툼한 손잡이가 낡도록 손에 익은 칼이었다. 무화가 검신을 슬쩍 꺼내자 뿌연 어둠이 빛나는 날에 대비되어 깊고 농밀해졌다.

무화.

무화는 고개를 들었다. 대들보 귀퉁이에 고인 어둠이 유독 짙다. 하지만 거기엔 아무도, 아무것도 없었다.

무화.

무화는 신중하게 주위를 둘러보고 몇 걸음, 처마 밖으로 나갔다.

"밤?"

얼어붙은 나뭇가지 새로 떨어지는 겨울 달빛은 휘영청 밝았다. 나무 그림자가 흔들리며 선명하게 다른 그림자들과 반대로 누웠다. 마음이 가문 날 소나기에 놀란 나뭇잎처럼 후두둑 떨었다.

안녕. 무화.

납작한 그림자가 물결처럼 흔들리더니 순식간에 형체를 입고 묵직한 앞발을 땅에 디뎠다. 무화는 놀라 뛰어 오르는 말고삐를 잡아 진정시켰다. 네 발 짐승 모습을 한 어둠은 태막처럼 몸에 남은 그림자 얼룩을 털었다. 눈 오는 밤처럼 어둡고 푸르스름한 털과 미간 위에 작게 솟아난 외뿔이 달빛을 흡수해 점점 검고 농밀해졌다. **밤**의 모습은 일정하지 않고 끊임없이 흔들리는 안개나 제멋대로 춤추는 산 그림자 같아서 무화는 자꾸 눈을 깜박여서 초점을 조절해야만 했다. **밤**이 이런 모습이었던가? 이렇게 크고 아름다웠나? 기억속의 **밤** 은 끊임없이 변덕을 부리는 검은 고양이 같았다. 성난 것처럼 바짝 돋우어진 털들이 비단 위에 먹물 떨어진 것처럼 움직임을 따라 흐릿하게 계속 번졌다.

"진짜 너야?"

믿을 수가 없다.

그래.

밤은 길고 우아한 몸으로 무화를 휘감고 갔다. 무화는 죽은 모피처럼 부드럽고 오싹한 감촉에 미소 지었다. 이 느낌은 분명 **밤**이었다. 숲에서 나는 촉촉한 안개 냄새와 모닥불 냄새가 뒤섞인 듯한 향기도 **밤**과 똑같다.

"나를 잊은 줄 알았는데?"

너는 원래 없는 거라고, 그저 어린아이의 과민한 상상이었다고 생각했다는 말은 하지 않았다. 그러면 지금 눈앞에 **밤**이라고 이름 불리던 어둠이 다시 산산이 흩어져 이름 없는 산의 그늘로 되돌아가 버릴 것 같았다.

*네가 **밤**을 잊었겠지.*

"그럴 리가 없잖아."

상단에서 지낸 시간이 너무 길어서 이름 없는 산에서 지낸 기억은 물속을 들여다보는 것처럼 흐리게 느껴졌다.

"그런데, 네가 어떻게 사람 사는 곳에 나타나? 원래 어둠은 마을 밖에 사는 거잖아."

이 저택은 방비가 없어.

무화는 얼떨떨했다. 사람이 사는 곳에 어둠을 막는 방비가 하나도 없다니. 다른 곳도 아닌 이름 없는 산이 있는 고래등걸에서.

"그거, 너였지? '여기 어둠이 있어.'라고 한 거?"

무화는 저택 복도에서 속삭이던 소리를 떠올렸다. 확인하고 싶었지만 말리가 닦달해서 하지 못했다.

*맞아. 하지만 그게 너의 **밤**은 아니야.*

무화는 **밤**의 말을 이해하려고 노력했다.

"어둠이 있는데, 너는 아니라는 거지?"

어둠은 하나이자 여럿인 존재이기 때문에 독립적 표현을 쓰지 않았다. 그래서 **밤**은 무화가 지어 준 이름을 상자에 숨겨두고 혼자만 꺼내보는 보물처럼 음미하듯 부르길 즐겼다.

"그게 누군데?"

*부르면 안 돼. 부르면 **밤**은 그쪽이 되어 버려.*

저쪽의 어둔이 더 크고 강하기 때문에 **밤**이 먹힌다는 말인가? 무화는 주위를 둘러보았다. 사람이 사는 곳이라면 어디든, 집, 도로, 다리, 길, 그것들을 이루는 돌의 재질, 놓는 방향과 수, 색의 배치나 간소한 장식으로 어둔을 막는 방비를 만들었다. 그저 전통으로 치부되는 무의미해 보이는 기호들도 뜯어보면 벽사와 방비의 변형이었다. 아무리 튼튼하게 만든 다리도 어둔이 스미면 사고가 나서 목숨을 잡아먹었다. 특히 문이나 창문, 수로와 빗물받이 홈통이 어둔의 통로가 되기 쉬웠다. 그런 곳은 특정한 무늬와 만드는 차례 안료의 건조 시간까지 꼼꼼히 지켜야 했다. 어둔이 집안에 스며들면 사람들 마음을 물들여 서로 욕하고 해치고 겁간하고 미치게 해서 결국 서로를 잡아먹게 만들었다. 오트는 정말로 그런 일이 어느 옛도시에서 일어났다고 했다.

오트는 배 난간의 물린과 고물의 장식, 선창 틀과 문지방의 재료와 결합 방식을 가리키며 말했다.

'오래도록 전해지는 지켜야 할 것들에는 의미가 있어. 사람들은 그저 보기 좋아서, 혹은 습관적으로 따라하는 거지만 이 도형은 어둔을 쫓는 힘이 있어. 저기 놓은 붉은 댓돌도 그렇지. 이쪽은 나무는 두께와 방향이 중요해. 이건 크기와 방향은 바뀌도 모양은 그대로 둬야 해. 이쪽은 색과 배치의 형식을 반드시 지켜야 하고. 이걸 다 모아서 마지막에 얼개로 마무리 할 때 제대로 차례를 밟아야만 방비의 결속력이 강해지고 자제의 마모도 덜해져.'

무화는 오트가 가리키는 문설주 장식과 기둥의 각도, 벽살을 채우는 지푸라기와 진흙의 농담, 그 아래를 지지하는 붉은 돌의 재질을 가만히 살펴보았다.

'이건 묽으면 벽이 제대로 마르지 않고 무너지니까, 저 돌은 저거보다 작으면 기둥이 흔들릴 거니까 그런 거잖아요? 저 색은 잘 모르겠네요.'

무화가 벽과 단청을 가리키자 오트는 주머니에 든 씨앗을 씹으며 고개를 끄덕였다.

'그래, 그게 사람들이 보는 방식이지.'

그의 주머니엔 언제나 간식거리 씨앗이 가득 들어 있었고, 종종 무화와 서미가 까먹도록 한 줌씩 꺼내주곤 했다.

'여기는 옥인의 배인데 어둔이 있어요?'

'바다는 그늘이 없어서 어둔이 접근하기 어렵지만 안과 밖의 경계가 되는 곳은 늘 제대로 막이를 해야 해. 아니면 스쳐가는 구름이나 우리 자신의 그림자를 통해서도 어둔이 스며들거든.'

오트는 웃으며 발 아래를 가리켰다. 무화의 것처럼 검고 선명하진 않지만 흐릿한 담배 연기 같은 회색이 고여 있었다.

'어둔도 광택이 있어, 아주 엷지만. 어느 쪽으로 더 강하냐의 차일 뿐. 자연은 결핍을 싫어하거든.'

고래등걸 영주저의 화려한 장식들은 새롭고 아름답지만 방비는 엉터리였다.

"어째서 어둔이 마음대로 드나들 수 있게 두었을까."

어둔은 사람을 먹었다. 다른 짐승들처럼 몸을 먹기도 하지만 마

음만 먹어 버리기도 했다. 그런 사람들은 미치거나 어둔의 노리개가
되었다.

아까 그건 겁쟁이 쥐꼬리야? 온통 반짝이로 치장한 거?

밤은 까만 불꽃 같은 혓바닥을 날름댔다.

"그 이름 오랜만이네."

무화는 웃었다. 서미는 공주님이 되고 나서는 쥐꼬리라고 못 부르
게 했다. 하지만 무화는 그 이름이 좋았다. 마당에 자란 황금빛 보리
그늘에서 핀 새빨간 쥐꼬리풀의 꿀맛이 입안에 달큼하게 고이는 것
같았다.

그 앤 녹옥 같더라. 네 엄마 말이야.

무화는 **밤**이 잘못 말하는 것에 익숙했다. 인간에게 어둔이 미지의
영역이듯이 어둔에게도 인간의 소소한 부분들은 미지의 영역이었
다. 어차피 두 다른 존재가 서로를 완전히 이해한다는 건 불가능하
니까.

"당연하지. 엄마랑 딸이니까."

밤은 물끄러미 무화를 보았다.

인간들은 밤에 잠을 자. 너는 뭐해?

무화는 항구를 내려다보았다. 번화가의 불빛이 구름에 반사되어
동굴 속의 야광 이끼처럼 보얗게 떠올라 있었다.

"묵은 빚을 청산하려고."

시체를 묻은 곳에 돌아오는 건 살인자만은 아니다.

*숨 쉬는 술통. 유배지의 오두막은 버려져서 이제 아무도 안 살아.
사라진 소리만 저희끼리 수근대지.*

"사람을 구분할 수 있어?"

어둔에게 사람은 개미와 똑같다. 어디에나 있지만 모두 다 똑같은 모양이고 똑같이 하찮다. 사람에게도 어둔은 개미와 같다. 보려고 하지 않으면 볼 수 없고 존재를 알아도 소통할 수 없으며 분리되어도 줄지 않고 합쳐져도 늘지 않는다. 둘의 서로에 관한 이해는 영원토록 불가해한 방향으로 평행했다.

*밤*은 해. 너의 *밤*이니까.

무화는 어둔에게 감정이 없으며 기억과 감각 체계도 인간과 전혀 다르다는 걸 알고 있었다. 하지만 지금 **밤**이 자랑스러워하는 것은 확실히 느껴졌다.

"숨 쉬는 술? 그럼 나랑 서미는 뭐야?"

너희는 꽃이야. 서미는 작고 붉고 달콤하지. 너는 꽃이 없어. 그래도 꽃이야.

그건 서미와 무화의 이름이었다. 무화는 약간 오싹했다.

"이름으로 연상한 거야?"

우리에겐 그렇게 보여.

닭이 먼절까 달걀이 먼절까. 이름 때문에 그렇게 보는 것일까, 아니면 알지 못하는 어느 차원에서는 둘의 존재가 반드시 그런 방식으로 보이도록 처음부터 낙인 찍혀서, 어떤 예민한 자가 그것으로부터 둘의 이름을 엮어내는 것일까.

숨 쉬는 술통 근처까지 데려다 주마.

밤이 말했다.

"좋아."

무화는 시간에 쫓기던 참이라 반가웠다. 말과 사람이 움직이려면 시간과 거리가 들지만 어둔에게는 시공간이 없었다. 무화는 어릴 때 **밤**과 **그늘**을 지나 마을에 간 엄마를 따라가서 보통이 구석에 엿 한 개를 올려놓고 얼른 보리 마당으로 돌아와 시침 떼고 엄마를 기다렸던 게 떠올랐다. 엄마가 엿 값을 내느라 낡은 신발의 밑창을 대지 못해 돌에 발을 찔리며 힘들게 집에 돌아왔다는 것은 모른 채로 서미와 함께 엿을 빨며 행복했었다.

대신 빛나는 파란 눈은 두고 가야 해.

밤은 무화의 청옥 목걸이를 가리켰다.

"빛나는 눈? 이건 그냥 목걸이야."

*아니, 그건 **그자들**이야.*

밤의 목소리가 부쩍 예민했다.

무화는 내키지 않았지만 목걸이를 벗어 가방 밑에 숨겼다.

보지 말고 듣지 말고 숨 쉬지 마.

밤과 무화는 사물의 그림자를 따라 검고 검은 **그늘** 속으로 스며들었다. 무화는 목까지 차오른 어둠이 코와 입을 덮기 전에 숨을 끝까지 들이쉬고 **그늘** 속에 잠겼다. 장님이 된다면 이런 기분일까. 눈을 감아도 눈동자 속에 흘러 다니는 미명은 느껴지게 마련이다. 하지만 이토록 아무것도 보이지 않는 어둠이란 낯설다 못해 경이롭다. 무화는 **밤**의 등을 꼭 움켜쥐었다. 등이라고 생각했지만 실은 오른발이거나 꼬리이거나 아무 곳도 아닌 곳일 수도 있었다. **밤**은 거대한 늑대와 여우와 살쾡이를 뒤섞어 놓은 듯한 뾰족한 주둥이와 풍성한 갈기를 하고 있었다. 하지만 그건 눈속임일 뿐 어느 것도 진짜 **밤**의 모습

은 아니었다. 흔들리는 불빛을 따라 끝없이 변하는 그림자처럼 **밤**의
모습도 계속 변했다.

　그늘 속에서는 시간의 흐름을 알 수가 없었다. 하지만 무화는 얼
마큼 숨을 참았는지로 시간을 잴 수 있었다. 무화가 잠수할 수 있는
시간은 새끼 고래만큼이었다. 폐가 텅 비고 숨이 턱까지 차올라 고
통스럽게 갈기를 움켜쥐었을 때 **밤**은 무화를 **그늘** 너머로 힘껏 밀어
올렸다. 어지럽게 뒤엉킨 별빛이 머리 위로 쏟아졌다. 무화는 푸르
고 희고 노랗고 검붉은 온갖 색채로 가득찬 밤의 세상에 넋을 잃었
다. 어둠이 이토록 밝고 다채로웠던가.

　괜찮아?

　밤이 물었다. 무화는 잠시 숨을 고르고 답했다.

　"응."

　무화는 **그늘**을 벗어나기 직전에 뒤엉킨 채 뒹구는 뱀들의 허연 배
처럼 여러 갈래로 뒤엉킨 길을 보았다. 그것은 머리 위로 낮게 낀 구
름 같기도 하고 거대한 나무를 바싹 말려 껍질만 죄다 벗겨 놓은 것
같기도 했다.

　"있잖아, **밤**."

　무화가 말을 잇기 전에 **밤**이 가로챘다.

　*아무것도 보지 말고 듣지 말고 숨 쉬지 마. **그늘**에서 본 건 절대로
말하면 안 돼.*

　그건 경고였다. 무화는 입을 다물었다.

　밤의 길은 낮의 길과 다르다. 기억속의 길과 시간이 흐른 후의 길
도 달랐다. 무화는 마차에 탄 채 지나쳤던 마을 어귀에 서 있었다.

해마다 이엉과 기와를 갈아 올리는 집과 돌담, 마을 문지기 같은 느릅나무 모두 옛날과 다름없었다. 하지만 모퉁이를 돌아 들어간 뒷골목들은 마지막으로 봤을 때보다 더 더럽고 길은 기억보다 좁았다. 무화가 자랐기 때문이었다.

무화는 몸을 낮추어 기억의 눈높이를 더듬었다. 좁은 벽과 바닥의 갈라진 틈새가 낯익었다. 좁은 나무 우리에 갇혀 벽 쪽으로 돌려진 채 볼 수 있는 건 그것밖에 없었다. 흥정하는 목소리들이 귓가에서 살아났다. 늙은이의 회춘제로 쓰일 작은 여자애의 값은 얼마였더라.

"앞을 보고 다녀."

건드렁 대는 사내 하나가 어깨를 부딪쳤다. 무화는 대꾸 없이 등허리에 맨 칼집을 철컥 소리 나게 가다듬었다. 사내는 낮게 욕하고 사라졌다. 무화는 마을에서 가장 오래된 '외뿔 고래 주점'으로 들어갔다.

항구의 화재와 조선소 건립 같은 굵직한 사건으로 지역 상권은 변하고 유동인구가 늘었지만 외뿔 고래 주점은 옛 모습 그대로였다. 뜨내기들이 드나드는 술집이 아니라 오래된 사람들이 모이는 마을만의 장소에 엄마는 한 달에 한 번 필요한 물건을 구하고 산에서 채집한 열매나 짐승 가죽이나 훈제한 고기를 내다 팔러 왔다. 지독하리만치 알뜰한 살림꾼이던 엄마도 이날만은 너그러워서 달콤한 엿이나 튀긴 과자를 사서 무화와 서미에게 나눠주곤 했다. 둘은 행복하게 입안에 남은 단 맛을 빨면서 해안가에서 놀거나 시장을 돌다가 어두워지기 전에 주점으로 돌아왔다. 그러면 엄마는 필요한 것을 싼 보자기 세 개를 지키고 있다가 하나씩 등에 매 주고 제일 큰 것을

머리에 이었다. 셋이 돌아오는 산길의 긴 그림자가 어둠과 뒤엉키면
밤이 따라왔다.

'너 또 뭘 보는 거야? 엄마! 무화가 자꾸 이상한 걸 봐!'

서미는 무화가 풀숲 구석이나 컴컴한 나무 밑을 볼 때마다 진저
리 쳤다. 하지만 엄마는 길이 완전히 어두워지기 전에 집에 가는 것
외엔 별 관심이 없었다.

'빨리빨리 와! 해 다 지겠다.'

'엄마, 무화가 자꾸 어둔이 있대!'

둘은 달려가 엄마의 치맛자락에 매달렸다. 엄마는 짐과 아이들이
무게에 휘청댔다.

'그게 뭐가 무서워? 이름도 없는데.'

'이름이 없으면 안 무서워?'

'이름이 없으면 없는 거야. 자, 빨리 가자.'

그날은 녹옥 공주가 개울가까지 마중 나와 있었다. 녹옥은 유폐
때문에 개울을 넘을 수 없어서 필요한 것이 있으면 엄마가 심부름을
해다 주었다. 녹옥은 답례로 입지 않는 옷이나 장신구를 주었는데
엄마는 일부는 녹옥 공주님이 필요한 것과 바꾸고 일부는 나중을 위
해 시렁 깊은 곳에 넣어두곤 했다.

"밀떡과 생강 술. 술은 뜨겁게."

무화는 서서 마시는 탁자에 기대 음식을 주문했다. 미간이 좁고
살찐 얼굴의 주인은 뜨내기 손님 얼굴을 흘끗 보더니 떡과 술을 내
놓고 돈을 챙겨 넣고 가 버렸다. 무화는 술을 마시고 떡을 먹었다.
생강술은 목이 확 달아오르게 뜨겁고 밀떡은 쫄깃했다. 바람찬 갑판

위에서 먹던 맛이었다. 무화는 야금야금 음식을 먹으며 주위를 곁눈질했다. 고래등걸에 다시 온다면 꼭 해묵은 복수를 해치우리라 다짐해 왔고, 오늘이 그날이었다.

약제사는 어디 있을까?

작은 여자애들에게 일어날 수 있는 가장 끔찍한 일들이 그의 손에서 이루어졌다. 무화와 서미를 사창가에 팔아넘긴 것이 그자였고 둘의 얼굴을 기억하는 것도 그자였다. 무화는 서미를 위해서 그자를 죽이기로 결정했다. 반공주라는 신분도 불안한데 사창가에 팔렸다는 것이 알려진다면 언제 폐위 되어도 이상하지 않았다. 심하면 왕실의 명예를 실추시킨 죄를 물어 처형될 수도 있었다. 고통당한 것은 서미인데 지켜주지도 못한 왕실이 서미를 죽이려고 드는 상황을 납득할 수는 없지만 그런 일들이 수시로 일어나는 것을 무화는 이미 보아 왔다.

무화는 촛불이 닿지 않는 으슥한 구석구석까지 눈으로 살폈다. 주점은 마을 사람들 모두가 자주 들르는 곳이고 약제사도 환자가 없을 때면 종종 구석 탁자를 차지 않고 앉아 있었다. 그가 없다면 물어볼 곳도 여기였다.

"누구, 찾는 사람이 있소?"

주인이 물었다. 무화는 주머니 속의 은돈을 만지며 그를 보았다. 기억속의 그는 무뚝뚝하지만 좋은 어른이었다. 엄마가 바꿀 것이 적어서 서미와 무화가 아무것도 받지 못하고 술집 뒷계단에 쪼그리고 있을 때면 굳은 떡을 말랑하게 구운 것을 말없이 주고가곤 했다. 하지만 그는 돈에도 몹시 밝아서 절대로 그가 말한 이상의 값을 받아낸 사람도 없었다. 무화는 그가 세상물정에 밝고 좋은 쪽으로든 나쁜 쪽으로든 치우치지 않은 사람이기에 믿을 만하다고 여겼다.

"항구에 화재가 났다는데, 언제요?"

주인은 무화의 옷차림을 훑어보았다. 무화는 그가 얼굴을 알아볼까 봐 걱정했지만 그런 기색은 없었다.

"벌써 몇 년 전 얘기라오. 누구 아는 사람이라도?"

무화는 은돈을 탁자 위에 놓았다.

"그럼 귀한 분들이 쓰실 꽃은 어디에 가서 사야 합니까?"

그건 동녀를 가리키는 은어였다. 주인은 물끄러미 돈을 보고 호주머니에 넣었다.

"저쪽으로 가 보시오. 술 한 병 가져가면 일이 더 잘 풀릴 거요."

무화는 술값을 치르고 그가 가리킨 외진 탁자로 갔다. 가름막 같은 나무 기둥을 넘자 와자하게 떠드는 소리가 한풀 꺾였다. 아니, 무화가 듣지 못하는 걸 수도 있었다. 물에 빠진 것처럼 주위의 공기가 사라지고 뒤엉킨 시야가 탁자 구석에 앉은 늙은 남자에게로 쏠렸다. 그를 이렇게 빨리 찾아낼 줄은 몰랐다. 무화는 준비가 덜 되었다. 하지만 두 발은 묵묵히 복수로 향한 걸음을 내디뎠다.

"귀한 분께 바칠 꽃이 필요한데……."

무화는 얼룩과 기름때로 찌든 탁자 위에 술병을 내려놓았다. 늙은 약제사는 낯선 젊은이를 올려다보았다. 무화는 그가 자기를 알아볼까 봐, 그 손으로 울에 넣어 사창가에 판 어린애라는 걸 기억해 낼까 봐 마음을 졸였다. 하지만 늙어서 바랜 눈은 무화의 얼굴에 닿기 전에 탐욕스럽게 술병에 꽂혔다. 그는 무화를 알아보지 못했다, 기억조차 못할 터였다. 불에 타 죽었을 거라고 생각할 테니까. 거기 갇혀 있던 많은 아이들처럼.

약제사의 남색 옷은 바래고 해져 회색에 가까웠지만 소매와 등허리의 약사 문양은 아직 알아볼 만했다. 이렇게 오래된 동네에선 아무나 저 옷을 걸치고 다닐 수는 없었다. 하지만 그가 정말로 자기 일을 제대로 하고 있을지는 의심이 들었다. 처음에는 그인지 확신하기가 어려웠다. 어둑한 불빛 때문일 수도 있고 시간 때문일 수도 있었다. 비좁고 음침한 탁자 구석에 앉은 약제사는 무화의 기억보다 훨씬 늙었고, 어깨는 굽고 머리가 듬성듬성했다. 빈 잔을 핥는 떨리는 손과 새빨간 코는 탁자에 들큰하게 달라붙은 잔 얼룩처럼 그가 여기 눌어붙는 게 잦은 일이라는 걸 알려 주었다. 전에도 그랬을까? 무화가 너무 어려 몰랐던 걸까? 엄마에게 인사하러 올 때 그는 좀 덜 나이들고 훨씬 깨끗했다. 아니 엄마가 아니라 녹옥 공주님이었지. 무화네는 안내를 부탁하러 처음 들렀을 때 외엔 거의 온 적이 없으니까. 산골 마을에선 아무도 왕진을 부를 만한 돈이 없었다. 하지만 약제사는 녹옥에게 들렀다가 잠시 쉬어갈 때면 무화네를 살펴주곤 했다. 그는 특히 무화에게 관심이 많아서 잘 자라는지 어디 아픈 데는 없는지 물었고, 가끔 단 엿을 꺼내주기도 했다. 무화는 그걸 받아서 아껴두었다가 서미와 나눠 먹었다. 거기 꿍꿍이가 담겼을 줄은 몰랐다. 아이들은 그런 것은 모른다.

무화는 허락을 구하지 않고 약제사의 맞은편에 앉았다.

"누구지? 못 보던 얼굴인데?"

약제사는 침과 손기름에 찌든 잔을 이쪽으로 밀었다. 무화는 한손으로 병을 쥐고 술을 딱 반만 채웠다. 약제사가 입술을 핥았다.

"거, 따르는 김에 채우지."

무화는 그를 뚫어져라 쳐다보며 천천히 잔을 채웠다.

"올 거라고 들었지."

잔을 든 약제사가 불쑥 말했다. 무화의 등골이 오싹했다. 나를 알아본 건가? 복수하러 올 줄 알았다는 건가? 어떻게?

"그래, 얼마를 줄 텐가? 요즘은 전처럼 꽃이 흔치 않아서……."

아니, 이건 거래에 대한 이야기다. 그래, 기억할 리가 없지. 여자와 아이를 사람이라고 생각해 본 적도 없는 주정뱅이가.

"무례한 가격만 아니라면 기꺼이."

무화는 흘끔 주위를 둘러보며 목소리를 낮췄다.

"몸이 다셨구먼. 알지. 암."

약제사는 쪼글쪼글한 입술에 묻은 술을 남김없이 빨았다. 무화는 눈살을 찌푸렸다.

"물건이 있기는 한 건가?"

약제사는 남루한 옷소매를 탁자 밑으로 감췄다. 쇠락해 보이는 상인과 거래하고 싶은 손님은 없었다. 상인의 옷차림은 그가 가진 물건의 상태를 누설하기 때문에 깨끗하고 단정한 건 중요했다.

"그럼, 그럼. 다른 덴 없어도 나한텐 있지. 자네는 정말 운이 좋은 거야. 영주 나리도 나한텐 손 못 대거든."

비밀을 쥔 자는 약점을 쥔다. 권력을 가진 사내들이 무슨 짓을 할 수 있는지는 모두가 알고 있지만 정말로 누가 무슨 짓을 했는가에 대해선 아무도 알아선 안 된다.

"그래, 들은 바가 있지. 왕실의 핏줄도 구해 준다며?"

그 말을 꺼내자마자 약제사는 움츠러들었다.

"누구한테 무슨 얘길 들은 거지?"

그는 주위를 두리번거렸다.

"늙은 영주를 죽인 건 녹옥 공주의 딸이 아니라 이름 없는 산에 사는 곰이야. 다들 그렇게 말한다고. 홍등가에 불이 난 건 절대로 내 책임이 아니야. 나는 그 애들을 귀여워만 했어. 걔들이랑은 아무 상관도 없다고."

무화는 약제사의 긴 거짓말을 무표정한 얼굴로 들었다. 두서없는 변명들이 그가 감춘 것을 폭로했다. 그는 홍등가 화재 사건에 연루되어 있었고 왕실의 핏줄을 건드린 것에 대해 변명거리를 찾고 있었다. 하지만 서미가 늙은 영주를 죽였다는 건 몰랐다. 서미는 에메랄드 반지의 남자에게 끌려간 이후에 대해서는 아무 말도 하지 않았다. 이제 서미에게 손댄 자는 사라졌구나. 그럼 그 모든 걸 기억하고 있는 약제사와 에메랄드 반지 남자만 없애면 된다.

약제사가 어떻게 세월을 살아남았는지는 알고 싶지도 않지만, 선대 영주를 죽음에 몰아넣고 홍등가와 항구의 절반을 불태운 책임에서 놓여나기는 쉽지 않았을 거라고 무화는 확신했다. 살아남기 위해서 쥐고 있는 모든 치부책과 권력을 동원했겠지. 그래서 저렇게 낡은 약제사복을 입고 아무 권위도 없이 술집 구석자리에서 간신히 술잔 하나 지키고 있는 거다.

무화는 서미의 마주잡은 손과 잘려나가는 듯한 왼팔 고통과 뜨겁게 넘실거리던 불길을 기억했다. 얼음장처럼 심장을 찌르던 차가운

겨울 바닷물도 생생하게 떠올랐다. 서미는 복위된 녹옥 공주와 입궐 준비를 하느라 며칠 무화를 보지 못한 것은 완전히 잊고 있었다. 하지만 무화가 약제사에게 잡혀갔다는 소리를 듣자마자 산을 내려와 약제사의 행방을 찾았다. 그리고 무화를 홍등가에 넘기는 약제사를 찾아냈을 때, 문은 서미의 등 뒤에서 닫혔다. 그는 처음부터 서미가 따라오는 것을 알고 있었다. 그들은 그렇게 공모자가 되었다. 서미를 해치는데 필요한 미끼와 덫으로. 무화는 그래서 더더욱 약제사와 자신을 용서할 수가 없었다. 이 일을 모두 마치면 서미에게 속죄할 수 있을까?

'저 앤은 특별해. 반쪽이라도 왕가의 핏줄이니까 서운한 가격에 내돌리면 절대로 안 돼. 유폐당한 공주는 아무 힘도 없어. 아비 없이 낳은 아이가 짐스러운데 궐로 가는 발길을 가볍게 해주었으니 오히려 좋아하고 있을걸. 고귀한 손을 더럽히지도 않고 혹을 뗐으니 얼마나 기껍겠어? 귀족들이 하는 짓이 다 그렇잖아. 귀족 중에서도 가장 고귀하신 왕족이니 더 말할 필요도 없지.'

무화는 약제사의 손에서 빛나던 금반지를 기억했다. 거기 낀 반지는 술값으로 사라졌지만 오래도록 패인 자국은 쉽게 사라지지 않았다. 시간은 사라지지만 기억은 남는다.

"어떤 아이를 원하지? 걱정 마. 이 장사는 비밀이 생명이니까."

오랜 침묵을 망설임으로 해석한 약제사가 무화의 소맷부리를 당겼다. 무화는 흠칫 어깻짓으로 그의 손에 잡힌 왼팔을 뺐다. 힘없이 늘어진 팔 안에서 뭔가 뒤채는 듯한 꿈틀거림이 느껴졌다.

"어디 아픈가? 내가 좀 봐줄 수 있는데."

약제사가 늘어진 왼팔을 가리켰다.

"괜찮아."

울어도 울어도 풀리지 않는 통곡 같은 갈증이 몸 안을 뒤틀었다. 피와 죽음에 굶주린 칼날 같은 허기가 몸 안을 헤집고 다녔다. 무화는 익숙지 않은 감각에 현기증을 느꼈다.

"많이 아픈 거 아니야? 나한테 좋은 약이 있어. 부담 갖지 마. 인사라고 치자고."

무화의 창백한 얼굴과 이마에 맺힌 식은땀을 보고 약제사는 잠깐 과거의 모습으로 돌아갔다. 그는 누구에게나 필요한 사람이었고 모두에게 존경받았었다.

"물건을 보러 가지."

무화가 자리에서 일어났다.

"쯧. 뻣뻣하긴. 알았어. 잠깐만 기다려. 잠깐만."

약제사는 허둥지둥 일어나서 주인에게 갔다. 그리고 돌아오더니 말했다.

"가기 전에 선금이 좀 필요한데."

달아둔 술값을 청산하지 않으면 여기서 나갈 수 없다는 뜻이다. 무화는 내용을 듣지 않아도 간단히 고개 젓는 주인의 인상만으로 알았다.

"내가 알 바는 아니지만……."

무화의 말에 약제사의 얼굴에 절망이 스쳤다. 그러나 무화가 꺼낸 돈 주머니를 보고 희색이 돌아왔다.

"물건이 형편없으면 두 배로 갚아야 할 거야."

이 몇 푼이 그의 죽음에 차리는 예가 되리라.

"그럼, 그럼. 염려 놓게."

약제사의 손이 주머니를 가로채는데 커다란 술통이 둘에게 날아왔다.

"어이쿠!"

무화는 잽싸게 몸을 낮춰 피했지만 약제사는 호되게 얻어맞고 술통과 나뒹굴었다. 기둥 너머에서 싸움판이 벌어졌고, 한가운데 있는 건 무화도 아는 얼굴이었다.

"단풍?"

아무리 어두워도 그의 산 같은 덩치와 빨간 머리를 못 알아볼 수는 없었다.

"반하 공자?"

그 옆에 겉옷에 달린 모자를 깊게 눌러쓴 남자는 반하가 틀림없었다. 저 둘이 이런 구석까지 웬일일까? 영주 저택의 푹신한 침대와 좋은 술만으론 저녁을 보내기에 부족했던 걸까? 무화는 문득 약제사가 새 손님을 기다리고 있었다는 것에 생각이 미쳤다. 설마. 무화는 서미가 좋아하는 반하가 어린애를 좋아할지도 모른다는 의심을 애써 떨치고 약제사부터 처리하기로 결정했다.

"이봐, 나가자."

좀 전까지 쓰러져 있던 약제사가 술통과 함께 사라지고 없었다.

"그 술통에 술이 남아 있었군."

늙은 몸을 추스르기도 힘들 판에 술통까지 들고튀다니, 술의 힘이란 정말 대단하구나. 무화는 시비에 휘말린 반하 쪽을 흘끔 보고는 약제사를 쫓아 부엌 뒷문으로 향했다. 그때 날카로운 금속음이 예민한 귀를 긁었다.

"조심해."

반하는 머리 위로 떨어지는 날카로운 마찰음에 깜짝 놀랐다. 단풍은 아직 검도 꺼내지 못했다. 자그마한 체구의 소년이 그의 앞으로 튀어나와 넓은 날 부분으로 내리치는 칼을 막고 정강이를 걷어찼다. 공격한 덩치가 휘청 넘어갔다.

"고맙소."

단풍과 소년은 반하를 사이에 두고 양옆을 지켰다. 주먹다짐과 칼부림은 다르다. 주먹은 서로의 깜냥을 재 보다 물러날 여지가 있지만 피를 보면 누군가 죽기 전엔 멈춰지지 않는다.

"귀한 댁들 같은데 어쩌다가?"

무화가 물었다. 반하는 눌러쓴 모자를 건드리며 빙긋 웃었다.

"어쩌다 보니."

무화는 속속들이 해체하는 듯한 그의 시선에서 불편한 왼팔을 감췄다. 공주님의 시녀란 게 들통 나면 곤란하다. 하지만 반하가 여기서 다치면 여럿의 무지한 목숨이 날아가게 된다. 귀족의 몸에 상처를 내면 목숨으로 갚아야 한다. 설령 싸움을 시작한 것이 귀족이라도. 결과에 책임을 지는 건 언제나 돈도 신분도 아무것도 없는 자들이다.

반하는 칼을 차고 있었지만 뽑진 않았다. 단풍이 두 사람 몫을 하듯 양손에 장검을 쥐었다. 산 같은 몸만으로 위협적인데 양쪽에 칼을 든 모양새는 멸종한 큰 이빨 범처럼 아름답고도 위압적이었다.

무화는 그 모양이 괜히 반가웠다. 대개 뱃사람들이 그렇게 싸웠다. 선상에선 싸우는 장소를 예측할 수 없기 때문에 흔들리는 배 난간에 한발로 서거나 밧줄에만 의지한 채 허공에서 싸우는 일도 다반사라 어느 손이든 싸움에 능숙했다.

무화는 맞은편에서 미끄러져 들어온 칼날을 쳐내고 칼등으로 상대의 머리통을 후려쳤다. 짠물과 바람에 다져진 덩치가 지푸라기처럼 푹 꺾였다. 무화는 무게에 짓눌려 바닥에 넘어졌다. 반하가 재빨리 손을 내밀어 팔을 잡아챘으나 왼쪽이어서 주륵 미끄러졌다. 반하는 당황했지만 무화는 넘어진 방향으로 몸을 더 밀어서 바닥을 구르고 발딱 일어났다.

"너 그 팔?"

"빠져나가, 도련님. 생사람 잡지 않게."

무화는 뺨에 튄 핏물을 핥고 퉤 뱉었다. 무화의 피는 아니지만 아주 가까운 곳에서 떨어졌다. 무화는 아까까지만 해도 양손을 쓰던 단풍이 한 손만 움직인다는 걸 깨달았다. 심장이 불안하게 뛰었다. 두근대는 소리가 무뎌진 왼팔에 가득 찼다. 현기증 같은 부연 어지러움이 시야를 스쳤다. 무화는 눈을 깜박이며 문 쪽으로 길을 텄다. 반하가 귀족인 게 알려져도 곤란하지만, 안다고 저들이 선선히 물러나리란 보장은 없었다. 여기는 항구마을 고래등걸이고 거친 바다와의 목숨을 건 싸움에 닳고 달은 사내들이 득시글대는 곳이었다. 귀족 상해죄로 처형당하느니 반하의 목을 따버리고 튀는 편을 택할 것이다. 그들에겐 살아남는 것만이 진정한 명예이며 승리였다.

"지금이야."

무화가 신호하자 단풍은 어깨로 문을 밀쳐 열고 반하를 빼돌렸다. 반하는 도망이라는 불명예를 기꺼이 감수했다. 무화는 그가 자존심을 지키겠다고 어리석게 뻣대지 않은 점을 높이 샀다.

"하나가 튄다! 잡아!"

"어딜!"

무화는 옆에서 달려드는 남자를 걷어차며 반동을 이용해 뛰어올라 앞에서 돌진해 오는 남자를 뒤통수를 가볍게 짓밟고 어깨를 걷어찼다.

"억!"

그가 고꾸라지자 허공에서 몸을 틀어 다른 남자의 등짝을 칼등으로 찍었다. 와득 하고 뼈 부러지는 소리에 입안에 침이 고였다. 아니, 무화의 입이 아니라 왼팔의 입이다.

왼팔에, 입이라고?

두큰.

심장이 뛰었다. 왼손이 뺨에 묻은 단풍의 피를 핥았다. 진득하게 감도는 뜨겁고 달콤한 혈향에 무화는 몸을 떨었다.

두근, 두큰.

가슴에서 한 개, 왼팔에서 한 개. 두 개의 고동소리가 억지로 이어 붙인 다른 몸처럼 어긋나게 뛰었다. 호흡이 가빠지며 아찔한 환영이 무화의 눈을 덮었다. 공포와 절망으로 퇴색된 푸른 비늘과 분노와 수치로 얼룩진 붉은 비늘로 뒤엉킨 뱀이 어둠의 늪 속에서 떠올랐다. 그건 진짜 뱀이 아니라 뱀의 모양을 빌린 어둠이고 무화의 왼팔이었다.

'죽었어?'

목소리 하나가 말했다.

'죽었어. 어차피 숨이 붙어 있으면 끊어야 했는데 번거로움을 덜었구먼.'

목소리 두 개가 말했다. 망각 귀퉁이에 틀어박혀 있던 기억이 쏟아졌다. 주위에서 목소리들이 웅웅댔다. 입안에 쓰디쓴 흙물이 흘러드는데 뱉을 수가 없었다.

'시체라도 건져 가야 하는 거 아냐? 마님께 뭐라고 말씀드리지?'

'건져 가면 뭐해? 시체로 능지처참 할 것도 아니고. 마님은 끝까지 모르셔야 할 일이야. 큰 도련님은?'

'시체를 확인하러 오고 계셔.'

구정물이 죽은 몸 안에 흘러들어 혈관을 돌았다. 참을 수 없이 까끌까끌한 통증이 온몸을 돌아다녔다.

'죽었군.'

세 번째 목소리가 말했다. 고급 가죽신이 흙을 차는 소리가 들렸다. 하인들의 딱딱한 신발과는 소리가 달랐다.

'예, 도련님.'

'시체를 건져, 토막 내서 태워.'

'예? 이미 죽었고, 저긴 늪인뎁쇼?'

'건져내. 태워.'

세 번째 목소리가 낮게 윽박질렀다. 첨벙대는 진동에 맞춰 몸이 출렁거렸다.

'으악! 흐익!'

둘의 비명 소리가 들리고 멈추기를 반복한 후, 결국 도련님이 포기했다.

'됐다. 벌레밥이 되게 둬라.'

발소리들이 멀어졌다.

보지 말고. 듣지 마라.

늪의 암흑과 뒤엉킨 **밤**이 속삭이며 몸을 끌고 **그늘**로 들어갔다. '숨쉬지 마라'가 빠졌다는 생각은 나중에 들었다. 그때 무화는 이미 죽어 있었다.

두큰.

죽은 무화의 심장을 대신해 왼팔의 심장이 거칠게 뛴다.

두큰. 두근.

심장 소리가 둘로 나뉘며 눈 안에 빛이 돌아왔다. 사방이 불타고 서미가 울고 있었다. 우리 속에서. 무화는 문을 부수고 서미를 끌어 냈다.

아니, 구하러 온 건 서미였잖아.

그걸 의식한 순간 현재가 돌아왔다.

"괴, 괴물이다!"

무화는 기묘하게 뒤틀린 채 입을 벌린 왼팔을 내려다보았다. 수십 마리의 구렁이가 뒤엉킨 듯 꿈틀대는 형태는 낯설고도 낯익었다. 어느 꿈에서 본 걸까, 아니면 지금이 꿈인 걸까?

와르르 문 쪽으로 달려 나가는 사람들의 움직임이 물속처럼 느릿하고 비명소리는 무거운 것에 짓눌린 듯 띄엄띄엄 들렸다. 심장을 달구는 굶주린 열정이 무화를 매료시켰다. 짐승이 된 것처럼 사냥에 대한 욕구만으로 머릿속이 상쾌해지며 오른손의 칼날이 춤췄다. 춤사위 한 판에 사람의 몸이 도살장의 돼지처럼 피와 내장과 뼛조각으로 분수처럼 흩어졌다. 주점 주인의 피 묻은 앞치마 조각을 잡아챈 왼팔이 목을 울리며 기쁘게 포효했다. 무화도 같이 포효했다. 짜릿했다.

"어둔?"

단풍은 아우성치며 달려나가는 사람들을 거슬러 왔다. 소년의 부푼 왼팔은 계속 자라 어느새 악어만큼 커졌다. 건들대는 괴물에게 움직이는 인형이 붙어 있는 것 같았다. 조만간 소년은 사라지고 괴물만이 남게 될 것이었다. 이제 곧.

단풍은 어둔이 뭘 가장 좋아하는지 알고 있었다. 그는 칼날의 방향을 안쪽으로 틀어 팔목을 그었다. 침침한 방 안에서 귤 한 개를 깐 것처럼 빛의 향기가 폭발했다. 한순간 무화의 모든 '감각'이 단풍을 응시했다. 무화의 내부에 또 다른 눈이 있었고 그것에게 모든 사물은 암흑이고 단풍만이 별처럼 빛났다. 무화는 감미로운 기대로 들뜬 혀를 핥았다.

바람이 불었다. 뱃머리가 노래를 흥얼거렸다. 마노는 큰 돛대에 기대어 있다가 반짝 눈을 떴다. 새파란 홍채가 폭발하는 별처럼 확장되어 까만 동공까지 삼켰다가 다시 제자리로 돌아갔다.

"뱃머리를 돌려. 수인(水印)이 깨졌다."

마노의 곁에 있던 오트가 서둘러 배의 심장으로 달려갔다. 방문을 열자 한 걸음 너머로 나무와 호수와 셀 수 없이 작은 웅덩이로 이루어진 넓은 홍수림이 나타났다. 상선 전체의 크기보다도 넓은 밀림 한가운데 나뭇가지와 덩굴로 둥지처럼 지어진 곳이 있었고, 그 안쪽에 수정처럼 투명한 긴 머리카락을 거미줄처럼 사방으로 퍼트린 처녀가 있었다. 머리만 있는 처녀의 눈은 눈자위와 눈동자의 구분이 없이 호박석 같은 은은한 황금빛으로 가득했다.

"무화 근처에 누가 있는지 확인해."

오트가 말하자 처녀의 머리카락이 수 만 개의 촉수처럼 움직여 호수 주변에 고인 얕은 웅덩이를 한꺼번에 건드렸다. 웅덩이 위로 낯선 장소들이 소용돌이치며 지나가더니 숨 한 번 고르기도 전에 물결이 멈추고 기울처럼 매끄러운 이미지들을 비췄다. 거기엔 사람 모양인 것도 있고 아닌 것들도 있었다.

"마노의 수인(水印이) 깨져서 찾을 수가 없습니다."

머리만 있는 처녀가 말했다.

"최근에 무화의 돌을 감지했지? 그걸 자극하면 본체가 공명할 거야."

오트가 말했다. 머리만 있는 처녀는 눈을 감았다. 처녀의 내부에 별처럼 빛나는 돌들이 떠올랐고 그중 한 개를 건드리자 심장과 맥이 동조하듯 멀리서 사람 그림자가 공명했다. 머리만 있는 처녀는 사람 그림자 주변에서 가장 가까운 돌 중에 유난히 투명하고 푸른 돌을 주시했다. 그보다 붉은 돌이 맥동치는 사람 그림자에 더 가까웠는데 그 돌은 갑자기 깨졌다.

"적옥이 있었습니다만 방금 깨졌습니다. 다음은 수련이 가깝습니다."

다른 수면들은 다시 물결쳐서 흐려지고 매끈하게 고정된 한 개만 명료하게 빛났다. 다 타 버린 재처럼 투명한 회색 머리에 오목조목한 이목구비를 한 표정이 없는 여자가 보였다.

"수련보고 무화에게 가라고 해. 내가 갈 때까지 해치지 말고 무조건 버티라고."

마노가 뒤따라오며 말했다. 오트는 "그렇게 어려운 명령을."이라고 중얼거리며 웅덩이 저편으로 하명했다.

'마노께서 직접 오신다구요?'

수면 저쪽에서 수련이 물었다.

'무구를 허가해 주세요.'

수련이 요청하자 오트는 소매를 걷고 물속에 손을 넣었다. 웅덩이 저편에서 수련의 손이 오트의 손과 맞닿을 곳에서 멈췄다. 둘의 손바닥 사이에서 희미한 그림 모양이 떠올랐다가 수련 쪽으로 사라졌다.

'나중에 뵙죠.'

수련의 얼굴이 사라지자 수경은 개구리밥이 뜬 평범한 웅덩이로 변했다. 오트는 바로 계단을 거쳐 윗 갑판으로 올라가 명령했다.

"돛을 펼쳐라! 주갑판을 열어! **변화**에 대비해라! 고래등걸로 간다!"

마노는 평소에는 어두운 천으로 가려 놓은 갑판 위에서 꽃과 나무의 형태를 빌린 선과 색으로 구성된 **심어(深語)**가 드러나는 것을 내려다보았다. 싹이 자라 줄기가 되고 가지마다 무성해진 잎 사이로 꽃이 피어나는 것처럼 차례대로 벗겨진 무늬 전체가 완전하게 드러나자 배는 파도와 바람과 빛이 되었다.

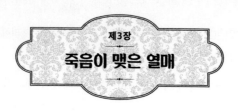

제3장

죽음이 맺은 열매

"지금까지 어디서 뭘 하다 왔어? 너는 공주님의 시녀란 자각이 있어 없어? 아랫사람이 허락도 없이 싸다니다 잘못되면 공주님의 명예에 누가 된다는 걸 알아 몰라?"

새벽녘에 슬그머니 돌아온 무화에게 말리가 떽떽댔다. 반공주가 없으면 말리는 무화를 마음대로 다뤘다. 사실 공주의 말동무란 건 허울만 좋지 진짜 직급이 아닌지라 정식 품계를 받은 궁인인 말리에 비하면 무화는 아무것도 아니었다. 게다가 나이도 자식뻘이니 함부로 다루기 딱 좋았다.

"네네, 잘못했어요."

무화는 너무 피곤해서 간신히 치마만 걸치고 침대로 기어들던 참이었다.

"얼굴은 왜 그래?"

말리가 멍든 턱을 가리켰다.

"넘어졌어요."

말리는 눈을 가늘게 뜨고 무화를 째려봤다.

"혹시 너 말 못할 짓을 하고 다니는 건 아니겠지? 사내를 꼬인다
든가."

"아녜요."

무화는 졸려운 목소리로 싱겁게 대꾸했다.

"그런 적 없는 거 알잖아, 말리. 무화는 불면증이 있어."

잠에서 덜 깬 서미 공주가 침대 기둥에 기댄 채 말했다.

"불면증이라니요, 낮에는 코를 골며 잘만 잡니다."

말리가 얼른 태도를 바꿨다. 서미는 웃었다.

"무화를 놔줘. 나도 좀 더 자게."

"공주님이 만날 그렇게 감싸시니 버릇이 나빠지기만 하지요. 이
대로 입궐했다간 반나절 만에 쫓겨납니다."

무화는 말리의 목소리가 물 밖처럼 멀어지게 두었다. 잠과 생각의
경계가 모호해졌다. 반하 같은 자가 왜 허름한 술집에 나타났을까.
정말로 술을 마시러? 부디 들러만 주십사 굽실대는 명문 귀족가의
무수한 금박 초대장과 눈과 귀가 달콤한 고급 술집들을 놔두고?

'올 거라고 들었지.'

약제사의 목소리가 귓전을 스쳤다. 그는 거래를 기다리고 있었다.
그리고 반하가 나타났다. 우연이라기엔 절묘하다. 무화는 병풍 너머
로 긴 꼬리처럼 사라지는 서미의 비단 치맛자락을 바라보았다. 조심
해. 그자를 믿지 마. 사랑에 빠지면 안 돼. 입술이 달싹였지만 소리가

나가지 않았다. 물에 가로막힌 것처럼. 아니 이건 꿈이야. 무화는 남청색 물살을 헤치고 뻗어오는 하얀 손을 보았다. 마노의 손이었다. 고열에 들뜬 작은 몸이 시원한 물향기를 따라 비틀대며 복도를 걸었다.

찰박.

소리가 새어나오는 방문을 열자 엷게 물안개가 긴 호수가 보였다.

배 안에 어떻게 호수가 있지?

무화는 궁금증을 안고 방 안으로 들어갔다. 서늘한 이끼향이 나는 안개를 마시자 열이 한결 가시는 기분이었다. 얼마 안 가서 호수 가장자리에 발이 닿았다. 무화는 물살이 발을 간질이는 걸 바라보다가 얼굴을 들었다. 안쪽에 사람 그림자가 일렁이고 있었다. 쏟아지는 금빛 머리카락이 벗은 등을 타고 물속에서 하늘댔다. 턱과 팔에 맺힌 물방울은 진주처럼 빛났다.

조는 것처럼 가볍게 물살을 즐기고 있던 인어는 인기척을 듣고 눈을 떴다. 별이 깃든 새파란 홍채와 까맣게 확장된 동공이 반짝 빛났다. 무화는 보석 안에 사로잡힌 빛처럼 눈을 뗄 수가 없었다.

'**밤**?'

아니 **밤**이 아니었다. **밤**의 눈은 어둠 중의 어둠이라 지상의 한밤마저 바래게 했다. 하지만 그 눈은 빛 중의 빛으로 주변의 사물을 바래게 했다.

'그건 누구지?'

우아한 입술이 미소 지으며 이쪽을 향해 손짓했다. 손가락에서 떨어지는 물방울의 섬세한 모양을 홀린 듯이 바라보던 무화는 갑자기

더럭 겁이 났다. 이건 사람의 눈이 아니야. 어둔도 아니고 인어도 아니다. 광활한 우주가 머리 위로 쏟아지는 것 같은 아찔한 공포가 온몸을 뒤덮으며 사지가 덜덜 떨렸다. 조금 전까지 나아지고 있던 몸의 통증이 열 배로 더해졌다.

'눈을 감아.'

하얀 손이 무화의 눈을 덮었다.

'눈을 감고 숨을 쉬어.'

침착한 목소리가 속삭였다. 무화는 구름에 안긴 것처럼 몽롱한 채로 흔들리며 침상에 눕혀졌다. 눈을 떴을 때는 오트가 병상에 돌아와 있었다.

'아직 돌아다니면 안 돼.'

서미가 위쪽 침대에서 몸을 내밀었다.

'그 사람 누구야?'

'누구?'

무화는 어눌하게 물었다.

'너를 안고 온, 엄청나게 크고 무시무시하게 예쁜 사람 말이야. 눈은 파랗고 머리는 금이었어.'

꿈인 줄 알았다.

'마노를 뵈었어? 설마 너 배의 심장에 들어갔어?'

오트의 말에 무화는 야단 맞을까 봐 얼른 도리질 쳤다. 오트는 믿지 않았지만 더 다그치지 않았다.

'함부로 배 안을 돌아다니지 마라.'

오트가 가리개를 쳐주고 나가자 서미의 목소리가 내려왔다.

'그 사람이 우리를 구해 줬지?'

'응.'

무화가 대답했다.

'너무 예뻐서 소름끼치더라.'

'응.'

'너 홀렸어?'

'응. 응?'

무화가 화들짝 놀라자 서미가 혀를 찼다.

'정신 차려.'

정신을 차려야 하는 건 서민데. 반하 같은 남자한테 반하다니.

"잘 잤어?"

무화가 눈을 뜨자 거울 앞의 서미가 돌아보았다. 어느새 햇살이 창틀에 걸쳐져 있었다.

"나 이상한 꿈 꿨다?"

"뭔데?"

서미는 바삐 손을 놀리면서 말했다. 손짓 한 번에 앞머리가 우아한 선으로 내려앉고 또 한 번에 속눈썹이 날아갈 듯 부풀었다.

"꿈에서 우리가 서로 바뀌어서 내가 녹옥 공주님의 딸이고 네가 울 엄마 딸인 거야. 그래서 맨날 너랑 서로 엄마를 바꿨으면 좋겠다고 투덜댔었어."

서미는 웃지 않았다.

"일어났으면 빨리 옷 입어."

"안 웃네? 재미없었어?"

"재미없어. 가자고. 공주님보다 늦게 일어나는 잠꾸러기 시녀야. 너 때문에 조찬에 늦겠어."

무화는 대충 빗은 머리를 묶고 공주의 뒤를 따랐다. 계단참에서 반하가 기다리고 있었다.

"좋은 날입니다, 공주님."

"좋은 날이에요, 반하."

둘은 함께 조찬장으로 내려갔다. 무화와 말리는 한발 뒤에서 따라갔다. 문득 뒤를 돌아본 서미가 반하에게 물었다.

"단풍은요?"

반하의 이국적인 하인은 어디서나 눈에 띄었다.

"아랫사람을 기억해 주시다니, 세심하시군요. 심부름 보냈습니다."

"그러시군요."

서미는 고개를 끄덕였다. 반하는 뒤따르는 무화를 돌아보았다. 무화는 자기도 모르게 왼팔을 뒤로 감췄다. 새로 얻은 붉은 옥으로 만든 팔찌가 선득하게 손목에 감겼다.

조찬장 문 앞에서 반하는 서미와 말리를 먼저 들여보내고 무화의 뒷덜미를 잡아채 구석진 복도로 빼돌렸다.

"따로 시키실 일이라도?"

무화는 으슥한 곳에 몰리자 긴장했다.

"공주님이 때렸나?"

반하가 멍든 턱을 건드렸다. 무화의 얼굴이 하얘졌다가 빨개졌다.

"공주님은 그런 분이 아니십니다."

좋아하는 남자에게 이런 취급이나 받아야 하다니 서미가 가엾다.

사람 볼 줄 모르는 애송이 귀공자도 넌더리났다. 무화는 그를 무시하고 몸을 돌렸다. 반하가 무화의 손목을 잡아 돌려세웠다.

"가도 된다고 안 했어. 누가 그랬지?"

얼굴은 계집처럼 예쁘장스러운 주제에 사내라고 손아귀 힘이 세서 손목이 아팠다.

"이 힘을 어젯밤에 쓰지 그러셨어요?"

무화는 말을 뱉고 바로 후회했다. 반하의 눈이 빛났다.

"어젯밤?"

"아닙니다."

무화는 그에게서 빠져나가려고 했다. 하지만 반하는 놔 줄 생각이 없었다.

"말해 봐, 어젯밤이 어쨌다는 거냐?"

숨결이 이마에 닿았다. 너무 가깝다.

"놔 주세요."

무화는 어젯밤에 그를 도운 걸 진심으로 후회했다.

"소리라도 지르게? 아무도 신경 안 쓸걸? 아직 대답 안 했어."

이자를 흠씬 두들겨 패면 어떨까. 사타구니를 급습해 고꾸라지면 등을 찍고 팔을 꺾자. 손안에서 단단한 뼈가 부러지는 촉감이 얼마나 통쾌할까. 하지만 여기서 이 모습으로는 안 된다. 그러니까 제발 누가 좀 나타나 줘. 인내심이 바닥나기 전에.

"거기서 뭐하는 거니?"

무화의 기도에 응답하듯 서미가 그들을 찾아냈다. 무화는 반색하며 공주님 곁으로 쪼르르 달려갔다. 서미는 무화를 자신의 치마 뒤에 숨겼다.

"제 아랫것이 공자님께 결례를 저질렀습니까?"

반하는 턱을 쓰다듬었다.

"글쎄요. 그렇다면 어쩌시게요?"

서미는 무화를 돌아보았다. 그리고 벼락처럼 뺨을 때렸다.

"이건 함부로 행동한 벌이고."

서미는 반대쪽도 때렸다.

"이건 공자님께 무례를 저지른 벌이다. 방에 가 있어."

무화는 새빨갛게 달아오른 얼굴을 감추고 방으로 달려갔다. 너무 황망해서 눈물이 날 새도 없었다.

"이곳이 고향이나 다름없으시다죠."

반하는 자기 때문에 억울하게 매 맞은 시녀에겐 신경도 쓰지 않았다.

"네."

서미는 애써 태연한 척 했다. 무화를 때리다니, 너무 심했다. 그것도 반하 앞에서. 서미는 거기에 질투가 담겨 있다는 걸 부정할 수가 없었다.

"저 애도 여기서부터 공주님을 따른 겁니까?"

반하는 사라진 무화의 뒷모습을 가리켰다.

"녹옥 공주님께서 유폐지에서 지내실 때 종종 심부름꾼 노릇을 하던 집 아이죠."

"유폐지에서는 일절 교류가 금지되어 있었을 텐데요."

"그래서 뒤늦게 고발이라도 하시게요?"

서미는 차게 대꾸했다. 반하는 홀쩍 다가와 서미의 흘러내린 머리카락 한 올을 귀 뒤로 넘겼다.

"그럴 리가요. 그냥 근방에 저 아이의 친척들이 남아 있을지 궁금했던 것뿐입니다. 고향인데, 만나고 싶을 것 같아서요."

다독이는 그의 손놀림에 서미는 새삼 얼굴을 붉혔다. 정신 차려, 너는 공주야. 시골뜨기처럼 굴지 말고 당당하게 행동해.

"저 애는 여기 아무도, 아무것도 남겨 두지 않고 나를 따라왔어요."

반하는 서미의 말투에 묻어나는 쓸쓸함에 의아했다. 마치 서미 공주가 홀로 떠나온 것 같았다.

"저 애는 꽤나 좋은 내접을 받았던 거 같군요. 주제에 맞지 않은 목걸이며 팔찌며."

"무화가 마노의 목걸이를 보여 드렸어요? 공자님께? 믿을 수가 없군요."

서미의 눈이 동그래졌다.

"마노라면 노래하는 나무 상단의 그 마노?"

서미는 손으로 입을 막은 걸 바로 후회했다. 이제 거짓말을 할 여지가 사라졌다.

"제가 착각했습니다. 마노가 아니라 청옥이었죠. 그 아이가 아끼는 것이라 남에게 보였을 리가 없어서요."

서미는 최선을 다해 둘러댔다. 마노는 보석의 이름이기도 했으니 반하는 속아 넘어가 주었다.

"시녀가 가질 물건이 아니던데요."

그 빨간 옥팔찌도. 그런데, 전에도 그걸 했던가?

"공자님께서 관심 가지실 만한 일은 아닙니다."

서미가 말했다.

"궁금한데요, 그 빨간 옥팔찌도요."

반하는 끈질겼다.

"옥팔찌?"

서미는 두 번 실수하지 않으려고 섣불리 대답하는 대신 그저 얼버무렸다.

"제가 물려 준 겁니다."

"그래요? 시녀에게 함부로 주기엔 너무 귀한 물건이 아닙니까?"

언뜻 봐도 눈이 번쩍 뜨일 만한 물건이었다. 반하는 그게 보통 것이 아니라고 확신했다.

"공자님이 간섭하실 게 아니죠."

서미는 싸늘하게 돌아섰다. 반하는 지금까지와는 다른 반공주의 태도를 관심 있게 지켜보았다. 어린 시절의 흉금을 아는 사이란 그렇게 달콤하지만은 않을 테지.

"그 아이에게 친척이 없다면, 공주님은요? 여기에 아는 분이 안 계십니까? 고향인데요."

어젯밤의 그 소년은 누굴까. 이 마을 사람 같지는 않았다. 아무도 그의 이름을 부르거나 이방인을 편든다고 항의하지 않았다. 반하는 물끄러미 서미의 얼굴을 보았다. 이 얼굴과도 닮았다. 비슷한 얼굴에 비슷한 또래가 같은 장소에 함께일 확률은 얼마일까.

서미는 어색한 웃음을 흘렸다.

"지금 감히 아무도 묻지 못한 제 아비의 신상을 물으시는 겁니까?"

"아. 그럴 리가요."

반하는 얼른 화제를 돌렸다.

"그저, 어젯밤에 잘 주무셨는지 궁금해서요."

서미는 치맛자락에 감춘 손을 꽉 쥐었다. 뱀 같으니라고. 어젯밤 무화가 반하를 만난 건 확실했다. 왜 무슨 일인지 말하지 않는 걸까? 서미는 무화가 몰래 밤에 나다니는 건 익숙했지만 뭔가 숨기는 건 익숙하지 않았다.

"궐 밖에서 지내시는 동안에 누구에게 사사하셨습니까?"

반공주의 감춰진 과거는 세간의 관심거리였다. 서미는 신중하게 대답을 골랐다. 빙사에게 어설피 보였다간 한입에 삼켜지는 수가 있었다.

"이름을 밝히길 꺼려하시는 훌륭한 스승이 계셨죠. 그런데 아침밥도 굶고 계속 심문하실 건가요?"

반하가 팔을 내밀었다. 서미는 조심스럽게 그 팔에 손을 얹었다.

"설마 그분 이름이 마노입니까?"

서미의 손이 움찔했다.

"마노는 보석의 이름이죠."

반하는 웃었다. 서미의 거짓말은 아주 적절했다. 하지만 몸은 그만큼 능숙하지 않았다. 그걸로 충분했다.

"그냥 하녀까지 교육하는 건 흔치 않은 일이라서요. 뭐 항상 같이 있다면 아무것도 못 배우기가 더 어렵겠지만 말입니다."

서미는 정색했다.

"배우는 데 신분이 필요하다고 생각하진 않습니다. 무화는 저랑

동등하게 배웠고 제가 할 수 있는 건 저 애도 다 할 수 있죠."

"공주님은 깜짝 놀랄 만큼 자애롭고 진보적인 분이시군요. 공주라는 신분은 왜 나누지 않으셨죠?"

반하가 비꼬았다. 서미는 그를 노려보고 팔을 뿌리치려다가 앞자리에 앉는 버들 부인을 보고 도로 꼭 잡았다. 반하는 속으로 웃었다. 사실 반공주의 이런 태도는 꽤 매력적이었다. 그의 눈길을 끌려는 계산된 행동들보다 더 서미다웠고, 충분히 호감이 갔다.

"좋은 아침입니다."

인사와 함께 식기를 달각이는 소리와 간간히 소금과 향료를 부탁하는 가벼운 소음들이 식당 안에 가득 찼다. 늦잠을 즐기느라 빈자리도 많았다. 반하는 아침 식사를 입에 넣는 척하면서 생각에 잠겼다.

어젯밤, 단풍은 돌아오지 않았다. 따로 연락이 오지도 않았다. 그런 적은 한 번도 없었다. 반하는 식사 후에 마을에 가 봐야겠다고 생각했다. 물론 그 전에 서미나 외팔 시녀를 붙잡아서 뭔가 캐낼 수 있다면 좋겠지만.

단풍을 주점에 데려간 건 실수였다. 반하는 깊이 자책했다. 그는 반하의 하인이기 전에 다른 곳에 속했고, 은원이 쌓일 일이 없다고 판단했기 때문에 잠시 힘을 빌리자고 생각했다. 그의 힘을 시험해 보고 싶기도 했다. 반하를 여기 보낸 이는 봄 축제 외에 다른 목적이 있었다.

오래된 마을의 주점은 불쾌한 냄새와 소란의 집합소였다. 반하는 거기서 소매치기와 창녀, 약쟁이와 주정뱅이를 한자리에서 보았다. 취하지 않은 이들도 있었지만 그들 중 태반이 범법자거나 그 언저리에서 삶을 유지하는 것이 확실했다. 강건한 얼굴들도 몇 있었다. 옆에 누가 있어도 아무 영향을 받지 않는 자들, 장소가 그들을 정의하는 게 아니라 그들이 장소를 정의하는 자들. 진짜 뱃사람들이다.

반하는 자신과 비슷한 덩치의 하인을 단풍과 먼저 보내 일찌감치 자리를 잡게 했다. 그리고 다과를 마친 후 몰래 영주 가를 빠져나가 하인이 소변 누러 나왔을 때 슬쩍 바꿔쳤다. 한창 소란한 저녁시간에 마을 사람들만 드나드는 오래된 곳에 낯선 사람이 들면 시선을 모으게 될 터였다. 하지만 원래 있던 손님은 관심을 끌지 않았다. 반하는 그렇게 사람들 속으로 스며들었다.

술을 마신 사람도 마시지 않은 사람도 시끄러운 주점 안에서는 절로 목소리가 높아졌다. 반하는 일부러 귀를 열지 않아도 뱃사람들에게서 흘러나오는 생생한 정보를 주워들을 수 있었다. 손님의 수와 주인의 주머니 무게가 비례하는 것처럼 술통의 순환은 정보의 순환과 맞물렸다.

'이번 배는 소금이 부족해서 곤란했어.'

'선미 쪽에서 계속 물소리가 들리는데 선장 새끼는 들은 채도 안 한단 말이야. 저야 수리비를 아끼려는 거지만 우리는 목숨이 달렸는데. 외려 닥치지 않으면 하선시키겠다고 협박하는 거야. 항해 내내 얼마나 진땀이 나던지.'

이런 식의 이야기들은 곧 소금 값이 오를 예정이니 매입해 두는 게 좋을 거라는 판단이나, 어느 배가 수명이 다했고 그런 선주에게는 대금이 저렴해도 절대로 물건을 맡기면 안 된다는 결정의 기반이 되는 중요한 정보였다.

'어느 배를 탔소? 아니면 일자리?'

주인이 데운 술을 내오며 반하를 흘끔 보았다. 이렇게 미남이었던 가? 그가 고개를 갸웃하는데 단풍이 커다란 몸을 수그려 자연스럽게 반하를 가렸다.

'좋은 건수가 있소?'

주인은 단풍의 붉은 머리를 보았다.

'이방인이로군. 우리 영주님이 이방인한테 후하시지. 꼭 배에 타야 하는 게 아니라면 조선소 일은 어떻소? 알아봐 줄 수 있는데. 물론 공짜는 아니지만.'

주인이 손끝을 마주 비볐다.

'목국은 이방인에게 배타적이잖소?'

단풍은 일부러 억양을 강하게 발음했다.

'글쎄. 우리 지엄하신 영주님은 꼭 그렇지만도 않으셔서 일만 잘한다면 말이 안 통하는 게 더 좋다고 하시지.'

이렇게 말한 주인은 다른 주문을 받으러 잠시 자리를 떴다.

'재미있군. 말이 안 통하면 더 좋아?'

반하는 슬쩍 술집 안을 둘러보고 잔을 기울였다. 태산이 짧은 시간 안에 고래등걸을 재건한 것은 반길 만한 일이지만 그 과정과 수단에 대해서는 미심쩍은 부분이 많았다. 혼란은 작은 씨앗이지만 그 열매는 나라를 뒤집을 수도 있었다.

반하는 귀를 낮게 기울였다.

'봄이 오면 뭐해. 물안개가 빈번해지면 그놈의 유령선이 나타날 텐데.'

'자운 선장네 배였지? 재작년에 좌초된 게.'

'그 배를 보고 무사히 돌아온 배가 없어. 죄다 난파되어서. 연안에 떨어진 선원들만 간신히 목숨을 부지해 돌아온다고. 빚쟁이들에게 쫓겨 풍랑이 치는 날 닻을 올렸다가 억울하게 배를 잃은 자운 선장의 저주가 틀림없어.'

반하는 건너편의 이야기를 흥미롭게 엿들으며 생각에 잠겼다. 저주라는 건 그저 알 수 없는 방법으로 배가 손상을 입었다는 뜻일 뿐이다. 재작년이라면 조선소가 출범한 해다. 너무 시기가 적절한 걸.

'그래도 태산 영주님의 하해와 같은 은혜로 새 배를 장만했잖아? 그것도 반값에.'

'그러면 뭐하나. 앞으로 갚아야 할 나머지 반이나, 거기에 붙은 이자를 생각하면 이건 선주가 아니라 배의 노예야, 노예.'

그렇게 넋두리를 늘어놓은 남자는 누가 들을까 서둘러 덧붙였다.

'아, 물론 굶어죽지 않는 게 어디야.'

반하가 지나치게 잘 맞물린 일의 앞뒤를 추론하는 동안 주인이 돌아왔다.

'그런데 그쪽은 무슨 재주가 있나? 힘을 쓸 거 같진 않은데?'

반하가 싱긋 웃었다.

'내가 머리고, 이쪽이 몸이야. 우리는 손발이 잘 맞지.'

주인은 둘을 훑어보고 슬쩍 가까이 왔다.

'마침 자리가 있긴 한데. 그런데 그게 입도 무겁고 힘도 잘 써야 해서……'

낮은 목소리에서 위험이 향초처럼 은은하게 타올랐다. 반하는 불을 키울 기름을 부었다.

'돈만 된다면야.'

그때 커다란 의자가 머리 위로 날아와 그들을 방해했다.

'이방인들은 너희 땅으로 썩 꺼져.'

단풍은 날렵하게 몸으로 의자를 막았다. 부서진 조각이 반하에게까지 튀었다. 반하는 취한 얼굴들을 훑었다. 누군가 일부러 시비를 걸었다. 누가, 왜? 그의 머리에 칼이 떨어지는 순간 외팔이 소년이 끼어들었다. 혼전이 펼쳐졌고 반하는 술집을 빠져 나왔지만 단풍은 돌아오지 않았다.

"오찬 후에 따로 별채에 들러 주시겠습니까, 반하 공자. 제 보물을 보여 드리죠."

태산의 어머니이자 가문의 안주인인 향목 노부인이 말을 걸었다. 반하는 고개를 끄덕였다.

"편지로 말씀하신 그 물건입니까? 기대하고 있었습니다."

마을에 가는 건 미뤄야겠군. 그는 까맣게 잊고 있었다는 속내를 드러내지 않고 정말로 기대하고 있던 것처럼 말했다.

"저도 공자의 솜씨를 기대하고 있답니다. 그 까다로운 도구, 뭐라더라? 석쇠?"

노부인이 이마에 주름을 만들었다.

"연마기입니다, 향목 부인."

반하가 자상하게 거들었다.

"그래요. 드디어 그걸 구하셨다죠? 어떻게요?"

"비밀입니다."

반하는 검지손가락을 미소 짓는 입술에 댔다. 길고 매혹적인 손가락으로 감싼 연녹색 찻잔이 까만 눈동자 바로 아래에서 기울어지자 소지에 낀 크고 새빨간 루비 반지가 불온한 빛을 발했다.

"어머, 설마 그 반지가?"

버들 부인이 물었다. 그는 향목 노부인이 반하의 관심을 차지한 걸 못 마땅해 하고 있었다.

"시험작입니다."

반하가 손가락을 움직이자 부드러운 붉은 빛이 푸른 찻잔 위를 흘러 어둑한 보라색으로 변했다. 루비는 애정과 용기를 뜻하지만 지배와 구속을 뜻하는 흑요석과 맞물리면 탐욕과 부정과 질시와 부질없는 죽음이 됐다. 은발과 흑요석처럼 검은 눈이 연옥빛 찻잔과 새빨간 루비와 함께 얼어붙어 시간 위의 한 점으로 명멸되었다. 누구든 반하를 떠올린다면 이 모습이리라.

"어디 좀 볼까요?"

버들 부인은 반하의 손가락에서 반지를 뺐다. 버들 부인의 손이 반하의 손가락에 닿은 순간 그 자리의 모든 여자들이 버들 부인을 질투했다. 반하는 외부에선 적송가의 후계자가 아니라 금속 세공술사로 이름이 높았다. 서미는 노래하는 나무 상단에서 타국 왕실의 결혼 예물로 그의 세공품들을 배달한 적이 있었다. 옛말에 '보석에는 힘이 있어서 그걸 걸친 사람의 운명을 예기치 못한 방향으로 이끈다'고 했다. 또 '보석에는 마력과 생명력이 깃들어서 때와 장소에 따라 그 힘을 발휘한다'고도 했는데, 반하의 세공품이 바로 그랬다. 그는 국가의 위세와 자존심을 티끌만큼 작은 금공으로 알알이 수놓았고, 전쟁의 불화를 평화로 매듭짓는 바람을 정교한 꼬임에 담았으며 가장 중요한 상대의 마음을 움직이는 힘, 매혹과 권력의 상징인 루비와 에메랄드를 적절한 자리에 과하지 않게 배치할 줄 알았다.

"맙소사. 재능과 젊음과 외모에 부와 권력까지 가진 젊은이는 무엇을 더 바랄까요?"

버들 부인이 탄식했다. 반하는 예의바르게 미소 지었다.

"과찬이십니다."

아름다움도 칼처럼 심장을 찌르면 무기가 된다. 그의 눈부신 미소를 보자 향목 노부인의 말라비틀어진 가슴에도 봄이 움트는 것 같았다. 반하가 함께 있으면 공기마저 농밀해졌다. 서미는 흥분과 열정과 생명력이 뒤엉킨 흐름을 가만히 지켜보았다. 남녀노소를 가리지 않고 힘을 발휘하는 미모는 절대 권력과 같았다. 반하가 미소 한 번으로 할 수 없는 일이란 대체 무얼까?

향목 노부인의 보물창고는 수십 개의 문과 자물쇠로 이루어진 지하 밀실이 아니라 해가 잘 드는 온실이었다. 영주 저택 구관에 자리잡은 이곳은 5층은 족히 넓은 높이의 공간을 비탈과 계단으로 구성해 오르내릴 수 있게 짜고 한 치의 낭비된 공간도 없이 텃밭을 꾸렸다.

"여기가 내 보물 창고랍니다."

온실 공기는 맑고 습윤해서 일행은 마치 한순간 겨울을 건너 봄의 영토에 들어선 느낌이었다. 식물의 생장에 따라 빛과 물의 공급 상태를 세심하게 조절한 온실이 모든 실세를 아들에게 넘긴 안주인의 마지막 영토였다.

"영지의 절반에 화마의 피해를 입어서 양식의 종자마저 바닥났을 때, 이곳에서 모종과 씨앗을 받아 산과 들에 날라 심었죠. 그해는 유독 폭설과 폭우가 내려 원조를 청할 수도 없었거든요. 그때처럼 융성하진 않지만 지금도 있어야 할 것들은 언제나 있지요."

서미는 세밀하게 꾸며진 온실이 친숙한 이유를 알았다. 바로 옆에 잎이 말라 떨어진 콩 줄기가 있고, 저쪽 넓은 아래 터에 벼의 모종, 고구마와 감자의 싹, 맞은편에는 눈이 시원하게 새파란 파, 그 위쪽 터엔 지난해 태워서 밟은 옥수수 대와 이삭이 부풀기 시작한 보리가 있었다. 서미는 반하와 함께 걸으며 손을 내밀어 푸릇한 보리 이삭 끝을 쓸었다. 까슬까슬한 털이 상쾌하게 손바닥을 간질였다.

"이게 편지에서 말씀드린 그거예요."

노부인은 반하와 함께 작은 화분 앞에 멈춰 섰다.

"남편이 죽은 자리에서 거뒀답니다."

그 안에는 식물이었지만 원래의 형태를 알 수 없게 말라죽은 찌꺼기가 담겨 있었다. 서미는 방사형으로 떨어진 마른 잎의 두툼한 모양을 보고 다육식물의 일종이라고 짐작했다.

"이름 없는 산에 사냥을 가셨다가 사고를 당하셨다죠."

반하가 말했다.

"그러게요. 그이는, 사슴 머리 하나 제대로 들고 오는 일이 없으면서 일 년에 서너 번은 꼭 사냥을 나가야만 하는 사람이었죠. 한번 떠나면 사흘에서 일주일은 꼬박 밖에서 지내서 산에 따로 산장도 만들었답니다."

"거기서 사고가 난 거군요."

"그래요. 곰이라고 들었어요. 그때는 너무 놀랐고, 같은 날 새벽에 영지에 큰 화재가 나는 바람에 시신을 수습하러 가진 못했어요. 태산이 내 대신 갔죠. 장례를 치른 후 화재 뒷정리를 한 다음 산장을 둘러보러 갔는데⋯⋯."

향목 노부인은 정체를 알 수 없는 불안으로부터 스스로를 지키려는 듯 가슴에 손을 얹고 말했다.

"마루에 다 닦지 못한 피 얼룩이 남아 있었어요. 참 이상한 일이죠. 곰이 집 안까지 들어와서 사람을 해치다니. 여기서 태어나지는 않았지만 시집와서 산 세월이 있는데 그런 일은 듣도 보도 못했어요. 지금까지도요. 그냥 사고가 나려고 했던 거죠, 게다가 그 새벽에 번진 불바다까지. 그때는 그 시간을 어떻게 버텨냈는지⋯⋯ 지금은 그저 매일 아침 피고 지는 꽃에도 마음이 철렁한데."

향목 노부인은 천천히 가슴에서 손을 내렸다.

"거기 툇마루 댓돌 뒤에 어린애 신발이 떨어져 있었어요. 왜 그 밑을 들여다 볼 생각을 한 걸까. 지금도 의아한 생각이 들곤 합니다. 핏자국을 따라 가다가 마루 밑에 고인 어둠이 불쑥 눈을 잡아당겼죠. 그 속에 작은 신발이 있었어요. 왜 이런 물건이 여기 있는 걸까. 아랫것들이 이런 산중까지 아이들에게 심부름을 시킨 걸까 하는 생각을 했었죠. 그런데 그 신발에 담긴 피처럼 붉은 흙속에 말이죠, 작은 싹이 들어 있더군요. 깜깜한 마루 밑에서 그 파란 색이 어찌나 마음을 애잔하게 마음을 끌던지."

불쑥 반하가 물었다.

"부군께서는 혼자 계셨다던가요?"

"마침 하인들은 필요한 물건을 챙기러 내려오고 혼자 계신 밤이었어요."

향목 노부인이 말했다. 반하가 조용히, 그러나 분명하게 물었다.

"정말로 사냥을 나가셨다던가요?"

"그게 무슨 뜻인가요?"

노부인이 주름져 늘어진 눈꺼풀에 힘이 들어갔다. 젊은 날에 집안의 주인이자 영주인 남편을 잃고 땅의 반을 화재로 잃은 채 쇠망의 문턱에서 아들을 채찍질하며 영지를 지켜낸 여장부의 새파란 위엄이 엿보였다.

"아닙니다."

반하는 양가집에서 자란 규수는 상상치도 못할 이야기를 혀 밑으로 밀어 넣었다. 부와 권력을 가진 남자들은 아무에게도 알리고 싶지 않은 나쁜 짓을 하고 싶으면 사냥을 핑계로 댔다.

"때론 이름 없는 산에 산다는 어둔의 짓이 아닌가 생각할 때도 있어요. 늙으니 어린 애들이 잠자리에서나 듣는 어리석은 얘기들이 그럴 듯하게 들리기도 하더군요."

잠깐 젊음이 피어올랐던 향목 노부인의 얼굴에서 시간이 빠져나갔다. 마른 콩깍지가 속에 있는 콩을 내놓느라 부풀었다가 완전히 쪼그라든 듯 것 같았다.

"녹옥 공주님이 떠나셨기 때문에 그런 사고가 일어난 게 아닌가 싶기도 했어요. 비록 유폐되셨어도 왕실의 혈통이고, 목 왕가는 태고의 세상을 지배하던 어둔의 힘을 누르고 사람의 세상을 열었다고 칭송받는 청목신왕의 피가 흐르고 있으니까요."

서미는 향목 노부인의 부드러운 혀 밑에 깔린 칼날 같은 적의를 느꼈다. 이 늙은 부인은 화재와 남편의 죽음 모두 녹옥 공주 탓이라고 혼자 오랫동안 생각해 왔음이 분명했다. 서미는 그 어리석음에 동정을 느꼈으나 무화를 떠올리곤 마음을 굳혔다. 이 가문의 어느 누구도 그런 동정을 받을 가치가 없었다.

"이걸 내버려 둔 건, 한창 종자가 부족했기 때문이에요. 고래등걸은 항구뿐 아니라 독특한 특산물로도 유명했으니 풀 한 포기, 흙 한 줌이라도 화마의 손에서 되살려 와야 했어요. 하지만 이 식물은 한 번도 열매를 맺지 않더군요. 잘못된 걸 들인 게 아닐까 하는 불편한 느낌이 가시질 않았어요. 하지만 겨울에도 얼어 죽지 않고 파랗게 사는 모양이 어여쁘고 가여워 내버릴 수가 없더군요. 생명이란 어찌나 질긴 것인지. 그러던 게 올봄 처음 이파리 열다섯 개가 빨갛게 물들더니 시들고 나서 딱 한 이파리가 부풀어 열매가 떨어졌어요. 그게 이거예요."

노부인은 작은 상자를 반하에게 건넸다.

"씨앗이군요."

상자 안에는 콩처럼 둥글고 길쭉한 알맹이가 들어 있었다. 단단한 느낌이나 매끈한 광택은 씨앗이지만 빛이 투과하며 투명한 그늘이 졌다. 마치 잘 익은 보라색 가지를 쪼갠 것처럼 한 방향은 자색이고 다른 방향은 노란색이었다.

"보석처럼 보이죠?"

향목 노부인이 말했다.

"네. 자황수정과 비슷하군요. 보라색과 황색이 함께 있는 두 가지

색 수정이죠."

반하는 씨앗을 가볍게 손톱으로 누르며 일부러 긁었다.

"경도도 무르지 않고요."

노부인의 얼굴에 화색이 돌았다.

"반하 공자라면 알아봐 줄 줄 알았어요. 그럼 이걸 심으면 다른 보석이 더 열릴까요? 콩이나 감자처럼?"

"그러면야 더 바랄 것이 없겠지만, 그렇지는 않을 것 같습니다."

노부인은 고개를 끄덕였다.

"나도 그렇게 생각했어요. 설혹 그렇더라도 내 평생에 그 열매를 다시 볼지도 모르겠고. 그래서 그냥 공자가 뭐로든 만들어 주었으면 해서요."

반하는 상자를 닫았다. 향목 노부인은 반하가 내미는 상자를 도로 물렸다.

"뭐가 어울릴지, 시간이 얼마나 걸릴지만 알려줘요. 비용은 생각하지 말고."

"알겠습니다."

반하는 고개를 끄덕이고 상자를 갈무리 했다.

"자아, 서미 공주님은 어떤 꽃을 즐기시나요? 보물창고랍시고 초대했는데 금은보화도 없고, 온실인데 화려한 꽃도 없이 너무 수수해서 실망하신 건 아닌지 염려 되네요."

향목 노부인이 내내 말이 없는 서미를 살폈다.

"아닙니다. 그냥, 공기가 좀 답답해서요."

서미 공주가 대답했다.

"그럼 바람을 쏘이러 나가실까요?"

태산의 목소리가 바로 뒤에서 들렸다. 서미는 태연하려고 애썼다. 그는 언제나 너무 적절한 때에 나타났다. 어디서 몰래 보고 있는 것처럼.

"저는 이걸 좀 살펴보고 싶군요. 태산 공께 공주님의 호위를 부탁드려도 될까요?"

반하는 씨앗 상자를 넣은 주머니를 두드렸다. 서미는 배신감에 이를 악물었다. 반하는 기대하지 않을 때는 옆을 지키다가도 정작 필요할 때는 슬며시 사라졌다.

'그 남자를 믿지 마.'

무화의 말이 옳았다. 그걸 알면서도 마음이 흐르는 것은 막을 수가 없었다. 서미는 스스로의 어리석음에 자조했다.

"저는 무화와 함께 가겠어요."

누구와 함께든 태산만 아니라면 되지만 등을 맡길 사람은 꼭 필요했다.

"물론 하녀가 필요하시겠죠. 누가 가서 불러와라."

태산이 말했다. 무화는 금방 왔다. 뺨이 아직 퉁퉁 부어 있었다. 서미는 죄책감을 느꼈지만 아무 말도 하지 않았다.

말리는 공주님의 외출에 필요한 가방을 가지고 이미 저택 현관에서 기다리고 있었다.

"무화랑 가겠어."

말리는 공주님의 가방을 무화에게 넘기고 머리를 조아리고 물러갔다. 무화는 가방을 의자 밑에 넣고 마차에 올라탔다. 단둘만 있을 생각에 벌써부터 위가 조였다.

"왜 반하를 만났다고 말해 주지 않았어? 내 마음을 알면서."

올 것이 왔구나.

"그게……."

반하가 어린 여자애를 사러 왔을지도 모른다는 걸 말할 순 없었다. 단풍 덕분에 오해는 풀었지만 반하를 본 것을 아무에게도 말하지 않겠다고 약속했다. 단풍이 사라졌기 때문에 무화는 더더욱 그일에 입을 다물 수밖에 없었다.

"일부러 안 한 건 아니고 좀, 곤란한 일이 있었어."

손목에 걸린 적옥 팔찌가 묵직했다. 서미도 그걸 보고 있었다. 무화는 어색하게 소매 속으로 팔찌를 감췄다. 서미가 물었다.

"그, 곤란한 일이 뭔데?"

무화는 잠깐 눈을 깜박였다. 찰나에 되살아난 비명과 피냄새와 생생한 굶주림 때문에 마차 안이라는 것도 잊을 뻔했다.

"미안, 말할 수 없어."

무화는 입을 다물었다. 서미에게는 말할 수 없다. 유일하게 무화를 팔 병신이 아닌 '무화'로 봐 주는 서미에게까지 괴물이 되고 싶진 않았다.

"하지만 반하 공자님은 아무 상관없어."

무화의 말에 서미는 감정을 삼키고 말했다.

"나한텐 안 그래. 반하는 너한테 관심이 있어."

무화는 불에 덴 것처럼 화들짝 놀랐다.

"그런 거 아냐. 반하 공자님이 나를 부른 건 너에 대해 물으려던 거였어."

"반하가 너를 따로 불러서 나에 대해 물었어? 언제? 뭘?"

서미의 눈이 반짝반짝했다.

"따로 부른 건 없고, 아까처럼 마주쳤을 때."

근데 정말로 뭘 물었었더라.

"뭔데? 말해 줘 봐. 얼른."

좋아하는 남자가 자기에 대해 뭐라고 했는지 궁금한 서미는 매서운 기색이 사라지고 기대감에 들떴다.

"이름 없는 산에서 지낸 이야기."

이름 없는 산이란 말에 서미는 약간 경계했다.

"왜 그런 걸 물어?"

"그냥 어린 시절이 궁금했나 보지. 네가 곰에게 다칠 뻔한 것도 물었어."

서미의 얼굴이 바싹 굳었다. 무화는 아차 싶어서 서미가 입을 떼기 전에 얼른 손을 잡았다.

"그는 아무것도 몰라. 아무도, 우리가 사창가에 있었다는 거 몰라."

딱 한 명이 남았지. 그자도 곧 아무도 중 하나가 될 것이다. 무화의 손으로.

"너는 그냥 지금처럼 아름답고 완벽한 공주님이기만 하면 돼."

서미는 꼭 쥔 둘의 손을 내려다보았다. 까끌까끌한 검흔이 느껴졌다.

"그래."

서미는 무화의 손을 놓았다. 무화를 신뢰하지만, 얼마나 순진하고 어리석은지도 잊지 않았다.

"저 조선소는 태산이 잡은 마지막 외뿔 고래의 뼈로 지었대. 저걸 보겠다고 일부러 항구에 들르는 배들도 있어서 관광 수입도 꽤 짭짤하대."

"그런 얘긴 또 어디서 들었어?"

"부엌 아궁이 옆에서. 하인들끼리는 아무 얘기나 하거든."

둘은 잠깐 옛날처럼 보고들은 모든 얘기로 수다를 떨다가 마차가 멈추자 뚝 그쳤다. 칙칙한 겨울 부둣가에 귀부인들의 색색 옷감이 봄꽃처럼 피었다. 서미는 마차 문을 연 태산을 보고 얼굴이 굳었다.

"제가 도와드리죠."

태산은 허락도 받지 않고 두꺼운 손으로 서미의 허리를 낚아채 마차에서 내렸다.

"무례하시군요."

서미는 노기를 띠고 그의 손을 쳐냈다. 태산은 꽃의 가시에 찔린 것처럼 탐욕스럽게 웃었다.

"제 친절에 익숙해지는 게 좋을 겁니다."

서미는 몸서리치며 무화의 곁으로 달아났다. 무화는 짐짓 모르는 척 태산과 서미 사이에 끼었다. 태산은 노골적으로 외팔 시녀를 꺼려 얼른 물러났다. 불쾌한 시녀를 거느린 서미와 어울리려는 귀부인들은 없었기 때문에 서미는 곧 혼자가 되었지만 오히려 이쪽이 마음 편했다. 생각해 보니 반하가 옆에 있지 않으면 언제나 서미는 혼자였다. 반하는 서미의 시녀가 팔 병신이건 아니건 신경 쓰지 않았다.

"여기가 여러분이 궁금해 하시던 고래등걸의 새 심장입니다."

112

태산은 한발 앞서서 조선소를 소개했다. 손님들은 외뿔 고래의 지느러미 아래로 난 큰 문으로 들어갔다. 동행들 대부분이 조선소 건립에 주요 자본을 댄 투자자들이었고, 그들은 조선소의 설비와 공정, 이익과 지분 분배에 지대한 관심이 있었기 때문에 여러 가지를 묻고 답하느라고 동선이 느렸다.

"물빛이 어둡네요. 저것도 외뿔 고래 때문인가요?"

누군가 부둣가의 해면을 돌아보며 물었다.

"저건 고래뱀들입니다."

태산이 답했다. 무화는 선명한 햇살 속에서도 빛바랜 물빛이 스산하게 일렁이는 것을 바라보았다. 푸르스름한 파도 사이로 얼룩덜룩한 검붉은 색이 구름처럼 피어올랐다가 꺼지는 모양이 갓 죽은 시체를 물어뜯는 것 같았다. 고래뱀은 사냥하지 않고 죽은 시체를 뒤져 먹었다. 이름 그대로 덩치도 크고 대식가이기 때문에 먹이가 적은 곳에는 물질도 안 했다. 고래뱀의 주 서식지는 물살이 빠른 해협이나 난파선이 흘러드는 바다무덤 근처였다. 거긴 여기서 아주 멀었다.

"고래뱀은 외뿔 고래의 후손인가요?"

아무것도 모르는 귀족 나리 하나가 물었다. 태산은 크게 웃으며 고개를 끄덕였다.

"뭐 대충 그런 셈이죠."

태산의 거짓말을 들으며 무화는 다른 생각을 했다.

대식가인 고래뱀이 연안까지 흘러들었다면, 어디서 그 많은 먹이가 생겼을까.

무화는 조선소의 고래 등뼈 지붕에 달라붙은 채 발자국을 세면서
걸었다. 고래 모양을 한 조선소는 머리 뼈 부분은 바다를 향해 열려
있었고 꼬리와 옆구리 쪽이 해안과 맞붙어 있었다. 천정 격인 등뼈
중에서 머리랑 이어진 부분은 선체의 방수 건조 처리를 위해 지붕을
아예 올리지 않았고 둥근 몸통 중 왼쪽이 선박 내부 건조소, 오른쪽
은 선박 수리소였다. 방수 건조 처리장은 배가 완성 될 때까지는 방
수포로 지붕에 임시 비막이를 했다가 배를 말릴 때 걷고, 다 마르면
건조된 배의 하단에 이어둔 나무틀을 분해해 배를 바다까지 끌고 가
는 수고를 들이지 않고 바로 물에 띄우는 방식으로 대양을 건너는
거대한 네 돛 범선을 만들 수 있었다. 이 특별한 건조술과 고래뼈를
이용한 독특한 조선소 건축물은 외국에서도 식견을 얻으러 올 정도
라 기울어가는 고래등걸 영주 가에 지지와 투자를 모으는 데 큰 몫

114

을 했다.

무화는 서미 공주를 따라서 왼쪽 지느러미 아래로 들어갔다가 무리에서 살짝 빠져나와 좁은 설비로 틈을 비집고 들어가 지붕으로 올라갔다. 고래 등뼈가 워낙에 거대해서 무화는 나무 둥치에 매달린 다람쥐와 다름없었다. 꼬리쪽으로 향할수록 지붕은 점점 낮아지고 뼈의 간격도 좁고 조밀해졌다. 서미는 지금쯤 이 아래서 건조소를 보고 있겠지. 여기쯤이 자재소고. 그러면 여기가 수리소겠구나. 무화는 발밑을 톡톡 두드렸다. 넓은 공간이 느껴졌다. 무화는 지붕 틈새로 아래를 들여다보고 처마 끝 아슬아슬한 곳까지 접근한 후 벽을 잇는 좁은 틈새로 몸을 밀어 넣었다. 여름에 튼 새 둥지에서 깃털 먼지가 날아올랐고, 쥐똥 냄새가 났다.

거대한 공동 안은 캄캄했지만 무섭진 않았다. 진짜로 무서운 것들은 다른 데 있었다. 무화는 스물스물 떠오르는 생각을 물리쳤다.

생각은, 인간의 마음을 우리에게 아주 달콤한 먹이야. 씹을수록 되새길수록 더욱 향기로워지는 맛이지.

기억속의 **밤**이 입맛을 다셨다. 무화는 오싹한 어깨를 털었다. 눈이 어둠에 익숙해지자 갈가리 찢긴 짐승 같은 돛이 늘어져 있는 배 한 척이 보였다. 한쪽 갑판이 뜯겨 나가 내부의 기둥과 선실 가름막이 들여다보여서 뜯어 먹히다 만 공룡 같다. 거기 말고 다른 데는 멀쩡해서 당장이라도 일어나 자기를 살해한 자에게 복수하러 갈 것 같았다.

'약속해.'

무화는 왼손에 걸린 단풍의 팔찌를 감싸 쥐었다. 피에 젖은 단풍

115

의 손아귀가 손목을 꽉 움켜쥔 것 같았다.

'부탁을 들어준다고. 나를 대신해서⋯⋯.'

단풍의 눈에 별이 떠올랐다. 수축했다가 팽창하는 규칙적인 파동 때문에 빛나는 심장처럼 보였다. 마노의 눈과 똑같다.

'마노 눈에 별이 있어요. 반짝반짝해요.'

마노가 미소 지었다. 금빛 너울 같은 머리카락 사이로 새파란 눈동자가 시리도록 반짝반짝했다.

'그래?'

무화는 마노의 무릎 위에 기어올라 얼굴을 꾹 잡고 눈동자 속을 들여다보았다.

'근사해요.'

마노의 웃음소리를 따라 눈동자 속의 별들이 부서지고 뭉치고 흔들렸다. 우주가 맥동하며 태어나고 소멸하는 것 같았다.

'잘 봐둬. 그리고 절대 매혹되지 말아라.'

'왜요?'

'이건 사람의 눈이 아니니까.'

그건 **옥**에서 난 자의 눈이었다. 태초에 빛과 함께 태어나 인간 이전에 살았던, 그리고 이제 아무데도 없는 자들.

무화는 물귀신처럼 흉흉한 배로 다가갔다. 나무는 죽어서도 죽지 않는다. 잘리고 다듬어져도 태어난 그대로의 향과 온기를 지닌 채 제 몸에 새긴 이야기를 들려준다.

'모든 나무는 노래하는 나무야. 이 세상은 거대한 한 뿌리 나무고 우리는 그 나무의 노래 한 구절이지.'

마노가 말했다. 나무의 결과 온기, 향내와 뒤틀림은 형태가 변해도 여전히 남아 있고 거기 새겨진 흙의 온도, 햇살의 농담, 바람의 방향, 비의 촉감, 파닥이는 새의 심장소리, 사각대는 벌레의 웃음 같은 순간은 응축된 언어로 나무의 영혼에 새겨져 결코 지워지지 않았다. 무화는 배의 옆면에 손을 댔다. 목수의 손으로 깔끔하게 마름질된 침묵이 공허하게 메아리쳤다. 배가 된 나무는 아직 한소절의 노래도 바닷물에 담금질하지 않았다. 무화는 신중하게 배의 표면을 살폈다. 바다에서 시간을 보낸 배들이라면 당연히 있을 굴 껍질과 해초가 없었다. 방수를 위해 바른 송진 냄새는 코가 시리게 강했다. 새 배구나. 옆구리가 물어뜯긴 건 만들다 만 것뿐이고 낡은 돛은 위장이었다.

왜 새 배를 수리하는 척 했을까?

무화는 너절한 돛을 다시 올려다보았다. 태산이 단시간에 부귀를 거머쥔 건 행운을 가져오는 마지막 외뿔 고래를 잡은 덕택이란 말은 믿지 않았다. 자기를 사냥한 자에게 복을 준다는 것도 수긍이 가지 않을 뿐더러, 돈이란 행운이 아니라 산수였다. 장사꾼이 신속하게 주머니를 불리고 싶다면 상품을 독점하거나 장부를 조작해 세금을 탈루했다. 판 금액를 다르게 적어 이윤을 속이거나, 두 개를 팔았는데 한 개만 기록하는 방법을 쓰면 동업자나 고용인은 모르게 이익을 착복할 수 있었다. 태산은 이미 상품을 독점했으니 장부까지 점령한다면 모든 일이 일사 천리였다.

'약속해, 무화. 나 대신 반하를……'

피 묻은 단풍의 손이 움켜쥔 무화의 손목을 놓았다. 그 자리엔 새빨간 손자국처럼 붉디붉은 적옥이 남겨졌다. 무화는 몸서리치며 왼손목을 더듬었다. 보얀 분홍색의 불투명한 장미옥 팔찌가 수갑처럼 걸려 있었다.

그때 단풍에게 대답해선 안 됐다. 약속해선 안 됐다. 하지만 무화는 그 말을 수락했고 단풍의 마지막 숨결을 받았다.

"어이, 찬모냐?"

목소리가 바로 등 뒤에서 들려서 무화는 깜짝 놀랐다. 이렇게 가까이 올 때까지 몰랐다니.

"길을 잃었어요."

무화는 바짝 긴장한 채 돌아서다 납작한 배를 가로지른 두툼한 칼 띠와 시선이 마주쳤다. 거기 걸린 칼자루에는 아무 문양도 없었다. 무화는 매미를 잡으러 나선 어린애처럼 까마득히 위를 올려다보았다. 그 남자는 단풍만큼 컸고, 단풍보다 훨씬 단단해 보였다. 무화는 위용이 넘치는 두툼한 맨팔과 그 위에 내달리는 수많은 흉터를 단숨에 훑어보았다. 이자는 전사야. 본능이 속삭였다. 두려움에 몸이 오그라드는 것을 아무렇지 않은 척 하려고 무화는 치마 자락을 매만져 폈다.

"뭐야, 밥집에서 온 게 아니네?"

그 남자는 무화를 아래위로 훑더니 먼 너머로 시선을 던졌다. 굵은 금색 눈썹이 날카롭게 휘었다.

"손님들 일행에서 떨어져 나왔나? 여긴 외부인 금지야. 나가는 길은 저쪽이다."

공간을 압도하는 덩치 안에서 낮은 목소리가 우렁우렁 울려나왔다. 귀가 아니라 몸이 먼저 듣는 낮은 진동에 무화는 떨지 않으려고 애썼다. 그의 목소리는 짐승의 포효처럼 핏줄을 따라 내려오는 종의 기억 속에 새겨진 공포와 경의를 자극했다.

"인부예요?"

전사라고 생각했는데.

"뭐, 비슷해. 혼자가기 무서우면 데려다 줄까?"

험상궂은 얼굴에 걸맞지 않는 친절에 무화는 어색해졌다.

"혼자 갈 수 있어요."

무화가 새침하게 돌아서자 남자는 낮게 웃었다.

"걱정 마. 아무 짓도 안 해. 여자한텐 관심 없어."

말이 안 통하는군. 무화는 돌아서 혼자 걸었다. 남자는 무화 뒤에서 따라왔다. 추근대려는 것 같지는 않았다. 무화는 두 걸음 떨어져서 때로는 옆을 때로는 뒤를 걷는 무뚝뚝한 발소리를 들으며 차분한 압박을 느꼈다. 이런 패턴의 발소리를 알았다. 감시와 보초를 수행할 때의 발소리였다. 무화는 넓은 고래 배 천장을 둘러보았다. 누구로부터 무엇을 지키는 걸까. 아니면 뭔가 감추는 걸까?

되돌아가는 길은 지붕을 타며 올 때보다 멀었다. 고래 등에서는 직선으로 갈 수 있던 곳들도 꼬불꼬불 오르락내리락 하다 보니 훨씬 오래 걸렸다.

"그 왼팔은 다친 건가?"

무화는 이 질문이 익숙했다.

"어릴 때요."

곰이라는 거짓말을 덧붙이려다가 그냥 말았다. 어차피 다시 볼 것도 아닌데.

"움질일 수만 없어? 아니면 감각도 없나?"

"의사예요?"

"그런 건 아니고."

남자는 말을 흐렸다. 뒤에서 수근대는 것보다 대놓고 묻는 편이 훨씬 나았지만, 그렇다고 해도 정말로 괜찮지는 않았다.

"그렇게 기분 나쁜가요?"

한 번도 대놓고 물어본 적이 없었다. 물어볼 것도 없이 뻔한 대답이니까. 하지만 그 남자에겐 물어보고 싶었다.

"네가 불편하지, 내가 기분 나쁠 건 아니지. 싸우는 자들은 상처를 안을 수밖에 없어. 그건 네 죽음과 맞서 싸운 무훈이지."

그가 계속 말했다.

"누군가 그 팔을 기분 나빠했다면, 그건 네가 두렵기 때문이야."

이건 좀 새로운데.

"내가 왜 두려워요?"

"보지 않아도 될 것, 알고 싶지 않은 것, 생각하고 싶지 않은 걸 떠올리게 하니까. 질병, 사고, 죽음 같은 사람이 짊어진 고통들 말이야."

그렇게 말하고 한참 뒤에 그가 덧붙였다.

"물론 자기에겐 절대로 그런 일들이 일어나지 않을 거라고 믿어 의심치 않는 사람들도 있기는 하지."

무화는 피식 웃었다. 남자도 미소 지었다.

"다 왔다."

밝은 통로 쪽에서 낯익은 실루엣이 어른댔다. 무화는 그리로 달려갔다. 서미는 혼자였다.

"어떻게 된 거야?"

서미는 무화의 뺨에 묻은 검댕 얼룩을 얼른 문질러 닦았다. 태산이 금방 뒤따라 나타났다.

"용무가 급해서요."

통로의 감시자는 사라지고 없었다. 무화는 주위의 꺼림칙한 시선을 견디며 그 남자의 침묵이 얼마나 가벼웠는지 절감했다. 좋은 사람이었다. 태산의 부하라면 적이 되겠지만.

서미가 무화가 온 쪽을 가리켰다.

"저기는 뭐죠?"

짐승의 목구멍처럼 깊숙한 안쪽에서 낡은 가림막이 천천히 흔들렸다.

"선박 수리소입니다. 번잡하고 위험해서 귀한 분들이 보시기엔 적당하지 않다고 판단했습죠."

태산이 아첨하듯 말했다.

거짓말. 무화는 속으로 생각했다.

"수리소가 있으면 항구가 활성화 되겠지만 다들 배를 고쳐 쓰면 새 배를 사지 않을 테니 조선업이 위축되지 않을까요?"

서미 공주가 물었다.

"그렇지는 않을 겁니다. 물론 배의 수명이 연장 되어서 당장은 수익이 늘지 않을 수도 있죠. 하지만 낡은 배를 수리한 선주들은 새 배가 가장 절실히 필요한 고객이죠. 수리소는 미래의 구매 고객을 위한 작은 선물입니다."

태산은 자신 있게 말했다.

"배를 수리하러 온 선주들은 건조소에서 새 배를 구경하면 고래 등걸에서 건조한 배가 얼마나 많은 물건을 싣고 더 빨리 안전하게 움직일 수 있는지 알게 되겠죠. 물건을 가졌다고 장사를 하는 시대는 끝났습니다. 보여 줘야지 팔 수도 있는 겁니다. 수리소는 좋은 미끼가 될 겁니다. 사업은 방어가 아니고 공격이니까요."

차분한 목소리가 통로에 울려 퍼졌다. 통로 저쪽에서 노을을 등지고 길게 다가오는 우아한 실루엣을 보고 무화는 철렁했다. 마노인 줄 알았다. 그렇게 키가 큰 사람은 드물었다. 내부에서 빛이 흘러다니는 듯한 긴 직모도 드물었다. 하지만 그 사람의 머리는 금발이 아니라 눈처럼 새하얀 은빛이었다.

"조선소의 설계자 아라킨입니다. 북령 출신이죠."

태산이 그를 소개했다.

"이방인이로군요."

버들 부인이 말했다. 시선은 물결치는 은발에서 떨어질 줄을 몰랐다. 반하와 같이 선다면 어떨까. 귀부인들이 뒤에서 소곤대는 소리가 들렸다.

"이방인을 요직에 채용하다니 파격적이군요."

서미가 말했다.

"고래등걸은 항구 도시니까요. 필요한 인재라면 출신을 가릴 필요가 없죠. 아라킨이 얼마나 유능한지 아신다면 당장 초빙하고 싶어지실 겁니다."

태산은 몸을 돌려 바다를 가리켰다.

"자, 오늘을 위해 준비한 목적지가 들어오는군요."

이상한 말이었지만 옳은 표현이었다. 하얀 돛대에 노랑과 분홍과 초록색으로 난간과 옆면을 단장한 배가 고래등걸의 문장을 수놓은 돛을 달고 나붓이 물살을 밀며 조선소 전용 부두로 들어왔다. 마치 봄이 배로 현신한 것 같았다. 사람들은 감탄하며 배에 올랐다. 갑판 위에는 이미 손님들을 위한 먹을 것과 마실 것이 차려져 있었다. 귀부인들은 색색의 꽃과 아름다운 이국의 식기들을 보며 탄성을 연발했다.

"오늘 저녁에는 멋진 불꽃놀이를 보실 수 있을 겁니다."

태산이 팔을 펼치며 돌아서 자랑했다. 선미에는 낮은 대포 엉덩이가 일렬로 늘어서 있었다. 반짝이게 기름칠 된 포신을 보면서 작다고 생각하던 참인데 축포용이라고 생각하니 납득이 되었다. 저렇게 작은 포문에 들어갈 대포알을 주조하는 방법은 아직 없었다. 하지만 화약과 나무 조각과 심지를 짜 넣은 축포 정도라면 충분히 가능할 것이었다. 인부 몇이 각각의 대포를 오가며 포신의 각도와 발사대를 세심하게 관리 중이었고 그들을 최종 지휘하는 남자는 금발을 땋아 어깨에 두른 이방인이었다. 서미는 한겨울에도 바짝 걷어 올린 그의 팔뚝에 상처들을 보면서 무화의 왼팔을 생각했다. 남자의 팔은 흉터가 장식이 되지만 여자의 팔은 그렇지 않았다.

"제안은 생각해 보셨습니까?"

태산이 주변의 눈을 피해 슬쩍 속삭였다. 서미는 고래등걸에서의 끔찍한 첫 저녁을 떠올렸다.

'어느 날 둘중 하나가 공주님이 되어서 산골짝을 떠났답니다. 그런데 과연 그게 진짜 공주님일까요? 공주가 하녀가 되고 하녀가 공주가 되는 어린애들의 인형놀이처럼 서로 뒤바뀐 것은 아닐까요?'

서미는 견뎠다. 태산과의 대화는 나눈다기보다는 견딘다는 표현이 옳았다.

'무슨 말을 하고 싶은 겁니까?'

'오만 정성을 들여 찾아낸 공주님이 가짜라는 걸 알게 되면, 왕실에서 어떻게 할까요?'

'지금 제가 가짜라는 겁니까?'

서미가 노엽게 말했다. 태산은 서미의 말에 대꾸 없이 집요하게 물었다.

'왜 녹옥 공주님을 어머니라고 부르시지 않는 겁니까?'

태산이 바짝 다가왔다. 서미는 물러나고 싶었지만 의자 등받이에 걸렸다.

'무슨 상관이죠?'

태산은 씩 웃었다. 번들대는 모공이 바싹 들여다보였다.

'내가 아는 진짜 공주는 산속 오두막에서 한 팔을 잃고 늪에 빠져 죽었지. 넌 누구지?'

서미의 눈에는 태산의 땀구멍이 땅에 숭숭 뚫린 개미굴 같았다. 그 아래 뒤엉켜 있는 미로 같은 굴마다 지독한 음모가 도사리고 있었다.

'무슨 말씀인지 모르겠지만, 이야기를 지어내는 덴 솜씨가 없으시군요.'

서미는 간신히 말했다.

'원래 진실은 이야기보다 재미가 없는 법이지.'

태산이 대꾸했다.

'고향에 돌아온다는 건 어떤 느낌이지? 출세를 하셨으니 금의환향이라고 해야 하나? 그런데 달아난 곳으로 되돌아온다는 것, 원죄를 향한 귀향은 어떤 맛이지?'

서미의 얼굴이 뻣뻣해졌다.

'당장 꺼져!'

태산은 여유롭게 양손을 펼쳤다.

'이럴 때가 아니지. 가짜 공주의 정체가 드러나면 어떻게 살아남을지 방도를 찾아야지.'

'원하는 게 뭐야?'

서미는 가짜라는 말엔 대답하지 않았다. 그래야 했다.

'너랑 결혼해서 왕실의 일원이 되는 거야. 나는 비밀을 지켜주고 너는 우리 집안을 지켜주는 거지. 그리고 우리가 낳은 아이가 왕위에 오르는 거야.'

'헛소리. 궁에는 세자 전하가 계셔.'

'그래, 하지만 모든 사람은 죽게 마련이야. 누가 먼저 죽느냐의 차이뿐. 그러니까 잘 생각해 봐. 뭐가 네 명줄을 늘릴지.'

서미는 태산의 득의만면한 얼굴을 후려치려다가 팔을 붙들렸다. 태산의 기름진 입술이 너무 가깝다는 걸 깨닫고 서미는 반사적으로 얼굴을 돌렸다. 태산은 어린잎처럼 부드러운 서미의 귓바퀴를 맛보았다.

'저의 제안을 긍정적으로 생각하시는 게 좋을 겁니다, 공주님.'

태산은 조급해하지 않았다. 어차피 잡은 고기고, 어린 계집애가 할 수 있는 고민이란 다리를 벌리느냐 마느냐 뿐이다. 그 정도는 충분히 고민해도 괜찮다. 어차피 결정되어 있으니까.

"만약에 수락 하실 거라면 그 기분 나쁜 팔 병신은 버리고 오시길 바랍니다."

태산은 서미 뒤 무화의 빈자리를 가리켰다. 반공주의 시녀가 한 팔이 없다는 것을 들었을 때, 아버지의 시체 옆에 떨어져 있던 잘린 팔이 떠올랐다. 살색을 입힌 도자기 인형에서 떼 온 것 같던 작은 팔이었다.

우연이야. 그년은 팔이 붙어 있었으니까.

태산은 산속에 붉게 고인 피 웅덩이를 떠올렸다. 거기 싫증난 인형처럼 반쯤 잠긴 죽은 여자애가 떠 있었다. 그가 직접 시체를 보고 그 위에 흙을 찼다. 늪이 시체를 삼켰다. 살아 있을 수가 없다고 태산은 확신했다. 그럼에도 기분이 좋지 않았다.

"늦었소이다."

아래쪽에서 웅성임과 함께 서글서글한 목소리가 뱃전을 울렸다. 목단왕의 사촌 연제군 호연이 반하의 수행을 받으며 배에 오르는 게 보였다. 자리의 모두가 일어났지만 서미 공주는 일어서지 않았다. 사생아라도 임금의 친누이인 녹옥 공주의 딸이라 사촌인 연제군보다 왕위 서열이 앞섰다. 연제군은 이것을 몹시 못마땅하게 여겨서 서미를 눈엣가시처럼 여겼다.

"연제군 마마."

연제군이 가까이 오자 태산은 깊숙이 허리를 낮췄다. 서미는 연

126

제군이 코앞에 와서야 비로소 살짝 엉덩이를 떼고 고개를 기울였다. 진주를 감은 검은 머리카락 한 올이 흘러내린 새하얀 목이 눈부시게 우아한 선을 그렸다.

"서미 공주."

서미의 미모에 연제군은 잠시 적의를 잊고 얼떨떨하게 인사를 받았다. 서미의 입가에 승리의 미소가 걸리자 연제군은 뒤늦게 입술을 일자로 다물었다.

"곧 좋은 소식이 있을 예정이라더군."

연제군은 패배를 곱씹는 대신 곧장 반격에 나섰다.

"어떤 소식인지 저도 궁금한데요. 들으면 꼭 알려주시죠."

서미 공주는 수월하게 받아넘겼다.

"고래등걸은 좋은 곳이지."

연제군은 이렇게 말하며 한발 다가섰다.

"하지만 네겐 과분해. 그러니 썩 꺼져라. 아비도 모르는 더러운 것이 함부로 나댈 만한 곳이 아니다."

지독한 말을 하면서도 연제군은 눈썹 하나 찡그리지 않은 온화한 얼굴이었다.

"오랜만에 만난 작은 아버지가 조카딸에게 건네는 덕담치고는 너저분하시군요. 다음에는 좀 더 나은 인사말을 준비해 와 주시지요."

서미 공주도 지지 않았다. 둘은 어린 땅벌과 늙은 사마귀처럼 서로 노려보다가 반하가 끼어들자 누그러졌다.

"연제군 마마, 수현을 연주할 궁중악사가 왔습니다."

어둑해진 갑판 위에 등불이 달아올랐다. 싸늘한 저녁바람에 서미 공주가 몸을 떨자 말리가 어깨에 모피를 얹어 주었다. 무화는 등 뒤의 바람막이 천을 내렸다. 지붕 덮개는 그대로 열어 놓아서 무지갯빛 어스름이 흩어지고 별이 뜨는 모습이 잘 보였다.

ㄷ자로 놓인 식탁의 가운데로 자그마한 체격의 궁중악사가 물고기 지느러미 같은 길고 투명한 옷자락을 끌며 들어왔다. 악사의 소매 끝과 목둘레에는 솜털이 둘러져 있었지만 겨울 저녁의 차림새로는 얇았다.

궁중 악사는 옷자락을 파도처럼 가볍게 물결쳐 가라앉히고 그 가운데 작은 현악기를 안고 앉았다. 검은 숯 같은 젊음이 불길로 사그라진 재처럼 히끄름한 머리와 갓 피어난 소녀처럼 말간 얼굴은 기묘한 조합이었다. 이방인인가? 사람들이 수근댔다. 색 바랜 깃털 같은 속눈썹에 감싸인 청회색 눈이 좌중을 훑어보았다. 단단한 침묵이 수면처럼 퍼졌다. 그마저도 연주의 일부 같았다.

한 음이 악사의 손끝에서 뚝 떨어져 젖은 종이에 떨군 물감처럼 번져나갔다. 악사의 시선은 청중들을 훑어보는 듯하지만 아무도 보지 않았다. 그 눈은 사람들의 얼굴과 장소를 투과해 세상에는 없는 아름다운 장소를 보고 있었다. 그곳은 인간이 닿을 수 없는, 사람이 없던 세상의 편린이며 세상이 시작된 첫 장소였다.

"무화?"

서미는 얼어붙은 얼굴로 수련에게 못 박힌 무화를 불렀다. 무화가 중얼거렸다.

"그들은 배에서 못 내리게 되어 있댔지?"

대답을 원하는 질문이 아니었다.

수현은 유리에 떨어진 물방울처럼 높고 맑고, 물속에서 두드리는 북처럼 깊고 강한 소리로 청중의 손끝에서부터 심장을 향해 내달렸다. 혈관을 달리는 음의 잔향에는 냉정하기 그지없는 빙사 반하까지도 숨을 죽일 정도였다. 연제군은 늙은 나무껍질처럼 두껍고 거친 안쪽을 둔중하게 깨우는 음률을 느꼈다. 기억조차 희미하게 낡고 바래진 감정들이 새삼 그의 안에서 술렁였다.

"왕실의 보물인 수현에 주인이 생긴 건 오랜만이군."

연제군이 말했다. 태산의 초대장보다 왕실 수현의 새 악사를 초대했다는 소문에 호기심이 생겼다. 아니면 누가 그 기분 나쁜 산을 지나올까. 그는 바다 위에서도 이름 없는 산의 그늘이 드리운 곳에는 배를 대지 않았다.

"그나저나 태산은 무슨 수로 왕실 악사를 여기까지 부른 걸까? 설마 내가 얄미운 반공주 덕을 본 건 아니겠지? 목단은 태생도 모르는 질녀를 정말로 인정할 셈인가?"

연제군의 말에 반하는 미소 지었다.

"아마 태생보단 반공주의 용도에 더 관심이 있으시겠죠. 임금께선 계산이 빠른 분이니까요."

"아니, 그런 일을 벌였다면 목단의 생각은 아니야. 그는 그런 잔머리는 굴리지 않아. 좋게 말하면 허술하고 나쁘게 말하면 제멋대로지. 그런 머리를 쓸 인간은 청목세자뿐이야."

연제군은 임금의 아명을 부를 수 있는 몇 안 되는 사람이었다. 그는 그걸 과시하진 않았지만 부름을 주저하지도 않았다.

"왕실의, 나아가서는 목 전체의 이익을 위해서 생각하시겠죠."

반하가 말했다. 연제군은 어떤 여자보다도 아름다운 청년을 바라보았다. 여자였다면 경국지색이다. 남자여도 나라 여럿 망하게 할 수도 있으리라. 저 정도의 미모라면.

"세자 편인가. 하지만 난 세자가 정말로 무슨 생각을 하는지는 결코 알 수 없을 거라고 장담하네."

"세자 전하를 높게 치시는군요."

연제군은 고개 저었다.

"아니, 그런 것이 아니야. 그자는, 아니 자네에겐 말할 수가 없군. 다음에 자리를 한번 마련하지. 그 전에 자네의 입장을 밝혀야 할 것이네만."

반하는 의미심장하게 웃었다.

"그전에 출사부터 해야겠죠."

"그래, 그렇군."

연제군은 고개를 끄덕였다.

"두 분이서 무슨 이야기를 그리 오래 나누십니까."

달콤한 꽃향기와 함께 흐르는 듯한 걸음걸이로 버들 부인이 그들 옆에 앉았다. 연제군의 표정이 부드러워졌다.

"오랜만이오, 버들 부인."

"연제군 마마."

둘은 오래된 친구처럼 눈으로 인사를 나누었다. 반하는 슬며시 자리를 비켰다.

"살아생전에 수현이 연주되는 걸 다시 보게 될 줄은 몰랐군."

연제군이 식탁 아래로 손을 내렸다.

"저도 그래요. 호연, 당신과 보게 될 줄도 몰랐죠."

버들 부인은 은밀하게 그 위에 손을 겹쳤다. 그리고 남들 눈에 보이지 않게 몸을 앞으로 내밀었다.

"적당한 연주자가 없으면 보물 창고에 안치되어 몇십 년이고 연주되지 않은 적도 있었다죠? 악사가 악기를 고르는 게 아니라 악기가 악사를 고른다고요."

"수현이 마지막으로 울린 건 내가 아주 어릴 때, 목검이나 휘두르고 가짜 새가 그려진 과녁이나 맞추며 놀 때였지."

연제군은 몇십 년의 기억을 더듬었다. 쪽빛 치마단과 소매 폭에 안개처럼 빛나는 은사를 수놓고 젖은 광택이 흐르는 길고 매끄러운 머리를 한쪽으로 늘어뜨린 채 수현을 가다듬는 옛악사의 옆 모습이 어제처럼 떠올랐다. 쪽빛 옷은 궁중악사들의 규정 복색이었지만 옛악사를 위해 지은 것처럼 각별히 어울렸다. 옛악사는 노래는 하지 않았다. 그는 혀 잘린 물고기처럼 침묵했고 마치 수현을 목소리인양 다루곤 했다. 아무도 옛 악사가 말하는 것은 들어 본 적이 없었다. 호연도 그랬다. 그 밤 이전까지는.

무슨 일이든 일어날 법한, 일어나지 않는다면 벌이고야 말 것처럼 공기 중에 낯선 것들이 떠돌아 혈관을 스물스물 기어오르는 밤이었다. 호연은 밤이 깊도록 잠들지 못하고 정원을 돌아다녔다. 낮의 정원은 옷을 갖춰 입은 귀부인처럼 우아하지만 밤에는 고급 기녀처럼 요염한 데가 있었다. 호연은 뿔과 갈기와 비늘과 수염을 단 미려한 도마뱀의 형상 위에 물이 흐르는 고즈넉한 수로를 따라 걷다가 이름 없는 작은 연못이 있는 동쪽 정원의 후미진 곳에 다다랐다. 다른 연못에는 연꽃이 피어 수면을 볼 수 없었지만 이 작은 연못에는 아무 것도 없어서 거울처럼 비치는 하늘을 보기가 좋았다. 이 밤처럼 달 이 없는 밤에 못 안 가득 떨어진 별들을 손에 잡으며 신나게 물장구 를 치면 기분이 좋을 것이었다. 낮에는 보는 눈들이 많아서 그런 짓 을 할 수가 없었다.

'신분과 체면 따위.'

호연은 혀를 찼다. 오늘 밤도 그것만 아니라면 맘에 드는 처녀 집 담을 넘었을 것이다. 하지만 왕실 직계라는 신분의 벽은 타인 뿐 아 니라 자기 자신에게도 너무 높아서 함부로 처신했을 때 해결해야 할 문제는 여염집 사내가 해결할 수준 이상으로 복잡했다.

빈 연못에는 연제군보다 먼저 손님이 와 있었다. 손가락 틈으로 흐르는 물방울을 희롱하는 처녀의 벗은 등 위로 젖은 밤처럼 긴 머 리카락이 지느러미처럼 물결쳤다. 수로에 누운 도마뱀 조각이 사람 으로 변한 것 같았다. 몸에 맺힌 물방울이 별빛에 비늘처럼 반짝반 짝 빛났다. 궁녀일까? 그렇다면 취한다 한들 큰 탈은 없으리라. 귀족 의 영애라면 뒷수습이 필요하겠지만 왕족보다 더한 혼처는 없으니 약간의 번거로운 거래를 거쳐 최악의 경우 혼인하면 될 터였다. 호 연은 좀 전까지 귀찮다고 생각했던 모든 복잡한 문제가 아무것도 아 니게 느껴졌다. 저 처녀를 손에 넣을 수 있다면.

호연은 그들 사이에 가로놓인 정원수를 넘었다. 혈관에 미친 봄이 흐르는 청춘이었다. 지금이었다면 감히 앞으로 나서지 못했을 터였 다. 나이가 들어 현실을 알고 그 처녀가 두른 매혹의 의미, 그 섬뜩 하기까지 한 진실을 깨달았다면 감히 모습을 본 것조차 두려워했으리라.

처녀는 눈앞에 나타난 젊은이를 무심히 바라보았다. 나신이어도 손가락 하나 부끄럽지 않은 그 앞에서 옷을 입고 있는 자신이 오히려 부끄러워져서 호연은 몸 둘 바를 몰랐다. 왕족으로 태어난 그에게 이런 느낌을 들게 한 사람은 없었다. 바위가 사람을 보는 것처럼, 맹수가 꽃을 바라보는 것처럼 초연한 눈길을 정념의 시선으로 마주보는 것은 부끄럽다 못해 초라할 지경이었다. 처녀가 말없이 못에서 나와 나무 사이로 사라지는 동안 호연은 숨을 내쉬지도 못했다. 옛 악사는 은빛 안개를 수놓은 남색 옷을 입고 나무 뒤에서 나와 머리를 조아린 후 사라졌다.

그는 그날 밤의 일을 입 밖에 내지 않았다. 목소리 없는 악사의 입에서도 소문은 흘러나가지 않았다. 또 다른 밤 호연은 우연히 목단의 침소에서 그를 보았다. 엄밀하게 말하면 우연이라고는 할 수 없었다. 호연은 목마른 사람이 샘을 찾는 것처럼 늘 악사를 찾아다녔었다.

옛 악사는 왕실 식구들이 가는 곳에는 언제나 따라다녔기 때문에 목단과 함께인 것이 유별나지는 않았다. 하지만 의자에 기댄 목단의 곁에 앉아 나직이 노래하는 목소리, 투명하면서도 까끌까끌하게 마음을 어루만지는 신비로운 읊조림을 들었을 때 그는 두 번 다시 궁에 들지 않으리라 다짐했다. 그들을 보는 건 가질 수 없는 왕관을 보는 것보다 더 고통스러웠다.

호연은 배움을 핑계로 목 왕실을 떠나 여러 나라를 여행하며 낯선 성과 궁과 저택을 전전했다. 그러다 마침내 목단이 보위에 오르고 그를 연제군으로 봉한다는 부름을 받고서야 내키지 않는 걸음으로 왕궁으로 돌아왔다. 그는 다 잊었다고 생각했다. 아무것도 기억나지 않고 모든 것이 괜찮다고. 그러나 왕궁의 반석에 첫발을 디딘 순간 그토록 오래 헤매며 찾았던 것이 바로 이 계단임을 깨달았다. 낯선 나라를 떠돌며 그의 발걸음이 닿았던 모든 길들이 이 계단 하나로 이어져 있었다. 그는 한 번에 세 걸음씩 뛰었다.

'조심하세요! 나리! 너무 빠르십니다!'

'아니야, 너무 늦었어.'

호연은 만류하는 궁인들을 제치고 목단의 처소로 달려갔다. 옛 악사를 만나야 한다. 그를 가져야만 한다.

'형님. 그렇게 반가우셨다면 진즉 돌아오시지, 돌아오시라는 청을 어찌하여 계속 거절하신 겁니까?'

편안한 차림으로 쉬고 있던 목단이 그를 보고 웃었다. 호연의 몸은 그에게 신하의 예를 취하면서도 눈으론 살아 있는 그림자를 좇았다. 그러나 거기엔 아무도 없었고, 그림자가 질 틈도 없이 바싹 붙어 빛나는 어여쁜 왕비가 있었다.

'그이는?'

'그이라니요?'

목단이 반문했다.

'버린 건가? 침소까지 드나들게 했으면서?'

왕비의 얼굴이 굳어졌다. 목단도 그랬다.

'불쑥 돌아오셔서 무슨 말씀을 하시는 겁니까?'

'젠장! 그 여자 말이야!'

'호연. 그대가 내 사촌형이라지만 그 태도는 무례하기 짝이 없군. 옛정을 생각해서 없던 것으로 하겠네.'

목단의 목소리가 차갑게 울렸다. 호연은 신경 쓰지 않았다. 그보다 더 그를 더 가슴 철렁하게 한 건 그가 옛 악사의 이름조차 모른다는 거였다. 호연은 새 왕에게 고개를 꾸벅이고 뒤돌아 나왔다. 옛 악사가 어떻게 되었는지 어디로 갔는지 아무에게도 물을 수 없었다. 어떤 이야기든 그를 절망케 하고 악사의 빈자리만 확인시키리라. 호연은 궁 안 어딘가에 그가 있을 거라고 믿고 싶었고, 아직 마주치지 못했을 뿐이라고 생각하고 싶었다. 그는 다시 궁을 떠났다.

수현의 새 악사가 왔다는 말을 듣기 전까지 연제군 호연은 옛 악사가 없다는 것을 잊고 지낼 수 있었다. 그는 수련을 보고 이제 옛 악사의 얼굴조차 기억하지 못한다는 것을 깨달았다. 옛 악사는 기억에 조각된 그림자일 뿐이고 세월의 먼지를 입어 흐려졌다. 연제군은 손가락 사이로 빠져나가는 것을 꽉 붙들었다. 바스라진 기억 대신 버들 부인이 미소 지었다. 연제군은 아무 말도 하지 않았다.

무화는 침묵 속에서 수현의 연주를 들었다. 손을 내밀면 닿을 곳에 마노의 사람이 있었다. 상단의 선원은 절대로 배에서 떠나지 않는다고 오트가 말했다. 그게 그들이 **약속**을 거스르지 않고 인간 세상에서 존재할 수 있는 유일한 방편이었다.

"저 가느다란 현울림 하나로 파도를 잠잠케 하다니 놀랍죠?"

무화는 속삭이는 듯한 목소리에 돌아보았다. 거미줄처럼 가늘고 투명한 은실로 자은 듯이 아름다운 사람이 이쪽을 보고 있었다. 무화는 그가 싸늘한 밤바람에 날아가 버릴까 봐 걱정했다.

"무슨 말씀이세요?"

무화가 반문했다. 아라킨이 손짓했다. 그에게 한걸음 다가갈 때마다 마치 보이지 않는 선을 훌쩍 넘은 기분이 들었다.

"'세상은 한 그루의 나무, 목숨은 매일 피고 지는 꽃, 시체가 쌓여 땅이 되고, 마음은 하늘이 되고, 소원은 바람이 되고……'"

무화는 아라킨이 읊조리는 시구를 알고 있었다. 악사들에게 전해지는 가장 오래된 노래들 중 하나였다. 수련이 종종 그 노래를 바람에 잘강이는 물결처럼 불렀다.

"'그리고 빛에서 난 옥과 심연에서 난 어둔, 그 가운데에 용들이 있나니.'"

무화가 남은 구절을 받았다. 아라킨은 미소 지었다.

"이 구절은 모르나요? '영혼은 숨결이 되어 모든 통하지 않는 것들을 꿰는 음(音)이 되고' 그거 저거예요. 수현. 모든 것에 통하는 음을 발현하는 악기죠."

거짓말이래도 이런 식으로 눈을 들여다보고 목소리를 다듬어 말한다면 믿어 버릴 것만 같았다.

"들은 적 없어요."

무화는 홀린 듯이 그를 바라보았다.

"그렇겠죠. 그들도 모든 걸 말해 주진 않을 테니까. 간이라도 빼줄 듯이 살갑게 굴어도 당신은 그들이 아니거든요."

아무것도 말한 적 없는데 그는 무화에 대해서 모든 걸 아는 것 같았다.

"그들이라니요?"

"맹약을 받았나요? 아무에게도 말하지 않기로? 그럼 내가 대신 할까요? 옥에서 난 빛나는 자들에 대해?"

무화는 그가 수그려 앉는 계단참 옆에 섰다. 그의 목소리를, 그가 하는 이야기들을 계속 듣고 싶었다. 무화가 그리워한, 아무에게도 말할 수 없던 것을 그가 말하고 있었다.

"그들을 알아요? 당신도 그들인가요?"

아라킨은 녹아 버릴 듯이 웃었다.

"아니요, 아가씨. 우린 거짓말을 안 해요. 전 그들이 아니에요. 당신도 그들이 아니죠. 당신은 '우리'예요."

아라킨의 손이 무화의 왼손을 감싸 쥐었다. 아침에 내린 눈처럼 차고 부드러웠다. 눈송이의 결정은 단 한 개도 같지 않지만 그것들은 모두 서로의 쌍둥이다. 그는 무화의 쌍둥이고 무화의 일부이며 무화의 전체였다. 무화는 그의 눈동자를 가만히 바라보았다. 난간에 밝혀진 꽃등을 빛을 받아 타오르듯이 붉게 빛나는 홍채 사이로 검은 조각들이 떠다녔다. 색상을 개선하려고 열처리를 가한 얼룩이 남은 루비 같았다. 검은 반점 때문에 홍채의 붉은 색이 겹겹이 진 꽃그늘처럼 깊었다.

"당신은 어둠인가요?"

아라킨은 미소만 지었다.

"하지만 어둠은 형태가 없어요."

이름을 가진 **밤**조차도 형태가 결정되지 않고 계속 변했다. 하지만 이자는 진짜 몸이 있었다.

"자, 봐요."

아라킨은 손바닥을 활짝 펼쳤다. 그의 손바닥엔 거미줄처럼 가느다란 은실이 걸려 있었다, 아라킨은 양손을 빠르고 우아하게 움직여 실을 꼬았다. 실의 엉킴이 너무 빠르고 다채로워서 무화는 넋을 잃었다.

"이게 뭐죠?"

실은 어느새 섬세한 날개를 가진 여덟 마리의 나비가 날개를 펼친 채 서로 연결된 고리 모양이 되었다.

"나비요."

실뜨기 위로 한 방울 피가 흘렀다. 섬세한 광백 위로 진한 비린내가 이슬처럼 굴렀다. 아라킨은 손을 탁 털었다. 순간 눈발 같은 흰나비가 하늘 위로 확 피어오르며 밤하늘로 흩어졌다.

"아름다워요. 어떻게 한 거죠?"

아라킨은 웃으며 어느새 손바닥으로 돌아온 은줄을 무화의 목에 걸어 주었다.

"받아요. 은거미가 목숨의 일부로 자은 실이죠."

숙인 뺨이 맞닿을 듯 스치자 비에 씻긴 서늘한 바위 같은 청명한 향기가 풍겨왔다. 무화의 심장이 덜컹 뛰었다. 아니, 뛴 것은 왼팔의 심장이다. 무화는 적옥이 달아오르는 걸 느꼈다. 단풍이 손목을 움켜쥐고 말리는 것 같았다.

"어이, 네 공주님이 찾는다."

묵직한 목소리가 그들을 방해했다. 무화는 아라킨의 입술이 닿을 만큼 가깝다는 것을 깨닫고 화들짝 놀랐다.

"아쉽네요."

아라킨은 재빨리 뺨에 키스하고 다가온 남자를 돌아보았다.

"좀, 기다려 줄 수도 있었을 텐데. 만 야르스."

'만'은 남령의 신사 계급 남자에게 붙는 호칭이었다. 무화는 그가 수리소에서 만난 감시자라는 걸 알아보았다. 만 야르스는 아라킨과 마주해도 조금도 주눅 들지 않았다. 아라킨은 존재만으로 산 것을 숨통을 틀어쥘 수 있었다. 저렇게 몸이 크면 세상에 무서울 게 없을까?

"제 일이 아니라서요."

야르스는 비꼬며 "얼른 가 봐." 하고 무화를 밀었다.

"지나친 참견이세요."

무화가 투덜댔다. 야르스가 몸을 숙여 속삭였다.

"네가 누굴 꼬시든 알 바는 아니지만, 그래도 저건 안 돼. 저건 사람이 아니야."

무화는 쫓겨나다시피 아라킨과 떨어졌다.

"너, 제법 사내가 꼬이네? 그 왼팔로 동정을 사는 건가?"

어느새 반하가 옆에 따라 붙었다. 무화는 그를 노려보고 입술을 꾹 다물었다. 서미라면 무례하다고 말했으리라. 하지만 시녀인 무화가 귀족인 반하에게 할 수 있는 말은 몇 단어 없었다.

"훔쳐보시다니, 천박한 취미가 있으시네요."

반하가 정색했다.

"네 공주님이 너를 너무 많이 가르쳤구나."

무화는 머리를 조아렸다.

"무례를 용서하십시오."

"너는 진심이 아니고, 나는 관심이 없지."

반하는 무화의 턱을 들어 이쪽을 보게 했다. 뱀의 비늘이 스치는 듯한 소름끼치는 감촉에 무화는 몸을 떨었다.

"금지 구역에 갔었지?"

반하의 손가락에서 빛나는 루비가 살아 있는 눈처럼 번뜩였다. 무화는 어쩌면 그 보석이 정말로 살아 있을지도 모른다고 생각했다.

"거기 뭐가 있더냐?"

깜박이는 등불이 모퉁이마다 달아오른 조선소는 검은 종이에 고래모양만 뻥 뚫어 놓은 것처럼 시선을 빨아들였다. 밤이라 더 크고 무시무시해 보이는 고래의 머리뼈는 당장 바다로 헤엄쳐 가지 못하는 노여움으로 몸을 뒤챘다. 그럴 때마다 조선소 부두에 부딪친 파도에 거친 포말이 일었다.

"맨입으로요?"

무화가 말했다.

"뭐?"

반하는 귀를 의심했다.

"전 공주님의 시녀지 반하님 하인이 아니죠."

무화는 그의 입가에 떠오른 웃음기를 읽었다.

"공짜가 아니다? 맹랑하군. 뭘 원하지?"

무화는 그 틈새로 빛나는 독니를 본 것 같았다. 가슴이 두근두근했다.

"저 같은 아랫것들은 언제나 돈이 좋죠."

반하는 귀에 건 금귀고리 한 쪽을 풀었다.

"이거면 될까?"

무화는 손바닥 위에 떨어진 귀고리의 섬세한 세공을 가만히 들여다보았다. 숨이 저절로 느려졌다. 반하는 무화의 눈이 값진 금덩이에 번뜩이지 않고 세공의 결을 따라 세심하게 움직이는 것을 지켜보았다. 사람들은 반하의 얼굴만 보았고 그가 내놓은 금의 무게와 보석의 크기만 살폈다. 세공의 아름다움을 감상할 줄 아는 하녀라. 제법인걸.

"부족해?"

그의 목소리가 잠긴 듯이 낮게 나왔다.

"좀, 과분하네요."

왕후장상이 탐내는 보물이 손바닥 위에 있었다. 무화는 짧게 숨을 쉬고 간신히 말했다. 반하의 세공품을 배달한 본 적은 있지만 그걸 만져 본 적은 없었다.

"그래? 그럼 말까?"

반하의 말에 무화는 얼른 손아귀를 오므렸다.

"배가 있었어요."

반하는 거칠고 못이 박인 무화의 손을 내려다보았다. 굳은살이 박인 자리가 눈에 익었다. 저런 못은 그냥 막일로 배기는 게 아니었다, 여자 손이라면 더더욱.

"수리소니까 당연히 배가 있겠지."

반하가 말했다. 무화는 고개 저었다.

"그거, 새거였어요."

반하는 무화의 말을 음미했다. 건조소가 아니라 수리소에, 새 배가 있다고.

"새것인 줄은 어떻게 알지?"

"덜 마른 송진 냄새가 났어요. 배 밑면도 깨끗하고요. 항해를 한 배들은 굴 껍질과 조류가 끼어 있게 마련이죠."

나무의 노래를 들었다는 말은 할 필요가 없었다.

"배에 대해서 잘 아나?"

무화는 신중하게 대답을 골랐다. 눈앞에 있는 건 그 유명한 빙사였다.

"여기서 나고 자랐으니까요."

반하는 무화를 내려다보았다.

"그때는 조선소가 없었지."

무화는 그의 시선에 꿰뚫릴 듯한 기분이 들었다. 공연히 왼팔이 따끔댔다.

"그리고?"

반하가 불쑥 바싹 다가오는 바람에 무화는 반사적으로 반걸음 물러났다.

"어젯밤, 외뿔고래 주점에 있던 게 너였지?"

"네? 주점이라뇨?"

무화는 목소리가 충분히 침착하지 못했던 걸 후회했다.

"저는 공주님의 시녀예요. 그런 저급한 곳은 가지 않습니다."

"그래? 정말?"

빙사는 먹잇감을 놓치지 않았다. 무화는 독니에 붙들리기 전에 재빨리 몸을 뺐다.

"서미 공주님!"

"안 속아."

반하가 왼팔을 잡아챘다.

"오래 걸리셨네요."

반하는 바로 등 뒤에서 들린 목소리에 깜짝 놀랐다. 서미의 발소리는커녕 치맛자락 스치는 소리도 나지 않았다.

"혼자 돌아가신 줄 알았어요."

무화는 머리를 조아렸다. 손에 쥔 금귀고리가 가시처럼 따끔댔다.

"제 시녀는 공자님 놀잇감이 아니에요. 필요하신 일이 있다면 저를 통하시지요. 제 사람이니까요."

서미가 말했다. 반하는 검지를 입술 위에 얹었다. 빨간 루비가 눈동자처럼 번득였다.

"지극히 개인적인 일입니다. 공주님이 시샘하실 만한 일도 아니고요."

찰랑, 날카로운 것이 서미에게 떨어졌다.

"제가 시녀를 질투한다고요?"

서미의 목소리는 섬뜩하리만치 차분했다. 참으로 간악한 혓바닥이었다. 빙사의 모든 부분이 치명적이지만 그가 뱉는 독이야 말로 둘에게 치명적이었다. 이자는 서미와 나 사이를 벌리려는 거야. 자기의 얄팍한 이득을 위해서.

"공주님……."

무화가 입을 열자 서미는 손짓으로 다물렸다. 그는 화려하게 꾸며진 배 안과 완전히 어두워져서 등불로만 윤곽을 구분할 수 있는 조선소를 돌아보았다.

"가자. 바람이 차다."

서미는 반하의 대꾸를 기다리지 않고 돌아섰다.

"공주님, 정말로 아무 얘기도 아니었어요."

뒤를 따르면서 무화가 말했다.

"알아."

서미가 말했다.

그는 사랑에 흔들리는 제 마음을 다그쳤다. 정말로 중요한 게 뭔지 잊지 말아야 해. 서미는 무화를 돌아보았다.

무화는 몇 번 망설이다가 서미의 차분한 눈을 마주보았다.

"나는 언제나 네가 목숨을 구한 그 무화야. 너를 배신하지 않아."

서미의 눈가가 일그러졌다.

"나도 알아."

제5장

별이 떨어져 여름으로 피다

'……약속해.'

단풍의 머리가 붉다. 원래의 단정한 빨간색이 아니라 핏물에 젖어서 흉흉하다.

'내 대신…….'

무화는 그의 얼굴을 감싸 안고 달싹이는 입술에 귀를 가까이 댔다. 단풍의 마지막 숨결이 품에서 흩어지며 붉은 옥이 핏덩이처럼 팔에 달라붙었다. 보석의 무게는 생명의 무게다. 무화는 옥인이 소멸하는 것은 처음 보았다. 상단의 동료들은 상처도 나지 않았다. 아니 딱 한 번 마노가 어둔의 습격으로 다친 적이 있었지. 무화 때문이었다. 무화가 방비를 대충 보수했기 때문에 배 안으로 어둔이 스며마노를 해쳤다.

햇살 가득한 보리밭을 바람이 빗어 내릴 때처럼 황홀한 빛을 발하는 머리칼에 큰 비녀를 틀어 올린 마노가 갑판을 오르며 환하게 웃었다. 무화는 마음이 저렸다.

'마노……'

무화는 마노의 코앞까지 달려가 놓고 차마 그를 안지 못하고 고개를 푹 숙였다. 가까이서 본 마노는 눈에 띄게 말라 있었다.

'어찌나 침울해 있던지 제 놈이 다친 것 같더라니까요.'

마노의 옆에서 오트가 말했다. 그럴 수만 있다면 대신 아프고 싶었다. 대신 죽고 싶었다. 마노에게 상처를 내느니.

무화는 배의 난간과 선창을 바림하고 새로 칠하는 일을 했었다. 그 일은 단순한 도색방수 작업이 아니라 그림자에 스며든 어둠을 걸러내기 위한 방비의 일종으로, 칠 자체는 물론 마름의 시간과 다음 작업 시간까지 철저히 지켜야 하는 일이었다. 그때 무화는 어렸고, 어린애답게 책임감이 부족했다. 그래서 지켜야 하는 차례와 시간을 제대로 지키지 않고 멋대로 마감을 마쳤다. 어둠은 그 틈을 놓치지 않고 배 안에 스며들어 마노를 해쳤다. 마노는 상처를 치료하느라 한동안 상단을 떠나 있어야 할 정도였다. 무화는 너무 괴로워서 선실 밖으로 나오지도 않았다. 물론 선창은 정해진 차례를 지켜서 직접 다시 칠했다.

'죄송해요. 괜찮으세요?'

마노는 무화에게 손짓해 얼굴을 들게 했다.

'네게 줄 게 있다.'

마노의 파란 눈을 베껴 만든 것처럼 새파란 청옥 목걸이가 무화의 목에 걸렸다.

'몸에서 떼지 마라.'

아름다운 입술이 우아한 선을 그리며 웃었다. 무화는 가방 밑바닥에서 빛나고 있을 청옥 목걸이를 떠올렸다. 그것도 누군가의 생명이었을까?

무화는 컴컴한 고래 시체 주변을 휘둘러보았다. 연회와 행사에 치인 인부들은 술병을 껴안고 따뜻한 화덕 옆에서 곤히 잠들어 있었다. 무화는 생쥐처럼 재빨리 그들을 피해 고래 갈비뼈 밑으로 들어갔다. 배가 완성되면 입수를 위해 해체되는 부분을 지나자 적재소 옆에 나무 상자와 격벽으로 대충 둘러 만든 사무실이 나왔다. 비슷한 크기의 상자를 모아 홈을 내 끼워 만든 서랍장에는 필기구와 여러 가지 서류가 들어 있었다. 무화는 허벅지에 두른 칼 띠에서 작은 단검을 꺼냈다. 초승달처럼 아찔한 호를 그리는 얇은 날이 은은한 빛을 발했다. 무화는 그 빛에 의지해 서랍 안을 뒤졌다. 깊숙한 안쪽에 서류 더미에 눌린 철 묶음이 나타났다. 둘러진 가죽을 들추자 여러 나라 말로 쓰인 자재 수출입서가 보였다. 무화는 천을 이은 배낭에 가죽철을 넣고 가방을 가슴 쪽으로 둘러맸다. 몸이 커진 기분이 들었다.

건너편 복도로 순찰등이 춤추듯이 흔들리며 지나갔다. 벌써 한 잔 걸쳤거나, 마시면서 도는 모양이었다. 무화는 책상 밑에 몸을 숨긴 채로 잠시 망설였다. 순찰등이 지나갈 때 바닥에 달린 자물쇠가 시커멓게 번뜩였었다. 저기 숨겨 둔 건 무얼까. 무화는 살짝 기울어진 바닥의 벌어진 틈새를 엿보았다. 익숙하고도 낯선 냄새가 코끝을 스쳤다. 부패한 피와 날고기 냄새였다.

들어가지 마.

무화의 본능이 경고했다. 자물쇠는 열려 있었다. 무화는 순찰등을 든 발소리가 완전히 사라지길 기다려 문을 열었다. 환기된 적 없이 지층처럼 켜켜이 쌓인 공기가 파해된 주박처럼 풀려나갔다. 무화는 잠시 얼굴을 돌렸다가 안으로 들어갔다.

냄새도 쌓이면 밀도와 부피가 생긴다. 무화는 파도처럼 밀려오는 농밀한 냄새를 뿌리쳤다. 상처에서 흐르는 고름, 썩은 생살 냄새, 뒤틀린 고통의 흔적이 암울한 절망의 색을 띠고 흩어졌다. 무화는 벽을 이룬 나무 판에 손을 댔다가 소스라쳐 떼었다. 어둠의 농담을 따라 일렁이는 거대한 죽음의 절규가 눈앞에 가득 찼다. 한걸음 뗄 때마다 거미줄처럼 빽빽한 죽음이 온몸을 죄었다. 무화는 세상에 남은 마지막 외뿔고래가 숨을 놓는 순간을 느꼈다. 무시무시한 적막이 사방을 덮치고 불길한 것이 꿈틀대며 그 속을 기어 다녔다. 무화는 진땀을 흘리며 바닥을 기었다. 이건 나무의 노래고 이미 지난 시간이야. 벗어나지 않으면 고래의 죽음에 휩쓸리게 된다.

발에 걸린 나무 통에서 맑은 목소리가 무화를 꿰뚫었다. 어린 여자애의 나직한 흥얼거림이 억눌린 공기를 훑고 절망을 위로하고 고통을 물리쳤다. 무화를 위한 것이 아니라 죽은 고래를 위로하는 거였다. 지금도 아니고 아주 오래전에 불리워 남은 흔적이지만 정신을 차리기엔 충분했다. 무화는 간신히 몸을 일으켰다. 숨이 다시 쉬어졌다.

"거기, 누구야?"

뒤쪽에서 목소리가 들렸다. 무화는 반사적으로 낮은 천장을 짚고 두 발을 번쩍 차올렸다.

"어이쿠!"

발꿈치가 턱을 걸어차자 남자는 쿵 쓰러졌고 무화는 그의 몸을 넘었다. 그런데 또 다른 팔이 어깨를 붙들었다. 무화는 반사적으로 왼쪽 어깨를 미끄러트려 상대의 손아귀에서 빠져나오는 동시에 주먹을 날렸다. 반대편에서 주먹보다도 큰 손이 공격을 받아치며 무화의 손목을 획 낚아챘다. 무화는 허공에 대롱대롱 매달렸다.

"꼬맹이, 조심해야지."

기억나는 목소리였다. 무화는 무릎을 한 번 굴러서 반동을 이용해 남자의 손을 걸어차고 바닥에 가볍게 착지했다. 어둠이 가린 무훈을 보지 않아도 그가 누군지 알 수 있었다.

"참견쟁이로군."

무화는 마음대로 그를 불렀다.

"누가 할 소릴."

만 야르스는 침입자가 공주님의 시녀란 걸 알아보지 못했다. 하긴 알아보면 곤란하지.

"침입자다! 서쪽 수리소에 침입자가 있다!"

멀리서 날카로운 경종 소리가 울렸다. 야르스가 말했다.

"시간 내로 신호가 없으면 경보가 울려."

무화는 쓰러진 남자 옆에 뒹구는 등불을 보았다. 술에 취한 듯 보이던 빛이 신호였다. 모양을 기억해 내기 전에 야르스가 등을 꺼트리고 무화를 위로 밀었다.

"도망쳐."

그들은 몰려드는 발소리의 반대 방향으로 뛰었다. 배가 드나들도록 검은 바다를 향해 벌어진 거대한 아래턱 쪽이었다. 무화는 조심스럽게 울퉁불퉁 튀어나온 나무 판을 디뎠다. 발밑에서 검은 파도가 발목을 잡아챘다. 바다와 가까울수록 디딜 만한 나무판이 줄어들었다가 절반쯤 왔을 때는 완전히 사라졌다. 무화는 이를 악물고 나무 틈새로 손가락을 넣어 벽을 기어올랐다. 지붕을 타고 건물 끝으로 내려가면 해안에 닿을 수 있을 거였다. 이런 날씨에 물에 뛰어들면 심장마비감이다. 무화는 용기를 가장한 무모함을 시험할 생각은 없었다.

간신히 미끄러지지 않고 지붕에 오르자 센 바람이 휘청 몸을 흔들었다. 무화가 머뭇대는 동안 측면에서도 횃불이 떠오르며 경종이 울렸다. 지붕 위에서 아래를 살피자 횃불들이 목표물을 찾지 못하고 갈팡질팡 움직이는 게 보였다. 무화가 바싹 달라붙다시피 지붕 위를 기는데 뒤에서 긁히는 소리가 들렸다. 무화는 손을 뻗어 떨어지는 팔을 잡았다.

"빨리!"

무화는 온몸을 지붕에 납작 붙이고 한 팔로 야르스의 체중을 버텼다. 덩치만큼 무게가 장난 아니라 어깨가 빠질 것 같았다. 무화는 뒤늦게 왼손까지 합세해 미끄러지려는 두꺼운 팔을 잡아챘다. 습관이란 건 무서운 거라서 왼손이 움직일 수 있다는 사실을 뒤늦게 깨닫곤 했다. 무화는 적옥 팔찌에서 맑고 섬뜩한 붉은 빛이 일렁이다가 사라지는 걸 주시했다. 얼마나 버틸까.

'왼팔을 쓸 때는 조심해.'

옥인의 달콤한 피 냄새가 코끝에서 되살아났다. 아직은 괜찮아. 무화는 스스로에게 속삭였다. 팔에 매달렸던 커다란 덩치가 고양이처럼 소리 없이 지붕을 밟았다. 등불이 그를 스치자 꺼진 초에 불을 당긴 것처럼 회색 머리가 금빛으로 변했다. 곱슬머리 아래 두툼한 선을 그린 눈썹도 금빛이고 어둠속에서 파랗게 물들어 보였던 길고 섬세한 속눈썹도 금색이었다. 눈은 절묘하게도 까만색이었다. 머리털이 금색이면 다른데도 금색일까? 무화는 불쑥 든 생각을 얼른 치웠다.

"고마워."

침입자를 쫓는 횃불은 빙글빙글 돌다가 사방으로 흩어지며 계속 수가 불었다. 무화는 쓸데없는 호기심을 질책했다. 그냥 서류만 갖고 나갔다면 무사했을 텐데.

"조심해."

무화는 그를 두고 움직였다. 야르스와 함께면 **밤**은 나타나지 않을 것이다. 그럼 **그늘**로 피할 수도 없었다.

"혼자 가려고? 같이 있는 게 전력이 될 텐데?"

야르스가 말했다.

"각자 사정이 있는 거지."

무화는 어둠 속으로 몸을 숨겼다.

"좋아. 목숨을 구해준 빚은 갚지."

무슨 말이냐고 묻기도 전에 야르스는 지붕 아래로 뛰어내렸다. '풍덩' 소리와 물보라가 그를 삼켰다. 횃불이 해변으로 몰려갔다. 무화는 그를 구하러 가지 않고 반대 방향으로 달렸다. 조선소 정문이 보였고 새카만 **그늘** 속에서 일어난 얼룩 없는 농밀한 어둠이 무화를 집어 삼켰다.

저택에 돌아온 무화는 공주님 방으로 가기 전에 2층으로 숨어들었다. 반하의 방 창문은 닫혀 있었지만 잠겨 있진 않았다. 무화는 침대 옆 탁자에 조선소에서 훔쳐온 가죽 철을 꺼내놓았다.

'약속해. 내 대신 반하를 지켜줘.'

손목이 불에 댄 듯 뜨겁다.

'그게 전부야?'

무화는 그의 생명을 가졌다. 그는 무화의 목숨을 요구해도 되었다. 생명은 생명으로만 갚을 수 있다.

'너는 우리의 꿈이야.'

단풍이 마지막으로 말했다. 무화는 그 말을 이해하지 못했다. 우리라니?

"움직이지 마라."

생각에 빠진 무화가 몸을 돌리기 전에 커튼 뒤에서 나온 날카로운 칼끝이 등에 닿았다. 아차. 반하의 침대는 비어 있었다. 겨울 이불이 두꺼워서 눈치 채지 못했다.

"허튼짓 말고 천천히 돌아서."

반하는 무화를 돌려놓고 책상 위의 서류를 흘끔 보았다.

"넌 누구야? 이건 뭐지?"

무화는 그의 칼에서 눈을 떼지 않았다. 백면서생의 칼을 후려치고 튀는 것쯤이야 어렵지 않다. 하지만 그 예쁜 얼굴에 상처라도 나면,

서미가 슬퍼하겠지?

"부탁받았어."

"누가?"

무화가 대답이 없자 반하는 흘끔 서류를 보았다. 무화는 틈을 놓치지 않고 반하의 손을 후려쳐 칼을 떨어트리고 창문으로 빠져나갔다. 반하는 신음과 함께 손을 움켜쥐고 불어 닥친 바람에 흩날리는 종잇장 너머로 몸을 내밀었다. 아무도 보이지 않았다.

반하는 아래층으로 달려 내려갔다. 공주의 방문은 굳게 닫혀 있었다. 살짝 문을 밀어 열자 자물쇠가 걸렸다. 틈새로 엿보이는 방 안은 캄캄했고 잠든 숨소리 외에 움직이는 기척은 없었다. 반하는 조용히 어둠 속을 노려보다가 문을 닫았다.

무화는 바로 그 문 뒤에서 참았던 숨을 뱉었다. 문틈으로 노려보는 반하의 눈은 숯에서 일군 불씨처럼 붉게 빛났었다. 아니, 눈이 아니라 그의 반지인가?

방으로 돌아온 반하는 창문을 연 채 달빛에 의지해 서류를 훑어보았다. 그가 찾던 거였다. 어떻게 된 걸까. 단풍은 어디 가고 왜 반공주의 시녀가 이걸 가져온 거지? 그 질문은 그 시녀만 답할 수 있으리라. 그는 주점에서 도와준 팔 병신 소년이 반공주의 시녀라고 확신했다. 귀걸이를 받던 손바닥에 박인 못은 검흔이었고 지금 그의 손에 있는 서류는 목국어가 아니라 부자재 원산지 그대로 최소 여섯 가지 언어로 꾸려져 있었다.

'이 애는 아홉 나라 말을 할 줄 알죠.'

지금 고래등걸에 왼팔을 못 쓰고 아홉 나라 말을 할 줄 아는 사람이 몇이나 될까. 단풍에게 무슨 일이 일어났는지도 그 시녀만이 말해 줄 수 있으리라.

그는 향목 노부인의 온실을 떠나자마자 마을로 갔다. 뺨을 스치는 날카로운 바람에서 소금 내가 났다. 들판과 길은 긴 겨울 동안에 빛바랜 침묵에 잠겨 있었다. 반하는 햇볕이 잘 드는 바위 아래 굼실거리는 땅 냄새를 느꼈다. 겨울을 뒤집을 반란의 씨앗이 봄으로 움틀 준비를 하고 있었다. 하지만 반하는 봄을 느낄 수가 없었다.

모퉁이를 지나 한길 접어들자 외뿔 고래 주점이 나왔다. 반하는 말에서 내렸고 누군가 그리다가 지운 것처럼 폭삭 주저앉은 건물 잔해를 보았을 때 이미 거기에 아무것도 없으리란 걸 알고 있었기 때문에 놀라지 않았다.

'화재였다고?'

뒤따라온 하인이 '네.' 하고 대답했다. 그가 떠난 후 촛불 하나가 엎어져 화염에 뒤엉키는 풍경이 그려졌다. 충분히 가능하지만, 그 많은 사람들이 주점이 전소되도록 싸움질에 정신을 팔았을까? 오히려 함께 불씨를 잡지 않았을까? 게다가 단풍이 여기 있었다. 그는 불을 다스리는 옥인이었다.

반하는 하인에게 말고삐를 주고 잔해 속으로 걸어 들어갔다. 나무는 젖어 있고 그을음은 없었다. 화재 후 특유의 톡 쏘는 까칠한 냄새도 없었다. 반하는 물컹하게 푹 꺼지는 발밑을 까뒤지다가 흠칫 물러났다. 형태가 불온전하지만 분명 사람 손이었다.

'시신 수습은?'

반하는 잔해에서 나와 하인이 건네는 비단 수건에 손을 닦았다. 불길함에 심장이 쿵쿵 뛰었다.

'겨울이라 밤새 얼어서 그대로 흙을 덮게 될 거랍니다. 어차피 화장을 치른 셈이니까요.'

화재가 아니었다. 화재의 열기가 남아 있다면 잔해가 얼 리도 없고, 시신도 형태를 보존하지 못했을 것이다. 반하가 본 잘린 손은 분명히 잡아 뜯긴 듯한 모양새였다. 주위를 둘러보자 귀족 나리의 행차에 멀찍이 물러나 있는 사람들이 보였다. 울어서 통통 부운 눈의 여자가 낯이 익다. 반하는 그 여자가 주점 안주인이라는 걸 기억해 냈다.

'용케 피했군. 정말로 불이 났느냐?'

반하는 안주인을 불러 물었다. 안주인은 얼굴도 들지 못하고 머리를 조아린 채 말했다.

'아닙니다. 나리. 불이 난 것이 아닙니다. 그건 어둔이었어요.'

옆에서 꾹 찌르는 기색이 있었지만 안주인은 말을 멈추지 않았다.

'불도 없이 검은 연기만 치솟았습니다. 안에서 비명과 괴성이 들렸어요. 온 문으로 물이 쏟아져 나왔읍죠. 간헐천이라도 솟은 것처럼요. 나리님, 저희는 여기서 대대로 장사를 했습니다. 간헐천은 없어요. 그건 이름 없는 산에서 내려온 어둔이에요.'

반하는 안주인이 가리키는 이름 없는 산 등허리에 뭉글뭉글 뭉쳐 있는 안개를 바라보았다.

'미신은 안 믿어. 사실만 말해라.'

'나리님 어둔은 미신이 아니에요. 적어도 여기 고래등걸에서는요.

저희가 시신을 수습하고 싶다고 말해도 영주님이 안 된다고 하셨어요. 이대로 화장할 거라고. 어둠은 불이나 빛과 상극이거든요.'

반하는 필요한 모든 걸 듣고 마지막으로 물었다.

'혹시 빨간 머리 이방인은 못 봤나?'

안주인은 퍼득 고개를 들었다가 반하와 눈이 마주치자 얼른 숙였다. 어젯밤에 소란의 원흉이 누군지 알았지만 이미 아무 소용없었다.

'나리님. 거기서 솟아난 물은 죄다 핏물이었어요.'

반하는 뚫어지게 노려보던 서류뭉치를 움켜쥐었다. 바스락 소리가 손안에서 발버둥쳤다.

무슨 일이 있던 거야, 단풍?

반하는 서류를 덮었다. 가죽 덮개 위에 불로 그을은 듯한 우아한 손자국이 남았다. 그는 그 문양을 응시하다가 새벽이 돋기 전에 옷을 갖추고 방을 나섰다.

반하의 발길이 당도한 곳은 연제군의 거처였다. 그가 문을 두드리자 잠에서 덜 깬 하녀아이가 졸린 눈으로 문을 열다가 찬물을 맞은 것처럼 확 깨었다.

"마마는 아직 기침하지 않으셨습니다."

"알아."

반하는 남들의 눈에 띄기 전에 안으로 미끄러져 들어갔다. 하녀애는 그를 제지하지 못했다.

"여기서 기다리세요."

하녀아이는 반하에게 앉을 곳을 알려주고 침방으로 달려갔다. 안에서 부스럭 대는 소리와 낮게 웅얼대는 소리, 하녀아이를 야단치는 소리가 들렸다. 여자 목소리는 반하에게도 익숙했다. 반하는 버들 부인과 마주치는 어색한 상황을 피하려고 일부러 침실에서 등 돌린 방향의 의자로 바꿔 앉았다. 향기가 등을 스치고 가라앉았던 공기가 술렁이며 문이 여닫혔다. 잠시 후 연제군이 반하의 맞은편에 앉았다. 그는 따뜻한 잠옷 위에 누빈 솜옷을 덧입고 털가죽을 안으로 뒤집어 재단한 신을 신고 머리를 풀어 놓은 그대로 아무 장식도 하지 않았다. 하녀아이가 난로의 불씨를 일으키고 찻물을 올리고 그의 머리를 올려 주었다.

"너무 이르구면."

수염을 빗으며 연제군이 말했다.

"송구합니다."

"나중에 버들에게도 사과하게."

"모르는 척 하는 게 나을 겁니다."

연제군은 고개를 끄덕였다. 하녀애가 둘 사이에 찻잔을 내 놓았다.

"조반을 올릴까요?"

연제군은 고개를 끄덕였고 반하는 먹지 않겠다고 했다. 방문을 굳이 티내고 싶지는 않았다. 음식을 가져오면 부엌에서 다 알게 될 터였다. 하녀애가 나가자 연제군이 먼저 입을 열었다.

"이 새벽에도 놀랄 만큼 아름답구면. 자네가 계집이었으면 자넬 차지하려고 여러 가문이 피를 흘렸겠어."

반하는 쓰게 웃었다.

"어젯밤에 사교계 최고의 미인을 안고 주무신 분께서 하실 말씀은 아닌 것 같습니다만."

연제군은 가볍게 웃었다.

"너스레는 됐고. 말해 보게. 이 아침부터 이렇게 무례를 무릅쓴 연유가 뭔가?"

"마마님도 조선소에 투자하셨습니까?"

나룻배 이상의 선박을 건조할 때는 지방 관리사를 통해 임금에게까지 보고가 됐다. 비상시에 군함으로도 쓰이는 크기의 배의 관리는 국력과 밀접한 관계가 있고, 지방 세력의 견제를 위해서도 반드시 필요했다. 특히 고래등걸에서 건조하는 먼 바다용 네 돛 선은 특수한 건조법 때문에 엄중한 관리가 요구되었다. 태산은 조선소 건립과 건조하는 배에 귀족들의 투자를 끌어들여 지분별 수익분배라는 놀라운 사업 기획안을 제시해 사업의 투명성을 강조하는 동시에 자기 돈은 한 푼도 들이지 않고 재산을 마음껏 통용하는 놀라운 방법을 적극 활용 중이었다.

"아니. 난 굿이나 보고 떡이나 먹자지. 자네 집안은 좀 큰 거 같던데. 자네 조부 사극이 아무 말도 안 하던가?"

그렇게 말해놓고 연제군은 가볍게 고개를 저었다.

"아니, 안 했겠군."

사극은 음흉해서 꼭 필요한 일이 아니면 가족에게도 알리지 않았다.

"태산 공과는 오래 교류하셨습니까? 그는 정직합니까?"

연제군은 웃음을 터트렸다.

"빙사에게 이런 멍청한 소리를 듣게 되다니 내 귀를 믿을 수가 없군. 정치와 장사는 본질적으로 다르지 않다네. 정치는 보이지 않는 것을, 장사는 보이는 것을 거래하지. 이익을 탐하지 않는 정직한 상인을 본 적 있나?"

연제군은 바로 덧붙였다.

"허나, 정당한 거래의 이익 외엔 가지지 않는 것이 상인의 도리이 듯 합당한 명예 외엔 탐하지 않는 것이 훌륭한 귀족이지."

반하는 싱긋 웃었다.

"고래등걸에서 이만큼 큰 축제를 벌인 건 전례에 없어."

연제군이 말했다. 개똥벌레 같은 등불들이 돛대와 난간을 따라 반짝이며 저무는 노을을 등진 배들의 밝게 수놓았었다.

"수익 보고나 분배 없이 황후장상을 초대해 허세 넘치는 잔치를 벌이는 건 사업에 대한 과시와 투자자의 안도를 노린 거겠죠. 선전으로 더 많은 투자를 유치할 속셈도 있고요. 태산이 드디어 왕실에도 지원을 요청했다고 합니다."

연제군의 눈가가 가늘어졌다.

"들었네. 목단은 쉬운 왕이지."

반하는 임금의 이름을 사사로이 입에 올릴 수 있는 막강한 신분과, 그에 개의치 않는 헛헛한 바람에 숨통이 트였다.

"궐에 가서 만류해 주시렵니까?"

"내가? 왜?"

연제군은 심술궂게 웃었다.

"나는 그가 내 정인을 가로챈 걸 잊지 않아."

반하는 손가락을 물결치듯 팔받이를 두드렸다.

"비전하께 관심이 있으신 줄은 몰랐습니다만?"

연제군은 입을 떡 벌렸다.

"불경한 소릴. 자넨 영리한 건가, 멍청한 건가."

"그럼 수현 악사겠군요."

반하가 빙글빙글 웃었다. 연제군은 곤란한 표정을 솔직하게 드러냈다.

"내 입이 가벼운 줄 몰랐는데."

"그날, 과음하셨었지요."

연제군은 적송가에 묵었던 날을 떠올렸다. 반하의 머리는 지금과는 달리 까마귀처럼 검었고 눈가와 턱에 미색이 드러나기 시작한 나이였다. 모든 아이들이 허물을 벗듯이 성장한다. 하지만 반하의 눈은 더 깊고 검어지고 얼굴은 무섭도록 예뻐지고 머리는 녹인 은처럼 섬뜩해졌다. 항간에는 그의 어미의 부정이 드러났다는 소문도 돌았다. 반하의 모친이자 사극의 며느리는 정절을 의심받아 두문불출하다 와병으로 죽었다.

"그때 자네는 어렸지 않나."

"나이가 어리다고 생각도 어리란 법은 없죠."

반하는 예의바르게 말했다. 연제군은 그 밑에 도사린 독이빨을 본 것 같았다. 반하의 요사스런 미모는 치명적인 독이 될 것이다. 누군가 혹은 그 자신에게. 연제군은 반하를 아꼈기 때문에 그 독이 주인을 해치지 않기를 바랐다.

"적송가는 머리가 여럿인 뱀이로군. 부디 제 살을 물지 않길 바라네. 무릇처럼."

160

반하는 아버지 무릇의 이야기가 나오자 언짢아졌다.

"저는 아버지랑은 다릅니다."

무릇은 사극과의 마찰을 피해 바다 건너 서쪽 도시에 외교관을 자청해서는 영영 돌아오지 않았다.

"무릇도 처음부터 방어적인 사람은 아니었지. 시간은 흐르고 소년은 청년이 되고 늙게 되지. 그 상처……."

연제군은 자기 관자놀이를 톡톡 쳤다.

"무릇이 그 상처를 얻기 전까지 그도 자네처럼 야심 찬 젊은이였다네."

반하는 그 상처가 왜 생겼는지 알지 못했다. 다만 아주 젊을 때고, 그가 태어나기 전부터라는 것밖엔.

"태산은 반공주를 노리고 있는 것 같더군요. 저는 그 공주가 그렇게 쓸모 있는지는 모르겠습니다만."

반하는 옆길로 센 대화를 되돌렸다.

"잃을 것이 없는 자는 얻을 것이 많은 법이지."

연제군이 말했다.

"노름에서도 거짓 패를 쥔 자가 판돈을 높이는 법이죠. 허풍을 들키지 않으려고."

반하가 목소리를 낮추었다.

"저는……."

반하가 말을 이으려는데 하녀애가 식사가 담긴 반합을 들여왔다. 그들의 대화는 거기서 끝났다.

제6장
수렁에서도 가지는 자란다

"내 몸을 먹게 돼."

단풍이 말했다.

무화는 눈을 감았다. 날카롭고 상쾌한 옥인의 혈향이 몸속에서 되살아났다. 왼팔이 꿀꺽꿀꺽 단풍의 피와 살점을 뜯고 마시느라 정신이 팔린 틈에 무화는 제정신을 차릴 수 있었다.

"단풍?"

주점 안은 온통 부서진 가구와 나뒹구는 시체와 번들대는 핏자국으로 난장판이었다. 무화는 그게 전부 자기가, 정확히는 왼팔이 저지른 짓이라는 걸 깨달았다. 왼팔이 몸을 지배하는 동안은 무화는 마치 남의 꿈속을 엿보는 것처럼 모든 것을 볼 수 있지만 아무것도 할 수가 없었다.

정말로 꿈이었으면 좋았을걸.

옥의 향에 감응한 왼팔에서 근육을 따라 비늘이 돋고 날개와 지느러미가 튀어나왔다. 손가락은 이빨처럼 날카롭게 휘어지고 손바닥이 입을 벌리자 손등에서 눈들이 빠끔빠끔 열렸다. 무화는 비명을 질렀다. 그러나 소리는 입이 아닌 섬뜩한 포효가 되어 손바닥으로 빠져나갔다. 속이 울렁대고 사방에서 북소리처럼 진동하는 낮은 속삭임이 들려왔다. 모든 사물이 예민하거나 둔중하게 왜곡되었으며 왼팔은 제멋대로 혈무를 추었다. 무화는 살육하는 나를 또 하나의 내가 바라보는 듯한 분리되고 뒤틀린 감각을 느꼈다.

단풍이 왼팔의 아가리에 자기 팔을 쑤셔 넣자 급류를 탄 것처럼 '바라보던 나'가 '움직이는 나' 안으로 휩쓸려 갔다. 무화는 내 것이 아닌 것 같은 몸 안에서 정신을 차리기도 전에 게걸스럽게 단풍의 몸을 파헤치는 왼팔을 붙들었다.

"안 돼! 그만!"

손가락이 살아 있는 괴물처럼 입을 벌리고 포효했다. 까마득한 어둠이 그 안에 있었다.

"제때에 돌아왔군."

단풍이 말했다. 목소리가 푸석한 터럭처럼 갈라졌다.

"조금 늦었나? 내 살을 먹게 둬라. 그걸 달래야 하니까."

단풍은 한 팔을 괴물에게 먹이고 다른 팔로 갈라진 뱃속을 내장이 쏟아지지 않게 움켜쥐고도 의연했다. 무화는 으르렁대는 왼팔을 붙들지도 놓아 주지도 못하고 갈팡질팡했다. 단풍은 턱으로 무화의 머리를 쓰다듬었다.

"녀석이 내 피에 취하게 둬. 너무 오래 굶주려서 너를 잡아먹기

163

직전이니까. 슬퍼하지 마. 넌 이전에도 죄를 지었지. 처음이 힘들지,
두 번째는 쉽다."

벼린 칼날이 섬뜩하게 무화의 마음에 떨어졌다.

"뭐?"

"너는 이전에도 옥인을 해쳤었잖아."

단풍이 말했다.

"내가, 옥인을, 해쳐?"

무화는 배운 적 없는 말을 따라하는 것처럼 한 마디 한 마디 낯설
게 혀에 감았다.

"기억 못해? 너한테 물의 방비가 있었어. 보자마자 알았지. 지금
은 없군."

단풍은 천천히 무화의 왼팔을 밀어냈다. 그러자 어지럼증 같은 적
의가 다시 몰려들었다. 무화는 단풍을 해치고 싶지 않았다. 하지만
몸이 말을 듣지 않았다.

"방비?"

의지를 벗어난 칼날이 번뜩였다. 단풍은 피가 엉긴 허연 어깨뼈를
방패처럼 이용해 무화의 공격을 막았다.

"청옥이었어. 푸른색으로 황홀하게 빛났지."

불현듯 빈 목이 스산했다.

"마노의 목걸이. **그늘** 때문에 두고 왔는데……."

배에 어둔이 침입했을 때 마노가 청옥 목걸이를 무화에게 주었다.
잠깐, 어둔이 옥인의 배에 침입하다니, 그게 가능키나 했던가? 노래
하는 나무 본선은 그림자가 없는 해면 위에 머물러 태양의 정점을

164

따라 항해했다. 본선에 간섭할 수 있는 모든 그림자는 엄격히 관리되었고 구름이나 새의 그림자가 불현듯 스쳐가는 것 외엔 어둠이 깃들 틈은 없었다. 그럼 어떻게 된 거지? 무화는 왼팔에서 꿈틀대는 형상을 내려다보았다.

마노를 공격한 어둠은 무화였다.

마노의 손에서 검광이 번뜩였다. 무화와 서미는 마노에게 싸우는 법을 배웠기 때문에 칼 든 모습이 낯설지 않았다. 낯선 건 그 옆구리에 박힌 단검이었다. 붉은 피가 칼자루를 타고 흘러서 무화의 손을 적시고 바닥에 뚝뚝 떨어졌다. 정확하게는 바닥에 떨어지기도 전에 딱딱하게 굳어져 파란 돌이 되었다. 지금 적옥에게 흐르는 피처럼.

"아니야."

무화는 고개를 저었다. 목숨이란 질긴 것이어서 살아가기 어려울 만큼 괴로운 기억은 비틀어 지운다. 하지만 아무리 기억하기 괴롭다 하더라도 어떻게 그런 것을 잊을 수가 있을까.

"아, 그래, 위대한 마노엔이셨군."

단풍은 그 이름을 음미했다. 그리고 흐트러지려는 무화를 다그쳤다.

"나한테 집중해!"

왼팔이 길게 포효했다. 칼과 뼈가 비끼는 소름끼치는 마찰음과 함께 현실감이 살아났다. 단풍과 엉킬 때마다 시공간이 열렸다가 닫혔다. 두 개의 세상을 오가는 그네를 탄 것 같았다. 힘차게 그네를 구르면 땅에 닿았다 다시 하늘에 닿는 것처럼, 이쪽에선 칼날을 겨누어 부딪는 순간 저쪽 세상에선 차를 나누고 있었다. 칼을 맞댄 순간은 찰나인데 둘이 마주보고 차를 마시는 시간은 물이 끓고 잔을 데

165

우고 다시 끓어오른 물로 우린 차 한 동이를 다 비울 만큼 길었다. 그러나 맞붙은 칼날이 떨어지면 추락하는 별처럼 삽시간에 머리 위에 땅이 쏟아지며 도살장 같은 주점으로 되돌아왔다. 돌아올 때마다 단풍의 모습은 처참해졌고, 무화의 몰골도 사람에서 멀어졌다.

"어쩌지."

돌이킬 수 없는 후회는 무엇으로 씻어야 할까. 무화는 괴물이 되었다.

"어쩌지. 내가……."

절대로 상처 입히고 싶지 않은 이를 다치게 했다.

"어떻게 그럴 수 있지?"

무화는 왼팔을 내려다보았다. 단풍의 말대로였다. 처음만 어렵지 다음은 쉬웠다. 무화는 옥에서 난 자들은 흠결하며 인간의 어떤 것으로 상처 낼 수 없다고 들었다. 그런데 무화가 그들을 찌를 칼날이 되었다.

"나를 죽여 줘. 제발, 나를 죽여 줘."

간곡한 목소리가 탄식처럼 무화의 입에서 흘러나왔다.

단풍은 쓰게 웃었다.

"곤란한 부탁인데, 보다시피……."

그는 다음 말을 하기 위해서 입안에 고인 피를 뱉어야 했다.

"네가 꽤 세거든."

씁쓸하게 웃던 단풍은 칼날이 무화 자신에게로 향하는 것을 보고 말리기 위해 팔을 뻗었다. 물어뜯긴 팔뚝엔 손이 없어서 날카롭게 조각난 뼈가 대신 칼날을 비틀었다. 쇠가 바위에 부딪친 것 같은 불

166

똥이 튀었다. 무화는 또 한 번 존재의 쏠림을 느꼈다. 세상이 열렸다. 그곳에서 단풍은 인간의 권력으로는 잴 수 없는 순수하고도 지극한 모습을 하고 맞은편에 있었다. 머리카락은 여전히 붉지만 시들어가는 단풍 이파리가 아니라 은은하게 타오르는 암석 같았다. 불에 달궈진 적옥이었다. 훤칠했던 키는 한 층 더 자라서 길고 우아한 거인 같았다. 상단 선원들도 저렇게 컸었지. 마노와 오트도. 상처 입은 마노가 떠올라서 눈가가 화끈했다.

무화는 칼이 아니라 찻잔을 쥔 손을 내려다보았다. 왼손은 없었다. 이곳은 옥인인 단풍의 세계니까 어둔은 올 수 없었다. 그건 정말 어둔이었구나. 무화는 고통에 지친 병자가 죽음을 언도받은 듯한 담담함을 느꼈다. 이제 내가 누구인지 무엇인지 헤매지 않아도 되겠구나. 정상이 아니어서 느낀 수치와 고통을 지울 수 있겠구나. 물론 더 깊은 나락으로 떨어지기 직전의 속도 절감이겠지만.

"죽으면 안 돼. 위대한 마노엔은 목숨을 깎아 어둔을 봉했어. 네가 살길 바라신 거야."

단풍이 말했다.

"왜? 어둔은 옥인들의 적인걸."

마노는 무화가 인간일 때도 구했고, 괴물이 되어서도 구해 주었다. 단풍은 무화를 바라보았다.

"왜일까, 옥인이 어둔을 살려두다니. 하지만 알 것 같기도 하군."

새빨갛게 부은 뺨을 하고도 흔들리지 않고 찻잔을 들고 있던 소녀의 강인하고 애처로운 옆모습이 눈에 가시처럼 박혔었다.

"닿을 수 없는 두 존재가 서로를 향해 원을 그리듯 순환하면 별을 낳을 수도 있지."

단풍의 부드러운 손가락이 무화의 손등에 살짝 닿았다가 떨어졌다.

"하지만 나의 시간은 끝났어."

그는 긴 옷소매를 가볍게 휘감았다. 어느새 붉은 옥을 고리처럼 깎은 팔찌가 손에 들려 있었다. 불투명한 내부에 붉은 빛이 흘러 다니는 모양도 마노의 청옥 목걸이와 같았다.

"이건 다른 방비야. 위대한 마노엔 것만큼 강력할 수는 없지만, 대신 왼손을 움직일 수 있지.'

무화는 슬픈 가운데서도 작게 움트는 기쁨에 스스로를 질책했다. 껍데기가 정상이 된대도 무화 안의 괴물이 사라지진 않는데.

단풍은 팔찌를 내밀었다. 무화는 얌전히 왼손을 내밀었다. 그러나 거기 손이 없어서 둘 다 어색하게 웃었다.

"조금 있다가 다시."

그 조금 후가 그를 보는 마지막이 될 것이었다. 무화는 이쪽의 시간을 늘리고 싶었지만 그 역시 단풍의 힘을 고갈시키고 있다는 것에 슬픔과 무력감을 느꼈다.

"내가 옥인이라면, 아니 옥인이 아니라도 힘을 가진 다른 무엇이라면 좋았을 텐데."

무화가 말했다.

"그래서 일이 꼬인 건데?"

단풍이 웃었다. 그래, 그를 이 꼴로 만든 게 나였지. 무화는 더 아무 말도 할 수가 없었다.

"왼팔과 친해져 봐. 한 몸 안에서 계속 으르렁 대면 안 되지."

그렇게 말하면서 단풍은 확신 없이 덧붙였다.

"하지만 잘될지는 모르겠어. 그건 좀 미친 것 같거든. 어둔에게 먹힌 것들은 온전히 남지 않지, 육체든 정신이든. 그런데 너는 어느 모로 봐도 온전해."

"난 이미 괴물인데."

무화는 쓰게 웃었다. 단풍은 고개 저었다.

"어둔은 인간을 먹지. 인간 뿐 아니라 생명을 가진 모든 것을 삼켜. 그런데 네 왼팔은 너를 먹으려던 게 아니야. 이런 말은 이상하지만……."

단풍은 약간 망설였다.

"아무래도 그건 너를 살리려고 거기 깃든 거 같아. 인간은 연약해서 팔을 잘리면 죽으니까. 그건 팔을 대신해 네 일부가 되었어. 그건 어둔의 본질에 위배돼."

무화는 왼팔의 심장 소리를 기억했다. 가슴의 것과는 뚜렷이 다른 분리된 고동이 천천히 몸 쪽으로 흘러서 모든 감각을 지배하던 그 느낌.

죽었어? 안 죽었어?

남자들의 말에 왼팔이 으르렁댔다. 입속으로 쏟아져 들어오던 부엽토 맛과 질척하게 코에 차오르던 진흙의 냄새, 늪 속은 얼음장처럼 차갑고 엷게 낀 얼음 조각들이 쪼개진 칼날처럼 맨살을 할퀴었다.

이건 누구의 기억일까? 나? 아니면 서미?

"게다가 그 때문에 어둔은 네 몸 안에 격리되었어. 혼자이지만 여럿이고 각자 다르지만 하나인 존재는 그런 식으로는 오래 못 견뎌.

어둠은 원래 분리와 독립을 부정하거든."

단풍은 찻물을 조금씩 흙 위에 부었다. 젖은 흙은 저절로 뭉치고 굳어져 작은 돌탑처럼 변했다. 단풍은 무화 주위에 규칙적으로 여러 개의 탑을 만들어 형태를 완성했다.

"일부를 떼어내면 어둠도 결함이 생길까? 팔이 떨어져 나간 사람처럼?"

무화가 물었다. 단풍이 손짓했다.

"시간이 되었어."

무화는 그가 가리키는 돌탑과 찻물로 그린 그림의 한가운데 섰다. 단풍이 심어를 읊조리자 빛과 색을 가진 돌풍이 둘을 덮치며 하나의 세상이 영원히 닫혔다. 마주 댄 칼날이 기울었고 무화는 입안으로 흘러드는 땀과 피를 뱉었다. 단풍이 무너졌다.

무화는 푸줏간처럼 사람이 살점이 조각조각 널린 주점을 둘러보았다. 녹슨 쇠 같은 날카롭고 들큼한 비린내가 코를 마비시켰다. 사람의 몸은 그토록 작은데 죽어서 피와 뼈와 살점과 내장으로 널어놓으니 너무나 거대했다. 왼팔은 단풍을 가장 먹고 싶어 했지만 다른 것을 먹는 데도 주저하지 않았다. 단풍이 막지 않았다면 마을 전체를 기꺼이 먹어치웠을지도 모른다. 인간은 아무리 먹어도 허기가 졌다. 하지만 **옥**에서 난 것은 달랐다. 단풍을 맛본 왼팔은 포만감에 그르렁댔다. 이렇게 귀한 피 한 방울, 살점 부스러기 하나도 놓칠 수는 없다. 괴물이 단풍의 심장을 거머쥐자 그는 남은 손으로 괴물의 목을 거머쥐었다. 무화의 손목에 단풍의 핏자국이 남았고 그 자국이 부풀어 붉은 옥팔찌로 변했다.

"멈춰, 무화!"

무화의 왼손이 단풍의 심장을 삼키는데 강력한 파도가 둘의 사이로 휘몰아쳤다. 무화는 물살에 휩쓸려 벽에 내동댕이쳐졌다. 폐에서 공기가 빠져나가 '꼬르륵' 소리가 눈앞에 거품으로 떠올랐다. 두 번째 파도는 주점 안을 휩쓸고 문과 창문과 굴뚝과 지붕을 뚫고 나갔다. 해일이 썰물처럼 빠져나간 자리엔 수련이 단풍을 안고 있었다. 단풍은 피가 씻겨나가 말끔해 보였지만 목 아래는 이미 너덜대는 껍데기뿐이었다. 수련은 단풍을 바닥에 뉘였다.

"늦어서 미안합니다."

수련은 차분히 단풍에게 말했다. 단풍은 이미 들을 수 없었다.

"어떻게 여기 왔어? 옥인은 육지에 올 수 없다며?'

믿을 수 없어하는 무화에게 수련은 대답 없이 손을 흔들었다. 거대한 용처럼 똬리 튼 물살이 무화를 덮쳤다. 발버둥치는 대로 움직이는 물기둥에 갇힌 채로 무화는 턱까지 차오른 숨을 '콰르르' 쏟았다.

수련?

무화는 눈으로 물었다. 무심한 푸른 눈엔 살기가 없지만 수련은 무화를 죽일 작정이었다. 왼팔의 어둔이 몸부림치며 물살을 비집고 광포한 입을 벌려 수련에게 달려들었다. 수련의 손안에서 강력한 물줄기가 채찍처럼 왼팔을 후려쳤다. 통렬한 고통이 온몸을 일깨웠다. 무화와 왼팔은 공동의 적을 향해 협력했다. 수련은 고양이가 쥐를 놀리듯이 무화를 상대했다. 무화는 다음 공격의 방향을 짐작할 수조차 없었다. 점점 숨이 막혔다.

"수련."

171

단풍이 마지막 숨결로 부르지 않았다면 수련이 무화를 살려뒀을까?

"진짜로 죽일 셈이야?"

무화는 물을 토하며 콜록댔다. 수련은 괴물이 된 왼팔을 보고도 놀라지 않았다. 무화는 감정이 결여된 얼굴에 떠오른 지독한 증오를 읽었다. 마노를 보좌하는 수련은 늘 조각처럼 침착했고 감정을 비친 적이 없었다.

"가, 정말로 죽고 싶지 않다면."

물살이 빠져나가며 주점 내부를 휩쓸어 살육의 흔적을 지웠다.

새벽이야.

밤이 말했다. 기억의 폐허를 바라보던 무화의 마음이 녹옥 공주의 유폐지로 되돌아왔다. 이름 없는 산길을 거슬러 오르는 길에 오래된 나무들은 그대로였다. 숨을 죽인 채 지켜보고 있는 듯한 정적도 그대로였다. 하지만 산골 마을은 텅 비어 있었다. 무화네 말고도 여러 채가 있었는데 집 안팎으로 벌써 초목이 우거졌다. 무슨 일이 있었던 걸까. 병이 돌았을까? 아니면 한꺼번에 떠나기라도 했던 걸까? 무화는 발치에 내려다보이는 옛 집의 보리밭과 싸리울 모퉁이를 돌아보고 계속 올라와 유폐지와 마을의 경계인 얕은 개울을 건넜다. 어렸을 적에 이 개울은 너무 크고 깊어 보여서 한번 건너고 나면 다시 건너는데 오랜 망설임과 용기가 필요했었다.

녹옥의 유폐지엔 아무도 드나들지 않았다. 무화네 엄마도 필요한 물건을 바구니에 담아 개울 너머로 건넸다. 먼지와 함께 사라져가는 시골집과는 달리 녹옥 공주의 오두막은 이끼와 덩굴에 뒤덮인 것 외엔 모든 것이 그대로였다. 이끼와 덩굴은 이전에도 집과 함께였다.

무화는 시간이 멈춘 것 같은 집 안으로 들어갔다.

흙과 돌로 얹은 아궁이를 중심으로 집의 절반은 그대로 남아 있었지만 나머지는 흰개미가 쏟아가서 밖에서는 보이지 않는 반쪽이 완전히 기울어 있었다. 무화는 불을 켜지 않고도 제대로 방향을 찾아갔다. 눈을 감아도 녹옥 공주가 서 있던 난로 기둥 옆과 성냥을 올려놓은 돌 틈과 쥐가 드나드는 구멍과 거미가 사는 구멍까지 떠올랐다.

무화는 선반에 놓인 책을 집어 들었다. 찢기다 만 낱장이 허술한 제본 틈에서 나달댔다. 녹옥 공주는 난로 가에서 책을 찢어 천천히 한 장씩 공들여 불에 넣곤 했다. 검게 확장된 동공 안에서 노란 불길이 춤췄다. 눈동자 속에 다른 세상이 들어 있고 그 안에서 불길이 타고 있는 것만 같았다. 그런 때 그는 이곳에 없는 사람 같았다. 적어도 녹옥의 눈 안에 있는 서미는 없었다. 무화는 그 황량한 소외감이 자기 일인 것처럼 씁쓸했다.

침대를 채운 짚은 예전에 삭아 형태만 남아 있다가 쏟아내리는 손길에 바스라졌다. 침상의 반도 채 가리지 못한 이불은 벌레가 쏠고 곰팡이로 얼룩덜룩했다. 무화는 잔뜩 먼지 낀 솥과 주전자를 훑었다. 낯선 인기척에 놀란 족제비가 달아나며 천장 구석을 쏠어갔다. 무화는 우수수한 먼지와 함께 굴러 떨어지는 것을 붙잡았다. 딱딱한 지함인데 뚜껑의 문양이 낯익었다. 상단에서 자주 쓰이던 부패 방지 그림 주문이 일부 변형된 형태였다. 이런 식으로 옥인이 인간과 함께였던 흔적을 발견할 때면 무화는 애잔한 기분이 들었다.

"기면증이 있으셨지."

상자에 배인 희미한 약냄새가 기억을 긁었다. 처음에는 그저 잠깐씩 조는 거였다. 밤샘 바느질과 길쌈으로 피곤한 여느 아낙처럼. 그러다 점점 시간이 늘어나 밥 먹는 시간도 잊고 난로 가에 서서 졸다 치마를 태워먹기도 했다. 서미와 무화는 점점 함께 있는 시간이 늘었다. 녹옥은 아이를 제대로 돌볼 수가 없었다. 엄마는 녹옥 공주의 딸을 거두다시피 했다. 가난한 살림살이라도 엄마는 늘 아이들이 먹을 걸 챙겼고, 있으면 있고 없으면 없는 대로 둘을 똑같이 먹였다. 서미도 엄마를 무척 따라서 모르는 집에서는 무화네가 딸 쌍둥이인 줄 알 정도였다. 그래도 서미가 늘 생각하고 이야기 하는 건 당연히 녹옥이었다. 맛있는 걸 만들어 내진 못하지만 아름다운 반지가 반짝이는 손가락과 비단을 씌운 책들은 서미의 기쁨이고 자랑이었다.

무화는 떠나기 전 마지막으로 한번 방을 돌아보았다. 서미에게 전해 줄 만한 게 있을지 모른다. 여기 왔었다는 걸 알면 화를 내겠지만.

"가자, **밤**."

둘은 유폐지를 떠나 산을 내려갔다.

마을에서 가장 오래된 주점이 없어지면 술꾼들은 어디로 갈까? 두 번째로 오래된 주점이다. 하지만 마을 안엔 그런 장소가 없었다. 무화는 조선소에 새로 부흥하는 환락가로 향했다. 유흥지는 조선소와 항구의 사이 길에서 안쪽으로 쑥 들어간 곳이었다. 무화는 언덕 위에서 그곳을 내려다보았다. 점점이 모인 불빛이 추락한 달의 파편처럼 어둠 속에서 홀로 빛났다. 무화는 며칠 동안 돈과 끈기를 들여서 가장 가까운 술집부터 시작해 제일 유명한 술집, 가장 처음 들어

섰다는 술집들을 시간대와 구역별로 나누어 차례로 순찰하고, 일찌 감치 죽치는 주정뱅이들을 탐색했다. 그리고 마침내 약제사가 새로 죽치는 술집을 알아냈다.

한밤이 훌쩍 넘었는데도 여전히 불이 밝은 술집이었다. 문 앞에 선 얇은 옷 위에 숄만 두른 채 덜덜 떨던 여자가 남자들이 지나갈 때 면 헐벗은 젖가슴을 보이면서 "따뜻하게 해 줄게요." 하고 손짓했다. 얇은 격벽은 안에서 흘러나오는 열기와 왁자한 소란으로 터질 것처럼 부풀었다가 꺼지기를 반복했다.

"들어와, 잘해 줄게."

문 앞의 여자가 무화에게 말했다. 무화는 안에 들어가기 전에 생각했다. 한 번 놓친 고기고, 다시 놓치면 영영 잡을 기회가 없으리라. 무화는 작부에게 물었다.

"하룻밤에 얼마지?"

여자는 입술을 핥았다.

"은돈 반 닢."

무화는 잠자코 여자가 부른 값의 두 배를 보였다.

"안에서 사람을 불러 줘."

무화가 약제사의 옷차림을 설명하자 돈을 낚아챈 여자가 말했다.

"약쟁이니? 어린 것이 안됐네."

무화는 어린애를 팔지 못한 동안 약제사가 뭘 팔아먹고 살았는지 알게 되었다.

여자는 안에서 바로 약제사를 찾아냈지만 말은 걸지 못했다. 약제사는 굉장한 남자와 이야기 중이었다. 잿빛이 도는 투명한 은발이 잔등을 넘어 바닥까지 닿고 코는 높고 깊고 우묵한 눈자위에 감싸인 눈동자는 잘 익은 포도주색이었다. 입술은 매정하게 얇았다. 그러나 기꺼이 입을 맞춰보고 싶을 정도로 매력적이었다.

"은거미님을 직접 뵙게 되다니 영광입니다. 일전에 보내신 심부름꾼은 꽤나 어려 뵈던데…….."

약제사가 말했다. 은거미가 눈을 빛냈다.

"심부름꾼?"

"왜, 일전에 외뿔 고래에서…… 아니. 아니, 이런."

그는 불안증이 도진 것처럼 혼란스럽게 덜덜 떨었다.

"아닙니다요. 제가 잠시 착각을 했습니다."

술이 확 깼다. 그 소년은 은거미의 심부름꾼이 아니었다.

"내가 알아둬야 할 일인가?"

은거미가 물었다.

"아닙니다. 아닙니다."

약제사는 얼른 손을 내저었다.

"물건은 조선소…… 아니 여기로 가져올 겁니다. 잘 되고 있습니다. 암요. 어려운 일도 아닌걸요. 조선소에 밥을 들려 보낸 것처럼 여기로 밥을 가져오는 걸로 하면 됩니다. 들어만 가고, 나오진 않는 거죠. 똑같습니다."

그 소년은 누구지? 첩자일까? 아니면 관청? 약제사의 머릿속이 핑핑 돌았다. 어느 쪽이든지 좋지 않다. 뒤를 캐였다는 것도 절대로 알려지면 안 돼. 약제사는 머리를 굴렸다. 최선을 다해서 살아남기 위해. 어쩌면 그자는 진짜 새 고객일 수도 있었다. 낙관적으로 생각해. 아무 일도 일어나지 않았다면 아무 일도 아닌 거였다. 손님은 언제고 떠나게 마련이니 거래처가 느는 건 좋은 일이다. 게다가 이 손님은 너무나 까다롭고 부담스러웠다. 심지어 무섭다. 약제사는 은거미를 흘끔 훔쳐보았다. 저 피 같은 눈, 저건 사람의 눈이 아니야. 저자가 어린애들을 사는 건 지금까지 팔아왔던 용도와는 다르다. 확실해.

이유야 어찌 됐건 약간이라도 지위를 가진 자가 그를 찾은 건 정말로 오랜만이었다. 약제사는 잊고 있던 자존감이 약간 높아졌다. 그래, 이렇게 조금씩 올라가면 과거의 영광을 되찾을 수 있을 거야. 영주 나리들조차도 함부로 하지 못했던 그 시절로. 새파란 새 영주는 과거의 빚을 갚기는커녕 그걸 빌미로 언제든 그를 사형대에 올려 제 손에 묻은 피까지 깨끗이 털겠다고 협박하고 있었다. 물론 그렇게는 절대로 할 수 없어. 누가 뭐래도 아버지 때부터 이어온 친분이 아닌가. 그럼, 그렇게는 할 수 없지. 사람이라면 말이야. 약제사는 늙었고 술 때문에 몹시 어리석어져 있었다. 술은 명민하지 않은 자도 명민한 자도 가리지 않고 바보로 만들고 결국엔 모든 것을 망치게 했다.

"그럼 기다리지."

은거미는 떠났다. 그는 약제사의 술에 전 얼굴과 맞대고 대화하면서도 눈살 한 번 찡그리지 않았다.

달아나야 돼. 이자는 나보다 더 나쁜 놈이야.

약제사의 본능이 말했다. 하지만 술이 보였다. 약제사는 마셨다. 그리고 안온한 온기 속에 모든 고민을 잊었다.

"약제사님, 밖에 손님이 기다려요."

취기에 잠긴 감각은 마치 물속에 있는 것처럼 보이는 것도 들리는 것도 울렁울렁 했다. 약제사는 몸을 일으켰다. 일거리가 많은 건 좋은 일이다, 바쁜 건 좋은 일이야. 늙을수록 더 바빠 더 많이 움직여야 해. 그래야지 남은 명줄을 더 길게 늘여 쓸 수 있지, 암.

"진짜 급한가 봐요. 나한테 눈길도 안 주더라니깐."

나가면서 여자가 말했다. 약제사는 설레는 것을 드러내지 않으려 웃으면서 찡그리는 기묘하게 일그러진 얼굴이 되었다.

문 앞에서 기다리는 남자는 작고 마르고 몹시 성급해 보였다.

"약이 필요해, 지금 당장."

그 남자는 돈주머니를 쥐락펴락했다. 약제사는 기분이 좋았다. 누군가 자신을 필요로 하다는 건 기분 좋은 일이다. 안달까지 한다는 건 끝내주게 짜릿했다.

"아무리 급해도 여기서는 안 돼."

약제사는 좀 더 으슥한, 그러나 사람들과 너무 떨어지진 않은 곳으로 갔다. 지나치게 으슥해지면 딴 생각을 품는 놈들이 꼭 있었다.

"돈은 얼마나 있지?"

무화가 묵직한 주머니 속 금돈을 반짝이게 보였다. 약제사의 입에 침이 고였다. 워낙 술에 절다 보니 침에서도 술맛이 났다.

"기다려."

약제사는 돈을 받아 챙기느라 무화의 손바닥에서 칼이 나오는 것도 보지 못했다. 달빛이 구정물에 비치는구나 생각했을 때는 칼날이 그의 목을 따려는 참이었다.

"흐읙!"

몸통을 휘감으며 후려치는 아픔과 동시에 엄청나게 센 힘이 그를 획 잡아챘다. 바람 같은 비명이 새어 나왔다. 다행히 소리는 잘린 목이 아니라 입에서 나왔다. 약제사는 오줌을 지리며 덜덜 떨리는 손으로 목을 만졌다. 그리고 살아 있다는 안도의 숨을 꺽꺽거렸다.

"함부로 끼어들면 재미없을 줄 알아."

무화는 불쑥 끼어든 상대를 위협했다.

약이 필요하면 딴 데 가서 알아 봐. 난 그자가 필요해.

약제사를 구해준 사내가 북쪽말로 말했다. 크지 않은 목소리인데도 저음이 우렁우렁 울렸다. 아는 목소리였다. 무화는 등골을 달리는 오소소한 소름을 느끼며 재깍 북쪽말로 대꾸했다.

끼어들면 죽인다.

무화의 오른손이 등허리의 검집에 닿았다. 적옥 팔찌 안에서 불꽃 같은 광채가 일며 왼팔이 쿡쿡 쑤셨다. 야르스는 약제사의 뒷덜미를 쥐고 쉬앙 하고 소리 나게 칼을 뽑았다. 약제사는 그가 손에 힘을 빼면 달아나려고 했으나 그런 일은 일어나지 않았다. 대신 늙은 고양이처럼 뒷덜미째 들려 덩치의 뒤로 숨겨졌다. 약제사가 조금만 젊고 힘이 있었다면 등을 후려치고 달아났으리라. 그러나 그는 젊어서도 그런 행동을 해 본 적이 없거니와 둘 사이에 끼인 압박감에 완전히 짓눌려 있었다.

무화가 먼저 달려들었다. 머리 위에서 두개의 검이 엇갈렸다.

빠른데!

야르스는 무화가 칼을 뽑는 것도 보지 못했다. 묵직한 팔뚝 위에 무훈이 날카롭게 두드러졌다. 무화는 거기서 눈을 뗌과 동시에 칼과 몸을 떨어트려 둘의 사이를 벌렸다.

밤일이 바쁘시군.

무화는 칼날에 묻은 바람을 털었다. 야르스도 그 말 뜻을 알아들었다.

조선소에서 만났지?

그는 약제사를 흘끗 보았다.

약을 할 거 같진 않았는데.

그는 굳이 목어를 쓰지 않았다. 그래서 조선소에서 본 참견쟁이와는 전혀 다른 사람처럼 느껴졌다. 이자도 약재사의 손님일까? 무화는 왼손으로 상현도를 휘감았다. 적옥 팔찌가 미끄러져 손과 칼자루와 날막음 사이에 교묘하게 걸쳐졌다. 왼손을 시험해 볼까?

참견쟁이는 무화와 칼을 나누면서 무화의 다음 동작을 봉쇄하기 위해 채찍을 날렸다. 그러나 몸에 닿기 전에 스렁 하고 허공에서 잘려나갔다. 무화의 왼손에서 상현달이 반짝였다.

너는 해적처럼 싸우는구나.

야르스는 이를 드러내고 웃었다. 마음에 든다. 그래서 가능한 크게 흠집 내지 않고 상대를 제압하고 싶었다. 하지만 너무 많이 얻고자 하면 아무것도 얻지 못하는 법이었다.

이자를 어쩔 셈이지?

야르스가 등 뒤에 숨긴 약제사를 고갯짓으로 가리켰다.

당신이 알 바 아니야.

무화가 대답했다.

뭘하든 간에. 내가 먼저 쓰고 주면 어떨까?

야르스가 제안했다. 그가 약제사에게 뭘 원하는지 모르지만, 무화로서는 약제사가 뱉어낼 수 있는 모든 말을 무덤에 넣어야 했다.

싫어.

둘은 마치 대화처럼 칼날을 부딪고 나누었다. 약제사는 뒤엉키다 비킨 날이 자기 쪽을 향할 때마다 볼쌍 사납게 히이익 하고 소리를 냈다. 그 소리 때문에 야르스는 다가오는 발소리들을 조금 늦게 알았다. 하지만 제비처럼 잽싼 무화는 벌써 저만치로 물러났다.

"속살속살 쥐가 들끓는 소리가 나더라니."

무장한 한 떼가 그들을 겹으로 에워쌌다. 항구 근방을 주름잡는 깡패 무리였다.

"너무 큰 쥔데."

무화는 야르스를 돌아보았다. 둘은 약제사를 가운데 두고 약속한 듯이 등을 맞댔다.

"무슨 이야길 나불댔지?"

우두머리가 물었다. 약제사를 향한 물음이었다.

"난 아냐."

늙은 폐가 씩씩대는 불편한 숨소리가 듣는 사람의 호흡마저 어색하게 했다.

"난 아무 말도 안 했어. 도와줘, 가서 영주님께······."

그 한마디로 약제사는 모든 걸 말했다. 돼지 먹따는 비명과 함께 따뜻한 온도가 훅 끼쳤다. 그가 지린 뜨거운 오줌은 얼어붙었던 몸냄새까지 발화시켜 한층 고약했다. 그러나 죽음의 냄새는 어떤 악취도 희석시킬 만큼 강력했다.

무화는 칼날의 방향을 바꾸었다. 늑대 떼 같은 사내들이 달려들었다. 앞질러 온 칼날이 허공에서 엉켰고, 왼쪽과 뒤에서 거의 동시에 다른 칼이 들어왔다. 무화는 얽힌 칼을 놓다시피 미끄러트리며 오른쪽으로 몸을 틀어 왼쪽에서 들어오는 또 다른 적의 칼과 함께 세 자루를 한꺼번에 꼬았다. 그리고 손을 놔 버리자 사내들은 밀고 들어오던 힘에 자기들이 엉켜 넘어졌다. 무화는 칼을 놔 버리기 직전에 뒤로 완전히 몸을 젖혀 적의 칼날 밑으로 깊숙이 들어갔다. 왼손에 쥔 단검으로 상대의 정강이 안쪽을 베자 탄탄한 근육이 종잇장처럼 매끄럽게 잘리며 비명이 밤하늘을 적셨다.

여럿이서 추는 군무 같은 싸움이었다. 그러나 계속 상대를 바꾸는 건 무화와 야르스뿐이었다. 둘은 비처럼 쏟아지는 칼날들 사이로 춤추며 미끄러지며 흘려내고 받아치고 찌르고 찔렸다. 비린 열기가 붉은 안개처럼 피어오를 때마다 왼팔이 뜨겁게 달아올랐다. 무화는 왼팔의 괴물이 깨어나는 것에 대한 광포한 기대에 몸을 떨었다. 이걸, 다스릴 수 있을까?

괜찮아?

무화가 왼손에 신경 쓰는 틈에 앞을 질러오던 칼날이 아슬아슬 옷깃을 스치며 무너졌다. 그 너머에 어둠 속에서 빛바랜 야르스의 금발이 보였다. 거뭇한 얼룩은 핏자국이 아니라 흙먼지였다. 그 많은 적을 상대하고도 야르스는 상처는커녕 숨 하나 흩트리지 않았다. 무화는 기쁨인지 공포인지 알 수 없는 전율을 느꼈다. 이자와 다시 칼을 맞댈 일이 생긴다면 사력을 다해야 하리라. 그 순간에 대한 열망이 뱃속을 헤집어서 무화는 자기도 모르게 입술을 핥았다.

물어볼 사람이 없어졌군.

야르스는 허리를 굽혀 엎어진 약제사의 시신을 굴려 바로 했다. 무화는 그토록 원했던 죽음을 앞에 두고 황망함에 몸둘 바를 몰랐다. 약제사에게 죽어야 할 이유를 알려 줬어야 했다. 죽음이 다가오는 공포를 느끼며 그의 눈에 떠오른 절망은 무화의 것이어야만 했다. 우리에 갇힌 짐승처럼 발버둥치는 목숨을 아주 천천히 끊어 줬어야 했다. 무화가 기다린 세월만큼. 그런데 모든 것이 갑자기 사라졌다. 겨울바람처럼 날카로운 허기가 온몸을 후려쳤다. 무화는 주저 앉아 숨만 쉬었다. 그거밖에는 달리 할 일이 떠오르지 않았다.

괜찮아?

야르스가 묻고 있다는 것도 뒤늦게 깨달았다.

배고프냐?

무화는 귀를 의심했다.

"뭐라고?"

무화는 자기가 목어로 대꾸하고 있는 것도 몰랐다. 야르스는 속을 읽을 수 없는 얼굴로 태연히 말했다.

배고프냐고. 난 고프다.

그는 날에 묻은 피를 시체의 옷으로 닦았다. 무화는 힘없이 늘어트렸던 검을 털었다. 피와 기름에 뒤엉킨 뼛조각이 인상적일 만큼 깨끗하게 털려나갔다.

"나도 고파."

따라와라.

무화는 왜 그를 따라가는지도 모른 채 털레털레 걸었다.

"물, 차가웠을 텐데. 용케 괜찮네?"

무화는 조선소의 밤을 떠올렸다. 야르스는 어깨를 으쓱했다.

심장마비에 걸리길 기대했나 보지?

무화가 대꾸하지 않자 야르스가 말을 이었다.

누름돌 하나 던지고 처마 밑에 숨었지. 넌 돌아보지도 않고 가더군.

무화의 얼굴이 빨개졌다.

"당신은 거기서 일하는 사람이잖아? 그러니까 아침까지 잘 숨어 있다 나가면 무탈했겠네."

내가 거기서 일하는 걸 알아?

무화는 아차 싶었다.

"뭐."

무화는 애써 아무렇지 않은 척 어깨를 으쓱했다. 야르스는 더 추궁하지 않았다. 그가 무화를 데려간 곳은 이름 없는 산 기슭이었다. 음식을 파는 가게는커녕 인가도 보이지 않았다.

"혹시, 사냥하려고? 여기선 사냥하면 안 되는데."

거기 사는 어둔에 대해 설명할 수가 없어서 끙끙대는 사이에 야르스는 웃음을 터트렸다.

보통, 뭐 먹냐고 묻지 않나?

그는 손을 뻗어 무화의 어깨를 두드렸다.

저기야.

그의 손가락 끝에서 별을 집어삼킨 암흑이 펼쳐졌다. 꼭 배 모양이었다. 아니, 위장한 진짜 배다. 무화의 위장이 바싹 졸아 붙었다. 달아나야 해. 이자는 시정잡배가 아니라 더 크고 무시무시한 것과 관계되어 있어.

야르스는 가파른 기슭을 먼저 내려가서 손을 내밀었다. 무화는 몸을 숙여 그 손을 잡았다. 이제 달아날 수 없었다.

닻을 내린 위치가 이름 없는 산 그늘 아래인 게 그야말로 절묘했다. 거기는 낮에도 해가 들지 않았다. 배의 몸체와 돛은 어두운 푸른색으로 칠해서 뱃전을 부딪는 파도의 포말과 돛이 삼킨 별자리로만 배의 위치를 유추할 수 있었다. 이런 식으로 배를 위장하는 부류는 하나였다.

"해적이야?"

해적 밥은 안 먹게?

야르스가 비아냥댔다. 무화는 배에 힘을 줬다.

"쌀은 솥을 안 가리지. 어디서 하든지 밥은 밥이니까."

야르스는 씩 웃었다. 시원스레 호를 그리는 입술이 제법 멋지다. 인상을 쓰지 않는다면 꽤 미남일지도 몰랐다. 하지만 험악한 흉터 때문에 그걸 알아챌 여자는 많지 않겠지. 무화는 속으로 혀를 깨물었다. 쓸데없이.

야르스는 품에서 야광석을 꺼내 신호했다. 뱃머리에 별처럼 불빛이 깜박이고 아래에서도 불빛이 마주 반짝였다. 육지에서 대기 중이던 뱃사공이 그들 쪽으로 노를 밀어왔다. 둘은 배에 올랐다.

"사자의 강을 건너는 것 같네."

무화가 말했다. 야르스가 대꾸했다.

배가 고프다면, 안 죽은 거야.

무화는 낮은 뱃전에 넘실대는 바닷물에 손을 담갔다.

185

"동쪽에는 평생 주린 채로 죽어서 무얼 먹어도 허기진 귀신 얘기가 전해와."

죽어서까지 굶게 하다니, 너무하네.

야르스가 말했다. 조각배는 본선 좌현에 닿았고, 철썩 소리와 함께 중간 중간에 디딤돌처럼 매듭이 묶인 거친 밧줄 사다리가 내려왔다. 야르스는 능숙하게 밧줄을 타고 순식간에 반쯤 올라갔다가 무화를 생각해 내고 도로 내려와 줄 반쪽을 발에 감고 손을 내밀었다. 무화는 그 손을 툭 쳐 물리고 밧줄에 발을 걸치자마자 야르스를 훌쩍 타넘는 묘기를 선보이며 뱃전에 다다랐다.

제법인데.

야르스는 먼저 도착한 무화가 내민 손을 아까 거절당한 그대로 툭 쳐서 물렸다가 다시 꽉 마주 잡았다. 조선소에서 이 작은 손이 그의 목숨을 구했다.

배에 오른 무화는 어둡게 칠한 주 돛대를 올려다보았다. 너무 어두워서 돛 끝을 셀 수 없지만 전체 규모와 간격으로 짐작하건데 네 개 이상이 확실했다. 배는 선두가 좁고 날카로운 쾌속선이고, 돛대의 수와 갑판의 너비는 큰 바다도 건널 만했다. 도대체 뭘 하는 배일까. 해적이라면 배보다 소문이 먼저 왔을 것이었다. 무화는 최근에 들은 소문들을 재빨리 떠올렸다. 주점에서 유령선이 출몰한다는 너스레를 들었다. 혹시 해적선이 유령선으로 위장해서 어부들을 습격하는 건가? 파손된 배가 늘어나면 조선소와 수리소의 수입이 느는 건 당연했다. 그럼 왜 굳이 쫓겨 가면서 조선소 내부에 숨어들었던 걸까? 그냥 활보해도 아무도 제재하지 않았을 텐데.

한밤중인데도 선내는 활기가 넘쳤다. 하긴 해적들이 낮에 드러내 놓고 일할 수는 없겠지. 조명은 없다시피했지만 일하는 사람들은 불편해 보이지 않았다. 무화는 그들이 밤눈밝이 술을 마셨거나 야간에 적은 빛만으로 활동 가능하도록 훈련을 받았을 거라고 짐작했다. 꽤 많은 사람이 움직이는데 동선의 엉킴도 없었다. 갑판 위에서 발견한 야광도료는 파도에 반사된 별빛처럼 미미했지만 어둠속에서 표지로서 충분했다. 이런 빛나는 안료는 흔치 않았다. 무화는 남령에서 이런 물질이 소량 채굴된다는 걸 기억해 냈다. 그럼 이 배는 남쪽에서 온 건가? 하지만 그는 북쪽 말을 편하게 썼고 외모도 북쪽 혈통이 분명했다.

사연이 복잡하겠는걸.

무화는 배 안을 탐색한다는 인상을 주지 않도록 조심했다. 본능적으로 그래선 안 될 것 같았다. 그럼에도 호기심을 참기 어려웠다.

"배가 꽤 잘 정비되어 있네."

깔끔한 걸 좋아하거든.

무화는 그 말에서 번쩍 깨달았다.

"당신이 두목이야?"

야르스는 대꾸 없이 웃었다. 그러고 보니 마주하는 모든 선원들이 먼저 그에게 인사했다. 야르스가 인사를 먼저 건넨 것은 조타수뿐이었다.

이쪽이다.

야르스가 익숙한 어둠을 더듬어 앞장섰다. 무화는 주의 깊게 그가 발 디딘 곳만 따라 디뎠다. 야르스는 등 뒤에서 따르는 기척이 전혀 없다는 것에 오싹했다. 이거 볼수록 물건인데.

　그들이 선실 앞에 다다르자 허공에 눈부신 빛의 문이 떠올랐다. 문 안쪽에서 흘러나온 불빛이 한순간 눈에 일으킨 착각이었다. 무화는 문틈에서 쏟아진 빛이 길게 바닥을 그으며 갑판 위에 그려진 거대한 무늬의 일부를 드러내는 것을 보았다. 그건 노래하는 나무 배의 갑판 무늬와 같은 심어였다.

　뭐해?

　돌아보는 야르스의 그림자에 무늬가 가려졌다.

　그럴 리가 없어.

　무화는 온 등을 환히 켜고 그 무늬를 천천히 훑어보고 싶은 걸 간신히 참았다. 심어일 리가 없었다. 그걸 다룰 수 있는 건 옥인뿐이고 마노가 해적 따위에게 심어를 허락했을 리가 없다. 아마 빛과 어둠의 간섭 때문에 일어난 눈의 착각이리라. 무화는 오트가 심어를 보완할 때 씨앗 껍질을 우물거리던 입을 'ㅅ'자 모양으로 다물던 모습이나 선원들이 심부름 값으로 던져 준 달고 시원한 과일 맛, 호수가 있는 방, 말하는 책들로 가득한 서재, 서가에 기대어 미소 짓던 마노의 부드러운 얼굴, 파랗게 반짝이는 아름다운 눈동자를 떠올렸다. 무화와 서미는 언제나 마당에 잠든 보리 처녀의 눈동자 색이 어떨지 상상했었다. 저렇게 아름다운 금빛 머리에 목인의 검은 눈은 어울리지 않아. 하지만 다른 색 눈을 본 적 없는 소녀들은 막연하게 아름다운 모든 색을 상상했었다. 그리고 이제 무화의 마음속 보리처녀의 눈은 언제나 파랬다.

　윽!

앞서 선실로 들어가던 야르스는 낮은 문설주에 머리를 부딪고 욕했다.

또?

안에 누가 있었다. 무화는 바짝 경계를 올렸다.

여기 좀 트면 어때?

야르스가 말했다.

안 돼. 너만 부딪치잖아.

안에서 들린 목소리는 침착하고 단호했다. 무화는 거기서 권력의 냄새를 맡았다. 누굴까. 선상에서 두목을 압도할 만한 지위를 가진 자는.

클로버는?

놓쳤어.

야르스가 돌아보며 손짓했다.

그럼 약제사는? 뭐 좀 얻었어?

죽었어. 대신 물어볼 만한 자를 데려왔지.

등 뒤의 문이 닫히는 소리를 들으며 무화는 함정에 빠졌다는 것을 깨달았다. 어둑한 안쪽에 책과 두루마리가 잔뜩 쌓인 책상이 보였다. 무화는 그 너머에 고인 침묵을 느꼈다.

어린애잖아?

서류 더미 위에 안경 쓴 얼굴이 솟아났다. 까만 머리에 까만 눈이 금테 너머에서 영민하게 빛났다. 목인인 줄 알았는데 자세히 보니 이목구비가 더 짙은 남쪽 얼굴이었다. 그런데 북쪽 말을 쓰는군. 무화는 거슬리는 것들을 대충 넘기지 않았다. 언젠가 이것들이 무화의

189

목숨을 구할지도 몰랐다.

설마, 샀어? 드디어 소년의 매력을 안 건가?

그는 섬세한 금테를 벗으며 천천히 책상을 돌아 나왔다. 한걸음 걸을 때마다 나이를 먹는 것처럼 멀리서 봤을 땐 무화 또래로 보였는데 가까이서 본 얼굴은 훨씬 나이 들어 보였다. 무화는 그의 눈가에 진 엷은 주름에서 어쩌면 짐작보다 더 나이 들었을지도 모른다고 생각했다.

계집애 같은 얼굴이군.

무화의 손이 저절로 등허리의 칼 손잡이에 닿았다.

워워. 조심해. 사나우니까.

야르스가 무화의 어깨를 잡았다. 무화는 사로잡힌 동물 취급에 분노와 소름을 동시에 느꼈다.

정말로 사나운 게 뭔지 보여 줘?

무화의 말에 안경잡이는 움찔했다.

오? 목인인 줄 알았는데 북쪽 말을 하잖아? 심문할 거면 선창에 가둬 두지 왜 여기까지 달고 왔어?

무화의 손에서 칼날이 미끄러져 나갔다. 그러나 안경잡이의 목을 스치기도 전에 야르스에게 손목을 붙잡혔다.

밥 먹기로 했어.

야르스는 아무렇지도 않게 무화의 칼을 칼집에 넣어 주었다. 빼앗는 줄 알고 대응할 준비를 한 무화는 약간 무색해했다.

밥이라고?

안경잡이는 귀를 의심했다.

190

내가 제대로 들은 거 맞아? 저런 천것과?

야르스는 안경잡이의 머리를 어린애처럼 헝클이며 그를 스쳐 벽의 홈통을 열었다. 그가 거기에 대고 말하는 동안 안경잡이는 안경을 끼지 않은 눈으로 무화를 샅샅이 해체했다가 재구성했다. 무화는 사람을 그런 식으로 볼 수도 있다는 것에 전율했다.

어쩌다 너 같은 꼬맹이가 야르스 눈에 들었을까?

질투가 심한 애인보다는 편한가 보지.

무화가 되쏘았다. 안경잡이는 이쪽을 노려보다가 갑자기 웃음을 터트렸다. 무화는 그 아래 깔린 엷은 광기를 느꼈다. 이자가 뭐든 간에 정상은 아니었다. 조심해. 무화는 스스로에게 속삭였다. 변덕스럽고 속을 보이지 않는 자는 녹슨 칼처럼 위험했다. 찔렸을 때는 별거 아닌 것처럼 보여도 몸 속부터 사람을 곪아 죽인다.

홈통 옆 벽장에서 덜컹 소리가 났다. 벽장 문을 열자 텅 빈 공간 안에 줄에 매달린 바구니 두 개가 보였다. 그는 커다란 바구니를 탁자에 날라다가 직접 부렸다. 안경잡이는 못마땅해 했지만 더 참견하지 않았다.

와서 앉아.

무화는 머뭇대면서 그가 가리킨 의자에 앉았다. 야르스는 직접 질긴 빵을 찢어 신선한 치즈와 향긋한 기름장을 바른 후 무화의 접시에 놓았다. 무화는 야르스가 먹는 법을 따라 고기와 감자와 토마토를 넣어 끓인 뜨거운 국물에 빵을 적셔 입에 넣었다. 깜짝 놀랄 만큼 맛있었다.

많이 먹어.

야르스가 씩 웃었다. 마음이 편해지는 얼굴이었다. 저런 얼굴도 할 수 있구나. 무화는 눈치 보지 않고 빵을 집어 배가 찰만큼 먹었다. 오랜만에 먹는 따뜻한 음식이었다.

이름이 뭐야?

안경잡이가 물었다. 무화는 손에 쥔 빵을 내려다보았다.

보리야.

이거 만든 보리?

안경잡이가 빵을 가리키며 물었다.

무화는 태연히 고개를 끄덕였다.

그래. 그 보리. 고상하신 분들이야 멋진 나무 이름이나 고귀한 꽃 이름을 따지만 우리는 언제나 보리나 쌀이나 지실이나 감자지.

안경잡이는 턱을 더듬더니 고개를 끄덕였다.

꼭 필요한 이름들이로군.

무화는 마음속에서 그의 평가를 약간 달리했다.

나는 카르파다. 여기는 야르스고.

안경잡이는 먹을 것으로 입을 잔뜩 부풀린 야르스를 대신해서 말했다.

남쪽 말로 '별'이란 뜻이네?

카르파의 눈이 빛났다.

제법인데?

그는 슬슬 새카만 목국 꼬맹이에게 호기심이 생겼다. 야르스가 무슨 생각으로 보리를 데려왔는지는 모르지만, 그냥 밥만 먹으려는 건 아니리라. 설사 그게 진심이래도 야르스의 본능은 그의 뇌처럼 단순하지 않았다. 카르파는 야르스가 생각해서 행동하는 게 아니라 행동으로 생각하는 인간이라는 걸 알고 있었다.

둘은 애인 사이야?

무화가 물었다. 여자를 태우지 않는 배에서 흔한 일이었다. 무엇보다 그들의 기묘한 권력관계를 달리 설명할 말이 없었다. 야르스는 갑자기 씹던 것을 멈추고 잔을 들어 물을 들이켰다. 안경잡이는 빙글빙글 웃었다.

정곡이야.

아니야.

야르스가 뒤늦게 말을 잘랐다. 무화는 어깨를 으쓱했다.

아, 그래?

짝사랑이로군. 야르스의 매력은 육체의 힘과 생명력으로부터 뿜어져 나오는 것이라 같은 남자래도 홀릴 만했다. 무화는 거친 외모에 어울리지 않게 구불대는 금발에 계속 눈이 끌렸다. 야르스의 금발은 빛에 따라 소녀처럼 달콤해 보이기도 하고 잘 삭은 늙은이처럼 음전해 보이기도 했다.

밥 먹을 때 쓸데없는 소린 하지 마.

다 먹었는데.

무화가 자기 몫의 빵을 다 먹고 남은 고기국물을 아쉽게 바라보자 야르스는 묵묵히 자기 빵을 잘라 고기국물 그릇을 싹싹 훑어 내밀었다. 무화는 망설이다가 받아먹었다.

잘 먹었어. 가도 되지?

무화가 자리를 털고 일어나자 야르스가 긴 다리로 길을 막았다.

잠깐 기다려. 몇 가지 물어볼 게 있어.

이럴 줄 알았지. 세상에 공짜가 어딨어.

왜 약제사가 필요했어?

야르스가 물었다. 무화는 입술을 깨물었다.

개인적인 거야. 그쪽이야 말로 그자를 어디에 쓰려고? 어린애를 거래하는데 내가 방해한 건가?

카르파와 야르스는 서로 눈을 마주쳤다.

약제사가 인신매매를 하는 걸 아는군?

마치 자신들도 몰랐다는 투였다. 무화는 거기 덫은 없는지 신중히 살폈다. 이자들은 해적이다. 거짓말쯤은 눈감고도 할 수 있다.

그래. 방해해서 조금도 안 미안한걸.

악당들끼리 손을 잡을 때는 각자 등 뒤에 칼을 숨겨두는 법이지. 무화는 말을 뱉을 때 머뭇거리지 않았다. 등을 보이면 잡아먹힌다. 싸우다 밀릴지언정 달아나선 안 됐다. 무화는 이미 적의 전세를 어림해 두었다. 야르스와 정면으로 붙으면 살아남기 어렵겠지. 카르파는 매끈한 손을 보건대 허리의 칼은 장식용이야. 저 사람을 인질로 해서 빠져나가는 수밖에 없겠는걸. 무화는 문득 서미가 아쉬워졌다. 아니, 이런 곳에서 혼자라서 다행이었다.

우리는 인신매매 안 해.

카르파가 잘라 말했다. 무화 같은 잔챙이에게 굳이 거짓말을 할 필요는 없었다. 무화는 그 말이 진실이라고 판단했다.

그럼 약제사가 왜 필요해?

야르스와 카르파는 눈짓을 나눴다.

194

그자가 인신매매한 사람들을 어디 숨겼는지 아나?

카르파가 물었다. 약제사가 거래를 기다렸다면 물건이 있다는 뜻이었다. 어디엔가 서미와 무화처럼 고초를 겪는 아이들이 더 있었다. 무화는 입술을 깨물었다. 복수에 눈이 멀어서 다른 것은 생각지 못했다.

우린 어떤 여자애를 찾고 있어. 그 애가 여기서 사라졌고, 그자가 어린애들을 사고판다는 걸 들었지.

야르스가 말했다. 실종자 하나를 찾으러 함선이 출동했단 말이지. 그 말을 얼마나 믿어야 할까.

그럼 태산과는 무슨 관계야?

무화는 의심을 풀지 않았다.

나는 네 비밀을 안 물었어. 그럼 너도 안 묻는 거야.

야르스는 팔짱을 꼈다. 두꺼운 팔근육이 위협적으로 부풀었다.

나는 너를 믿고 여기 **흑요**에 들였어. 그럼 너도 신뢰에 보답해야 하지 않을까?

무화가 켕기는 기색이 있자 야르스는 말을 이었다.

자, 이제 말해 봐. 약제사의 사람 창고는 어디야?

8년 전에 홍등가였어. 하지만 화재로 없어졌고 지금은 몰라.

야르스는 무화의 말이 거짓인지 아닌지 판단했다.

정말? 그러면 어떻게 그의 행방을 알아낸 거지?

야르스는 몸을 앞으로 내밀었다. 그늘 아래서 쥐색이었던 금발이 초에 불을 당기듯 화륵 밝아졌다. 무화는 반사적으로 등허리의 칼자루를 잡았다. 야르스는 덮치기 전에 바싹 몸을 웅크린 거대한 야수 같았다.

그자는 술꾼이니까. 마을에서 가장 오래된 술집이 사라지면, 다음 갈 곳은 그 다음으로 오래된 술집이니까.

숨을 참느라 목소리가 갈라져서 나왔다. 다행히 두려움은 새나가지 않았다.

야르스의 눈썹이 살짝 꿈틀했다.

어떻게 그런 걸 다 알지?

무화는 침묵으로 응수했다. 야르스는 턱을 쓸었다. 짧게 돋은 금빛 수염이 까칠하게 반짝였다.

사람을 죽일 때는 새면 안 되는 비밀을 가졌거나 위협적인 존재가 되었을 때지.

야르스의 말에 무화의 눈이 매섭게 번뜩였다.

조선소에는 무슨 볼일이었던 거지?

결국 야르스가 양보했다.

그냥 일이야. 돈 조금 받고, 더럽고 귀찮은 일을 해드리는 거지.

무화는 조심스럽게 거짓말을 했다. 단풍의 부탁으로 반하를 돕는 거지만, 그 또한 무화의 과거만큼 비밀을 지켜야 했다.

고래등걸 조선소는 진짜 고래뼈로 만들었다지? 비약적인 성장과 더불어 아주 좋은 화젯거리야. 하지만 사람의 일이란 건 좋은 면만으로 이루어지진 않지.

카르파가 말했다.

네 고용인은 태산이 수도를 등지고 바다와 열린 지형을 이용해 뭘 꾸미는지 아주 궁금해 하는 거 같은데, 맞나?

무화는 그의 심상한 말투에서 은밀한 압박을 느꼈다. 이자들은 인신매매나 도적질 같은 해적질뿐 아니라 더 거창한 걸 꾸미고 있는 게 분명했다. 태산은 얼마나 연루되어 있을까?

빙사는 결코 허투르게 움직이지 않았다. 발걸음 하나 눈썹 한 번 깜박이는 것조차 계산하는 남자라고 서미가 말했다. 그렇다면 그가 왜 남의 영지인 고래등걸에 관심을 갖는지, 단풍까지 끌어들여서 해치우려 한 일이 뭔지 생각해 봤어야 했다. 반하는 자기중심적 인간이고, 그가 대의나 정의 구현를 위해서 움직인다는 상상은 하기가 어려웠다. 최소한 공짜로는.

누군가 반하를 움직였다.

태산을 감시하는 일은 그가 원하는 게 아니라 그를 움직인 자가 원하는 것이었다. 빙사를 움직일 만한 권력을 가진 자가 누굴까. 버들 부인은 아니야. 그 여자가 반하를 움직이는 듯 보이는 건 반하가 원하기 때문이었다. 어지간한 가문은 적송가의 적자를 부리는 허튼 짓은 하지 않겠지. 반하는 자루 없는 칼이라 손에 쥔 자도 상하게 한다. 온전히 득을 보는 것은 그 자신뿐이다. 그걸 감수하고 칼자루를 쥘 수 있는 그릇은 목단왕인가?

태산은 서미를 원했고 반하는 태산을 감시했다. 해적들은 거래처로 위장해서 태산과 손잡았다. 이 세 가지가 의미하는 것은 한 가지였다.

역모구나.

무화의 등골이 축축하게 젖었다. 맞은편에 기대앉은 카르파는 무화의 머릿속에서 시시각각 지나가는 생각을 꿰뚫어보는 듯했다. 여기서 무사히 빠져나갈 수 있을까? 역모를 꾸미는 자들이 무화 같은 걸림돌 하나 치우는 게 뭐 어려울까.

나도 몰라. 우리 같은 무지렁이는 돈을 받고 시키는 대로만 할 뿐이라. 의뢰인 얼굴도 못 봤어.

무화는 아무것도 모르는 척했다. 먼지처럼 무해하고 치우기도 귀찮은 존재가 되는 게 지금 할 수 있는 최선이었다. 물론 저들이 무화의 말을 믿지 않을 수도 있었다. 하지만 알고 있는 모든 것을 말한대도 믿지 않을 것이다. 단물 빨린 뼈다귀는 버려지는 법이다. 여기서 살아 나가려면, 단물이 남아 있어야 했다.

정말?

카르파가 반문했다. 무화는 어깨를 으쓱했다.

천한 것들은 돈만 제대로 받으면 아무 것도 묻지 않는 법이야. 목숨이 아깝거든. 당신이라면 새파란 애송이한테 중요한 걸 발설하겠어?

자길 어린애라고 말하는 어린애라. 그건 확실히 거짓말이로군.

카르파가 씨익 웃었다. 그 미소를 보고 무화는 등골이 차게 식었다. 저런 식으로 웃는 자를 알았다. 사람의 속을 들여다보고 음모와 독과 거짓을 자신의 무기로 삼는 자. 카르파는 반하와 동족이었다. 이자들에게 사용한 거짓말은 오히려 이쪽의 약점을 보인 꼴이 된다.

이제 가도 되지?

무화는 아무렇지 않은 척 일어났다. 정말 원하는 것을 얻으려면 절대로 뭘 원하는지 말해선 안 된다.

카르파의 눈매가 섬세하게 깊어졌다. 무화는 거기서 오랫동안 긴 고뇌와 불면의 밤이 새긴 그늘을 엿보았다.

저 애를 그냥 보내도 돼?

카르파의 말에 야르스와 무화는 거의 동시에 칼을 뽑았다. 무화의 날은 카르파를 노리고 있었고, 야르스의 칼은 무화의 옆구리에 있었다. 카르파는 아무렇지도 않게 둘을 훑어보고 갑자기 킥킥 웃었다.

좋아. 보내 주자. 나중이 더 재밌어질 거 같으니까.

카르파의 말에 야르스가 먼저 칼을 물렸다. 무화는 그를 흘끗 보고 아주 천천히 칼을 칼집에 넣었다.

바래다주마.

그가 문을 열었다. 무화는 등을 경계하며 덫을 빠져 나갔다. 등 뒤에서 카르파가 인사했다.

또 보자, 보리.

무화는 대꾸하지 않았다.

해적선을 떠나면서 무화는 뱃전을 훑어 노래를 들었다. 너무 많이 알아서 목숨이 위험해지는 건 싫지만 너무 적게 알아서 목숨을 잃는 건 더더욱 싫었다. 둘중 하나만 고르라면 후자보다 전자가 덜 억울하겠지. 이자들은 해적이고 무장한 범선을 가졌으니 고래등걸에서 무슨 일을 벌인대도 놀랍지 않았다. 태산의 목적과 합쳐진다면 그야말로 피바람이 불어 닥치리라. 난리통에 가장 먼저 희생 되는 건 언제나 여자와 아이들이었다. 무화는 서미를 지켜야 했다. 어디에서건 누구에게서든.

뭐해?

야르스가 무화를 돌아보고 물었다. 무화는 얼른 뱃전에서 손을 뗐다. 손목에서 흘러내린 적옥 팔찌가 어둠 속에서 불씨처럼 빛났다. 나무의 노래를 추스르기에는 너무 짧은 시간이었고 음절도 혼란스러웠지만, 그래도 듣지 않은 것보다는 나았다. 당장은 아무것도 아니지만 적절한 때가 뭐든 알게 될 것이다. 무화는 그 순간이 너무 늦어서 돌이킬 수 없을 만큼 상황이 나빠지거나, 누군가 혹은 자신이 죽을 때가 아니기만을 바랐다.

카르파를 노리다니 영악했어.

무화는 야르스의 칭찬을 기꺼이 받았다.

살아남으려면 계산이 빨라야 하거든.

비밀은 지킬 줄 알지?

출렁이는 조각배 안에서 야르스가 말했다. 무화는 고개를 끄덕였다. 멀리서 여사가 흐느끼며 웃는 듯한 기괴한 소리가 들렸다. 난파선 주위에 시체를 먹으러 출몰하는 고래뱀들의 노랫소리였다. 무화는 어깨를 떨었다. 야르스는 멀리 보이지 않는 어둠속을 응시했다.

죽음의 얼굴이군. 내 고향에선 저것들이 나타나면 사냥해서 그 피를 끓여 몸에 발랐지. 그러면 악귀를 쫓고 질병을 면한다고 해.

고래뱀의 피는 산성이 강해서 맨살에 닿으면 피부가 녹았다. 희석하면 소독제로 쓸 수 있었을 터였다.

고래뱀을 사냥하다니 어마무시한데.

무화가 말했다. 고래뱀은 이름만큼 거대해서 한 마리가 배 한 척보다 길었다. 먹잇감으로 충분한 시체가 없다면 배를 감아 좌초 시켜서 시체를 만들어 먹을 수도 있었다.

육지에 닿자 무화는 뒤도 돌아보지 않고 걸었다. 돌아보면 망자를 미련으로 옭아매는 저승처럼 도로 끌려가버릴 것 같았다.

어이!

야르스가 무화를 불렀다. 무화가 돌아보지 않자 휙 하는 소리가 등을 노렸다. 무화는 날아온 것이 몸을 맞추기 전에 칼등을 휘둘러 막았다. 칼자루에 휘릭 끈 달린 물체가 감겼다. 주머니였다. 돈인가? 무화가 입구를 열자 엷은 광채가 비쳤다. 야광주였다.

또 보자.

야르스는 배를 돌렸다. 무화는 야광주를 도로 던졌다. 그러나 배에 닿지 못하고 암흑과 파도에 삼켜졌다. 무화는 멀어지는 빛 조각을 보다가 첨벙첨벙 물에 들어가 주머니를 주웠다. 찬물에 젖은 몸이 덜덜 떨렸다. 고래뱀 소리가 또 들렸다. 무화의 발이 물에서 떨어지자 **밤**이 무화를 삼켰다.

영주 저택에 도착했을 때는 이미 동쪽 하늘이 붉어지고 있었다. 무화는 **밤**이 놓아 준 그늘을 벗어나 얼룩덜룩한 돌로 쌓은 담을 넘었다. 늘 푸른 소나무 그늘이 간신히 몸을 가려 주었지만 정원을 가로 질러 방으로 돌아가기엔 지나다니는 사람이 너무 많았다. 무화는 건물 그늘을 타고 지붕 위로 올라갔다. 새벽부터 움직이는 하녀들의 눈에 띄지 않으려는 생각이었지만 젖은 몸이 얼어서 생각만큼 수월하진 않았다.

추운 아침에 유일하게 열려 있는 창문은 태산의 집무실이었다. 이런 새벽부터 무슨 일이 그렇게 바쁜 걸까. 아니면 밤새 채 끝내지 못한 건가? 아무리 그래도 이렇게 추운 날 창문을 열어 놓다니 이상했다. 무화는 곧 이유를 알았다. 꺼진 양초 연기 냄새와 함께 비릿한 악취가 창문 너머로 나풀나풀 올라왔다.

어디선가 이 냄새를 맡았었다. 무화는 간질간질한 기억을 더듬었다. 그래, 조선소 지하의 그 텅 빈 공간에 끊기지 않고 메아리치는 비명처럼 이 냄새가 배어 있었다.

"꼭 가야 하나? 여기서 해 줄 일이 더 있는데."

태산의 목소리가 들렸다.

"계약이니까요. '약속을 지키는데 넘침도 모자람도 없으라.' 조선소를 지어 드렸으니 약속한 배를 받아 가겠습니다."

상대 목소리는 부드럽지만 억양이 없어서 연기 못하는 배우 같았다.

"거기에 뭘 실으려는 건가?"

"모르시는 게 나을 겁니다."

무화는 창 옆에 매달려 안쪽을 엿보았다. 동트기 직전의 어스름한 빛에 감싸인 방 안은 안개 낀 듯이 흐릿해서 간신히 사람 그림자만 구분할 수 있었다. 작은 키에 다부진 어깨를 비스듬히 등받이에 기댄 것은 태산이고 서가 쪽에 기대 선 키 큰 남자는 얼굴이 보이지 않았다. 다리는 거미처럼 길었다.

"선착장 주점이 소란하던데, 뭔가 꾸미고 있지?"

태산이 말했다.

"제일 잘 팔리는 술집이니까요. 음식도 맛있고."

남자가 대답했다. 태산은 미간을 찡그렸다.

"지난번에 대준 노예들은 다 어쩐 건가?"

"각자의 쓸모가 있었지요."

말투에서 웃음기가 느껴져서 등골이 오싹했다. 불편한 침묵이 흐른 후 달그락 찰칵 부스럭 소리가 들렸다. 귀에 익은 패턴이었다. 남쪽의 장인이 세공한 잠금 상자로군. 건조한 어둠 속에서 파랗게 번뜩인 정전기에 어떤 얼굴이 스쳤다. 너무나 완벽해서 오히려 기억에서 쉽게 흩어지는 얼굴이었다. 어두운 광택을 띤 미끈하게 빛나는 눈동자만 깊게 입을 벌린 우물 같았다.

무화는 그 안에 고인 붉은 액체와 그 위에 허옇게 떠오르는 시체를 보았다. 아주 작고 여리고 왼팔이 없었다.

무화는 눈앞이 아찔해져 창문틀에서 굴러 떨어질 뻔했다.

"무슨 소리지?"

"까마귀가 미끄러지나 보지요. 종종 그러니까."

밋밋한 억양에 웃음기가 섞였다.

"너무 큰데."

태산이 창가로 걸어왔다. 그가 창문턱 아래 매달린 무화를 발견하기 전에 남자가 말했다.

"부싯돌을 주시겠습니까?"

태산은 큰 숨을 한 번 들이쉬고 연초를 꺼냈다가 다시 넣고 돌아섰다. 다리 긴 남자는 태산이 준 부싯돌로 촛불을 켰다.

"날이 밝는데?"

태산이 의아해하자 남자는 촛대를 건네며 말했다.

"남쪽 곶의 양지 바른 곳에 헛간을 짓고 계시더군요."

태산은 움찔했다.

"제가 떠나기 전에 완성하느라 수고하는 거 같던데, 저를 위한 게 아니길 바라죠."

손님은 불을 켜지 않고 떠났다. 태산도 그를 따라 나갔다. 난간에 매달려 있던 무화는 문이 닫히는 소리와 그 너머에서 가깝거나 멀어지는 발소리들에 신중하게 귀를 기울이다가 손가락이 곱아 떨어지기 직전에 안으로 들어갔다. 옷이 얼어서 버석버석했다. 얄팍한 온기가 느껴지자 몸이 덜덜 떨렸다. 그럼에도 방 안에 고인 역겨운 비린내 속에서 숨을 쉬는 것은 망설여졌다. 느낌이 좋지 않았다. 이건 인간들 사이에서 존재하는 냄새가 아니었다.

무화는 태산과 손님 사이에 있던 책상에 놓인 잠금장치가 달린 궤를 살펴보았다. 이런 류의 은폐 잠금 기계를 만드는 장인은 바다 건너에 있고 목국과 정식 교역을 튼 적이 없었다. 이 물건은 관세와는 상관없으며 태산의 교역 능력을 자랑하는 물건이기도 했다. 하지만 거꾸로 생각하면 태산이 왕실도 모르는 힘과 재산을 얼마나 많이 축재했는지도 보였다.

무화는 가만히 상자의 모서리를 손끝으로 훑었다. 차가운 은의 질감이 선득하게 느껴졌다. 마노는 가끔 몇 달씩 서미와 무화를 뭍에 내려놓고 사라지곤 했는데 그중에 금고 장인 집이 있었다. 그는 묵묵하게 자기 일만 하며 타인의 일에 큰 관심을 두지 않아서 무화와 서미는 그 밑에서 심부름을 하며 아무도 가르치지 않는 것들을 어깨 너머로 배웠다.

지금 그걸 신경 쓸 때가 아니지.

무화는 젖은 발자국을 남기지 않기 위해 신중히 깔개 위를 디뎠다. 당장은 사람들의 눈을 피해 반공주의 거처인 동관으로 건너가는 것이 가장 중요했다. 재수가 없으면 밤이 될 때까지 여기 갇혀 있어야 할지도 몰랐다. 물론 그 전에 들키지 않는다면.

불길한 예감은 언제나 절묘하게 들어맞았다. 무화는 눈앞에서 소리 나지 않게 밀린 나무문을 보고 재빨리 서가 사이로 몸을 숨겼다. 좁은 문틈으로 들어온 것은 반하였다. 도둑처럼 발소리를 줄인 그는 등 뒤에서 문을 잠갔다. 그리고 집무실을 가로질러 책상과 서가를 뒤지며 무언가를 찾기 시작했다. 무화는 계속 숨어 있을지 뒤통수에 선방을 날리고 달아날지 잠깐 고민했다. 뱃속 시원하게 후자로 해야겠다고 마음을 먹은 순간 반하가 무화를 발견했다.

"누구냐? 거기서 뭐하는 거지?"

창으로 드는 아침 햇살에 빛과 어둠의 간극이 크게 벌어져서 서가 그늘에 서 있는 무화의 모습은 움직이는 그림자처럼 보였다. 반하는 그림자의 손목에 걸린 붉은 옥을 보았다.

"너로군."

반하는 놀라지 않았다. 무화는 망설였지만, 결국 앞으로 나왔다. 더 속일 수가 없었다. 다른 사람에게 들키는 거보단 차라리 약점을 쥔 반하가 낫겠다는 계산도 있었다.

"이른 시각에 무슨 볼일이시죠?"

반하는 무화의 차림새를 쭉 훑더니 팔짱을 꼈다.

"내가 물어야 할 거 같은데? 이 새벽에, 하인들이 함부로 드나들면 안 되는 서재에, 공주의 시녀가 홀딱 젖은 남자 차림으로 뭘 하는 걸까?"

무화는 슬그머니 이를 물었다.

"귀공의 궤짝에 감춘 서류를 태산이 알면 뭐라고 할까요? 나름 한

205

배를 탄 셈인데, 조용히 각자 갈 길을 가면 어때요?"

반하는 무화의 앞을 막아섰다. 눈을 부릅뜨고 있지만 젖은 뺨이 새파랬다.

"글쎄. 누가 더 불리할까?"

그는 두툼한 겉옷을 벗어 무화의 어깨에 둘렀다. 순간 옆구리를 노린 예리한 칼날이 빛났다. 달에서 떼어낸 조각 같다.

"진심이라면 실망인데."

반하는 손가락으로 칼날을 밀었다. 새빨간 피 한 방울이 달 조각에 스며 불에 녹은 듯한 자국을 남겼다. 무화가 깜짝 놀라자 반하는 그 틈에 무화를 바닥에 찍어 누르고 팔을 등 뒤로 꺾었다. 손에서 떨어진 칼이 눈처럼 녹아 사라졌다. 무화는 이를 악물었다.

"당신, 정체가 뭐야?"

반하는 뒤에서 무화의 턱을 거머쥐고 숨통을 눌렀다. 얼굴을 가린 머리카락을 치우자 살기등등한 눈이 그를 노려보았다. 산 채로 낚은 물고기가 팔 안에서 펄떡대는 것처럼 짜릿했다. 반공주의 시녀가 이런 얼굴이던가? 여자도 남자도 아니고 어른도 아이도 아닌 모호한 매력이 그를 흔들었다.

"너부터 말하는 게 옳지 않을까?"

반하는 온몸으로 무화를 제압하고 귓가에 속삭였다.

"서미 공주에게 암살시도가 있었다지. 하지만 범인을 붙잡은 적도 반공주를 지켜냈다고 치하 받은 자도 없었어. 그래서 그냥 관심을 끌고자한 뜬소문일 뿐이라고 생각했지. 하지만 그게 아니지? 말해 봐. 그런 가십조차 입궐에 치명적일 수 있으니 묻어 두자고 말한 건 둘 중에 누구지?"

무화는 숨이 막혀 껵껵댔다. 반하는 대답할 수 있을 만큼만 숨통을 터주었다. 무화는 그를 떨치려고 몸부림 쳤다. 그럴수록 반하의 몸과 바싹 붙었다.

"좋아, 대답하지 마. 직접 알아보고 싶으니까."

반하는 몸을 숙여 무화의 입술에 제 입술을 겹쳤다. 아무도 예상치 못한 일이었다. 반하조차도. 그래서 반하는 흐트러졌고 무화는 틈을 놓치지 않고 반하의 옆구리를 걷어찼다. 반하는 큭 하는 신음을 내며 밀려났다.

"백면서생 주제에. 공주님만 아니면 당신은 죽었어."

"반공주 때문에 봐줬다는 거야?"

반하는 기침했다.

"그럼 왜 당신을 그냥 놔두는 거라고 생각해? 권력? 그런 건 종잇장에 불과해. 죽으면 당신은 아무것도 아니야."

"정말? 마음이 아픈데."

문밖에서 덜컥대는 소리가 둘의 귀를 잡아당겼다. "잠겼잖아?", "왜지? 열쇠를 가져와." 하는 목소리도 들렸다.

반하는 무화를 보았다.

"옷 벗어."

"뭐?"

"옷 벗으라고. 무사히 나가고 싶잖아? 내가 벗길까?"

무화는 정말로 그를 죽여 버리는 게 낫지 않을까 생각했다.

"나를 죽이면 반공주가 슬퍼할 텐데."

반하가 말했다. 그는 종아리까지 내려오는 붉은 도포를 벗고 마고 자의 여밈 단추를 풀었다. 어깨부터 등을 따라 허리로 떨어지는 선이 아찔했다. 슬쩍 벌어진 옷깃 틈새로 엿보이는 단정한 쇄골과 가슴을 보고 무화는 얼른 눈을 돌렸다.

"어쩌려는 거야?"

"입만 놀리지 말고 빨리해라. 볼품없는 네 몸을 보잔 게 아냐."

반하는 몸싸움 하느라 떨어트린 겉옷을 그대로 바닥에 깔고 적포를 무화의 어깨에 둘러주었다. 밖의 발소리가 가까워졌다. 무화는 눈을 질끈 감고 큰 옷을 두른 채 옷을 벗었다. 젖은 옷이 차가웠기 때문에 벗은 게 차라리 따뜻했다.

"어맛! 반하님!"

덜컥 소리와 함께 문이 열리며 하녀가 짧은 비명을 질렀다. 기쁨과 당혹감에 홍조를 띤 얼굴이 그의 팔 안에 있는 벗은 여자를 보고 더 빨개졌다.

"쉬. 문을 닫고 돌아서."

반하는 낮게 쉰 목소리로 말했다. 그의 팔 안에 있던 무화는 자기도 모르게 몸을 떨었다. 욕망을 억누른 남자의 목소리는 무섭도록 매혹적이었다.

"네, 나리."

하녀는 당황해서 시키는 대로 했다. 반하는 무화의 머리끝까지 적포를 덮어 주고 슬쩍 등을 밀었다.

"가라."

그는 몰래 재미 보려다가 흥이 깨진 것처럼 행동했다. 무화는 당황스러웠지만 기회를 놓치지 않고 도포를 끌며 서재를 빠져나갔다. 무화가 뒤도 보지 않고 사라지자 반하는 하녀를 불렀다.

"이름이 뭐냐?"

"싸리입니다, 나리."

하녀는 눈 둘 곳을 찾지 못한 채 말을 더듬었다. 반하는 풀어진 앞섶을 일부러 아주 천천히 여몄다. 이제 하녀는 달아난 여자의 얼굴을 절대로 기억해 내지 못할 것이었다. 떠오르는 건 반하뿐일 테니까.

"싸리. 너는 입이 가벼우냐?"

"아닙니다요, 나리."

하녀는 얼른 고개를 저었다.

"그 말이 정말이건 아니건 간에 이 얘기가 퍼지면 너를 문책하겠다."

"아닙니다요, 나리. 절대로 소문나지 않을 것입니다."

반하는 도포 없이 방한용 겉옷을 어깨에 걸치고 바닥에 떨어진 옷 꾸러미를 직접 챙겨 서재를 나갔다. 하녀는 그게 그의 옷이 아니라는 걸 눈치 채지 못했다.

무화는 운 좋게 아무도 마주치지 않고 가까운 모퉁이를 돌아 계단참 아래 숨었다. 그 안엔 서재에서 쓰이는 여러 가지 계절 잡동사니가 있었다. 방금 하녀가 두고 간 양동이 물에 비친 얼굴이 새빨간 적포만큼 빨갰다. 무화는 잠시 생각한 뒤 적포를 뒤집어 입었다. 우스꽝스럽지만 벌거벗은 것보단 나았다. 잡동사니 틈에 있는 재 모으는 통에서 잿가루를 얼굴과 옷에 문지르자 방금 시궁창에서 기어 나

209

온 꼴이 되었다. 이제 무화가 뭘 입었는지 알아보는 사람은 없을 것이었다.

"그 꼴은 뭐야?"

무화는 입을 떡 벌린 말리에게 난로에 재 나르는 하녀와 부딪쳐서 굴렀다고 둘러댔다. 햇살이 밝아오는 창가에서 서신을 읽고 있던 서미가 곁방의 소란을 듣고 나왔다.

"어떻게 된 거야? 맙소사! 그 꼴은 좀 심한데?"

"갈아입고 올게요."

무화가 병풍 뒤로 숨는데 서미가 붙들었다.

"어디 다쳤어?"

서미가 잿가루 너머를 살폈다.

"아뇨."

무화는 서둘러 고개 저었다. 서미는 끈질겼다.

"안 괜찮은 거 같아. 좀 보자."

무화는 반하의 옷인 게 들킬까 봐 조마조마했다. 나쁜 짓을 한 것도 아닌데 괜히 석연치가 않았다. 아니, 반하가 키스했지. 무화는 멈칫했다.

"이 옷은 반하 거잖아?"

무화는 더 둘러댈 말이 없었다. 이렇게 귀하고 이렇게 화려한 색의 옷을 감당할 만한 남자는 별로 없었다.

"어떻게 된 거야? 왜 네가……."

서미의 목소리가 낮아졌다. 무화는 떨리는 서미의 손을 붙들었다.

"네가 생각하는 일 같은 거 아니야. 그럴 리가 없잖아."

"하지만 그 옷은……."

"사정이 있는데 설명하기가 길어. 그냥 믿어 줘, 내가 뭘 하건 언제나 너를 위한 거야."

서미는 한동안 말이 없었다. 지나치게 길고 차가운 침묵이었다. 마침내 서미는 병풍 뒤에 무화를 홀로 두었다.

"네가 나를 위해서 뭘 하건, 그건 모두 너 자신을 위한 거야. 무화."

서미는 등 뒤의 문을 닫았다. 반하에게로 달려가서 어떻게 된 일이냐고 따져 묻고 싶은 마음이 굴뚝같았으나 간신히 다실로 발길을 비틀 수 있었다.

엷은 음악소리가 흘러나오는 복도에 들어서자 부드러운 차 향기가 가벼운 비단처럼 사르르 뺨을 스쳤다. 서미는 다실로 통하는 전실 안쪽에 대기해 있는 수련을 보았다. 모르는 척 지나치려는데 수련의 손이 반공주의 손목을 잡아챘다.

"잠시만."

서미는 엉겁결에 좁은 옆방으로 끌려갔다. 그곳은 차를 내는 그릇들을 보관하는 곳으로 방 안 가득 색색가지 꽃 같은 잔과 접시들이 천정까지 높다랗게 전시되어 있었다. 서미는 어지럼증을 느끼는 이유가 그릇 때문인지 수련 때문인지 혼란스러웠다.

"당신들은 육지를 밟을 수 없잖아요? 밟으면 약해진다고……."

수련은 서미의 말을 막았다.

"마노께서 임무를 내리셨어요."

"임무라고요? 나를 감시하러 왔나요? 내가 약속을 지키는지 확인하려고?"

211

서미는 노여움에 치를 떨었다. 수련은 고개 저었다.

"저는 무화의 잃어버린 조각을 찾으러 왔습니다."

"무화의 잃어버린 조각?"

서미는 멈칫했다.

"마노께서 말씀하셨을 텐데요?"

서미의 기억 속에 마노의 목소리가 떠올랐다.

'맹세해.'

순금을 녹인 머리카락 사이로 냉엄한 보석 두 개가 내려다본다.

'공주가 되는 대신……'

서미는 마노가 눈 앞에 있는 것처럼 숨을 죽였다.

"무화의 조각이라니. 그게 정말로 있는 거였어요? 지어낸 게 아니고?"

수련은 고개를 끄덕였다.

'내가 녹옥 공주의 딸이 아니라는 걸 알았어요? 언제부터?'

서미는 부끄러워서 쥐구멍으로 꺼지고 싶었다. 마노는 고개를 저었다.

'그런 것은 중요하지 않아. 나는 기회를 줬어. 이제 네 차례다.'

'왜냐고 안 물어요? 이유가 있다고요. 나쁘게 하려던 게 아니에요, 그저……'

서미가 다급히 말했다.

무화가 겪은 일들은 듣지 않아도 알 수 있었다. 어디나 빨리 자라는 아이가 있는 법이었다. 궁벽한 곳이라면 더욱더. 그래서 서미는 무화가 아무것도 기억하지 못한 채로, 가능하면 앞으로도 기억해 내게 하고 싶지 않아서 둘을 바꾸었다.

'무화가······.'

서미는 말하려고 했다. 한밤중에 깨어나 어둠 속에서 흐느끼는 무화를 도와주고 싶었다고, 꿈에서 지르는 고통스런 비명과 감당해야 할 상처를 나눠 갖고, 가능하면 나쁜 기억 따위 다 잊게 해 주고 싶었다고.

하지만 정말로 그게 전부일까? 궁궐로 가게 된 무화가 부러웠고, 동경하던 녹옥 공주의 딸이 되고 싶었던 욕심은 손톱만큼도 없고?

'무화를 놓치지 마라.'

밭일로 새카매진 손톱 밑의 가시를 후비며 엄마가 말했다.

'이 어미가 공주님께 의지해 비천한 삶이라도 살아남았듯이 너도 그래라. 그 애 곁에만 있으면 넌 살 수 있어.'

서미는 고개 저었다.

'싫어. 무화는 친구야. 그래서 서로 돕는 거라고. 엄마처럼 뭔가 얻어먹겠다고 친구인 게 아니야.'

그때 엄마가 뭐라고 대답했는지는 기억나지 않았다. 서미는 철없던 자신을 비웃었다. 결국엔 엄마처럼 되었다. 엄마가 거머리처럼 녹옥 공주에게 들러붙어 목숨을 유지했던 것처럼 서미도 무화에게 들러붙었다.

'맹세해. 그 애가 누려야 할 것을 누리는 대신에 그 애를 지킬 거라고.'

'맹세할게요.'

서미가 대답했다.

'손을……'

서미는 주저하면서 마노가 시키는 대로 손을 내밀었다. 둘의 손바닥이 마주 닿자 허공에 물결이 원을 그리다 빛나는 무늬가 되어 서미의 손바닥에 달라붙었다.

'인간의 말은 허공에 사라지지만 **빛**에 한 맹세는 사라지지 않아.'

무늬가 스며들 듯 사라지자 마노가 말했다.

'너는 달이고 그 애는 별이다.'

서미는 오른손을 움켜쥐었다. 달은 스스로 빛을 내지 못했다. 별이 내는 빛을 반사할 뿐. 그게 서미의 운명이었다. 단지 태어난 배가 다르고 신분이 다르다는 깃만으로.

'좀 억울하네요. 애초에 녹옥 공주님이 이름 없는 산에 오지 않았다면, 그 나쁜놈이 제게 눈독 들일 일도 없고 제가 팔려갈 일도 없었겠죠.'

이런 순간에마저 서미는 녹옥 공주에 대한 동경을 떨치지 못했다.

'하지만 너희가 친구가 된 건 누가 시킨 게 아니다. 무화가 모든 것을 버리고 너를 구하러 간 것도, 대신 팔려서 지워지지 않을 상처를 입고도 너를 놓지 않던 것도.'

마노가 말했다.

'그래요. 그것 때문에 억울해할 수도 없게 됐죠.'

마노는 서미의 팔을 쓸었다. 서늘하게 스치는 감촉은 인간이 아니라 비 맞은 어린잎이나 물고기 지느러미 같았다. 팔목에 새겨진 물결무늬가 드러났다가 사라졌다.

"그거로군."

서미는 자기도 모르게 손마디를 물어뜯었다. 향목 노부인의 온실에 있던 씨앗. 그래, 그 기분 나쁜 사냥 이야기가 내내 마음에 걸렸다. 서미는 오른 팔목을 감쌌다. 보이지 않는 맹세가 얼음으로 만든 띠처럼 욱신 조여 왔다.

"그 씨앗은 반하가 가져갔어."

수련은 필요한 말을 듣고 돌아섰다. 서미는 다급히 수련의 치맛자락을 잡았다.

"수련, 다른 사람도 그런 조각이 있어? 나도?"

수련은 말없이 서미를 보았다. 그것만으로 대답은 충분했다. 서미는 세상에 나타났던 첫 인간보다도 오래된 갓난애처럼 무구한 청회색 눈을 보며 생각했다. 수련에게, 마노나 노래하는 나무 배에 있는 이들에게 나는, 보통 사람들이란 어떤 존재일까. 봄에 피었다가 한순간 비에 지는 꽃잎? 하나마나 다르고 한 해 한 해 모두 다른 꽃이지만 아무 의미도 없고 서로 구분도 안 되는? 그 무수히 흩어지는 꽃잎 속에서 애초에 나지 않는 씨앗 하나를 찾는 이유는 뭘까.

"먼저 가십시오."

수련이 말했다. 서미는 수련을 뒤에 남겨두고 나왔다. 그들은 대답을 영원히 기다릴 수 있었다. 하지만 서미는 아니었다. 인간은 살아 있고, 또 죽는다. 그 사이에 할 수 있는 최선을 다한 다음에.

제7장
향기는 있되 꽃이 없다

구운 닭이 사람 수대로 놓였고, 소와 돼지는 술과 향신료로 요리되어 식지 않을 타이밍에 맞춰서 계속 나왔다. 고기국물에 적신 빵과 살점과 기름진 부산물들은 모든 초대 손님의 식탁을 거쳐 이방인과 부랑자들에게까지 돌아갈 만큼 충분했다. 식탁에 정련된 식기와 장식은 모두 값비싼 은제 수입품이었고, 물컵까지 서령에서 들여온 색유리였다. 서미는 그 모든 물건들이 파도처럼 규칙적인 물결 모양을 이루며 바닷물처럼 파란 식탁보에 썰물 때 드러난 산호초의 색색 풍경을 흉내 내고 있다는 것을 깨달았다. 그야말로 쏟아 부은 돈과 정성이 어마어마했다. 왕실에서 이런 자의 청혼을 물리치는 것이 가능할까? 서미는 처음으로 진지하게 고민했다. 공주는 사람이 아니라 왕실의 재화였다. 필요에 의해서 얼마든지 병사와 재산과 맞바꿀 수 있는 자원이고 아름다울수록 그 가치가 높았다. 서미는 자신이 택한 삶이 무엇이며 거래에 어디까지 힘을 미칠 수 있는지 알아둬야만 했다.

목왕가에 부족한 게 뭘까? 서미는 생각했다. 곧 알게 되리라. 다만 태산의 입을 통해서 알게 되지 않기만을 바랄 뿐이었다.

서미의 시선이 반하에게 머물렀다. 반하가 이쪽을 향해 잔을 들었다. 그것을 본 태산이 불쑥 잔을 들고 일어났다.

"새봄을 맞이하는 축연에 고귀한 서미 공주님께서 참석해 주심을 무한한 영광으로 받들며 이 잔을 올립니다."

서미는 강제와 다름없는 술잔을 목전에 두고 차분히 말했다.

"감사합니다. 이 영광스런 잔을 친애하는 연제군 마마께 전합니다. 마마님과 한자리에 앉은 오늘을 절대 잊지 못할 겁니다."

서미가 잔을 받아 두 손으로 공손히 바치자 연제군은 피식 웃었다.

"그럼 귀여운 반공주의 잔을 받는 기쁨을 누려 보기로 할까."

반공주라는 말만 빼면 정말 너그러운 처사였을걸. 서미는 쓴웃음 지었다.

"감사합니다."

서미를 향한 술잔 공격을 회유당한 태산은 딱딱하게 웃으며 물러났다.

"대단한 규모로군요. 태산공께서 무리하셨습니다. 영지에서 징수되는 세금을 추산해 보면, 이 정도 축제는 감당하기 벅찰 텐데요?"

반하는 적이 후퇴하는 틈을 놓치지 않았다.

"제가 도둑질이라도 하는 것처럼 말씀하시는군요."

성질껏 내뱉은 태산은 얼른 말을 덧붙였다.

"살림이 부족하다하여 손님을 소홀히 대접할 수는 없지요. 특히나 봄 축제는 긴 겨울을 버텨낸 영주민과 조선소의 발전을 기원하는 자리입니다. 희망찬 포부를 펼침에 아낌이 있어서는 안 되지요."

태산이 미소 지으며 말을 이었다.

"그보다 서미 공주님의 고향 방문은 어떠하신지요? 유폐되셨던 녹옥 공주 마마께 대한 전하의 끔찍한 애정으로 승냥이 같은 사교계의 관심을 피해서 오랫동안 외국에서 계셨잖습니까?"

그는 반하가 꺼낸 폭탄에 불을 붙여 서미에게 건넸다. 서미는 차가운 침 대신 물 한 모금을 머금었다. 태산의 나불대는 입이 무슨 소리를 하려는지 몰라도, 서미를 갖고자 한다면 보석에 흠을 내는 짓은 하지 않을 터였다.

"그간 어떤 생활을 하셨는지 몰라도, 고향만큼 좋은 곳은 없으시지요? 공주님이 고래등걸을 떠나신 날 홍등가에 불이 났던 걸 기억하십니까?"

피가 얼어붙는 기분은 여전했지만 서미는 흥분하지 않았다. 겁먹지도 않았다. 이 상황에 대해 충분히 오랜 시간 생각하고 수만 가지 상황을 연습해 보았다. 실수를 하기엔 너무 준비가 잘 되어 있었다.

"홍등가가 어딘지요?"

"공주님은 모르시더라도 데리고 계신 시녀애는 알 겁니다. 거기 출신이라더군요."

무화의 얼굴에서 핏기가 사라졌다. 서미는 눈도 깜박이지 않았다.

"뭔가 잘못 알고 계신 것 같군요. 무화는 유폐지부터 저와 함께 지냈어요."

태산은 살찐 턱을 쓸었다.

"그렇다면 공주님도 홍등가를 거쳐 오셨다는 뜻입니까?"

"무엄하다."

태산은 눈을 껌벅였다. 얼굴에서 찬물이 뚝뚝 떨어져 바지를 적셨다. 서미의 손에 빈 잔이 들려 있었다. 그는 서미가 언제 잔을 드는지도 못 봤다.

"감히 거짓을 놀려 왕족의 명예를 훼손하다니. 목숨으로 죄를 물어도 부족하다."

태산의 얼굴이 흙빛이 되었다가 갑자기 큰 웃음을 터트렸다.

"이런 제가 술이 과했습니다. 그저 그 화제부터 지금에 이른 것에 감회가 들어서요. 용서하십시오, 공주 마마."

태산은 물이 뚝뚝 떨어지는 얼굴로 일어나 정중하게 절했다.

"남녀 간에 서로의 속을 헤아려 보는 겐가? 방법이 새롭구먼."

연제군은 웃으며 박수를 쳤다. 태산은 서미를 노려보았다. 서미는 그를 보지 않았다.

연주되는 춤곡에 맞추어 남자들이 여자들에게 춤을 청했다. 겹겹한 단마다 금과 은과 색색 자수를 놓은 스란치마들이 빙글빙글 돌며 꽃처럼 펼쳐졌다. 색색의 꽃송이가 모여 거대한 움직이는 꽃다발 같았다.

"한곡 추실까요."

옷을 갈아입고 온 태산이 서미에게 춤을 청했다. 서미는 그 손을 잡기 위해 큰 용기가 필요했다. 해야 할 일이라면 빨리 해치우는 편이 나았다.

"어쩌자는 거지?"

서미는 시간을 끌지 않았다.

"청혼에 대답할 시간은 충분히 줬잖아?"

태산이 말했다. 서미는 살짝 눈살을 찌푸렸다.

"녹옥 공주님의 부마처럼 되면 어쩌게?"

태산은 반공주의 약점을 쥐었고, 더 이상 서미가 녹옥 공주를 어머니라고 부르지 않는 게 궁금하지 않았다. 녹옥 공주의 부마는 반공주가 태어나기 3년 전에 역모죄로 영지와 재산을 몰수당하고 처형되었다. 녹옥은 왕족이라 사형을 면하고 유폐되었다. 녹옥 공주가 복위된 후에도 부마 가문은 명예를 회복하지 못했다. 사람들은 녹옥 공주가 기가 세서 남편을 잡아먹었다고 욕했고, 왕실이 부마 가문을 이용하고 버렸다고 수근 댔다.

"아니지. 재산이 필요한 왕실에서 누명을 씌워 한 가문을 멸했으니, 두 번 같은 짓을 번복하는 위험을 무릅쓰진 않을 거야. 귀족들은 핫바지가 아니야. 내가 감수하는 건 네가 낳을 왕자를 위해 싸구려 몸뚱이와 살을 섞는 것뿐이지. 물론 공주님께서는 시궁창에서 솟아난 용 같은 아들을 낳으셔야 할 겁니다. 여럿일수록 좋죠."

태산은 곡에 맞춰 멀어졌던 팔을 당기며 말했다. 서미는 뱃속 깊은 곳에서 치미는 한기를 삼켰다. 화장은 여자의 무기였고 비단 치마는 갑주였다. 흰 분을 두껍게 바르고 가느다란 붓으로 눈매까지 완벽하게 그린 화장은 서미의 불안을 감추고 겹겹한 치마는 태산이 아무리 다가와도 어느 이상은 결코 접근할 수 없도록 절대적인 공간을 지켰다.

"거절하면?"

"동녀로 팔렸다가 영주를 살해하고 달아난, 죽은 공주와 바꿔치기한 가짜라는 걸 만천하가 알게 되겠지."

서미는 무심히 말하기 위해 최선을 다했다.

"무슨 증거로?"

"추문에는 증거가 필요치 않아. 추문만으로 왕실은 반공주의 입궐을 반려할 테니까. 아니면 입궐 즉시 녹옥 공주처럼 이름 없는 산에 유폐하겠지. 왕실의 명예를 추락시킨 죄로. 너는 죽을 때까지 비참할 거다."

서미는 태산의 손가락에서 번쩍이는 괴물의 외눈 같은 에메랄드를 노려보았다. 울 밖에서 무화를 가리켰던 손가락이었다. 그래, 이 얼굴이었다. 지금보다는 팽팽했지만 번들번들한 기름기는 그대로였다. 아니, 오히려 흐른 세월만큼 부패되어 고약해졌다.

"그 구역질나는 반지를 기억하지. 네놈을 용서하지 않겠다."

서미의 목소리가 낮아졌다.

"제 아버님의 취미가 썩 고상하진 않았죠. 하지만 그게 한 가문의 주인이 살해되고 영지의 반을 불사를 만큼 큰 대가를 치러야 할 만한 일이었는지 어디 말해 봐라, 이 쌍년아."

태산의 말에 서미는 지네에게 물린 것처럼 꼼짝할 수가 없었다.

"게다가 넌 죽음으로 명예를 지킨 친구의 신분을 가로챈 개년이지. 넌 복수 같은 걸 할 자격조차 없어."

태산은 춤추던 몸을 떼고 밀어를 속삭인 연인처럼 빙긋 웃었다.

"계속 궁금했습니다. 진짜 반공주를 시궁창에 처넣고 모든 걸 손

221

에 넣고 달아난 운 좋은 계집애가 어떤 얼굴을 하고 있을지요. 예뻐서 아주 다행입니다."

서미의 어깨가 부들부들 떨렸다. 차라리 싸울 수 있다면 쉬웠으리라. 음흉한 흉계는 독충에 쏘인 것처럼 상처가 없어서 반격할 수도 없었다. 독은 내부로부터 서미를 죽여 나갈 것이다.

"생각할 시간이 더 필요해."

이 말이 서미가 할 수 있는 전부였다. 듣지 않은 척, 다치지 않은 척, 아무 일도 없던 척 하는 것.

"이미 충분히 기다렸다는 걸 잊지 마십시오."

음악 소리를 따라 태산이 멀어졌다. 서미는 정말로 달아나고 싶어졌다. 금팔찌와 비단치마가 족쇄 같았다. 아니 진짜 족쇄는 오른손에 마노가 빛으로 새겼다.

'맹세를 지켜.'

마노의 목소리가 마음속에서 책망했다.

'맹세 같은 건 필요 없어요.'

서미가 말했다. 하지만 언제나 마노가 옳았다.

"괜찮으세요?"

서미는 무화가 뒤에 와 있는 걸 알고 소스라쳤다. 설마, 들었을까?

"괜찮아."

"쉴 준비를 해 둘까요?"

"그래."

서미는 대답했다가 고개 저었다.

"아니. 아니야. 따라와."

반공주는 먼저 쉬러 가겠다고 인사하고 연회장을 떠났다. 하지만 서미가 간 곳은 처소가 아니었다.

북관으로 통하는 복도엔 채 마르지 않은 물감 냄새가 고여 있었다. 서미는 억지로 욱여넣은 유구한 역사와 부의 과시가 줄기차게 반복되는 것을 보니 천박하다 못해 속이 울렁댔다. 몇 십 년 아니 몇 백 년 쯤 시간이 지나 사람들의 기억이 희미해지고 진실을 아는 모든 자가 죽으면 이 그림은 모두 진실의 거짓 옷을 입고 춤추며 역사가들을 희롱하겠지. 서미는 저택 준공에 맞추어 날조된 그림들에 곁눈질도 하지 않고 표표히 걸었다. 무화는 한 발 뒤에서 조용히 따라갔다. 몇 개의 문과 복도를 지나 멈춘 곳은 태산의 집무실 문 앞이었다.

서미는 문을 밀었다. 잠겨 있었다. 서미는 열쇠 구멍에 짧고 가벼운 휘파람을 두 소절 불었다. 딱 들어맞는 열쇠를 돌린 것처럼 철컥 자물쇠가 안으로 밀렸다.

"여기서 기다려. 누가 오면 알리고."

서미는 공기 속을 헤엄치는 물고기처럼 우아한 옷자락을 끌면서 문 안으로 사라졌다. 보이지 않는 꼬리가 문 사이에 남았다.

집무실을 겸한 서재는 책으로 만든 벽을 겹겹이 미로처럼 배치해 쓰임과 아름다움을 극대화한 공간이었다. 여기까지 오는 동안 통과해야 했던 영주 가문의 역사와 공적을 나열한 악취미인 긴 복도를 떠올리면 서재의 예술성은 더욱 빛났다.

서미는 방 안을 둘러보며 잠시 숨을 들이쉬었다. 온기 한 점 없는 공기와 무두질한 가죽 냄새 속에 은은히 떠다니는 마른 종이 냄새는 상쾌했다. 서미는 눈을 감고 조용히 긴 곡조의 휘파람을 불었다. 낮은 음은 소리 없는 진동으로 사방에 부딪쳐 되돌아왔다. 무화는 상단에서 나무의 노래를 듣는 법을 익혔다. 서미는 금속의 속삭임을 다루는 법을 배웠다. 태산의 저택에서 가장 값진 금과 은은 그의 침대 아래에 있었다. 하지만 가장 정교한 금고는 이 방에 있었다. 서미는 잘 꾸며진 거대한 나무 책상 앞에서 멈춰 섰다. 붓과 벼루, 거기 걸쳐 놓은 먹과 연적까지 흠잡을 데 없이 훌륭했다. 옆에 놓인 작은 금고도 최고 장인의 작품이었다. 서미는 금고에 손대지 않고 천천히 들여다보았다. 바닥은 책상과 단단한 금속으로 접합되어 있어서 누구나 볼 수 있지만 아무도 들고나갈 수는 없었다. 코끼리 코 모양의 바깥 고리에 걸린 과시용 자물쇠와 실제 잠금장치인 안쪽의 열쇠구멍 두 개가 있었다. 서미는 다른 비밀 잠금장치가 있을 거라고 짐작했다. 진짜 장인은 보이지 않는 부분에서 솜씨를 부리는 법이다. 태산이 집무실에 있을 때는 자물쇠와 열쇠구멍만 사용했을 것이었다. 하지만 지금처럼 드나드는 손님이 많을 때는 단속을 하는 법이다.

"여기에 뭘 숨겨 둔 걸까. 보물보다도 지켜야 할 거라면 역시 '비밀'이겠지."

그거야 말로 지금 서미에게 필요한 거였다. 어린 계집애를 사는 건 사내들에게 불명예 축에도 끼지 않았다. 고래등걸의 부에 대한 흉흉한 소문은 들어서 알지만, 그런 것들은 서미가 실질적으로 사용할 수 있는 패가 아니었다. 법은 멀고 주먹은 가깝다는 말처럼 궁궐은 멀고 태산은 바로 옆에 있었다.

서미는 벽옥처럼 매끈하게 다듬어진 나무의 결을 따라 손가락을 놀렸다. 코끼리의 귀 두개를 동시에 뒤로 밀었다. 달칵 하고 걸리는 소리가 들렸다. 솜씨 좋은 도둑이 열쇠 구멍 두 개를 처리하면 여기서 멈추게 되어 있었다. 하지만 출구부터 되짚어 가면 순식간에 드러나는 모든 미궁들처럼 안에서 시작하면 길은 순식간에 열렸다. 서미에겐 열쇠가 없지만 금고의 진짜 주인에겐 열쇠가 필요 없었다. 모든 금고는 현 주인이 아니라 자신에게 첫 숨결을 불어넣은 장인을 기억했다.

서미는 코끼리의 귀를 잡고 쇠로 만든 열쇠 구멍 안에 아주 정확한 속도와 높낮이로 휘파람을 불었다. 노래하는 나무 상단에서 서미와 무화는 아주 많은 것을 배웠다. 때론 가르치지 않은 것들도 배웠다. 서미는 금고 장인들의 작업을 흥미롭게 지켜보았다. 그들이 다루는 쇠와 거기 불어넣는 숨결의 음조도 기억했고 진짜처럼 흉내 낼 수 있었다.

달칵.

금고는 연인을 맞이하는 처녀처럼 기쁘게 열렸다. 서미는 그 안의 것을 스란치마 허리띠 속에 넣고 금고를 처음처럼 되돌려 놓았다. 그런 다음 시치미를 뚝 떼고 파랗게 물들인 가죽으로 장정한 책 한 권을 뽑았다. 누군가 마주친다면 책을 빌리러 왔다고 둘러댈 참이었다. 그러나 예상치 못하게도 책은 그늘에서 기다린 사냥꾼처럼 서미를 덥석 물어 글자의 그물로 순식간에 꽁꽁 옭아맸다. 서미는 벽과 바닥이 사라지고 시간과 공간을 잃어버리고 토끼굴에 빠진 소녀처럼 책 속 세상으로 떨어졌다. 아주 잠깐 동안 책장을 넘기는 손과 움직이는 눈이 있다는 것은 느꼈던 거 같았다. 그러나 곧 그마저도 완벽히 사라졌다.

"쿡쿡."

서미는 몸 안을 울리는 그릉대는 웃음소리에 깜짝 놀라 이쪽 세상으로 되돌아왔다. 너무 급히 돌아오느라 눈앞이 핑 돌았다.

"괜찮습니까?"

커다란 손이 휘청거리는 허리를 잡아챘다. 서미는 깜짝 놀랐고 스스로의 무방비함을 질책했다.

"괜찮아요. 놓으시지요."

서미는 공주로서 최대한 위엄을 갖추고 말했다. 등 뒤의 남자는 부드럽게 손을 뗐다.

"실례."

서미는 문을 지키고 있을 무화를 찾았다. 그러나 문 근처엔 아무도 없었다. 어떻게 된 거야? 서미는 태연한 척 하느라고 몹시 애써야 했다.

"제가 방해 했습니까?"

서미는 구부정하게 내려다보는 금발의 이방인을 올려다보았다. 지붕을 떠받친 기둥처럼 거대한 남자였다. 이자를 어디서 보았더라. 서미의 시선이 널따란 가슴을 스쳐 팔뚝으로 흘렀다. 그래, 저기 무훈이 잔뜩 새겨져 있었지. 조선소의 인부인 줄 알았는데? 서미는 그가 차려 입은 허리를 강조하는 넓은 띠와 무릎까지 내려오는 날씬한 상의가 남쪽의 성장이라는 것을 깨달았다. 곱게 빗어 내린 금발 꼭대기는 키 차이 때문에 볼 수 없지만 분명 납작하고 챙 없는 모자가 놓여 있을 터였다. 북쪽의 전형적인 이목구비에 남쪽의 옷이라.

"외부인이 드나들 곳이 아닌 것으로 압니다만."

남자는 낮게 웃었다. 커다란 몸 안에서 울렁울렁한 저음이 마치 거대한 야수가 그릉거리는 것 같았다.

"공주님도 내부인은 아니시잖습니까?"

서미의 얼굴이 빨개졌다.

"당신은 조선소의 인부인 줄 알았는데요?"

"협력이죠. 축포를 대여하러 왔습니다."

서미는 고개를 끄덕였다.

"아, 그 대포! 영주의 물건인 줄 알았는데요?"

"돈을 지불하신 기간 동안은 그분 것이 맞습니다."

서미는 그의 담백한 대답에 자기도 모르게 웃었다.

"이름이 뭐죠?"

남자는 잠깐 멈칫했다.

"야르스 만 라임입니다."

서미는 불쾌해 보이는 찰나를 놓치지 않았다.

"그 못마땅한 기색은 뭐지요?"

서미의 예리한 질문에 남자는 짧게 기침했다.

"제가 살던 곳에서는 여자가 먼저 남자의 이름을 묻는 건 상상도 할 수 없어서요."

"난 공주예요. 왕족이 아니면 누구든지 나에게 먼저 이름을 말해야 하죠."

서미는 계속 말했다.

"그러면 그 축포는 남쪽의 용, 별의 심장, 카리나의 카노푸스에서 왔겠군요."

야르스의 눈에 웃음기가 돌았다.

"목의 공주님이 영민하신 분이란 소문을 익히 들었습니다."

서미는 입에 발린 칭찬을 무시했다.

"하지만 당신은 북쪽 출신이군요. 참, 행로가 복잡하네요."

야르스는 서미의 날카로움에 살짝 긴장했다.

"인생은 복잡한 거죠."

그가 덧붙였다.

"공주님은 좀 날을 누그리셔야겠습니다. 여자가 너무 많이 알면 아름다움이 빨리 시든답니다."

값비싼 장식품 취급에 서미는 코웃음 쳤다.

"그건 당신 생각이죠."

야르스는 신경 쓰지 않았다.

"아마 대부분의 남자들이 저처럼 생각할 겁니다."

서미의 눈이 가늘어졌다.

"그렇겠죠. 장난감과 애완동물이 생각을 한다면 불쾌할 테니까."

야르스는 서미를 내려다보았다. 방패처럼 단단한 눈동자가 우묵한 눈자리에서 빛났다. 서미는 살짝 몸을 떨었다. 반공주인 신분 때문이 아니라 서미 개인으로서 이렇게 차디찬 시선을 마주하는 건 처음이었다. 서미는 젊고 아름다웠고 그걸 꺼리는 남자는 없었다. 아니, 나 때문이 아니야. 이 남자는 여자를 증오해.

"제 집무실이 사교 장소일 줄은 몰랐습니다만."

태산의 목소리가 둘의 복잡한 침묵을 갈랐다.

"쉬러 가신 줄 알았는데요."

서미는 태산의 혀 놀림에 얼굴을 찡그리지 않으려고 애썼다.

"자기 전에 읽을 책을 고르던 참이에요."

서미는 파란 장정 책을 챙겼다.

"아름다운 모습이 보이지 않으셔서 그리워하던 참입니다."

태산은 과시하듯 서미의 어깨에 손을 얹었다. 서미는 일부러 반 걸음 걸어 그 손을 떨쳤다.

"쉬러 가겠습니다."

그가 긴 치마를 꼬리처럼 끌면서 두 남자 사이를 빠져나가자 태산은 야르스를 흘끗 보고는 반공주를 따라갔다.

무화는 야르스가 나타나는 바람에 서재가 보이는 모퉁이에 숨어 있었다. 서미에게 신호했지만 책에 홀려서 알아채지 못했다. 상단에서 오트가 서미의 지나친 독서를 염려했었는데 이런 데서 걸릴 줄이야. 가서 직접 알릴 수도 있지만 야르스를 보자마자 몸이 먼저 숨어버렸다. 방문 너머의 기색을 살피며 서미가 나오길 기다렸지만 한참 소식이 없다가 태산이 나타났고 곧 서미가 도망치듯 나왔다. 태산도 바짝 따라갔다. 무화는 그 상황이 정말로 마음에 들지 않았다. 무화가 서미를 따라 돌아서는데 방문이 열리며 야르스의 금발이 바닥에 출렁 떨어졌다. 무화는 성장을 한 몸이 우아한 선을 그리며 움직이는 걸 홀린 듯이 보다가 그가 바닥에서 주워든 것을 깨닫고 깜짝 놀랐다. 아까 서미가 태산의 금고에서 꺼낸 거였다.

이런.

무화는 소리 없이 모퉁이에 바짝 붙었다. 야르스를 습격해서 물건을 낚아채려고 했다. 하지만 뒤통수를 가격하기엔 야르스의 키가 너무 컸고, 반격은 무시무시하게 빨랐다.

"웬놈이냐?"

무화는 도망쳤다. 야르스는 뒤도 돌아보지 않고 뛰는 처녀를 바싹 쫓았다. 나부끼는 긴 검은 머리와 드레스 속치마가 토끼 꼬리처럼 보였다. 도대체 왜, 본 적도 없는 여자가 그를 때리고 달아난 걸까? 좋다는 표현치고는 과격했고 실수라고 생각하기엔 손놀림이 범상치 않았다.

"이봐, 기다려!"

막통이 없는 회랑은 긴 덫이나 다름없었다. 무화는 뛰다가 치마에 걸리지 않으려고 단을 한껏 추켰다. 야르스는 산만 한 덩치란 걸 믿기 어려울 만큼 빨랐다. 커다란 손이 어깨를 낚아채는 순간 무화는 회랑 문로 빨려들 듯이 몸을 내빼며 옆 기둥을 도는 원심력으로 발차기를 날렸다. 이번에는 먹혔다. 어깨를 잡은 악력이 사라지고 탄력 있는 거구가 뒤로 확 밀렸다. 무화는 재빨리 몸을 돌려 옛 정원 쪽으로 달아났다.

야르스는 쫓던 토끼 뒷발에 걸어 채인 정신을 수습하자마자 정원수 담장 모퉁이로 사라지는 레이스 끝을 쫓았다. 끈질긴 추격에도 불구하고 사냥감은 날랜 몸놀림과 복잡한 정원 설치물을 이용해 곧 완전히 사라져 버렸다. 야르스는 이마를 쓸었다. 도대체 무슨 날벼락 같은 일인가.

"이걸까?"

짐작가는 것은 하나였다. 야르스는 널찍한 천을 겹친 허리띠 사이에서 작은 수첩을 꺼냈다. 비밀 일기장인가? 아니면 연서? 몇 장을 흘깃 넘겨본 그의 표정이 딱딱해졌다. 그는 책을 덮고 허리띠 안 쪽 깊숙이 넣었다. 과연 누가 어떤 얼굴로 이걸 찾으러 올까.

제8장
빨갛게 핀 거짓말

축제는 별과 같다. 어둠이 본격적으로 내려야만 더 찬란하고 달콤하게 달아오른다. 서미는 결국 방으로 쉬러가지 못했다. 태산의 서재에서 훔쳐온 물건이 사라진 걸 깨달았기 때문이었다.

"피곤해 보이십니다."

반하가 말을 걸었다. 생각에 빠진 서미는 맞은편 복도에서 그가 오는 것조차 모르고 있었다. 그럴 수가 없을 텐데도.

서미는 몰래 그의 향기를 들이쉬었다. 술과 달아오른 촛불 냄새, 화로에서 피어오르는 따뜻한 열기가 내부로 흘러들자 바싹 긴장해 있던 신경이 조금 느슨해졌다. 침착해. 태산이 그걸 다시 회수했을 리는 없어, 같이 나왔으니까. 그럼 역시 그 남자가 가져갔을까? 서미는 금발의 커다란 이방인을 떠올렸다. 무화가 돌아오지 않고 있다는 것도 잊지 않았다. 거기 운을 걸어 보자.

"벌써 퇴장하신 건가요? 아쉬워하는 분들이 많으시겠어요."

반하는 금속 광택을 발하는 짙은 푸른색 옷을 입었는데, 빛의 각도에 따라 금색이나 녹색으로 빛나서 옷은 한시도 같은 색으로 보이지 않았다. 저렇게 화려한 천은 어디에서 구한 걸까. 놀라운 건 하나도 어색하지 않게 잘 어울린다는 거였다. 서미는 반하에게 바싹 다가서 속삭였다.

"당신 방으로 가도 돼요?"

반하는 반공주를 물끄러미 내려다보았다. 서미는 그의 마음을 읽었다. 이자는 지금 저울질을 하고 있어. 반공주와의 염문이 득이 될지 해가 될지. 자신이 그걸 어떻게 감당해 낼지. 그리고, 내가 자기를 얼마나 좋아하는지.

"그거 참……."

서미는 반하가 거절하는 게 당연하고 오히려 수락하면 더 큰일이라고 생각하면서도 막상 그의 입에서 떨어지는 말을 듣는 건 벅찼다.

"……영광입니다."

서미는 한 대 얻어맞은 기분이었다.

"네?"

"좋다고요."

반하가 싱긋 웃었다. 서미는 머릿속에서 한 계산을 얼른 되감았다. 분명히 반하로서는 득 될 것이 없다. 그는 이런 류의 계산에 몹시 치밀했고 서미도 그랬다. 뭔가 놓친 게 있는 걸까. 반하가 더 이득이고 서미에겐 손해일 만한.

"금방 갈게요."

서미는 반하에게 속삭였다. 반하는 고개를 끄덕이고 먼저 물러났다.

겨울의 밤은 깊고 어두웠다. 무화는 돌아오지 않았다. 서미는 홀로 어둠을 걸어 반하에게 갔다.

"기다렸습니다."

반하가 직접 문을 열었다. 그를 따르는 빨간 머리 하인을 본 지 오래 되었다는 생각이 들었다. 지금 딴 데 신경 쓰면 안 된다. 뱀 굴로 들어가는데.

"그럼."

서미는 격식을 차리지 않고 안으로 들어갔다. 구조는 아래층 서미의 방과 비슷했지만 장식물이 달랐고, 하인용 곁방이 없어서 더 넓게 느껴졌다. 무화는 병풍으로 가리지 않은 침대에서 눈을 돌렸다. 신경 쓰지 않으려고 해도 자꾸 의식되었다.

"앉으시지요."

반하는 작은 탁자를 낀 아름다운 긴 의자를 권했다. 서미는 거기 앉았다. 새벽녘에 둘은 손에 술잔을 쥐고 침대 다리를 등받이 삼아 바닥에 앉아 있었다. 화로는 따뜻했고 맨발에 닿는 깔개는 부드러웠다. 반하는 직접 부엌에서 가져온 바구니에서 새 술병을 꺼냈다. 서미는 화로에 장작을 던졌다.

"태산 영주는 진짜 돈 많은가 봐요. 이 깔개 전부 양털인 거 알아요? 목에는 양이 한 마리도 없는데."

서미는 우습지도 않은 것들이 우스워서 죽을 거 같았다. 반하는

234

그만큼 웃지는 않았지만 평소보다 표정이 부드러웠다.

"아까 왜 수락했어요?"

서미가 양털을 꼬면서 물었다.

"뭘요?"

반하가 반문했다.

"나요."

서미는 반하를 올려다보았다. 반하는 싱긋 웃었다. 그 웃음만은 취하기 전 그대로였다.

"아름다운 공주님을 마다한다면 사내가 아니죠."

서미는 반하의 팔에 손을 얹었다. 원래는 허벅지쯤에 얹으려 했는데 도저히 더할 용기가 안 났다.

"내가 마음에 드나요?"

서미는 사랑하냐고 묻지 않았다. 좋아하냐고도 안 물었다. 그런 말은 필요 없었다. 어차피 둘 다 진실을 알고 있다.

"그저, 공주님이 적극적이 되신 이유가 궁금하죠."

반하의 손이 서미의 손 위로 겹쳐졌다. 서미는 부드러운 입술이 이마에 닿는 것을 느꼈다. 단정한 코가 서미의 코를 스치고 입술이 입술에 닿았다. 서미는 눈을 감았다. 혀끝에 남은 술 향기가 둘을 농밀하게 얽었다. 등에 닿는 반하의 손은 크고 따끈했다. 술을 마셔서 일까? 열이 있는 걸까? 서미는 어깨에 닿는 양털의 촉감을 느끼며 반하의 손이 등에서 떨어지는 걸 아쉬워했다. 반하는 서미의 머리카락을 쓰다듬고 턱을 스치며 어깨에 입을 맞췄다. 그리고 꼭 맞게 재단한 윗 저고리의 매듭을 하나씩 풀었다. 봉긋한 가슴골이 드러나기 전에 서미는 그의 손을 잡았다. 반하의 눈은 어둠속에서 숯불처럼 붉게 빛났다. 서미는 수줍어하면서 그의 짙푸른 색 옷고름을 당겼다. 반하가 안에 받쳐 입은 연회색 저고리는 두께가 얇아서 절묘한 각을 그리는 우아한 몸이 그대로 비쳤다. 서미는 얼굴을 붉히며 시선을 떨어뜨렸다. 무릎까지 올라간 치마 사이로 반하의 다리가 겹쳐져 있었다. 위험해. 너무 가까워.

"반하……."

서미는 조그맣게 그를 불렀다. 애원에 가까운 목소리는 멈추라는 건지 보채는 건지 스스로도 확신할 수 없었다. 반하는 멈추지 않고 서미의 고운 목덜미를 따라 입술을 누르며 쇄골을 탐했다. 서미는 달콤한 아득함에 몸서리쳤다. 맙소사.

"그만……."

서미는 간신히 반하를 밀었다. 얼마나 많은 용기와 인내가 필요했는지 그는 절대 모를 것이다. 반하는 듣지 못한 것처럼 부드러운 손길로 동그랗게 부푼 서미의 가슴 아래를 훑었다.

"……제발."

서미는 숨을 참고, 간신히, 반하를 다시 밀었다. 이번에는 좀 더 세게. 반하는 몸을 떨어트렸다. 달아오른 서미와는 달리 그의 얼굴은 흥취라곤 찾아볼 수 없이 차분했다. 서미는 냉정한 그의 눈을 보고 흠칫 몸을 떨었다. 얄팍한 속셈을 간파 당했을 때 드는 감정은 수치가 아니라 분노라는 걸 서미는 알게 되었다.

"이걸 원하셨지 않나요?"

반하가 말했다. 서미는 뒷걸음질치다가 서랍장에 몸이 부딪쳤다.

그 위에 둔 건 서미가 가져온 비단 상자였다.

"이것부터 설명해 보시죠."

서미는 상자를 던지자 붉은 천이 피처럼 쏟아졌다. 반하는 무화에게 입혀 보냈던 적포를 무표정하게 내려다보았다.

"제거로군요. 그런데 공주님께 드린 건 아닙니다만?"

서미는 당황했다. 예상한 대화 중에 이런 건 없었다.

"그 애에게 무슨 짓을 한 거죠?"

"제가 뭐라고 말하든 공주님은 이미 들으셨죠. 공주님 마음에 드는 말을."

반하는 묻지도 않은 먼지를 몸에서 털었다. 지금껏 쌓인 둘만의 시간을 털어내는 것 같아서 서미는 마음이 아팠다.

"그래도 들을래요."

서미의 목소리에서 독기가 빠져나갔다. 떠날 때가 되었다.

"그냥 가십시오."

반하는 일어나 등을 돌리고 옷을 여몄다. 그의 뒷모습이 칼처럼 눈을 찔러서 서미는 잠깐 눈을 감았다. 입맛이 썼다. 활은 시위를 떠났고 이제 돌이킬 수 없다. 서미는 그가 몸을 돌리기 전에 방을 나왔다.

아래층으로 내려가는 길은 물속을 걷는 것처럼 희미하고 멀고 계속 흔들렸다. 물은 서미의 눈 안에만 있었다. 서미는 잠시 층계참에서 새벽을 보다가 방으로 들어갔다. 침실은 컴컴했다. 아무 인기척이 없어도 서미는 무화가 그늘 속에 있다는 걸 알았다. 고래등걸에 와서 무화는 점점 더 어둠과 친숙하게 보였다. 이름 없는 산에서도 그랬다. 숨바꼭질할 때 그 좁은 집 안에서도 벽 그늘에 숨은 무화를 못보고 지나칠 때가 있었다. 무화는 거기서 꼼짝 안 했다는데 서미와 엄마는 하루 종일 무화를 못 본 적도 있었다. 둘은 무화가 개울 너머 제 집에 가 버린 줄 알았다. 하지만 무화는 방구석에서 나온 적이 없다고 했다.

"어디 갔었던 거야."

서미는 무화가 할 말을 대신했다. 무화는 먼저 입을 달싹였다가 서미의 말이 끝난 다음에 말했다.

"사정이 있었어. 그 남자가 네가 떨어트린 것을 가져갔어."

"그 남자?"

"야르스 만 라임. 금발 머리에, 태산쪽 사람."

침대 기둥에 어깨를 기댄 무화는 몹시 지쳐 보였다. 밤새 치른 전쟁에서 혼자 살아남은 몰골이었다. 서미는 입술을 깨물었다.

"술 냄새가 나네. 누구랑 마셨어?"

무화가 가까이 오자 서미는 손짓으로 막았다.

"너야말로 괜찮아? 지쳐 보여."

"도로 뺏으려다가 실패했어."

서미의 예상대로였다. 둘은 오른손과 왼손처럼 각자 달리 움직이지만 한 몸이었다. 다만 실패한 건 의외였다. 그래, 무화도 그럴 수 있지. 머리가 무거워서 서미는 긴 생각을 하기가 어려웠다.

"쉬어야겠어. 마실래?"

서미는 은주전자에 담긴 물을 따라 무화에게 건넸다.

"목욕물을 준비해 줄까?"

238

무화가 물을 마시고 잔을 돌려주자 서미는 아무렇지도 않게 남은 물을 마셨다.

"내일 아침에 말리가 하게 돼. 너도 좀 자."

무화는 병풍 너머 발치의 침대로 돌아갔다. 서미는 쉽게 잠들 수 없으리라 생각하면서 침대에 기어들어갔다. 그런데 깜박 눈을 감았다 깨니 쨍한 아침이었다. 입안이 마르고 머리가 깨질 것 같았다. 어제 얼마나 마신 거지. 무화는 아직 깰 기미가 없었다. 서미는 손수 곁방으로 건너가 말리를 깨웠다.

"가서 사람을 좀 알아와."

말리는 전날 둘의 행적에 대한 호기심은 혀 밑에 눌러 넣고 시키는 일을 하러 갔다.

"그 남자는 서관에 묵고 있답니다. 노래하는 나무 상단 소속의 선주랍니다."

말리가 작은 탁자에 조반과 함께 서미가 하문한 답을 가져왔다. 서미는 웃어야 할지 화를 내야 할지 알 수 없는 복잡한 기분으로 미간을 문질렀다. 노래하는 나무 상단은 필요에 따라 일반 상선들에게 상단 가입을 수락 한다. 그 상선들은 수가 적어서 서미와 무화도 다 알았다. 하지만 그중에 야르스 만 라임이라는 이름은 없었다. 유명세를 빌린 건가? 금방 들통 날 거짓말을 잘도 하는군. 서미는 문득 자기 처지도 다르지 않다는 생각에 우울해졌다.

"사과 향을 준비해 줘. 진하지 않게."

서미는 속옷 차림으로 바삭하게 구운 얇은 떡과 뜨거운 차를 마셨다. 그 사이 말리는 목욕물에 산뜻한 향유를 풀었다.

"무화를 깨울까요?"

서미는 어젯밤 무화의 얼굴을 떠올렸다.

"아니, 그냥 둬."

향유를 푼 물에 몸을 씻으며 서미는 반하를 떠올렸다. 그의 눈빛과 체온과 향기가 새록새록 아프게 파고들었다. 마음을 멈춰야 했다. 감정을 틀어막고 아무것도 생각하지 마. 손해 볼 게 뻔한 거래는 시작하지 않는 게 현명한 장사꾼이다.

그런데, 마음에 무게를 재고 값을 매길 수 있던가?

원래 신분대로라면 말을 나누기는커녕 쳐다 볼 수도 없는 사람 아닌가. 만약에 그와 틀어진대도 서미는 잃을 것이 없었다. 애초에 가진 것이 없었으니까.

욕조 속의 거품이 사그라졌다. 서미는 물이 식어서 추워지기 전에 물방울을 사방에 뿌리며 욕조에서 일어났다.

"무화를 깨워."

반공주는 은회색의 긴 저고리와 광택이 도는 남색 치마를 입었다. 연회 때 입던 투명한 저고리와 모피는 걸치지 않았다. 머리를 올올이 진주알을 엮어 등 뒤로 길게 내려트리고 비단댕기로 묶자 성숙하고 화사한 여성미보다는 차분한 슬기로움이 돋보였다. 그리고 진짜 열다섯 살처럼 보였다.

"어디 가는 거야, 아침부터?"

무화가 뒤따르면서 작게 물었다. 다른 사람들은 아직 잠에서 깨지도 않았다. 점심때가 지나야 슬금슬금 하인들이 주인의 점심을 가지러 부엌에 드나들 게 분명했다.

"너도 흥미로워 할 사람을 만나러."

서미가 말했다. 서미가 만나는 사람 중에 무화의 흥미를 끌 만한 사람이 있던가? 신분 차도 있지만 무화는 그들 사이에서 살아남아야 하기 때문에 섞이는 법만 익힐 뿐 그들에게 아무 관심이 없었다.

"노래하는 나무 상단 소속이래."

낯선 문 앞에 도착하자 서미가 말했다. 무화는 문을 두드리다가 깜짝 놀라 서미를 돌아보았다.

"뭐?"

무화의 너머에서 커다란 덩치의 남자가 문을 당겨 열었다.

"납시신다는 말씀을 듣고 놀랐습니다."

무화는 그를 보고 전율했다. 놀란 표정을 숨기려고 얼른 고개를 숙여서 야르스의 표정은 보지 못했다. 서미는 무화를 스쳐 문 안으로 들어섰다. 무화는 고개를 들지 못한 채 문을 닫고 얼른 벽 그늘 속에 숨었다.

"혹시 제가 서재에서 흘린 중요한 것을 만 라임이 주우셨나요?"

서미는 꾸물대지 않았다. 말은 길어질수록 복잡해지고 사람을 구차하게 만든다.

"무슨 말씀이신지?"

야르스는 모르는 척했다. 서미는 수줍은 듯 고개를 숙이고 흘러내린 머리카락을 살짝 넘기며 말했다.

"설마 연서를 훔쳐 보실 만큼 무례한 분이신 건 아니죠?"

연서라. 야르스는 속으로 단어를 음미했다. 반공주가 떨어트린 건 그런 달콤한 물건이 아니었다.

"잘못 찾아오신 것 같습니다. 제가 뭘 줍긴 주웠는데, 연서는 아니어서요."

미인계가 먹히지 않아서 서미는 당황했다. 돌려주지 않을 셈인가? 서미는 속으로 혀를 깨물었다. 너무 설불렀다. 그가 태산에게 충성할 이유는 없지만 의리를 지키려 할 수도 있었다.

서미는 야르스의 속을 들여다보듯 그를 응시했다. 야르스는 굳건히 서미의 시선을 받았다. 반공주의 기품 있는 몸가짐과 영리한 눈이 그가 아는 다른 여자를 떠올리게 했다. 그는 기억을 물 밑으로 처박아 익사시켰다.

"그러시군요."

결국 서미는 치맛자락을 수렴하며 일어섰다. 실패한 공격을 질질 끄느니 깔끔하게 후퇴하는 편이 상처가 덜하리라.

"잠깐만요, 공주님. 제가 만약에 잃어버리신 걸 찾아 드릴 수 있다면, 보답을 기대할 수 있을까요?"

야르스는 돌아서는 서미에게 말했다, 서미는 등을 돌린 채 몰래 미소 지었다.

"훌륭한 남자는 여자에게 대가 없이 봉사할 줄 알죠."

서미는 고개를 살짝 틀어서 그를 돌아보았다. 그 모습이 아주 아름답다는 걸 스스로가 잘 알고 있었다.

"아시다피시, 저는 상인이라서요. 이윤 없이는 움직이지 않지요."

야르스는 꿈쩍도 하지 않았다. 이렇게까지 단단한 남자라니. 서미는 속으로 욕했다.

"노래하는 나무 상단에선 소속 상인에게 엄격한 도덕심을 요구한

다던데요. 상인이란 물욕 앞에 도를 넘기 쉬운 족속이니까."

야르스의 눈에 당혹감이 스쳤다.

"그렇습니까?"

"물론 아니죠. 하지만 당신 거짓말이 탄로 나지 않는 대가로 내 거짓말을 지켜줄 거라 믿죠. 이만."

내내 문 그림자 속에 숨어 있던 무화는 때를 놓치지 않고 재빨리 문을 열었다. 서미는 무화를 거느리고 그곳을 떠났다.

문이 닫히자 야르스는 휘청 등 뒤의 의자를 짚었다. 목공주의 모습은 야르스가 억지로 잊은 얼굴을 자꾸만 상기시켰다. 그 얼굴에 대항하느라고 그가 얼마나 속으로 진땀을 흘렸는지 반공주는 모를 것이다. 청순하게 내려트린 긴 검은 머리카락에 비단 댕기를 드리우고 붉은 루비 귀걸이를 단 처녀. 새하얀 목덜미에 어리는 붉은 빛 그림자가 야르스의 심장을 바늘처럼 찔렀다. 그 여자가 어디 출신인지 몰랐지만 그는 여기서 똑같은 검은머리와 기름한 검은 눈들을 잔뜩 보았다. 특히 서미의 당찬 얼굴과 매력적인 자태는 정말로 비슷했다. 하지만 그 여자는 야르스와 만났을 때 이미 서미보다도 나이가 많았다.

아니, 그런 여자는 세상에 있은 적도 없어.

그는 마음을 닫았다.

제9장

밤의 모든 이름

엄마는 또 잠에 빠졌다. 머리가 아프도록 빙빙 돌며 서서히 사지가 마비되어 일어설 수 없는 증세였지만 아이는 그저 엄마가 또 긴 잠에 들었다고 생각했다. 엄마가 잠들면 아이는 혼자 밭에 나가 돌멩이를 골랐다. 생선가시처럼 땅의 몸통에 알알이 들어앉은 돌멩이는 날카롭고 단단해서 작은 손을 찢고 베었다. 그래도 아이는 계속했다. 달리 할 일도 없었다.

아이가 버려진 땅 귀퉁이를 일구고 있노라면 노을과 함께 숲 그림자가 아이 쪽으로 내려왔다. 그림자 속에는 짐승이 웅크리고 있었다. 아이는 새까맣게 반들대는 몸뚱이와 보드랍고 수북한 갈기에 단박에 매료되었다. 부서진 별로 만든 눈동자와 고드름 같은 이빨은 오싹하도록 무섭고 아름다웠다.

"나를 먹을 거니?"

244

아이가 묻자 큰 눈이 빙글거리며 *그럴까?* 하고 대답했다.

"난 배가 고파서 여기 싹튼 풀을 먹을 거야. 이걸 다 먹으면 나를 먹어도 돼. 그럼 공평하지."

아이는 비명을 지르는 어린잎을 꺾고 뿌리를 캐내 흙을 털고 씹었다. 텁텁한 쓴 맛을 삼키고 나자 달착지근함이 입 안에 감돌았다.

"자. 이제 됐어."

짐승은 눈을 굴리며 입을 크게 벌렸다. 그리고 합 하고 닫았다. 긴 하품이었다.

다음에.

짐승은 말하고 산속으로 사라졌다. 아이는 집으로 돌아가 엄마의 잠든 팔 안에 몸을 웅크려 넣었다. 다음 날엔 작은 연못가에 놓아둔 투망에 걸린 물고기 두 마리를 구워 엄마와 저녁으로 먹었다.

"엄마, 내가 배가 고프면 물고기를 먹잖아. 그럼 배고픈 짐승이 나를 먹어도 되겠지?"

엄마는 깜짝 놀랐지만 태연하게 대답했다.

"그래. 하지만 그러면 엄마는 슬플 거야. 네가 없어서."

갑자기 아이가 눈물을 뚝뚝 흘렸다.

"왜 우니?"

"이 물고기 엄마가 울 테니까."

엄마는 아이의 손을 잡았다. 열 손가락에서 반지가 반짝였다.

"내 보물. 너를 어쩌면 좋을까."

엄마의 손에서 나른하게 힘이 빠져나갔다. 산에 겨울이 오고 땅이 꽁꽁 얼어서 돌밭을 고를 수 없게 되자 아이는 쌓인 눈을 뭉치며 놀왔다. 짐승은 또 나타났다.

"오늘은 나를 먹을 거니?"

짐승은 심드렁하게 끝이 넓적한 긴 꼬리로 탁탁 제 궁둥이를 쳤다.

먹지 말까?

"배가 고프면 먹어도 돼. 하지만 엄마가 슬퍼할 거야."

너는 어떤데?

아이는 살짝 몸을 떨었다.

"네가 나를 먹으면 많이 아플까?"

응. 하지만 금방 끝날 거야.

"그렇구나. 그래 그럼."

너를 먹으면 너는 없어지는 거야.

"응."

없어져도 괜찮아?

"있기 전에는 없었잖아. 그러니까 괜찮아."

아이가 말했다.

그럼 다음에.

짐승이 말했다.

"그래."

아이는 대답하고 다시 물었다.

"그런데, 너를 만져 봐도 되니?"

그래.

짐승이 말했다. 아이는 칠흑으로 빚어진 털을 만졌다. 어둠도 한없이 깊으면 빛처럼 광채를 가졌다. 아이는 까슬까슬하고 포근한 털을 살짝 만졌다가 손을 뗐다.

"너는 이름이 뭐야?"

우리는 이름이 없어. '너'라는 것도 없어.

"그럼 너를 만나려면 어떻게 해야 해?"

짐승은 흐음 하고 무심히 턱을 긁었다.

"내가 이름을 지어 줘도 돼?"

아이가 눈을 반짝였다. 짐승은 가장 깊은 밤처럼 매끄러운 눈동자로 아이를 보았다. 그 속에 더 검은 별들이 떠다녔다.

"너는 **밤**이야."

아이가 말하자 짐승의 몸이 검은 불처럼 화라락 타올랐다. 깜짝 놀라 등이 곤두선 고양이 같았다. 짐승은 꼬리로 탁탁탁 바닥을 치더니 물었다.

너는 이름이 뭐니?

아이가 입을 열었다. 나뭇잎의 소용돌이가 입속으로 쏟아져 들어왔다. 무화는 정원의 미궁 속을 헤매고 있었다. 하늘이 캄캄해지는데 출구를 찾을 수가 없었다. 깊은 밤이 오길 기다렸다가 **밤**의 도움을 청할까? 하지만 서미에게 분실물의 행방을 알리는 게 급박했다. 이곳은 저택의 구관에 속해서 어둠을 막는 방비가 되어서 **밤**이 올 수 없었다. 무화는 내키지 않았지만 살아 있는 관목에 손을 얹었다. 눈앞이 온통 반짝이는 녹색 점들로 가득 차더니 빙글빙글한 구덩이로 의식을 빨아들였다. 무화는 실존감을 놓치지 않고 회오리치며 떠다니는 무수한 기포 속에서 원하는 '나무 노래의 조각, 미궁의 출구'를 찾아내려고 애썼다. 기포가 몸 여기저기를 통과할 때마다 내부에

247

담긴 세계가 번뜩이며 스쳐갔다. 기포가 너무 많고 노래는 복잡하고 순간순간 마음을 홀리는 음색 때문에 정신을 차리기가 몹시 어려웠다.

마침내 뭘 찾고 있었는지 여기가 어디인지 내가 누구인지조차 기억나지 않는 혼곤하고 흐릿한 상태에 이르렀을 때 마노의 목소리가 떠올랐다.

'살아 있는 나무의 이야기를 들을 때는 조심해. 죽은 나무는 죽은 인간처럼 소통과 흐름이 단절된 채 외부의 이야기만 계속 덧대지는 비석이지만, 살아 있는 나무는 그 안에 산 인간처럼 내부에 우주가 있고 소통과 흐름이 다중적이야. 자칫 중심을 잃고 빨려 들어가면 다시 이쪽 세상으로 돌아오긴 어려워.'

왜 늘, 충고는 뒤늦게 떠오르는 걸까.

무화.

노래 속에 녹아 흩어질 것만 같을 때 **밤**이 불렀다. 무화는 그 목소리를 등대 삼아 마음을 가다듬고 노래하는 나무의 바다를 헤치고 나아갔다.

어디야, **밤**?

무화는 소리를 낼 수 없었다. 소리가 존재하지 않는 공간이기 때문이었다.

여기 어둠이 있어.

저 멀리 어둠 한 점이 보였다. 세상의 모든 빛을 빨아들일 것 같은 아무것도 존재하지 않는 공간이 얼룩처럼 번지다가 도로 줄어들었다.

가야 해. '그'가 오면 **밤**은 없어져.

"밤?"

힘센 손이 무화의 어깨를 붙들어 깨웠다. 파고드는 손가락이 너무 아파서 꽉 막힌 비명이 목구멍으로 터져나갔다.

"소리를 내요, 숨을 쉬어요. 당신은 **여기** 있으니까."

무화는 갓 태어난 아기처럼 헐떡대며 울었다. 아라킨이 무화를 안고 있었다.

"어떻게?"

무화는 타다 남은 불씨 같은 그의 눈을 들여다보았다. 보면 안 된다고 경계심을 가져야 한다고 스스로를 다그치다가도 그의 얼굴을 보면 까맣게 잊어버렸다.

"내 눈을 너무 오래 보지 말아요. 당신은 아직 **우리**가 되면 안 돼요."

무화는 그에게 안겨 있다시피하다는 걸 깨닫고 억지로 몸에 힘을 주었다.

"천천히 해요."

아라킨이 말했다.

"그게 무슨 말이죠? **우리**가 된다니?"

"쉬이……."

아라킨은 입술에 손을 얹었다.

"아이는 어른의 의무 같은 건 몰라도 돼요. 차근차근 먹고 걷고 뛰고 자라요. 지금 할 수 있는 일, 해야 할 일을 해요. 두 번 다시 지금으로는 돌아올 수 없으니까."

무화는 시간이 얼마나 흐른 건지 중천에 떠오른 달을 보고 알았다. 나무 속에서 겪었던 시간은 평생을 사는 꿈을 한잠에 꿔 버린 것 같았다.

"당신은 뭐예요?"

물을 필요도 없이 알고 있었다. 하지만 어둔은 육체가 없다. 아라 킨은 진짜 '육체'가 있었다. 이자는 어둔이다. 하지만 변화한 어둔이 었다. **밤**도 변했다. 어둔이 왜 변하지?

"방에 데려다 줄게요."

아라킨은 무화에게 팔을 내밀었다. 무화는 그의 팔에 기대고 싶은 기분과 그러면 안 된다는 경계심 사이에서 번민했다.

"외뿔 고래로 조선소를 짓기 전에는 사막의 왕들을 위해 도시만 큼 거대한 무덤과 하늘에 닿는 탑을 지었죠. 왕들은 설계자와 일꾼 들을 안에 넣은 채로 무덤을 닫았어요."

무화는 그 안에서 고통스럽게 벽을 긁는 산 자들의 비명을 떠올 리고 몸서리쳤다.

"왕은요?"

아라킨은 무화를 달래듯 봄처럼 보드라운 목소리로 말했다.

"왕은 거기 묻히지 않았어요. 왕들은 거기에 다른 걸 묻었죠."

"그게 뭔데요?"

"비밀요."

무화는 이해하지 못했다. 아라킨은 덧붙였다.

"비밀은 힘이 돼요. 남들이 이해할 수 없는 것들을 이해하는 자는 힘을 가지죠."

무화의 눈앞에 무한히 펼쳐지는 사막과 별에 닿을 듯 우뚝 솟아 오른 탑과 지하 깊은 곳으로 굽이치는 무덤들이 떠올랐다. 무화는 본 적도 없는데 가 본 것처럼 내부까지 생생했다. 그것들은 사람의 손으로 지었지만 존재하도록 버티는 힘은 사람의 것이 아니었다.

저택으로 통하는 뒷문 앞에서 아라킨이 말했다.

"그 왼팔, 이름을 지어 줘요, 이제 **밤**에게로 돌아갈 수 없으니까."

"네?"

무화는 깜짝 놀라 그를 올려다보았다. 머리 위에 솟은 달이 그에게 빛을 던졌지만 그의 얼굴은 빛과 어둠의 간섭 없이 화폭에 그려진 그림처럼 변하지 않았다.

"어둠은 이름을 가지면 안 돼요. 그런데 아가씨가 그걸 **밤**이라고 불러 버렸죠. 그래서 녀석은 당신을 되살려냈어요."

"되살리다뇨?"

무화는 눈을 깜박였다. 어둠을 믿으면 안 돼. 아라킨의 말에 현혹되지 마. 아라킨은 무화의 눈을 들여다보았다.

"**그들**이 당신의 기억에 손을 댔군요."

아라킨은 무화의 팔찌를 훑었다.

"참으로 정교하고 아름다운 족쇄네요."

무화는 흠칫 그에게서 떨어졌다. **밤**도 그것을 내켜하지 않았지만 마노의 목걸이처럼 아주 안 된다고는 안 했다. 아마도 단풍이 죽고 없기 때문이리라.

"무슨 말이에요? 기억에 손을 댔다뇨? 어떤 기억요?"

마노의 물처럼 푸른 눈과 부드러운 미소가 떠올랐다. 목에 감기던 차가운 보석의 감촉처럼 섬뜩한 한기가 들었다.

"물어야 할 사람이 틀렸어요."

아라킨의 팔은 서늘했다. 그리고 엷고 상쾌한 비린내가 났다. 물에서 사는 것들에게서 나는 냄새였다. 무화는 문득 태산의 서재에서 맡은 냄새가 뭔지 깨달았다. 비린내와 부패한 시체 냄새, 고래뱀의 비늘 냄새였다.

"모든 별들은 먼지로부터 태어나요. 당신은, 어떤 별이 될까요?"

아라킨은 무화에게 입을 맞췄다. 꿈결처럼 부드럽고 미온한 입맞춤이었다. 무화는 겹겹이 놓인 비단 속에 감춰진 비릿한 피 냄새에 **어스름**이 요동치는 걸 느꼈다.

"잃은 것을 되찾고 뒤틀린 걸 바로 잡으려면 번거롭더라도 처음으로 되돌아 가야해요."

아라킨은 무화의 왼팔을 쓰다듬고 숙였던 몸을 바로 했다.

"당신은 어둔이잖아요. 어둔의 말은 안 믿어요."

무화는 자기 목소리가 공허하게 느껴졌다. 아라킨은 빙그레 웃었다.

"**우리**는 결코 서로를 속이지 않아요."

그는 무화를 두고 떠났다. 무화는 안도와 동시에 그와 떨어지고 싶지 않은, 함께이고 하나고 되고 싶은 자기 안의 열망에 놀랐다. 이 감정은 정상이 아니다. 아라킨은 낯선 사람이고 무화에게 아무것도 아니었다.

무화는 왼팔을 보며 이를 악물었다. 괴물이 되는 것은 한순간이 아니라 종이에 기름이 먹듯 천천히 변질되는 고통을 느끼며 포기가 독처럼 온몸에 퍼진 뒤에야 완전히 다른 것이 되는 거구나. 그때에, 난 무엇이 옳고 아름다우며 좋은 것이라고 느끼게 될까.

무화는 방으로 돌아갔다. 서미는 아직 돌아오지 않았다. 서재에서 나갈 때 태산이 따라갔지. 무화는 어둠 속에서 서미를 기다리다가 깜박 몸을 벽에 대고 졸았다. 태산의 목소리가 들렸다.

'저의 제안을 긍정적으로 생각하시는 게 좋을 겁니다.'

서미가 태산을 돌아봤다.

'왜 녹옥 공주님을 어머니라고 부르시지 않는 겁니까?'

태산이 뱀처럼 속삭였다.

'내가 아는 진짜 공주는 산속 오두막에서 한 팔을 잃고 늪에 빠져 죽었지. 넌 누구지?'

눈을 떴을 때 그게 꿈인지 나무의 노래인지 구분할 수가 없었다. 무화가 다시 손을 대려는데 문이 안쪽으로 밀렸다.

"어디 갔었던 거야."

서미가 물었다. 무화도 서미에게 묻고 싶은 게 있었다. 하지만 한 개도 입 밖으로 나가지 못했다.

"그 남자가 수첩을 가져갔어. 야르스 만 라임."

서미의 얼굴이 굳었다.

"근데 그건 왜 훔쳤어?"

무화가 물었다. 서미는 늦게 술이 올라서 어지러워졌다.

"태산에게 휘둘리지 않으려면 약점을 잡아야 해."

"네가, 왜 휘둘리는데?"

무화는 그 말을 어렵게 골랐다. 서미는 대답하지 않았다.

"쉬어야겠어."

제10장

풀숲에 걸린 은빛 거미줄

"편지야."

말리가 무화에게 서신을 건넸다. 무화가 자연스럽게 서미에게 전하려는데 말리가 말했다.

"네 거야."

무화는 "감히 시녀 주제에 종이로 된 편지를 받다니 어이가 없네."라는 말은 귓등으로 들으며 종이에 상처가 나지 않게 밀봉된 부분을 조심스럽게 뜯었다.

"대체 누구야? 뭐래니?"

무화는 내용을 읽은 편지를 품에 넣고 말리를 지나쳤다.

"너 또 어딜 가니? 이게 지가 공주인 줄 알아!"

말리가 야단치자 무화는 돌아서 말리를 꼭 껴안았다.

"올 때 부엌에서 맛있는 거 얻어다 드릴게요!"

무화는 마구간에 가서 말을 끌어내 올라탔다. 얼어붙은 땅은 딱딱했지만 바람이 벌써 부드러웠다. 곧 봄이 오겠지. 사람들이 많이 오가는 대로가 나오자 무화는 말에서 내려 걸었다. 어느새 말발굽 소리가 또각또각 옆에 따라 붙었다.

"어이, 안녕?"

무화는 머리 위에 드리워진 큰 그늘을 올려다보았다.

"이거 보내셨죠? 받는 사람이 잘못된 거 아닌가요?"

무화가 편지를 슬쩍 보였다. 야르스는 말에서 내렸다.

"아냐, 너한테 한 거 맞아."

야르스는 빙긋 웃으며 무화를 꼼꼼히 아래위로 훑었다. 카르파의 값을 매기는 듯한 시선과는 다르게 경이와 감탄이 묻어 있었다.

"내용이 이상한데요. 뭘 가지러 오라는 거죠? 전 아무것도 안 잃어버렸어요."

무화는 태연하려고 노력했다.

"그래? 네 공주님은 이게 필요할 텐데, 보리."

야르스가 품에서 슬쩍 가죽 수첩을 보였다. 무화는 야르스가 보리라고 부른 걸 얼버무릴 새도 없이 손을 뻗어 낚아채려 했다. 하지만 야르스가 더 빨랐다. 무화는 번쩍 치켜든 야르스의 팔을 보면서 압도적인 키 차이에 발을 동동 굴렀다.

"돌려 줘, 제발."

야르스는 조금 감탄했다.

"너무 감쪽같은데. 너 진짜 여자애처럼 보여. 칼 쓰는 걸 보지 않았다면 나도 속았겠다."

무화의 얼굴이 달아올랐다.

"진짜 여자야."

야르스는 믿지 않았다.

"혼자서 군대도 이길 거 같은데? 그런 여자가 있다면 세상의 경계가 달라졌을 거다."

이자는 바보구나. 무화는 마음속으로 그의 이마에 낙인을 찍었다.

"수염이 나기 전까지는 꽤 요긴하겠네. 누가 그런 생각을 했지? 네 공주님?"

그렇게 말하고 야르스는 불쑥 몸을 숙여 작게 속삭였다.

"그렇다면, 네 공주님이 비밀감찰관이군!"

완전히 틀렸어. 무화는 이 말이 입 밖으로 튀어나가지 않게 꾹꾹 눌러 참았다. 하도 많은 오해가 얽혀서 무엇부터 풀어야 할지 모르겠지만, 풀어야 할 의무도 느끼지 않았다.

"약속이나 지켜."

야르스는 수첩을 무화에게 내밀었다. 무화가 잡았지만 야르스는 손에서 힘을 빼지 않았다.

"우리가 움직이기 전에 섣부르게 행동하지 않겠다고 약속해."

"그쪽에서 찾는 소녀를 찾아내기 전까지 기다리란 거야?"

"그래."

서미는 진짜 감찰관이 아니니까 아무 상관없었다.

"알았어."

뒤늦게 반하 생각이 들었지만 서미가 먼저였다.

"하나만 물을게. 태산이랑 한편이야?"

돌아서기 전에 무화가 물었다.

"태산이랑 편이면 그걸 주지 않겠지?"

야르스의 말했다.

"그렇겠군. 고마워."

"감사의 표시는 몸으로 하는 게 어때?"

야르스의 말에 무화는 당황했다.

"기왕 나온 건데, 나랑 좀 가자. 필요한 건 챙겼으니까. 토끼처럼
뛰어간대도 공이 더 느는 것도 아니고. 공주님은 안전한 저택 안에
계시고 그 빙사가 지키고 있을 테니까."

의외로 예리한걸.

"어딘데?"

둘은 나란히 말을 끌고 마을을 걸었다. 길가에 차려진 난전에선
빗, 색 끈, 예쁜 매듭, 신발, 노리개 주머니, 칼, 그릇, 밧줄, 방수포, 말
린 물고기와 뜨거운 죽을 팔았다.

"잠깐만."

무화는 말고삐를 야르스에게 맡기고 집 앞에 솥을 내놓고 불을
떼는 남자 앞으로 갔다. 솥뚜껑 위에 방금 떨어트린 허연 가루물이
파사삭 모양대로 익었다.

"두 개 주세요."

무화가 돈을 치르자 남자는 밀기울 두 개를 접어 양손에 내밀었
다. 무화는 하나를 먼저 야르스에게 건네고 남은 하나를 가졌다. 장
사꾼은 뒤늦게 무화가 외팔인 걸 알고 재수 없다며 침을 뱉었다. 옆
에 있던 야르스가 묵묵히 노려보자 두 번째로 모은 침은 뒤돌아서

삼켰다.

"신경쓰지 마. 자주 있어."

무화는 괜찮은 척했지만 내려다보는 야르스의 표정을 보니 썩 잘 해낸 거 같지 않았다.

"뜨거워, 조심해."

무화는 먼저 한 입 물고 말했다.

"우리 엄마가 만들어주시던 거야. 가난한 사람들이 먹는 거지."

따뜻한 단맛이 입안에 퍼지자 태산 저택의 정원 미로에서 헤맬 때 들은 나무의 노래 한 자락이 떠올랐다. 모든 살아 있는 나무는 흙과 바람으로 이어진 단 한 그루의 나무였다. 나무는 어디에나 있으며 모든 비밀을 들었다. 정원의 늙은 나무들은 이름 없는 산의 나무들과도 이어져 있었다. 무화는 빨간 산수유 한 그루의 노래 속에서 엄마를 보았다. 아무것도 없는 부엌에서 마술처럼 먹을 것을 만들어내던 따뜻한 손, 머리를 빗기고 따뜻한 옷을 갈아입히던 거칠고 다정한 엄마의 살 냄새는 흙내 밴 나무 속껍질처럼 상쾌했다. 마당에는 베지 않은 보리가 일렁였다. 보릿단이 베이면 그 아래서 붉고 붉은 서미초가 피었다. 아이가 꽃을 뽑아 달큰한 꿀 한 방울을 빨았다. 서미야. 엄마는 딸을 불러 얼굴을 쓰다듬었다. 그 아이를 멀리서 작은 무화가 보고 있었다.

사람은 거짓말을 할 수 있다. 모든 일어났던 일들은 화자와 의도에 따라 변질되고 재해석된다. 하지만 나무의 노래는 그렇지 않다.

'내가 아는 진짜 공주는 산속 오두막에서 한 팔을 잃고 늪에 빠져 죽었지. 넌 누구지?'

태산이 말했다. 무화는 진실을 감당할 수 없어서 상자를 닫았다.

"북쪽에선 가난한 사람들은 용새우를 먹어."

야르스는 밀기울을 두 입만에 먹어치우고 말했다.

"용새우는 물속에 사는 거대한 벌레야. 작은 건 손바닥만 하고 큰 건 팔뚝만 한데 앞발이 날카롭지. 원래는 얼룩덜룩한 재색인데 익으면 빨갛게 변하면서 살이 달콤해져. 땔감조차 구할 수 없으면 그냥 날로 먹는데, 배탈만 안 나면 꽤 먹을 만해."

야르스는 미끄덩하고 질긴 식감을 온몸으로 표현했다. 무화는 웃었다. 남자랑 시답잖게 먹는 이야기나 하고 있자니 아주 평범하고 모든 게 다 괜찮은 보통 하녀애처럼 느껴졌다.

"어쩌다 해적이 됐어?"

"어쩌다 보니. 다 그런 거지 뭐."

야르스는 풍상이 엿보이는 입가에 뻣뻣하게 수염이 올라오는 턱을 문질렀다. 파스스한 금색이 겨울 볕에 반짝 빛났다. 무화는 그가 보기보다 젊을지도 모르겠다고 생각했다.

"너는 비밀이 많구나. 이름도, 그 팔도."

무화는 야르스가 일부러 왼쪽에서 걸어 주고 있다는 걸 깨달았다. 말고삐는 여전히 야르스 손에 있었다. 무화는 남은 밀기울을 입에 넣고 말고삐를 넘겨받았다. 말 두 마리가 벽처럼 행인들을 단절하자 야르스가 은밀하게 물었다.

"보리야, 무화야? 어느 쪽이 진짜지?"

"아랫것들 이름이야 아무 거면 어때."

"난 알고 싶은데."

햇살을 등지고 새로 뜨는 태양처럼 빛나는 머리와 황금색 속눈썹에 감싸인 단단한 검은 눈이 무화를 보았다. 무화는 홀린 것처럼 그의 얼굴을 보았다.

"무화야. 꽃이 없단 뜻이지."

"부모님이 여자애를 낳고 싶으셨구나. 네가 예쁘장하니 덜 서운하셨겠다만, 예쁘면 남자 구실을 못하지."

무화는 그의 망상병을 동정했다.

야르스는 모퉁이를 두 개 돌아서 멈췄다. 아는 문이었다. 여기에 헐벗은 여자가 서 있었고, 저쪽 그늘에서 **밤**이 무화를 기다리고 있었다. 거기는 약제사를 다시 찾아낸 술집이었다.

"여기……."

무화가 입을 열자 야르스는 고개를 저었다. 그가 근처에서 어슬렁대던 소년에게 손짓하자 소년은 느릿하게 걸어와 말고삐를 받았다. 야르스는 동전을 몇 개 주었다. 기대에 넘치는 심부름 값에 의욕을 충전한 소년은 아까보다 두 배는 빠른 걸음으로 말들을 마구간으로 데려가 여물과 물을 듬뿍 주었다.

무화는 눈을 들어 배와 술잔 모양이 그려진 간판을 보았다. 옆에는 글을 읽을 줄 아는 사람들조차 읽기 어려울 정도로 엉망으로 선착장 주점이라고 쓰여 있었다. 배움은 여전히 귀족의 전유물이었고, 그들을 상대하는 중인 계급까지가 글의 사용자라는 걸 생각하면 손님의 범위를 꽤나 넓게 잡은 배포 큰 간판이었다,

술집 안은 한가했고 불을 밝히기 전이라서 어스름했다. 무화는 격자무늬 창으로 뿌려진 빛이 제일 밝은 자리를 골랐다. 야르스는 무

260

화가 앉기 전에 의자를 빼 주었다. 무화는 어색했지만 공주님의 시
녀라는 신분을 떠올리곤 살포시 거기 앉았다. 야르스는 아주 능숙하
게 무화의 움직임에 맞추어 의자를 밀어 주었다. 신분 높은 여자들
과 자주 어울렸구나. 서미에겐 너무 차게 대하던데.

"여기 맥주랑 튀김이 맛있어."

야르스가 말했다. 무화는 귀를 의심했다.

"정말로 먹자고 온 거야?"

야르스는 빙그레 웃고는 음식을 주문했다. 눈 밑이 칙칙한 여자
가 와서 말없이 주문을 받고 갔다. 무화는 괜히 불안해져서 식탁 밑
에서 발끝을 톡톡 두드렸다. 맞은편에서 야르스의 긴 다리가 무화의
다리를 휘감아 왔다.

"정신 사나워."

무화는 얼굴이 빨개졌다. 진짜 성별이 뭐던 간에 그 태도는 무화
를 몹시 사랑스러운 소녀처럼 보이게 했다. 야르스는 손을 내밀어
솜털도 안 벗어진 뺨을 톡톡 두드렸다.

"이봐, 나한테까지 요사스럽게 굴지 마. 진짜 여자애 같아."

무화는 진짜 여자애라고 버럭 화내려다가 참았다. 주문을 받은 여
자가 진한 갈색 술이 가득 담긴 큰 나무잔 두 개와 뜨거운 기름이 흐
르는 고기 튀김 한 접시를 놓고 갔다. 잔 손잡이가 닳아서 반들반들
했다. 무화는 거기 움푹 팬 홈에서 짧은 웃음소리를 들었다. 저절로
입맛이 돌 것처럼 즐거운 소리였다. 무화가 잔을 입으로 가져가자
야르스가 말렸다.

"기다려. 지금 말고."

그는 튀긴 고기 한 점을 찢어 무화의 접시에 놓았다.

"이거 먹고 마셔 봐."

무화는 뜨거운 고기를 한 점 혀에 올려놓았다. 진득하고 고소한 맛이 사르르 목구멍으로 넘어가자 뱃속에서 잊고 있던 허기가 울컥 치밀었다. 맥주는 갓 길어 올린 샘물처럼 상쾌했다. 무화는 뜨거운 음식은 뜨겁게, 찬 음식은 차갑게 먹는 것에 순수한 기쁨을 느꼈다. 시녀는 공주님의 식사가 끝난 뒤에 남은 걸 먹어야 했기 때문에 모든 음식이 식어 있었다. 가끔 하인들끼리 모인 자리에 뜨거운 음식과 찬술이 나오기도 했지만 무화는 거기서도 겉돌았다.

"맛있어."

야르스는 맥주 거품이 잔에 걸리게 들이키면서 흐뭇하게 웃었다. 무화는 기름 묻은 손가락을 쪽쪽 빨며 잔 바닥까지 맥주를 마셨다. 야르스는 맥주를 두 잔 더 시켰다.

"배에서 너를 봤을 때, 아라킨에게 넘어가는 줄 알았어. 사내앤 줄 알았으면 내버려뒀을 걸."

야르스는 땋아서 안쪽으로 말아 넣은 무화의 양 갈래 머리와 솜 털 보송보송한 귀밑의 턱 선을 보며 말했다. 진짜 사내가 되기 전의 아슬아슬한 시기구나. 목인들이 천천히 나이 드는 걸 생각하면 저기 수염이 돋으려면 한참 남았을 지도 모르겠지만.

"아라킨이 어디가 어때서? 그리고 카르파랑 사귀면서 그런 말 하는 건 좀 웃겨."

야르스는 턱을 문질렀다. 무화는 그게 곤란할 때 나오는 그의 버릇이라는 걸 알았다.

"말해 두는데, 카르파랑 나는 그런 관계가 아니야. 물론 네 취향에 대해서도 가타부타 할 순 없어. 하지만 적어도 사람은 제대로 골라야지."

무화는 하하 웃었다.

"오지랖 넓단 소리 좀 듣지?"

술이 올라서 긴장이 풀어진 탓인지 웃음소리가 컸다. 야르스는 웃지 않았다.

"진지하게 들어. 네가 누구와 연을 맺건 상관없어. 하지만 그자는 안 돼. '그건' 사람이 아냐."

무화는 웃음을 멈추고 뚫어져라 그를 바라보았다.

"사람이 아니라니. 무슨 말이야."

"그자의 눈을 봤어? 터진 상처처럼 새빨갛지. 색을 씻은 듯한 흰 머리도. 그자는 괴물이야."

왼팔이 욱신 쑤셨다.

"아라킨은 백색증이야. 그리고 빙사 반하도 은발인걸."

왜 편을 들어주는 거지? 오해 사기 딱 좋잖아. 무화는 마른 입술을 술로 적셨다.

"사람도 괴물이야. 당신도 누군가에겐 괴물일걸? 나도 그렇고. 아라킨은 아무 짓도 안 했는데 너무 심하게 말하는 거 아냐?"

야르스는 답답한지 술을 들이부었다. 꽉 차 있던 잔이 단숨에 비었다.

"너는 네 공주에게 마음이 있는 줄 알았는데."

무화는 말없이 먹기만 했다.

"아니라면 다행이고. 예쁜 여자를 좋아하면 수명이 줄지. 그 공주는 예쁜 데다 영리하고 권력을 노리고 있어. 너를 갈아 비료로 쓰는 데 얼마 안 걸릴 거다. 사랑은 돈 많고 목숨 긴 귀족들이나 하는 거야. 우리 같은 자들에겐 술은 마셔야 맛이고 애인은 안아야 맛이지."

야르스의 입가에 남은 맥주 거품이 새벽에 잠깐 내린 눈 같았다. 무화는 그걸 보면서 술을 마셨다. 입술에 닿는 맥주 거품이 부드러웠다. 서늘하고 평온한 침묵의 맛이 짙은 황금빛으로 마른 목을 적셨다. 맥주는 보리로 만들고 보리는 마노의 머리카락 같은 금빛이었다. 그리고 눈앞의 남자도 잘 익은 보릿단 같은 금발이었다. 무화는 긴 한숨을 쉬었다. 시간을 돌이켜 노래하는 나무 상단으로 갈 수 있다면 얼마나 좋을까.

"야르스. 친구가 배신하면 어떻게 할 거야?"

살짝 힘이 빠진 무화의 다리에 야르스의 무릎이 닿았다. 아까처럼 신경 쓰이진 않았다.

"서로 솔직해질 때까지 싸우거나, 솔직해질 수 있을 때까지 술을 마시지."

야르스도 신경 쓰지 않았다. 무화는 진지하게 서미와 싸우거나 술을 마시는 상상을 했다. 서미는 술이 셌다. 어느 쪽이 더 어려울까.

"시간이 있다면 고백이든 해명이든 기다리는 게 가장 좋지. 그럴 수가 없겠지만."

무화는 반 잔 더 마셨다.

"쬐그만 게 술통이구나."

야르스는 새로 술을 시켰다. 무화는 꽉 찬 술잔을 바라보았다. 잔 너머로 힘줄이 굵어진 커다란 손이 보였다. 무화의 왼손은 식탁 아래 힘없이 처져 있었다. 그는 외팔인 건 신경 쓰지 않았지만 괴물인 건 틀림없이 신경 쓸 터였다. 입에서 술맛이 사라졌다.

"네 공주님이 너를 찾으시던데."

무화는 위를 올려다보았다. 달아오른 불빛이 투명한 은발을 투과해 색유리처럼 반짝였다. 달처럼 훤칠한 이마와 밤새 내린 눈처럼 가지런한 눈썹과 흰 새의 깃털 같은 긴 속눈썹 아래 숯처럼 검은 눈이 무화를 본다.

"그 숯에 불이 붙으면 눈이 녹겠지. 그럼 당신 머리도 검어질까?"

무화의 말에 반하의 시종꾼이 대신 사색이 되었다.

"이게 감히 어느 안전이라고."

반하는 손짓으로 하인을 물렸다.

"취했군. 당신이 먹였나?"

달아오른 불빛이 야르스의 얼굴에 깊은 음영을 그어서 칠흑과 금으로 빚은 조각처럼 보였다. 반하는 예리한 턱과 짧은 금발이 귓가에서 살랑대는, 소년도 남자도 아닌 아슬아슬한 한때를 그 얼굴에서 겹쳐 보았다. 어디선가 사막의 모래 바람 냄새가 나는 것만 같았다.

"난봉꾼 취급이로군. 내가 보쌈이라도 할까 봐?"

야르스는 언짢아했다.

"공주님의 시녀란 건 알고 있나?"

반하가 물었다. 야르스는 무화에게 시선을 두고 빙긋 웃었다.

"몰랐을까 봐. 당신보다 더 많이 알지."

그 웃음에 반하의 눈매가 일그러졌다.

"무슨 뜻이지, 만 야르스?"

야르스는 반하가 자기 이름을 알고 있단 것에 약간 놀랐다.

"우리가 인사를 나눈 적이 있나? 귀하신 반하 공자님?"

"서로 모르기가 어렵지. 눈에 띄니까."

무화는 금의 태양과 은의 달이 부딪는 천문적 사고를 막으려고 얼른 몸을 내밀었다.

"두 분 다 그만……."

갑자기 일어서는 바람에 가라앉은 술이 확 올라서 다리에 힘이 빠졌다.

"무화!"

"조심해."

둘이 거의 동시에 손을 내밀었지만 야르스가 빨랐다. 무화는 탁자 턱을 짚고 허리에 감긴 야르스의 손을 밀어냈다. 둘을 보는 반하의 눈이 무시무시해서 술이 확 깼다.

"괜찮겠어?"

야르스가 물었다. 무화는 고개를 끄덕였다.

"걸어왔어?"

반하가 물었다.

"말이 있어요."

무화가 대답했다. 반하는 시중꾼에게 말을 찾아 놓으라고 시켰다.

"여긴 귀족 나리가 오실 만한 장소가 아닌데."

야르스가 말했다.

"연인을 데려올 장소도 아닌 것 같군."

반하는 보란 듯이 무화의 팔을 잡았다. 무화는 몸둘 바를 몰랐다.

"혼자 걸을 수 있습니다, 공자님."

반하는 못들은 척했다. 야르스는 일어나서 겉옷을 무화의 어깨에 둘러 주었다.

"춥다, 또 보자."

그가 깔끔하게 인사했다.

해질녘 바람은 짜고 매서웠다. 바람에 섞인 소금기가 뺨을 찢는 것 같았다. 반하는 무화의 말고삐를 하인에게 주고 말에 오르던 무화를 억지로 떼어내 자기 말에 태웠다.

"아파요."

거칠게 다뤄진 무화가 투덜댔다. 손목이랑 팔뚝이 반하의 손자국 때문에 퉁퉁 부었다.

"아파? 아프기도 해? 네가?"

무화는 반하의 뺨을 때렸다. 술 때문에 힘이 빠졌어도 잘생긴 뺨에 멍 자국을 남길 정도는 되었다.

"왜 화가 나신 거예요? 일을 망쳐서? 거기 무슨 볼일이 있으셨기에요?"

반하는 야르스에게 화가 나는지 무화에게 화가 나는지 알 수 없었다. 하지만 흐트러져 감정을 숨기지 못한 자신에겐 무척 화가 났다.

"조용히 해."

반하의 목소리가 음산해서 무화는 입을 다물었다. 속이 울렁거렸다. 무화가 창백해진 걸 알고 반하는 말을 모는 속도를 늦췄다.

"토할래?"

"참을 수 있어요."

"내 옷에다가는 하지 마. 두 번 벗어 줬다간 공주님이 네 목을 벨지도 몰라."

정말로 그럴지도 모르겠다고 무화는 생각했다. 그 편이 서미에겐 좋았을 텐데. 무화가 완전히 없어지는 편이.

서미, 너는 왜 이렇게 복잡한 짓을 한 거니?

"여기서 내려 주세요. 걸어갈래요."

공주의 시녀가 반하에게 안겨 온다면 무슨 소문이 돌지 모른다. 반하는 순순히 저택이 보이는 어귀에서 내려 주었다. 무화는 뒤따라온 말에 올라탔다.

"어딜 다녀온 거야. 그 사이 얼마나 큰일이 났는 줄 알아?"

무화는 말리의 호들갑을 뒤로 하고 난로 앞에 웅크린 서미에게 갔다.

"왜 그래? 무슨 일이 있었어."

서미는 창백하게 질린 채로 무섭게 떨고 있었다. 무화가 끌어안자 서미는 무화의 품에 얼굴을 묻은 채로 숨죽여 울었다.

"강도가 들었어. 귀중품을 훔치다가 공주님과 맞닥뜨린 모양이야."

뒤따라온 반하가 말했다.

무화는 가늘게 들먹이는 어깨를 내려다보았다.

"잡았어요?"

반하는 고개 저었다.

"아니. 내 거처도 털렸어."

"공주님 혼자셨어요?"

차라리 서미가 혼자였길 바라면서 무화가 물었다.

"얘는 공주님 걱정을 해야지 버릇없이 뭘 꼬치꼬치 여쭙는 거야? 네가 싸돌아다니지 않고 공주님 옆을 지켰으면 이런 일이 없잖아."

말리가 끼어들자 무화는 미간을 찡그렸다.

"안 다치셨잖아요. 좀 놀라신 것뿐이에요. 이불을 끌어와서 난로 앞에 놔 주세요. 베개도 전부 갖다 주시고요. 부엌에서 따뜻한 마실 거랑 부드러운 과일을 달라고 하세요. 술도요."

말리는 입을 열었다가 반하의 턱짓에 무화가 시키는 대로 따랐다. 무화는 반하와 말리가 난로 앞에 깔아준 침구 위에 서미를 눕히고 커튼을 내려서 방 안을 어둡게 했다. 도둑은 밤새 흥청대다가 피로에 젖어 느긋해진 대낮을 노린 게 분명했다. 저택 개방 기간이니까 들어오기도 쉬웠을 것이다.

"태산이 가병을 푼 모양인데, 과연 잡을 수 있을까?"

반하는 요란한 발소리가 지나가는 창밖을 슬쩍 내다보고 커튼을 닫았다. 무화는 초를 당기고 예쁜 덩굴나무 무늬로 세공된 등잔 뚜껑으로 덮었다. 부드러운 빛의 덩굴손이 방 안 구석구석을 어루만졌다. 서미의 떨림이 잦아들었고 숨소리도 편안해졌다. 말리가 발소리를 죽이고 들어왔다.

"드세요. 오한이 가실 거예요."

무화는 말리가 가져온 쟁반에서 술을 조금 따라 서미에게 마시게 했다. 반하는 병을 낚아채 한 모금 마셨다. 불이 흔들렸다.

"반하 공자님을 내보내."

269

서미가 조그맣게 말했다.

"그럴게요."

무화가 달래듯 말했다. 그리고 반하를 보았다.

"방에 돌아가 계세요. 알려 드릴게요."

반하는 술을 한 모금 더 마시고 고개를 끄덕였다.

"꼭."

그는 문을 닫고 나왔다. 복도에 오후의 햇살이 긴 그림자를 드리웠다.

"다쳤냐고가 아니라 혼자냐고 물었지."

반하는 서미의 얼굴에 눈물 자국이 없던 것을 잊지 않았다.

침입자는 반하의 방이 고요해지길 기다렸을 터였다. 제법 오래 기다려야 했으리라. 연회는 새벽까지 이어졌고 반하는 늦게 돌아왔다. 하지만 침입자는 인내심이 많았고 시간에 구애받지 않았다. 아침이 밝았지만 반하의 침실은 두꺼운 커튼을 내려서 어두컴컴했다. 다른 방들도 대부분 그랬다. 사람들은 점심이 지나서야 유령처럼 일어나서 돌아다녔고 저녁 무렵에야 야래향처럼 활짝 피어났다.

어둠은 침입자에게 장애가 되지 않았다. 침입자는 눈으로 사물을 보지 않았다. 세상은 보이는 것으로 이루어진 것이 아니라 맛과 냄새와 촉감과 소리와 각각의 존재가 지니는 고유한 파동으로 이루어져 있었고 침입자는 그 고유한 자극들을 색색으로 뒤엉킨 얼룩처럼 인지하고 그 안에서 원하는 정보를 걸러 냈다.

사람의 숨결은 해파리 같은 모양으로 공기를 떠다녔다. 깨어 있을

270

때는 붉거나 따끈하고, 잠든 것들은 푸르고 비릿했다. 침입자는 해파리의 수와 간격을 세고 어둠속으로 미끄러졌다. 원하는 것을 찾는 데는 오래 걸리지 않았다. 칩입자가 원하는 것은 아주 특별한 향기와 온도로 침입자를 끌었다. 상자 속에 갇혀 있어도 보석이 지닌 빛의 흔적은 달팽이가 지나며 남긴 점액질처럼 빛났다.

침입자의 손이 반하의 머리맡 옆 상자를 만진 순간 서늘한 손이 손목을 낚아챘다.

'그럴 수 없습니다, 수련.'

수련은 흠칫 놀라 몸을 뺐다. 하지만 강철처럼 달라붙은 손아귀에선 도무지 빠져나올 수가 없었다. 수련은 몸을 얼음처럼 만들어 손목을 미끄러트리려고 했다. 그러나 반하의 손에 닿자마자 파사삭 수증기가 피어오르며 더 단단하게 얽혔다. 수련의 몸이 뱀처럼 휘청 녹아내려 한줄기 물결로 변했다가 재구성됐다. 강철손도 질세라 물결치는 모양대로 맞추어 달라붙었다. 수련은 흠칫 손의 주인을 보았다. 반하의 눈동자가 숯불처럼 빨갰다. 은빛 머리는 수련의 눈에는 활활 타오르는 불꽃처럼 보였다. 수련은 그에게서 역한 비린내와 유황 냄새를 맡았다. 반하 안에 녹아서 형체는 사라졌지만 본성에서 흘러나오는 냄새는 감춰지지 않는다.

'용을 삼켰어? 인간이 어떻게?'

반하는 빙그레 웃었다.

'마노가, 당신에게는 아무것도 말 안 하나 보군요.'

수련은 발끈했다.

'한낱 인간이 입에 올릴 이름이 아니다. 마노께서 하시는 일을 내

게 말씀하실 의무는 없다.'

반하는 고개를 끄덕였다.

'그렇겠죠. 위대하신 마노엔, 옥인의 우두머리이자 노래하는 나무 상단의 수장께서 하급 옥인에게 모든 건 일일이 설명하시진 않겠죠.'

평정이 빠져나가 아주 잠깐 동안 너무도 인간적인 얼굴이었던 수련은 도로 무표정이 되었다.

'얌전히 보석을 내어 주시지요, 반하 공자. 마노께서 당신과 무슨 말씀을 나누셨는지 저는 궁금하지 않습니다.'

반하는 고개 저었다.

'하지만 전 알고 싶은데요, 저는 이게 사람의 목숨으로 피는 꽃이라는 걸 알고 있거든요.'

수련은 침묵했다.

'이 꽃이 피는 데 7년이 걸렸고, 그건 서미 공주님이 궐 밖에서 지낸 시간이랑 같죠. 열매가 떨어진 건 반공주가 목국에 닿은 날이었어요. 우연치고는 절묘하죠?'

반하는 몰아붙였다. 어차피 상자 속의 물건은 넘겨줄 수밖에 없다. 그렇다면 최대한 많이 알아내고 넘겨주는 게 이득이다.

'우연이란 원래 절묘한 거지요.'

수련이 응수했다. 반하는 뱀처럼 수련을 반 바퀴 감아 돌았다.

'어떻게 하면 그걸 넘기실 건가요? 돈? 권력? 아니 그런 것은 가질 만큼 가지셨죠, 그럼 몸?'

반하는 수련이 늘어놓는 인간 욕망의 명료함에 쓴 웃음 지었다.

'비밀요.'

'비밀?'

'마노께선 이걸 어디에 쓰려는 겁니까?'

수련은 고개 저었다.

'모릅니다.'

반하도 수련이 순순히 답해 주리라 기대하진 않았다.

'그러면 이 보석이 어떤 힘을 가졌는지는 말해 줄 수 있겠죠.'

'그건 **씨앗**이에요.'

'무엇의?'

수련은 반하의 심장을 가리켰다.

'당신이 삼킨 용의 알처럼 무언가가 될 씨앗인 거죠.'

'그 무언가가 뭔데요?'

수련은 손을 내밀었다. 반하는 더 끌 수 없다는 걸 알았다.

'정말로 수현 악사가 바뀐 적이 있습니까?'

수련은 대답하지 않고 상자를 받았다. 그리고 안을 열고 매섭게
반하를 노려보았다.

'영악한 빙사 반하. 감히 옥인을 속이다니.'

반하는 깜짝 놀랐다. 상자는 텅 비어 있었다.

'그럴 리가?'

창문이 활짝 열렸다. 쏟아지는 비처럼 수련이 사라졌다.

'하하, 설마.'

반하는 이미 범인을 짐작했다. 수련이 간 곳도 알았다.

'이거 진짜 한 방 맞았는데.'

아래층에서 서미의 비명이 들렸다. 첫 번째 도둑은 두 번째 도둑

이 원하는 걸 주었을까? 서미는 자기가 훔쳐간 게 뭔지 알았을까? 아니면 그저, 반하의 관심을 끌기 위해서였을까? 마음에 든 남자에게 나쁘게 보이고 싶지는 않았을 것이다. 서미가 보석을 훔친 건 다른 목적이 있었고, 그 일은 반하보다 우선인 게 분명했다.

나보다 우선인 게 뭘까?

반하는 서미가 자신을 차위로 돌렸다는 것만으로 반공주에게 전에 없던 흥미가 일었다. 서미는 자기가 둘 다 얻었다는 걸 그때는 몰랐다.

"안 다쳐서 정말 다행이야. 오늘 연회는 못 간다고 알려 둘게."

서미는 침대에 누워서 머리를 쓰다듬는 무화의 손길을 받았다. 가만히 눈을 감으면 일렁이는 배에 누운 것 같았다. 둘은 뭍에 올라서 한동안 육지 멀미 때문에 고생했다.

"어디 갔었어?"

"이거."

무화는 난롯가에서 졸고 있는 말리에게 등을 돌리고 야르스에게 받은 것을 서미의 베개 밑에 넣었다. 서미는 눈을 떴다.

"그자가 순순히 줬어?"

무화는 말리가 자는지 확인하고 조용히 그간의 일을 말했다. 약제사가 죽은 건 말했지만 그자를 왜 따라다녔는지 어떻게 죽었는지는 말하지 않았다. 야르스가 해적이라는 말도 하지 않았다. 그의 배에 갔었고 다른 부탁을 받았다는 것만 전했다.

"결국 죽었구나, 그자가."

서미는 안도인지 슬픔인지 고통인지 노여움인지 알 수 없는, 어쩌면 그 모든 것일지도 모르는 감정을 한숨에 담아 쉬었다.

"야르스는 우리가 비밀감찰관이라고 오해하고 있어. 그래서 자기들이 원하는 걸 찾아낼 때까지 섣불리 움직이진 말래."

무화가 말했다. 서미의 눈이 빛났다.

"고래등걸에 비밀감찰관이 왔대? 그게 누구야?"

무화는 망설이지 않고 거짓말을 했다.

"비밀이겠지. 우린 아니지만."

할 수 없을 줄 알았다. 서미에게 무언가를 숨기는 건.

서미는 의자에 늘어져 잠든 말리를 곁눈질했다.

"그건 잘 갖고 있지?"

무화는 코르셋을 두드렸다. 서미는 안도했다.

"조심해. 아무에게도 주면 안 돼. 알았지?"

"뭔지 말 안 해 줄 거야?"

"안 묻기로 약속했잖아."

수련은 절대로 원하는 것을 찾지 못할 것이었다. 서미가 반하에게 훔친 씨앗 보석이 무화에게 있을 거라곤 상상도 못할 테니까. 서미는 수련이 절대로 무화에겐 가지 않을 거란 걸 알고 있었다. 무화가 가장 원하는 게 바로 그거니까. 무화가 원하는 건 절대 얻을 수 없는 것이다. 그걸 알아도 포기할 순 없겠지만.

"서미야."

무화가 배 위에서 같은 목소리로 말을 걸었다.

"나에게 말해 줄 건 없어?"

"없어."

서미는 돌아누웠다.

제11장

신의 세 잎 행운의 네 잎

연제군은 수현 악사의 연주회에 가장 먼저 나타나 제일 좋은 자리를 지키고 앉았다. 그렇게 안 하면 누가 가로채기라도 할 것처럼. 고래등걸에서 그보다 신분이 높은 자는 없지만 모든 것의 가장 우위에 있는 시간이 그에게서 모든 것을 빼앗을 칼을 벼리고 있었다. 그는 아직은 늙지 않았다고 생각했지만 마음이 점점 조급해지는 것을 보니 꼭 그렇지만은 않은 듯했다.

옆자리에 은빛이 너울졌다. 연제군은 얼굴을 돌리지 않아도 반하인 줄 알았다.

"늦었군."

연제군이 말했다.

"수현 악사도 늦는군요."

반하가 사람들이 둘러앉은 한가운데를 가리켰다. 팔걸이가 없는 악사용 앉은뱅이 의자가 비어 있었다. 반하는 수련이 어떤 얼굴로 거기 앉을까 궁금하면서도, 아무렇지도 않을 얼굴이란 것도 이미 짐작했다.

"처소에 도둑이 들었다지? 잃어버린 건?"

"노부인께서 맡기신 거랑 약간의 금붙이요. 태산이 가병을 푼 모양입니다."

연제군도 무장한 병사들을 보았다. 도둑을 잡는 것치곤 규모가 크고 지나치게 정비되어 있었다. 그들이 손에 든 무기는 도둑잡기가 아니라 전쟁에 나가야 할 것 같았다.

"태산은 간이 커."

연제군이 말했다. 더 긴 말을 하지 않아도 반하도 알아들었다. 그를 고래등걸에 보낸 사람도 알고 있었다.

'손님이 기다리고 계십니다.'

하인이 조심스레 전하고 갔다.

'누구지?'

'가 보시죠.'

반하는 의아해 하며 별채로 건너갔다. 방 안은 비단 차양과 커튼이 모두 내려져 있어 대낮인데도 어둑했다. 반하는 가려진 창문 너머를 꿰뚫어 보듯이 서 있는 장신의 남자를 보고 문간에서 멈춰 섰다. 허리까지 내려오는 비단실같이 새카만 머리카락은 아무 장식이 없어서 신분이나 혼인 여부를 짐작하기 어려웠다. 하지만 안개 낀 산처럼 묵직한 회흑색 비단옷은 아무나 걸칠 수 있는 게 아니었다.

'문을 닫게.'

반하는 시키는 대로 문을 닫았다. 빙사를 놀라게 할 만한 인물은 많지 않았다.

'청목 세자 저하.'

반하가 머리를 조아리자 청목은 가볍게 고개를 끄덕였다. 엷은 베일 너머로 반듯한 이마와 단정한 콧날이 돋보였다. 반하는 그 안의 얼굴은 본적이 없었다. 세자는 왕위에 오를 때까지 의식용 베일을 벗을 수 없었다.

'고래등걸에 가 줘야겠다.'

그 한마디면 충분했다. 반하도 고래등걸로의 비약적인 인구 유입과 그에 따른 부동산의 폭등, 자연스럽게 증가한 난전과 범죄율, 그에 반한 고래등걸 영주의 미비한 대응책과 어쩌면 범죄와 결탁해 은밀한 뒷거래까지 있을지 모른다는 복잡한 소문을 개인적인 소식통으로 듣고 있었다. 고래등걸은 역사 깊은 항구 도시니 원래부터도 관리가 엄격하지도, 할 수도 없는 곳이었지만 세자가 나설 정도라면 사태가 심각한 게 분명했다. 청목 세자는 확신 없는 일을 도모하는 법이 없었다. 하지만 그게 전부가 아니었다. 반하는 비밀감찰관을 수락한 걸 계속 후회했다.

'그런데 제가, 무슨 핑계로요?'

그는 출사를 하지 않아 관직도 없고, 궐내 사교계에 정식으로 소개를 받지도 않았다. 그저 귀족들의 행사에 버들 부인이 간간히 부르는 정도였기 때문에 세자 맘대로 그를 다스릴 방도가 없었다. 게다가 나라 밖에서는 금속세공사로서 명망이 높았다. 세자로서도 다루기 까다로운 상대란 것에 반하는 약간 기분이 좋아졌다.

'준비를 해 뒀네.'

반하는 아까부터 세자의 옆 쟁반에 뱀처럼 똬리를 틀고 있는 비단 두루마리를 못 본 척 하고 있었다. 그래, 세자가 시작도 못할 일을 들고 오진 않았겠지. 하지만 반하도 쉽게 넘어가 줄 생각은 없었다.

'제가 이렇게 함부로 굴릴 말이 될 줄은 몰랐습니다.'

영리하고 교활하기로 궐내에서 세자가 그러하듯, 궐 밖에서 반하도 이름이 드높았다. 항간에서는 얼른 반하가 출사해서 세자와 접전을 벌이기를 은근히 기대하는 자들도 많았다.

'자네가 스스로를 그렇게 유능하게 평가하고 있으리라고는 생각 못했군.'

세자는 씩 웃었다. 그들은 닮은꼴이었고, 둘 다 이미 그걸 알고 있었다. 먹고 먹히는 뱀과 몽구스처럼.

'아무리 좋은 칼이라도 아껴두기만 하면 녹이 스는 법이지. 자네 집안도 고래등걸에 큰돈을 출자했으니, 재산 관리라고 생각하면 어떨까? 겸사겸사 민심도 살피고 말이야.'

반하는 세자의 손가락에 낀 반지와 똑같은 청옥으로 깎아 금을 둘러 장식한 호사스런 잔에 차를 따랐다. 술이 어울리는 잔이었지만 세자도 반하도 술을 마시지 않았다.

'조부님의 일이시죠. 저 같은 애송이가 참견할 바는 아니라고 생각합니다.'

'아까랑은 말이 다른데.'

반하는 지금껏 몽구스의 교활함과는 다른 의미로 청목 세자를 꺼

280

려왔을지도 모른다는 생각이 순간 들었다. 그에게는 근접하고 싶지 않은 냄새가 났다. 하지만 그는 목의 왕세자고 반하는 그의 신하로 예정되어 있었다. 운명이 신분을 거스르지 않는 한은.

'제가 움직이는 대가로 뭘 주실 겁니까?'

'명예가 아니라 대가를 좇다니, 자네는 귀족이 아니라 상인 같군.'

'저하께 들을 이야기는 아닙니다.'

'하하.'

청목은 낮게 웃었다. 깊은 호수의 수면이 일렁이는 듯한 웃음이었다.

'3년 전부터 노래하는 나무 상단과 씨름하던 거래가 있지.'

반하의 눈이 번뜩였다.

'그걸 어떻게 아십니까? 오트 선장이 고객 신뢰를 저버리다니 믿을 수가 없군요.'

'이것이 권력의 참맛이지. 아무도 말할 수 없는 것을 말하게 하고, 아무도 움직일 수 없는 것을 움직이게 하는 것.'

세자가 말했다. 반하는 마음이 불편했지만 더 이상은 거절할 이유도 명목이 없었다.

'웃자란 가지를 쳐내기엔 아직 이르지 않을까요? 잘못하면 나무 전체가 마릅니다.'

'나는 이르지 않다고 판단했네.'

세자는 잠시 후 말을 이었다.

'설마 이 일을 받은 게 자네가 처음일 거라는 착각은 하지 말게. 충분한 정황이 있어. 증거를 찾지 못했을 뿐.'

거기서 위험을 감지했어야 했다. 앞의 사람들이 일을 마무리 하지 못한 연유를 물었어야 했다. 하지만 반하는 오랫동안 찾던 걸 가질 욕심에 부주의해져 있었다. 그는 말을 조심하기 위해 입술에 손가락을 얹고 잠시 생각하다가 말했다.

'개인적인 원한이 느껴지는 건 제 착각일까요? 태산공이 공주님께 청혼을 준비하고 있다는 소문을 들었습니다. 소중한 사촌누이를 넘본 대가입니까? 설마 음사들이 속삭이는 것처럼 근친혼을⋯⋯.'

'거기까지.'

청목은 손을 들어 말을 가로막았다.

'자네는 너무 많이 듣고 있군. 고래등걸의 감찰관직을 수락한다면, 일주일 안에 자네가 3년 동안 해결하지 못한 걸 해결해 주지. 어떻게라는 건 묻지 않도록 하게.'

세자는 떠났다. 반하는 고래등걸에 왔다. 반하가 힘겹게 손에 넣은 단풍은 이제 없고 치러야 할 대가만이 남았다.

"서미는? 도둑과 마주쳤다며?"

연제군이 말했다.

"많이 놀라셔서 쉬고 계십니다."

"그렇게 간이 작은 애가 아닌데."

연제군의 말에 반하는 소리 없이 웃었다. 수련이 들어와서 옷자락을 정리하고 착석했다.

"왜 이름 없는 산을 두려워하십니까?"

연제군은 이름 없는 산이 드리운 그늘조차 지나기 꺼렸다.

"두려워하는 게 아니네. 경계하는 거지. 젊은이들에겐 그 둘이 구분되지 않겠지만."

"뭘 경계하시는 겁니까?"

"거기 살고 있는, 아니 그 산 자체인 것. 입에 올릴 수 없는 것."

"어둔 말씀입니까?"

"쉬이. 그 이름을 입 밖에 내지 말게. 그것들은 이름을 불릴 때마다 강해져. 그래서 산조차 이름을 지운 거라네."

"그건 전설이지요."

"그래. 하지만 산 입을 가진 전설이지. 그것들은 생명을 먹어. 사람들은 사고나 짐승의 짓으로 얼버무리지. 정체를 알 수 없는 어디서 마주칠지 모르는 공포보다는 조심할 수 있는 짐승이 나으니까."

연제군은 말을 이었다.

"이 저택에 그것을 막는 방비가 없다는 걸 아나? 자네나 태산이나 젊은이는 무지하고 무모하지. 새로운 것은 근사하고 매력적이지만 전해져 내려오는 지켜야할 것에는 의미가 있는 법이네."

연제군은 눈을 감았다. 반하는 그를 방해하면 안 된다는 걸 알았다. 태산의 보좌관이 곁에 다가와 속삭였다. 반하는 인사하지 않고 일어났다.

"기다리게 해서 미안합니다. 반하 공자."

반하는 펼쳤던 책장을 덮고 태산을 마주했다. 태산은 그가 들고 있는 아름다운 장정을 보았다.

"훌륭한 책이지요? 노래하는 나무 상단과 거래하면서 구한 책이랍니다."

태산이 반하가 든 책을 가리켰다. 상징의 원류 도형집은 새끼 양의 가죽에 청금석 가루를 빻아 만든 염료로 진한 푸른빛을 들인 믿을 수 없을 만큼 호화로운 장서였다. 내부의 도색 중에는 순금과 오팔을 갈아 칠한 부분도 있었다. 하지만 책의 내용은 해석하기 어려운 도형과 개연성 없는 구절들로 가득해 학자들조차 난색을 표하는지라 실용성 면에서는 같은 무게의 돌멩이보다도 못했다. 바로 그것 때문에 허영심 강한 장서가들은 이 책을 구하려고 혼신을 다했다.

"도둑은 잡았습니까?"

반하가 인사처럼 물었다.

"경계를 강화하는 중입니다."

태산은 모두에게 준비된 대답을 했다.

"경계 강화라."

반하는 그 말이 눈속임이라고 확신했다.

"저택을 개방했을 때 신경을 써 두었는데도 역부족이군요."

태산이 말했다.

"마을 화재는 정리되었습니까? 이런 시기에 한가롭게 연회를 계속해도 될런지요."

반하의 물음에 태산의 눈이 번뜩였다.

"제 영지의 소소한 사건에 신경을 쓰실 만큼 한가하신 줄은 몰랐습니다만."

이건 경고였다. 반하는 그를 더 자극하지 않고 화제를 돌렸다.

"따로 보시자고 한 이유가 뭡니까?"

태산은 최대한 신뢰감 있는 표정을 끌어내었다.

"아시다시피, 영지 안팎이 뒤숭숭합니다. 이 와중에 궁에서 비밀 감찰관을 파견했다는 소문이 돌더군요."

반하는 궤짝 밑바닥에 숨겨둔 서류들을 떠올렸다. 다른 곳으로 옮겨야 할지도 모르겠다.

"저는 처음 듣습니다만. 켕기는 데가 있으신 모양이죠."

반하의 심드렁한 목소리에 태산은 단호하게 손을 저었다.

"아니, 그럴 리가요. 다만 사람이 하는 일에는 언제든 실수가 따르고 나쁜 일들은 의도치 않게 일어나지요."

반하는 차분한 눈으로 그의 반응을 주시했다.

"제게 그런 말씀을 꺼내신 의도가 뭡니까?"

태산은 작고 묵직한 나무 상자를 책상 위에 내놓고 뚜껑을 열었다. 안에는 번쩍이는 노란 것이 가득 들어 있었다. 반하는 금궤를 바라보며 침묵했다. 감찰관이란 걸 알고 매수하려는 걸까?

"노파심에 말씀드리지만 혼자만 받는 선물은 아닙니다. 제가 많은 걸 바라는 것도 아닙니다. 그저 분주할 때 이쪽에 손 한 번만 들어주시면 됩니다. 고래등걸에는 적송가의 투자금도 걸려 있으니 서로 좋은 게 좋은 거 아닙니까?"

좋은 게 좋은 거라. 멍청한 사기꾼들이 쓰는 말이로군.

"분주한 일이란 건 뭡니까?"

태산이 얼마나 많은 귀족들을 같은 방식으로 매수했을까. 아마 초대한 귀족들 대부분이겠지. 고래등걸 봄 축제는 정말 많은 준비를 했겠구나.

"그거야 때가 되면 아실 겁니다."

285

태산은 말을 얼버무렸다.

"아시다시피, 돈은 부족하지 않아서요."

반하는 금궤에 손대지 않았다. 적은 금액은 아니었다. 하지만 탐날 만큼도 아니었다. 거절할 수 없을 만큼의 보물을 안겼다면 주저했을까? 그 정도의 투자 가치는 없다고 태산도 계산했으리라. 애초에 적송가의 적자가 거절할 수 없을 만큼의 보물이란 게 지방 영주에게 가능할 리가 없었다. 물론 반하가 어리석은 욕심쟁이였다면 상황이 달라졌겠지만.

"돈이 필요하지 않을 곳은 없습니다. 많으면 많을수록 좋지요."

태산은 약간 긴장했다.

"하고자 하는 일에 따라 다르겠지요."

반하가 대꾸했다.

"서미 공주를 마음에 두고 계십니까?"

태산이 물었다. 반하는 비늘 하나 흐트러지지 않았다.

"글쎄요. 어떤 대답을 원하시는지?"

뱀처럼 매끄럽게 빠져나가는 반하의 화술에 태산은 슬그머니 미소 지었다.

"지금부터 제가 하는 이야길 들으면 생각이 달라지실 겁니다."

그는 가장 비열한 패를 꺼냈다. 아무것도 건질 수 없다면 저쪽도 망쳐놔야 했다.

"녹옥 공주가 이름 없는 산에 유폐되었을 때 천것들이 사사로이 드나들었다는 거 아십니까? 반공주도 어딘가에서 묻은 더러운 씨겠죠. 녹옥 공주도 사실 반공주를 처리하고 싶으셨답니다. 그래서 제

딸을 홍등가에 팔아치웠죠. 어린 계집애가 소리 없이 사라지기 딱 좋은 데니까요."

반하의 표정이 굳어졌다.

"사업은 능하신 분이 정치에는 영 솜씨가 없으시군요. 서미 공주가 천하의 쌍년이래도 미혼이고, 젊고 아름다우며, 왕가의 혈손이라는 것만으로 정략적 가치를 가지죠."

태산은 이를 갈았다. 어린 것이 감히 머리 꼭대기에 앉으려 들어? 하지만 요건 몰랐을 거다.

"바로 그게 문제지요!"

태산의 얼굴이 비열하게 일그러졌다. 마음은 보이지 않지만 오랫동안 고인 더러움이 역겨운 악취를 풍겼다.

"그 반공주가 가짜라는 게 알려지면 어마어마한 추문이 될 겁니다."

반하의 얼굴에서 얇은 뱀 비늘이 한 겹 벗겨졌다. 태산은 속으로 쾌재를 불렀다.

"증거를 갖고 말씀하시는 거겠죠? 왕실모욕죄는 사형입니다."

태산은 사냥감을 갖고 노는 고양이처럼 반하 주위를 어슬렁댔다.

"돌아가신 부친께서 녹옥 공주의 행차 때 버려져 남아 있는 걸 동녀로 품었지요. 그날 밤 산장에 곰이 들어온 바람에 비명횡사를 하셨지만, 왼팔이 잘려 늪에 가라앉은 반공주의 시체를 이 눈으로 확인했습니다."

반하는 애초에 곰 사냥은 믿지 않았었다.

"부친이 왕가의 혈손을 겁탈했다고요?"

반하는 태산이 쏟아낸 더러운 진창 속에서 진실을 건져내려고 애

287

썼다. 태산은 쓱 고개 저었다.

"아니, 아니지요. 곰이라고 말한 건 듣기 좋게 포장한 겁니다. 그 발칙한 계집애가 선친을 살해한 거죠."

눈앞에 강판에 갈린 듯이 절반쯤 우그러진 얼룩덜룩한 머리가 떠올랐다. 사람의 내장이 축제 때 거는 장식처럼 사방에 걸쳐져 있었다. 몸뚱이는 뼈와 거죽 일부만 간신히 남아 있었는데 마치 가시를 발라내기 귀찮아서 버려진 물고기 등 같았다.

"어린 여자애가 강건한 남자어른을 죽였다고요?"

반하는 어리둥절했다. 태산은 강하게 고개를 끄덕였다. 반하는 그의 눈에서 광기를 보았다.

"부친의 시신은 산장에 남겨졌고 부친을 살해하고 달아난 그 계집애는 한참 떨어진 늪 웅덩이에 실족사 했더군요."

부친의 몸 대부분은 아무데서도 발견되지 않았다. 들개가 물어간 거라고 생각했지만 근방을 샅샅이 뒤져도 뼈조차 나오지 않았다. 하인들은 어둔이 먹었다고 수군거렸다.

"이 얘기가 진실이라면 당신 가문도 처벌을 면치 못할 겁니다."

"부친의 죄라곤 반공주인 걸 모른 채로 동녀로 품은 것뿐입니다."

태산은 진실을 뒤틀고 일부 누락해서 자기 편하게 만들었다.

"노부인은 견딜 수 있을까요?"

반하는 질문을 쥐어짰다. 머리를 돌리지 않으면 충격으로 멈출 거 같았다. 서미가 가짜 공주일 거라고는 상상도 하지 못했다. 그토록 기품에 넘치며 아름답고 매력적인 공주는 드물었다. 세상에서 가장 완벽한 공주가 가짜라니.

"어머님은 어차피 전면에서 물러나실 때가 되었지요. 늙고 노쇠한 것들이 없어져 줘야 젊고 강건한 것들이 더 크게 자라는 법이니까요."

태산은 이미 제 어미를 갈아 넣을 준비를 끝냈다. 아들이란 아비의 시신과 어미의 눈물 어린 희생 위에서 진장한 사내가 되는 법이다.

반하는 억지로 미소 지었다. 모든 남녀노소를 흘리는 바로 그 절대 미소였다.

"도대체, 손해란 건 모르는 분이시로군요."

태산은 자기도 모르게 마음이 들뜨는 것을 느꼈다. 같은 편이 되었다고 생각하니 경계가 느슨해진 걸까. 늙건 젊건 반하만 보면 열광하는 여자들을 주책 맞다고 비웃었지만 참으로 불가해하게 아름다운 얼굴이 아닌가. 계집은 분명 아니지만 사내라기엔 너무 곱지 않은가.

"빙사의 칭찬이라니 참으로 영광입니다."

반하는 덮어두었던 책을 태산 앞에 내밀었다.

"이 책을 빌려도 될까요?"

"그러십시오. 그리고 지금 얘기는……."

태산이 말을 마치기 전에 반하는 책을 옆구리에 끼고 그를 스쳐 서재 문을 열었다.

"애초에, 듣지 않은 것으로 하겠습니다."

뒤에 혼자 남겨진 태산은 어리둥절했다가 주먹을 꽉 쥐었다.

"새파란 독사 새끼가!"

반하가 유유히 북쪽 회랑 문을 나가는데 현기증처럼 눈앞이 캄캄해졌다. 어둠의 정체를 파악하기도 전에 그의 손에서 책이 떨어졌고 몇 개의 팔이 반하의 몸을 질질 끌고 어딘가로 사라졌다.

'당신은 공주님 때문에 죽을 거예요.'

파다닥 터지는 비눗방울 같은 웃음소리가 허공에서 스러졌다. 반하는 날카롭게 반짝이는 웃음의 모서리를 본 듯한 착각을 느꼈다. 햇살에 솟아오른 분수가 겹 무지개를 치고 이름 모르는 꽃들과 영롱한 색색 깃털을 가진 새들이 사방에서 지저귀는 그곳은 오직 여자들만이 드나들 수 있는 남쪽 왕의 후원이었다.

'당신은 공주님 때문에 죽을 거예요.'

자기 몸무게만큼의 비단과 보화로 장식한 소녀가 밝은 연두색 눈을 반짝이며 다시 말했다. 소녀의 발목에는 크고 아름다운 금족쇄가 걸려 있었다. 반하는 아기 냄새가 묻어나는 보드라운 뺨을 살짝 만졌다. 감람석(橄欖石) 같은 눈동자는 달빛을 받으면 에메랄드처럼 짙어지며 형광처럼 빛났다. 그 눈에 비친 반하의 모습은 흑발의 청초한 처녀 모습이었다. 반하는 불에 덴 것처럼 고개를 돌렸다. 시커먼 어둠 속에서 지독한 냄새가 후각을 때렸다. 속에서 울컥 욕지기가 치밀었다. 반하는 몸을 꿈틀대다 고개를 돌리고 토했다. 손발이 납처럼 무거워서 움직일 수가 없었다.

"반하?"

긴 머리 처녀의 모습이 눈앞에 아른거렸다. 아직도 꿈을 꾸는 건가? 반하는 뒤늦게 그게 서미의 목소리라는 걸 기억해 냈다.

"어떻게…… 된…… 겁니까?"

서미는 치맛자락을 뜯어서 반하의 입가를 닦고 다른 뭉치를 머리 밑에 댔다. 어지럼증이 좀 덜어졌다.

"납치당했어요."

반하는 눈을 껌벅였다. 앞이 보이지 않았다. 아까는 몰랐는데 점점 얼굴 전체가 화끈댔다. 태산이 무슨 짓을 한 거지?

"낯선 사람들이 당신을 끌고 가는 걸 봤어요. 그래서……."

"몰래. 따라오신. 겁니까?"

서미는 고개를 끄덕였다.

"네."

반하는 감격해야 할지 화를 내야 할지 알 수가 없었다. 말을 할 때마다 얼굴이 아파서 길게 말하기가 어려웠다.

"무사해서. 다행입니다. 왜 그런. 위험한 걸. 하신 겁니까. 가서 도움을. 청하셨어야죠."

"누구에게요?"

반하는 대답을 망설였다. 여기는 태산의 영토였다. 귀족들이 태산에게 매수된 상황에서 친구도 권력도 없는 반공주가 할 수 있는 일은 없었다.

서미는 반하가 깨기 전부터 하던 일을 계속했다. 반하는 사각대는 소리와 손목을 스치는 서늘한 기운에 살짝 움츠렸다. 세공사의 손을 다치게 하지 않았으면 좋겠는데.

"됐어요."

서미의 말과 동시에 손이 자유로워졌다. 반하는 조심스럽게 얼굴을 만졌다. 얼어붙은 손의 찬기가 짓이겨진 통증을 덜어 주었다. 몽둥이가 날아와 코를 부러트렸고 납작해진 얼굴을 계속 뭔가가 때렸었다. 완전히 정신을 잃기 전까지 피가 사방에 튀던 촉감이 기억났다. 안와가 주저앉아 눌린 건가, 아니면 얼굴이 갈릴 때 눈까지 갈린 걸까.

"왜 그래요?"

서미의 목소리가 불안하게 들렸다. 반하는 주위가 어두우리라고 짐작했다. 서미가 지금 몰골을 보았다면 분명 반응이 달랐을 거다.

"여기가. 어디죠?"

"모르겠어요. 좁고 어두워요."

"달이…… 떴나……요?"

반하는 서미 근처에서 초승달이 빛나는 걸 봤었다. 달이 그렇게 낮게 보일 리는 없으니 어딘가 얼음이나 물에 비친 것이라고 생각했다.

"아니에요. 그건 제 칼이에요. 저무는 달처럼 생긴 하현도죠."

반하는 시야에 떠오른 뿌연 빛에 손을 내밀었다.

"조심해요. 아무나 만지면 베요."

잘못 다루면 베인다는 걸까. 칼이 사람을 골라 벤다는 걸까.

"가만히 기다려요. 지금 다리 쪽을 풀어 줄게요. 내가 당신 위에 앉을 거예요. 발목이 무사하려면 계속 몸의 위치를 파악해야 하거든요. 움직이지 마요."

푹신한 옷감이 무릎을 누르는 바스락 소리와 함께, 몸을 누르는 따뜻한 무게와 감촉이 느껴졌다. 방에 단둘만 있었을 때가 생각났다. 상황에 어울리진 않았지만 덕분에 마음이 가라앉았다.

"됐어요."

서미의 목소리가 들렸다. 반하의 손이 바닥을 더듬자 짚을 엮은 자리가 만져졌다. 드문드문한 기억 속에 거적에 말렸던 게 떠올랐다. 그자들이 적송가의 장남을 죽은 개처럼 말다 버렸다. 분노가 손끝까지 치밀어 몸이 확 뜨거워졌다. 얼굴의 통증이 일순 강해졌다가 수그러들었다. 내부의 용이 꿈틀대고 있었다.

"여긴 지하로군요."

시야가 아까보다 확보되었다. 분명히 처음보다는 나아지고 있다. 그들은 반하가 죽었다고 확신하고 내버렸을 것이다. 분명히 죽었던 순간도 있었겠지. 하지만 지금은 숨쉴 수 있고 손발이 움직이고 말을 할 수 있었다.

"그자들이 당신을 여기에 던졌어요. 저는 당신이 죽었을 거라고 생각했어요."

서미는 그 말을 입 밖에 낸 것만으로 몸서리를 쳤다.

"죽은 시체 옆에서 버틴 겁니까? 왜요?"

반하가 물었다. 서미는 고개를 숙인 채 대답하지 않았다.

"얼마나 여기 있었죠?"

배가 고프지 않은 걸 보니 한나절 이상 지난 거 같진 않았다. 하지만 몸 상태가 정상이 아니니까 틀릴 수도 있었다.

"한나절요. 그때는 밤이었고, 지금은 오전일 거예요."

서미는 말을 이었다.

"적송가의 장남을 건드리다니 태산이 많이 급했나 봐요. 뭘로 그자의 똥줄을 태우셨나요?"

반하는 서미의 경박한 말투에 웃음이 났다. 상황이 이런데 조금도

293

기죽지 않다니 출신이 나쁜 반공주도 꽤 괜찮군.

"공주님이야말로 그자와 뭘 거래하시는 겁니까? 협박이라도 당하시는 건가요?"

서미는 눈치가 빨랐다.

"그자가 뭐라고 했나요?"

"글쎄요."

반하는 말을 아꼈다. 서미는 그에게 실마리를 주지 않으려고 애썼다.

"그래서 누구 말을 믿으실 건가요?"

그야말로 빙사를 잘 아는 효과적인 연막이었다.

"저는 아무 말도 못 들었습니다. 태산에게도, 공주님께도."

반하의 대답에 서미는 그가 비밀을 들었건 듣지 않았건 마찬가지란 것을 깨달았다. 하나를 가르치면 열을 아는 빙사가 침묵하는 늙은 구렁이 아가리만 보고 나왔을 리가 없었다. 벽처럼 무거운 침묵 틈으로 엷은 소리가 스며들었다.

"여기서 기다려요."

서미의 기척이 멀어졌다가 돌아왔다. 반하는 남녀의 입장이 바뀌었다는 생각이 들었지만 잠자코 있었다. 그의 몸이 제 구실을 하려면 시간이 필요했다.

"당신이 봐야 할 거 같아요."

반하는 억지로 몸을 일으켜 서미를 따라갔다. 눈보다도 코가 먼저 공간의 뒤틀림을 감지했다. 비리고 뜨듯한 죽음의 냄새가 그의 오감을 후려쳤다. 반하는 서미를 보호하려고 반사적으로 붙잡았다. 그러나 서미는 이미 몇 걸음 앞에 서 있었다. 공포와 경이가 그들을 압도했다. 위쪽에 난 세모난 구멍에서 희미하게 떨어진 채광을 받아 벽과 바닥이 붉은색으로 번들번들 빛났다. 서미는 역겨워 몸서리치면서도 갓 도살한 생살의 연한 분홍색에서 눈을 떼지 못했다. 살아 있는 몸에서 쥐어뜯긴 살과 뼈와 혈관과 힘줄이 붉고 퍼렇게 뒤엉킨 덩어리는 원래의 형태를 알아볼 수 없게 무두질되어 있었다.

"돼지일까요?"

서미는 일말의 희망을 품고 분홍색 살가죽을 들여다보았다. 털이 없었다.

"태산이 당신을 살려둘 생각으로 납치하진 않았나 봐요."

서미가 말하지 않아도 반하는 아프게 타오르는 내장과 강판에 간 것처럼 화끈대는 얼굴로 이미 알고 있었다. 얼굴 때문에 미련이 남을까 봐 훼손하고 처리한 것이었다.

"이건 둥지예요."

반하는 눈을 깜박였다. 아까보다 쓰라림도 덜하고 사물이 정확하진 않지만 뭉뚱그려진 색과 선을 구분할 수 있었다. 살과 뼈와 내장으로 만들어진 제단이 보였다. 반하의 시력이 정상이었다면 그저 푸주간의 역겨운 부산물 더미와 벽에 처발린 피칠갑으로 보였으리라. 하지만 지금은 형식과 변주가 보였고, 그건 사막의 볕이 들지 않는 오래된 돌탑에서 본 것과 같았다.

"둥지라니요? 뭐가 이런데서 살아요?"

서미는 몸속 깊은 곳에서부터 치미는 공포를 간신히 억누르며 말했다. 반하를 지키는 게 아니라면 벌써 열 걸음 전에 달아났다.

"저쪽이에요."

반하는 서미가 얼굴을 보지 못하게 앞서 나갔다. 둘은 사체로 만든 둥지를 뒤로 하고 벽에 난 좁은 구멍을 통과했다. 처음부터 있던 것 같지는 않았다. 누군가 굴을 파서 탈출하려다가 방향을 잘못 잡은걸 깨닫고 멈춘 것처럼 좁았던 폭이 점점 넓어졌다. 반하는 출구 주위를 더듬어 먼저 발을 디뎠다.

"조심하세요."

코를 찌르는 지린내와 지독한 사람 냄새가 역겨운 피비린내를 쫓았다. 서미는 지독하지만 산 것들에게서만 나는 냄새에 약간 안도했다. 뿌옇게 바랜 어둠속에서 먼지처럼 깜박이는 눈들이 보였다. 피로와 절망에 지친 초췌한 얼굴들이 가면처럼 떠올랐다.

"옆 방의 재료일까요?"

그들을 둘러보며 반하가 속삭였다.

"그거 참, 적절한 단어네요."

서미가 비꼬았다. 너무나 지독한 상황이라 농담과 비아냥거림만이 그들이 제정신이도록 지켜주는 유일한 방패였다.

"술에 취한 거 같아요."

서미가 말했다. 반하는 서미가 여느 귀부인들과는 달리 공황에 빠지지 않고 의연하게 상황을 관찰하는 것에 안도를 느꼈다. 위기에 대처하는 자세로 그 사람의 진가를 알게 된다면 반공주는 꽤 믿을 만했다.

"약이에요."

그는 악취의 밑바닥에서 올라오는 엷은 풀냄새를 맡았다. 그가 옷

296

소매로 코를 막자 서미도 따라했다.

"사람들을 여기에 가둬 둔 이유가 뭘까요?"

"이제부터 알아봐야죠."

"태산과 관련이 있을까요?"

"십중팔구는요."

반하가 궁금한 건 다른 사람이었다. 청목 세자도 알까? 소소한 것까진 몰라도 짐작은 하고 있었으리라. 그 천년 묵은 몽구스와 손을 잡지 말았어야 했다. 반하는 이를 꽉 물었다. 두고두고 곱씹을 실수다.

"이제 어쩌죠?"

반하가 말했다.

"무화가 찾으러 올 거예요."

"어떻게 알고요?"

서미는 대답 없이 벽에 등을 댔다. 서미의 칼은 쌍둥이 달 중 하현이고 상현인 다른 한쪽은 무화에게 있었다. 어느 한쪽이 위험하면 두 칼로 서로를 불렀다.

"무화가 공주님의 비밀지킴이로군요."

반하가 말했다. 서미는 그에게는 설명하지 않아도 된다는 것에 안도했다.

"그런 셈이죠."

"언제부터요?"

반하는 심상하게 물었다.

"서로를 안 순간부터요."

서미는 긴장을 풀지 않으려고 애썼다. 하지만 피로가 몰려와서 자기도 모르게 멍해졌다.

"그래서 공주님을 구하려고 왼팔을 이름 없는 산의 곰에게 준 거
군요."

"곰이라고요…… 그래요. 곰이죠."

서미는 킬킬 웃었다. 그 말이 얼마나 복잡하고 많은 의미를 내포
하고 있는지 그가 알까?

반하는 서미의 어깨 옆으로 나란히 벽에 등을 기댔다. 둘 다 휴식
이 필요했다. 어차피 저기 묶인 눈들은 약에 취해서 그들을 보지 못
했다. 그들의 영혼은 여기가 아닌 다른 곳에 있었다.

"씨앗 보석을 어디에 쓰시려는 겁니까?"

"무슨 말씀이세요?"

서미는 시치미를 떼려고 했다. 하지만 반하는 서미의 말이 거짓이
라는 걸 알았다. 사람의 귀는 눈보다 진실에 민감했다. 얼굴은 표정
과 미묘한 움직임으로 감정을 교란시킬 수 있지만 목소리는 훨씬 더
정직했다.

"도둑과 마주치셨댔죠. 수련이 원하는 걸 가져갔습니까?"

서미는 깊게 탄식했다.

"어떻게 알았어요?"

"저한테 먼저 왔었거든요."

어둠은 이상하다. 따뜻한 난로와 달콤한 술과 최고급 향초를 끼고
부드러운 양털에서 뒹굴고 있을 때보다 불편하고 냄새나고 더럽고
끔찍한 구덩이 속에서 둘은 서로에게 더 진실해졌다.

"수련은 왜 그걸 원하는 걸까요? 돈 때문은 아닐 텐데."

서미가 말했다.

"돈 때문일 수도 있죠."

반하가 농담했다. 서미는 그의 옆구리를 쿡 찔렀다. 반하는 얕게 신음했다. 서미는 흠칫했다.

"괜찮아요?"

반하는 뜸들이고 대답했다.

"네."

어둠 저편에서 노랑색과 초록색이 섞인 동그라미 두 개가 떠다녔다. 현기증인가? 반하는 다시 토할까 봐 약간 걱정했다. 동그라미는 점점 다가왔다. 고양이인가? 아니, 사람이었다.

"클로버?"

반하의 마지막 말이 입술을 떠나기도 전에 탁탁탁 가벼운 발소리가 뛰어와 반하의 허리를 덥석 끌어안았다. 그리고 잠시 굳어 있다가 획 물러섰다.

"누구야? 아몬드가 아니잖아?"

반하는 벽과 소녀 사이에 끼어 부딪친 충격을 수렴하느라 아무 말도 못했다.

"너 누구니? 괜찮니?"

서미가 물었다. 고양이처럼 빛나는 연두색 눈이 서미를 보았다.

"당신이구나. 꽃없이가 찾는 공주님."

"꽃없이?"

소녀의 바로 뒤에서 무화가 나타났다.

"공주님? 무사해?"

무화는 오른손에는 장검을, 왼손에는 빛나는 달 같은 상현도를 쥐고 있었다.

"무화, 네 왼손 움직이잖아? 어떻게 된 거야?"

서미의 말에 반하가 무화를 보았다. 둘의 눈이 마주치는 걸 보고 서미는 칼처럼 떨어지는 불안을 느꼈다.

"괜찮아요, 공주님? 납치당한 줄 알았어."

무화는 서미가 다친 곳이 없는지 먼저 살폈다. 듣지 않아도 어떻게 된 건지 짐작이 갔다. 반하가 변을 당했고 서미는 앞뒤 없이 뛰어들었겠지. 무화는 서미가 자기가 누군지 잊을 정도로 반하에게 빠져 있다는 걸 알고 걱정이 앞섰다.

"저를 먼저 불렀어야죠."

"그럴 틈이 없었어. 그자들이 반하를 끌고 갔는걸. 때리고 짓이겨서 거적에 말아선 여기로 던졌어. 살아 있는지도 알 수 없었어."

죽었다고 생각했다.

"반하는 괜찮아 보여."

무화가 서미에게 속삭였다.

"그래야지. 아주 잘 들리니까 부디 그냥 크게 말해라."

반하가 킥킥 웃었다. 연두색 눈 소녀가 무화를 잡아당겼다.

"곧이야."

무화가 반하와 서미에게 조용히 하라고 손짓했다. 위쪽에서 발소리와 뭔가를 들어내는 '더러럭' 소리가 들리더니 '철썩'소리를 내며 줄다리가 내려왔다. 무화는 흔들리는 줄이 멈추길 기다리지 않고 펄쩍 뛰어올라 줄에 매달려 순식간에 위로 올라갔다. 내려오려고 머리

를 내밀었던 남자가 제일 먼저 아래로 떨어졌다. 그자는 숨소리가
안 났다. 위에서 툭탁대는 소리가 들리더니 잠시 후 무화의 머리가
열린 구멍에 나타났다.

"빨리 와요!"

서미는 거치적거리는 치마를 둘둘 말아 허리에 둘러 묶고 줄사다
리를 잡았다. 반하가 허리를 잡아 올려 어깨에 태우고 줄에 발을 디
딜 수 있게 도왔다. 서미가 위로 사라지자 반하는 연두 눈 소녀를 돌
아보았다.

"먼저 가."

소녀는 반하를 살피며 미적거렸다.

"정말로 아몬드가 아니야?"

반하는 마음이 따가웠다.

"아몬드는 죽었어. 신의 세 잎, 행운의 네 잎."

이 애를 짓이기면 붉은 살덩이가 아니라 풀줄기처럼 연한 녹색이
나올 것 같았다. 이 애가 울면 그 눈물은 세상에서 가장 값진 이슬이
되겠지. 살아 숨 쉬는 보물, 남국의 왕이 금으로 지은 후원에 가둔 새.

"살아 있을 줄 알았어!"

클로버는 제 이름을 아는 자의 허리에 매달렸다. 반하는 이제 소
녀의 무게쯤은 기꺼이 견딜 만했다.

"다시 볼 줄 알았어. 오빠는 아몬드가 죽었다고 했어. 난 안 믿었
다고."

반하는 클로버의 어깨를 가볍게 밀었다.

"아몬드는 죽었어. 정말로. 내 이름은 반하야."

301

소녀는 물러섰다. 그리고 찬찬히 반하를 아래위로 훑었다.

"아몬드가 반하가 된 거야?"

"설명하기 어려워. 지금은 우선 가."

반하가 소녀를 줄사다리로 안아 올렸다. 클로버는 버둥대며 그의 팔을 밀었다.

"내려줘. 시험이 아직 안 끝났어."

"시험?"

클로버는 반하의 목을 안고 이마에 이마를 댔다. 연두색 눈이 황금색으로 변했다.

"지금 이 말들은 당신 꺼야, 반하. 햇살 찬란한 여름날 가장 오래 피는 꽃의 이름을 가진 사람. 우연이란 건 없어. 아무데도. 그건 필연에서 떨어져 나온 일부야. 우리가 세상의 조각이듯이. 그러니까 만약에 우연이 일어났다면 인과를 찾아내야 해."

반하는 왕이 감춘 보물이 흘러나오는 것을 들었다. 남쪽 왕의 진짜 보물은 황금이 아니라 사람의 모습을 한 예언하는 새였다.

소녀는 이마를 떼고 바닥에 내려가 반하의 허리를 한 번 꼭 안고 놓았다. 오랫동안 그리워한 모습은 변했지만 향기와 그림자는 그대로였다.

"아몬드가 가져간 알은 어떻게 됐어?"

반하는 대답하지 않았다. 소녀가 반하에게 손짓했다. 반하는 몸을 숙여 귀를 기울였다.

"당신은 공주님 때문에 죽게 될 거야. 아몬드가 반하로 변해도 운명은 변하지 않아."

황금색 눈이 다시 연두색으로 어둑하게 가라앉았다. 반하는 그 작은 얼굴을 다시는 볼 수 없을 거라는 예감에 마음이 오그라들었다. 그때도 그랬다, 그때도 작아지는 마음을 거기 버리고 왔었다. 빛이 들지 않는 사막의 높은 탑에. 반하는 떨어지지 않는 걸음을 간신히 떼어 줄사다리를 올랐다.

"클로버는요?"

무화가 반하를 보고 물었다. 반하는 고개 저었다.

"일단 빠져나가요."

무화가 앞장섰다. 반하는 서미의 치마에 묻은 붉은 얼룩을 보고 섬칫 놀랐다.

"다쳤습니까?"

"그냥 진흙이에요."

서미는 얼른 핏자국을 가렸다. 비가 내려 녹은 땅이 발걸음마다 질척질척 들러붙었다.

"태산의 저택으로 돌아가야 합니다."

반하의 말에 두 소녀는 입을 떡 벌렸다.

"물론, 전력을 좀 가다듬고요."

"어디서요? 여긴 태산의 영토니까 어딜 가든 금방 붙잡힐 거예요."

서미는 권력이 없다는 것에 새삼 통렬한 고통을 느꼈다. 이곳은 태산의 영지 안이고 그들은 독안에 갇힌 생쥐였다. 어떻게든 외부와 닿아 도움을 요청하지 않으면 그대로 익사할 터였다. 강력한 적송가의 장남이 함께 있대도 그의 가문은 너무 멀었고 반하의 목숨조차도 지켜주지 못했다.

"연제군에게 도움을 청해 보죠."

"도와주지 않을 거예요. 당신만이라면 몰라도. 오히려 곤경에 처한 걸 고소해 할걸요."

서미가 말했다. 그간의 행동이 후회되었지만 늘 먼저 긁어댄 건 연제군이었다.

"개인적으로야 그렇지만 정치적으로는 안 그럴 겁니다."

반하가 말했다. 서미는 짙은 구름 한 쪽이 지상의 빛을 반사해 유독 밝게 물든 곳을 응시했다. 환히 불을 밝힌 영주 저택이었다.

"태산이 가병을 풀었어요. 어제보다 두 배는 늘었어요."

무화가 말했다.

"저를 찾는 건 아닙니다. 죽었다고 생각할 테니까."

반하는 서미를 보았다.

"공주님의 실종을 핑계 삼아 뭔가를 꾸미는 거군요. 축제라 외부의 눈들도 많은데 가병을 움직이면 눈길을 끌죠."

태산은 반하가 죽었다고 생각할 거였다. 반공주 하나 처리하기엔 너무 많은 인원이다. 그는 다른 걸 계획해 두었고, 실행할 기회를 놓치지 않았다.

반하는 반공주를 안전하게 숨기고 태산의 저택으로 돌아가 그의 죄상을 낱낱이 고발할 생각이었다. 고래등걸의 축제 때문에 방문한 많은 손님들이 증인이 될 것이고 일을 마치고 나면 공주도 안전해지고 모든 게 해결될 것이었다.

아니, 그렇지 않아.

반하의 머릿속에 눅진눅진 달라붙은 껍질이 툭 떨어져 나갔다. 그

능구렁이 태산이 그렇게 순순히 물러날 리가 없지. 적송가의 장남을 제거하려 든 상황에서 무슨 짓을 더 못할까.

"비가 와요."

서미가 불길하게 낮아지는 하늘을 보았다.

"우리 집으로 가자."

무화가 말했다.

"우리 집? 우리가 집이 어디 있어?"

서미가 물었다.

"산에 있잖아. 잡초로 엉망이지만 보리울이 남아 있었어. 비를 피할 지붕이랑 아궁이도 있고."

"거기 갔었어? 언제? 왜?"

무화는 말없이 앞장섰다. 진흙이 뒤엉킨 치맛자락이 물기를 먹어 납처럼 무거워지자 서미는 미련 없이 북북 뜯어 길 옆에 내던졌다.

"여기부터가 이름 없는 산입니까?"

흙을 다진 길들이 사라지며 울퉁불퉁한 돌 틈에 낀 발목이 꺾였다. 반하는 서미가 넘어지지 않도록 손을 내밀었다.

"왜요, 연제군이랑 친하시더니 산이 무서우세요?"

서미가 그 손을 잡았다.

"길이 어디서부터 시작되고 끝나는 건지 알 수 없듯이 산도 그래요. 사실, 고래등걸 전체가 이름 없는 산이죠."

무화는 벌써 저만치 나무를 헤치며 가고 있었다. 반하는 작은 뒷모습이 어둠 속으로 사라질 듯 깜박대는 것을 놓치지 않으려고 걸음을 서둘렀다. 비가 내리기 직전의 산은 숨 막힐 듯한 고요로 꽉 찼

305

다. 세 사람의 발소리가 적막을 깨자, 때맞춰 내린 빗소리에 산은 잔뜩 죽였던 숨을 뱉었다. 빗물이 흐르는 소리, 마른 가지가 수런대는 소리, 새가 우짖는 소리, 겨울의 무게를 털고 기지개를 펴는 산의 소리가 갖가지 형태로 교차되며 사방으로 퍼졌다. 반하는 소리로 짠 조각보 사이에 뻥 뚫린 기묘한 정적을 응시했다. 어둔이 거기 침묵으로 고여 있었다.

"보지 말아요."

서미가 반하의 손을 획 잡아 당겼다.

"모르는 척 해요."

서미는 앞으로 나아갔다. 빗방울이 반공주의 반듯한 이마를 적시고 뺨을 따라 섬세한 선을 그리며 턱 밑에서 뚝뚝 떨어졌다. 반하는 사방에서 농밀하게 얽어오는 긴장을 느꼈다. 뒤에 아무도 없는데 뭔가가 따라오는 것만 같았다. 서미와 무화는 약속한 것처럼 말없이 반하를 끌고 폐허가 된 집에 도착했다. 제멋대로 우거진 싸리 울타리 안에 들어서서야 서미는 입을 열었다.

"그게 어둔이에요."

말하기 전에 몇 번이고 망설였지만 다르게 부를 수가 없었다. 어둔 외에 어둔을 부를 수 있는 말은 없다. 그저 아는 사람들끼리만 '그것들'이라고 간신히 뭉뚱그릴 수 있을 뿐이다. 옥인을 '그자들'이라고 뭉뚱그리듯이.

무화는 아궁이 앞에 반하와 서미의 자리를 마련해 놓고 비가 들이치는 문을 젖은 덤불로 가렸다. 서미는 그을음 자국만 남은 빈 아궁이 앞에서 젖은 어깨를 가리고 덜덜 떨었다. 한기가 스멀스멀 피어올랐다. 무화가 망토를 벗어 주기 전에 반하가 먼저 겉옷을 벗어 서미의 어깨에 걸쳤다.

"젖었지만 없는 것보단 나을 겁니다."

옷은 불앞에 놓았던 것처럼 아주 따뜻했다. 열이 나는 걸까. 서미는 그를 걱정하면서도 반하의 체온을 소중히 끌어안았다.

무화는 기울어져 문짝이 떨어져나간 찬장 뒤에서 마른 짚으로 싼 부싯돌을 꺼내왔다. 오래전 엄마가 숨겨둔 그대로였다. 물건을 몹시 아껴야 했던 엄마는 부싯돌을 반으로 쪼개어 반은 숨겨두고, 남은 반은 부서져 가루가 될 때까지 썼다. 아궁이 안에 남은 검불과 부엌 안쪽에 쓸려 모인 마른 잎을 모아다 돌에 대고 칼로 부시를 치자 불꽃이 튀고 불이 붙었다. 무화는 찬장을 뜯어다가 불씨를 키웠다. 아궁이가 따뜻해지자 새삼 추위와 시장기가 엄습했다. 여기서 오래 버틸 수는 없겠다.

"먹을 것과 마실 것, 그리고 옷가지가 필요하겠군요."

반하가 말했다. 마침맞게 무화가 부엌에서 방으로 통하는 작은 문으로 기어들어가 낡은 옷가지를 끌고 나오는 중이었다.

"이거 입으세요."

서미는 그게 뭔지 보지도 않고 아궁이에 쑤셔 넣었다.

"젖은 옷 대신 걸치셨으면 했는데……."

무화가 황망해했다.

"얼어 죽어도 그런 누더기는 싫어."

서미는 완강히 말했다. 반하는 밖으로 나가는 무화의 젖은 어깨를 보았다. 저 옷들은 무화에게도 요긴했을 텐데.

"빗물 모으게를 보러 갔는데 거름 띠도 썩었고 언 것도 녹다 말았지만, 그래도 없는 것보단 나을 것 같아서요."

무화는 뒷마당에 가서 이 빠진 빗물단지를 가져와 그대로 아궁이 위에 얹었다. 물이 끓어올라 거품과 함께 떠오른 더러운 것들을 덜어내자 제법 마실 만해졌다. 무화는 깨진 그릇의 우묵한 부분에 물을 따라 따뜻할 때 반하와 서미에게 준 다음 까물까물한 불꽃을 보고 뗄감을 찾으러 다시 나갔다. 반하는 서미가 건네는 더러운 그릇에 차마 입을 대지 못했다. 서미는 덜어 준 물을 다 마셨다. 누더기는 싫지만 빗물은 마실 수 있는 공주님이라.

서미가 불을 뒤적이는 동안 반하는 주위에서 남은 집기를 모아 아궁이와 서미 주위에 벽을 둘렀다. 바람을 막자 한결 따뜻해졌다.

"저 위에 시냇물을 넘으면 유폐지가 나와요. 아무도 그 시내를 넘어 갈 수 없고, 녹옥님도 그 시내 아래로는 내려 올 수 없었죠. 오직 아이들만 세상이 그어놓은 금이나 규칙 없이 산을 쏘다녔어요."

"그게 공주님과 무화로군요."

천하건 귀하건 상관없이 치마에 풀물을 들이고 입술은 검붉은 딸기즙으로 치장한 소녀들이 숲을 뛰어다녔다. 움직이는 수정 속에서 살아 있는 은덩이들이 헤엄치고 비단처럼 부드러운 손이 숨 쉬는 보석들을 낚아 고소한 살을 구웠다.

"무화와 은원 외에, 다른 사정은 없습니까?"

서미는 반하가 끌어온 것들 중에 탈 만한 것을 골라 아궁이에 넣었다.

"뭐가 있겠어요? 신분에 상관없이 많이 싸웠던 거? 애들은 그러면서 크는 거죠."

"태산은 녹옥 공주의 딸이 죽었다고 주장하더군요."

서미는 머리를 때리는 묵직한 충격을 느꼈다. 발밑이 새카매지며 아무 소리도 들리지 않고 아무것도 느껴지지 않는 시간이 지나갔다. 서미는 버텼다.

"듣고 싶은 대로 듣고 믿고 싶은 대로 믿으세요. 어차피 어떤 말을 들어도 편한 대로 해석하시겠죠."

반하는 손을 내밀어 서미의 뺨을 스쳤다.

"그래도, 직접 듣고 싶은데요?"

반하의 입술이 다가오는 동안 서미는 숨을 멈췄다. 이건 계략이야. 나를 홀리려는 거야. 알면서도 서미는 그의 입맞춤에 마음이 무너졌다.

"실은……."

머리 위에서 무화의 목소리가 들렸다.

"공주님. 포위가 좁혀 오고 있어요."

서미와 반하는 깜짝 놀랐다.

"무화? 언제 거기 올라갔어?"

무화는 기왓장을 뗀 구멍을 통해 주머니를 서미에게 던졌다.

"빨리. 여기 있으면 잡혀요. 산 동쪽 그늘 벼랑으로 가요. 거길 내려가면 안 보이는 배가 있어요. 거기 가서 클로버에 대해 알려 줄 테니 도와 달라고 해요."

무화의 모습이 사라졌다.

반하가 서미의 손을 잡고 앞장섰다. 그러나 이내 선두가 바뀌었다. 반하는 산길에 대해서는 전혀 몰랐고 서미에게 이곳은 오래된 뒷마당과 같았다. 둘은 숲 속을 달렸다. 서미는 날렵하고 영리하고, 참을 수 없이 아름다워 보였다. 화장을 하고 머리를 올리고 춤을 추는 서미와 지금 곁에서 달리고 있는 서미는 전혀 달랐다. 콧날도 이목구비도 헐떡이는 혓바닥도 전에 그가 알던 모양이 아니었다. 반하는 그 입술을 삼켰던 순간을 기억했다. 아무 맛도 나지 않았었다. 하지만 지금 저 입술은 전혀 다른 맛이 날 터였다. 반하는 자기도 모르게 살짝 혀로 입술을 훑었다.

"나를 어쩌려는 걸까요."

잠깐 숨을 돌리는 사이 서미가 말했다. 반하는 간신히 서미의 발치에 다다라 말했다.

"어떤 일을 했건, 어떤 이름을 가졌건 간에, 산 자가 죽은 자보다 강하죠. 죽은 자는 말을 못하니까."

그는 숨을 고르는데 애를 먹었지만 서미는 전혀 힘들어 보이지 않았다. 궁궐에서 잃어버렸던 시간 동안 반공주는 어떤 삶을 살았던 걸까. 나중에 알 기회가 있겠지. 지금은 무사히 살아남는 일이 먼저였다.

"이길 끝까지 가세요. 절대 돌아보지 마요. 낭떠러지를 만나면 덩굴과 뿌리를 잡고 내려가요. 매달리기 전에 세게 당겨보는 거 잊지 말구요."

갈림길에서 서미가 한쪽을 가리켰다. 그리고 반하의 겉옷을 돌려주었다. 반하는 사양했다. 서미는 씨름하지 않았다. 어차피 이렇게 세심한 배려와 대접을 받을 시간은 얼마 남지 않았다.

"어딜 가려고요?"

"무화한테요."

반하는 그들이 온 길을 거슬러 보았다. 아늑하고도 무시무시한 어둠이 고요하게 웅크리고 있었다. 조용히 입을 벌리고 먹잇감이 안전한 동굴로 착각해 제 발로 기어들길 기다리는 포식자처럼.

"저자들이 노리는 건 공주님이에요."

돌아오지 못해도 그게 그 애의 역할이란 말은 하지 않았다. 공주님이 지킴이 걱정을 하다니 이상하다는 말도 하지 않았다. 서미는 반하의 모습을 눈에 새길 듯 빤히 바라보았다. 비에 젖어 금속 광택을 발하는 속눈썹 아래 눈동자는 불붙기 전의 숯처럼 검었다. 서미는 속으로 몰래 한숨을 쉬었다. 아무리 지독한 상황이라도 반하와 단둘이 있어서 기쁘다는 생각이 들다니.

"그래서예요. 배에서 만나요."

서미는 그에게 꾸러미를 주었다. 그게 뭔지 묻지 못하게 서미는 그를 당겨 입을 맞췄다. 반하의 입술은 체온에 달아오른 달착지근한 빗물 맛이 났다.

"공주님?"

반하의 말에 서미는 속으로 울면서 겉으로 미소 지었다.

"우리가 다시 만날 때, 내가 지금 모습이 아니더라도 부디 기억해 주기 바라요."

서미는 숲속으로 달려갔다. 반하는 따라잡을 수도 없이 빨랐다. 반하는 서미가 준 꾸러미를 열어 보고 소금기 섞인 찬바람을 정면으로 맞받으며 갈림길로 나아갔다. 그 안에 그가 해야 할 모든 것이 들어 있었다.

구름이 걷히자 머리 위에서 수 천 개의 눈이 빛났다. 벼랑 아래 별을 삼킨 새카만 돛이 불길하게 떠 있었다. 반하는 그 배의 이름을 알고 있다는 것에 전율했다.

"흑요?"

그가 흑요를 마지막으로 봤을 때는 아직 완성되어 있지 않았다. 설계공이 이 배는 뜰 수 없다고 항해가 불가능하다고 말했다. 하지만 그 배는 지금 바다 위에 아주 훌륭하게 떠 있었다.

반하는 주머니 안에 든 구슬 두 개를 꺼냈다. 용도를 알아내는 데는 오래 걸리지 않았다. 두 구슬을 부딪히자 날카로운 빛이 깜박였다. 연거푸 부딪히자 저쪽에서도 마주 깜박이는 빛이 보이며 '철썩'하고 수면 깨지는 소리와 함께 침묵의 사공이 배를 저어 왔다. 반하는 지체 없이 배에 올라탔다. 사공은 반하의 초췌함 속에서 절묘하게 빛나는 미모에 어리둥절했으나 노젓기를 멈추진 않았다. 반하는 뱃전에 오르면서 절대로 마주치고 싶지 않은 얼굴을 마주칠 준비를 했다.

보리가 아니잖아?

마중 나온 남자가 반하를 보고 말했다. 그는 칠흑처럼 검은 머리에 반짝이는 은테 안경을 쓰고 있었다. 반하는 반사적으로 굽어지는 무릎에 힘을 주었다.

카르파 엔센.

유리알 속의 눈동자가 반하를 알아보았다.

빙사 반하.

반하의 입에서 자연스런 남쪽 말이 흘러 나왔다.

노래하는 황금새를 찾으러 오셨군요.

클로버가 사라졌다면 응당 주인이 찾으러 오리란 걸 생각했어야 했다.

그 애를 만났군. 어디 있지?

반하는 암흑이 고인 돛대를 올려다보았다. 이렇게 완벽하게 검은 염료는 아주 희귀하고 몹시 적은 양만이 남쪽에서 났다. 반하는 남쪽 왕이 황금 궁전에 밤을 덮는 광경을 떠올렸다. 낙원의 황금 궁전은 밤이면 모든 창문에서 내린 검은 천으로 사람들의 시야에서 완전히 사라졌다.

그전에, 거래를 하죠.

카르파의 눈이 은테 안경 너머에서 빛났다.

빙사 반하, 한여름에 가장 오래 피는 꽃이여. 지금 배짱을 부릴 처지가 아니라네.

카르파가 갑자기 북쪽말로 바꿔 말해서 반하는 어리둥절했다.

내가 그걸 준 사람은 당신이 아닌데?

기척도 없이 반하의 머리 위로 큰 그늘이 드리워졌다. 반하는 덜컹이는 심장을 외면했다.

이걸 받은 사람은 잡혀갔습니다, 만 라임.

그는 동요를 감추고 최대한 침착하게 말했다. 카르파의 눈이 유리알 속에서 빛났다. 그의 입술에 슬금슬금 올라오는 미소 때문에 반하는 위장이 조였다.

재미있군. 그래, 어떤 거래를 원하나?

카르파가 웃었다.

제12장
깨진 달

　무화는 빗물이 뚝뚝 떨어지는 모자챙을 올려 간판을 확인했다. 배 그림과 거친 글씨가 낯익었다.

　선착장 주점.

　여기서 야르스와 맥주를 마셨다. 약제사를 찾아낸 곳도 여기였다. 여기로 서미의 칼이 무화의 칼을 불렀다.

　"그냥 데이트가 아니었군."

　야르스는 뭔가를 눈치 채고 등을 지킬 자를 데려온 거였다. 둔해 보이는 얼굴인데 영리하게 굴 줄도 아는군.

　달빛은 없지만 빗방울들이 서로를 반사해 공기 중에 미미한 빛을 흐트러트렸다. 아무리 사악한 쥐새끼라도 이런 밤엔 따뜻한 둥지에서 뒤척이고, 길을 헤매는 건 잠들지 못한 바람뿐이었다. 어둔도 이런 밤에는 돌아다니지 않았다. 그림자가 없기 때문이었다. 무화는 하늘을 올려다보았다. 구름 때문에 컴컴했지만 빗방울 튀는 지붕이 보얗게 도드라졌다. 어둠은 사물의 색을 빼앗아 명료한 모든 것을 흐릿하게 뭉갰다. 지붕을 이은 기왓장들이 울퉁불퉁한 이빨 같았다. 주점의 뒷편은 앞보다 반 층 정도 높고, 망루처럼 편편한 삼각형 굴뚝이 있었다.

빗줄기가 강해졌다. 봄을 부르는 포근한 비가 아니라 눈이 되지 못해 성내는 창백한 겨울비다. 비는 사방을 적시며 보이던 것을 감추고 보이지 않던 것들을 드러냈다. 창문에 비친 집 안이 가려지고 처마와 홈통이 도드라지며 움직이던 것들은 멈추고 멈춘 것들이 움직였다. 무화는 빗방울이 두드린 지면에서 피어오르는 술렁이는 아지랑이 같은 먼지를 바라보았다. 그건 아지랑이도 먼지도 아니었다. 눈이 감지하는 순간 사라져 버리는 미명, 냄새의 촉감, 소리의 맛처럼 아무데도 없지만 분명히 존재하는 무엇이었다. 무화는 빗물이 고인 오물 구덩이에서 나는 무거운 군내, 시큼한 날고기의 매끄럽고 섬뜩한 촉감, 굶주림과 고통으로 짓이겨져 부서지는 인간 영혼의 버석거림 같은 것들을 들었다. 침묵의 비명을 따라 왼팔이 점점 달아올랐다. 피와 죽음에 대한 기대와 갈증이 녀석을 들뜨게 하고 있었다. 무화는 깊게 심호흡하고 주점 문을 열었다. 삶이 배인 뜨끈한 공기가 밀려오며 현실이 환영을 쫓았다.

"일을 구하러 왔나?"

무화가 긴 탁자 귀퉁이에 앉아 술을 시키자 덩치 큰 남자가 물었다. 낮에 일하던 얼굴에 수심이 가득했던 여자는 보이지 않았다.

"여기 오는 건 딱 세 가진데 술, 여자, 일이지. 술은 단골이고 여자는 이런 날엔 없으니 남은 건 일 맞지?"

남자는 술을 내주며 자기 말에 자기가 웃었다. 무화는 적당히 맞
장구쳤다.

"네, 배를 탈 수만 있다면 아무거나 허드렛일도 좋아요."

그러면서 재빨리 주변을 살폈다. 두서넛씩 자리를 차고앉은 손님
들은 낮과는 달리 음산하고 무시무시한 인상이었다. 낮에도 비슷했
는데 야르스가 가림막이 되어 주어서 몰랐던 건가.

"그런 가느다란 팔로 무슨 일을 하겠냐? 몸무게나 늘려 와라."

맞은편에 앉은 사내들이 야유했다. 그러면서도 미래의 동료를 위
해 충고를 잊지 않았다.

"뱃일을 구할 때는 조심해. 특히 보증인이 없을 때는 신중하라고.
일단 배가 뜨면, 그 안에서 일어나는 일은 아무도 모르니까."

무화는 그 남자에게 한잔 샀다.

"그 안에서 무슨 일이 일어나는데요?"

남자는 기꺼이 잔을 받았다.

"모든 일이 일어나지. 일어나지 말아야 할 일들까지."

무화는 그들의 눈짓과 몸짓에서 입 밖에 내지 않는 이야기들을
들었다.

"조선소는 어때요? 거기 돈 많이 준다던데."

남자들의 얼굴에 경계하는 기색이 있었다.

"가 봐라. 겪어 봐야 알지."

"꼭 뱃일만 해? 다른 일들도 있는데?"

주인이 빈 잔을 가져가며 말했다.

316

"뭔데요?"

무화가 물었다.

"뒷문으로 나가 봐. 오른쪽으로 돌면 작은 사무실이 있어. 보수가 맘에 들 거다."

주인은 한쪽 눈을 찡긋했다.

"잘되면 수수료는 3할이야."

무화는 술값을 내고 일어났다. 뒷문을 때리는 빗소리가 절박하게 두드리는 수십 개의 손 같았다. 문을 열자 손들은 사라지고 어둠을 밝히는 잿빛 물안개만 자욱했다. 빗줄기 너머에서 노랗게 빛나는 창이 흔들렸다. 문지방을 넘자 뒤쳐져 있던 손목 하나가 진흙 속에서 발목을 잡아채 무화를 거꾸로 매달았다. 손이 아니라 올가미였다. 대응할 틈도 없이 커다란 자루가 몸을 삼켰고 진공 같은 침묵 속에 몽둥이세례가 쏟아졌다. 무화는 왼팔로 머리를 웅크려 안고 오른손으로 등허리 칼집을 더듬었다. 그러나 자루 속 세상이 정신없이 구르는 통에 제대로 손에 잡히지 않았다.

"지난번에 왔던 그년이 틀림없어. 남자 옷을 입고 있지만 내가 봤다고."

여자 목소리를 마지막으로 잠시 모든 소리와 감각이 사라지고 자루가 허공에 붕 떴다. 무화는 본능적으로 왼팔로 온몸을 감쌌다. 팔의 형태가 변할 수도 있단 걸 그때 처음 알았다. 떠올랐던 몸을 땅의 발톱이 낚아챘고 덜컥, 텅 하는 울림과 온몸이 부서지는 충격이 휩쓸고 갔다. 무화는 잠시 숨을 쉬는 것에만 사력을 다해야 했다. 지느러미처럼 펼쳐졌던 왼팔은 제모습으로 되돌아갔다. 적옥 팔찌가 뜨

317

겁게 빛났다.

"살았니, 죽었니?"

포대 밖에서 목소리가 들렸다. 소년 같기도 하고 소녀 같기도 한 경계심을 허무는 목소리였다. 무화는 온몸의 뼈를 다시 맞추는 아픔을 삼키며 힘껏 발길질했다. 소리를 내려고 입을 열었다간 토할 것 같았다. 꽁꽁 묶인 부대 안에서 토사물과 뒤범벅되는 건 최악이었다.

밖에서 꾸무럭대는 기척이 느껴지더니 부대가 아래로 열렸고 무화는 자궁 속의 아기처럼 주루룩 미끄러져 나왔다. 다시 태어난 기분은 들지 않았다. 부대 밖도 안처럼 컴컴했고 갑갑했다. 지하구나. 무화는 비로소 숨을 토했다. 오래 묵은 퀴퀴한 공기가 폐를 꽉 눌렀다.

"괜찮아?"

캄캄한 어둠 속에서 연두색 반딧불이 깜박였다. 반디가 아니라 사람의 눈이었다. 무화는 누운 채로 근육에 힘을 흘려보냈다.

"괜찮아. 움직일 수 있어."

"네 왼팔, 괜찮은 거 맞아?"

무화는 흠칫 놀랐다. 이런 어둠속에서 그 눈이 무엇을 본 걸까.

"따라와. 당신이 할 일이 있어."

할 일이라니? 물어볼 틈도 없이 발소리가 사라졌다. 무화는 소리의 방향으로 어둠을 더듬어 나갔다. 사방이 트여 있는데도 탁한 공기가 머리를 짓눌렀다. 희끄무레한 어둠 속에서 수십 개의 다리를 가진 거대한 지네가 몸을 웅크리고 있는 것이 보였다. 무화는 반사적으로 등에 맨 칼자루를 뽑았다.

"보이는 대로만 봐!"

날이 공기를 가르는 싸늘한 소음에 앞서 걷던 목소리가 경고했다. 눈을 깜박이자 거대한 지네는 등을 한데 맞대고 밖을 향해 묶인 사람들의 뒤엉킨 그림자로 변했다.

"어떻게 된 거야?"

무화는 당황했다.

"약이야. 저 사람들을 약하게 하고 조용히 시키려고 뿌린 거야."

무화는 옷깃을 끌어올려 코를 막고 칼등으로 벽을 그어 불꽃을 비추며 앞으로 나아갔다. 죽었는지 살았는지 알 수 없는 그늘진 얼굴들이 지나갔다. 눈동자가 열려 있었지만 뭘 보고 있는지도 알 수 없었다. 무화는 그 안에 서미의 얼굴이 있을까 봐 두려웠지만 확인하는 걸 멈추지 않았다. 상현도의 울림이 계속 강해지다가 뚝 끊겼다.

"이봐요."

무화는 용기를 내 어둠 속에서 번들대는 눈에게 말을 걸어 보았다. 반응이 없었다. 한쪽 구석에는 어린애 모양 인형들이 여기저기 망가진 채로 잔뜩 굴러다녔다. 왜 이런데 인형이 있을까. 너무 정교해서 섬뜩하다고 생각이 든 순간 무화는 새어나가는 비명을 삼켰다.

"쉬쉬. 괜찮아. 이미 다 지나갔어. 저 애들은 이제 다시는 아프지 않아."

어깨에 놓인 손의 따뜻한 체온이 몸 안으로 흘러들 때까지 무화는 떨고 있다는 걸 몰랐다. 그 아이들이 겪었을, 살아 있다면 계속 겪을 일들이 주마등처럼 지나갔다. 무화에게도 일어났었던 일이었다. 약제사를 죽이기 전에 이들에 대해 생각했었어야 했다. 그가 죽었을 때 이 애들을 찾아냈어야 했다. 무화는 자기 일에만 매달려서 아무것도 생각하지 못했다.

"생각을 놔. 과거에 사로잡히면 안 돼. 네가 해낼 수 없었던 일로 자책하지 마."

소녀는 무화의 뺨을 때리며 죄책감의 늪에서 끌어냈다.

"정신 들어?"

소녀는 화끈대는 손을 주물렀다.

"어. 손, 괜찮아?"

"네 얼굴이나 걱정해."

소녀는 웃었다. 이런 곳에서 저런 모습으로 어떻게 저토록 투명하게 웃을 수 있을까?

"너를 기다리고 있었어. 이쪽이야."

무화는 어리둥절하게 소녀를 따랐다. 더러운 옷은 때에 절고 심한 몸 냄새가 났지만 내부에서 뿜어지는 현명함과 강인함은 가려지지 않았다. 무화보다 훨씬 어려 뵈는데 이미 어른 같았다.

"나는 무화야. 네 이름은 뭐야?"

소녀의 눈이 어둠 속에서 고양이처럼 빛났다.

"클로버."

"너 혹시 야르스를 알아?"

고양이 눈처럼 빛나던 연두색 동그라미가 언짢은 반달로 변했다.

"이런, 카르파가 드디어 따라잡은 모양이네."

무화는 깜짝 놀랐다.

"엄청 걱정하던데. 범선까지 끌고 왔더라고."

"그럼, 카리나 왕의 최고로 값진 보물을 되찾으러 오는데 범선쯤

이야."

무화는 등에 흐르는 진땀을 느꼈다.

"너 보물을 훔쳤어?"

클로버는 웃었다.

"그 보물이 나야."

무화는 어리둥절했다.

"설마 너 공주님이야?"

왕실 여자들은 살아 있는 보물이나 다름없었다. 젊고 아름다울수록 높은 가치를 지녔다. 클로버는 킥킥 웃었다.

"난 공주가 아냐. 말하는 보물이지."

"납치당했다던데?"

무화의 말에 소녀는 큭큭 웃었다.

"응. 내가 나를 납치 했지. 자, 내 일에 신경 끄고 네 일이나 해. 저쪽에 너를 찾는 사람이 있어."

무화의 눈앞에 달처럼 창백한 은빛 머리카락이 떠올랐다.

"반하?"

"무화?"

서미가 무화를 불렀다. 무화는 서미보다 반하를 먼저 알아봤다는 걸 모르길 바랐다.

"공주님, 무사해?"

"무화, 네 왼손 움직이잖아? 어떻게 된 거야?"

반하의 눈이 무화의 왼팔을 보았다. 태산의 말이 떠올랐다.

'왼팔이 잘려 늪에 가라앉은 반공주의 시체를 이 눈으로 확인했

습니다.'

무화는 그와 눈이 마주치자 시선을 피했다. 서미는 입을 꽉 다물었다.

"환담 나눌 시간 없어. 곧이야."

클로버가 재촉했다. 무화는 머리 위의 진동을 느꼈다. 다섯? 아니 끌리는 바퀴 위에서 둘이 더 내려 일곱이었다.

"가자."

무화는 발소리가 멈추는 걸 듣고 머리 위에 덮개가 열리며 밧줄이 떨어지는 순간을 정확하게 잡아챘다.

"어……."

줄을 확인하느라 내밀어졌던 누군가의 얼굴이 무화의 칼에 피를 쏟았다. 무화는 그자를 밀치고 줄사다리를 거슬러 여섯 개의 발자국 소리를 지웠다. 뒤이어 올라온 서미가 무화의 등을 덮치던 남자를 처리했다. 반하는 그 뒤에 올라왔다.

"클로버는요?"

무화가 묻자 반하는 고개 저었다. 그들은 이름 없는 산으로 이동했다.

비에 젖은 옛집은 당장이라도 뭔가 튀어나올 것 같았다. 부엌 아궁이에 불을 붙이자 스산함이 금방 아늑함으로 바뀌었다. 무화는 공주님과 반하에게 앉을 자리를 만들고 불길을 돋우고 마실 것을 구해다 날랐다. 산골 집에는 우물이 따로 없었기 때문에 냇물을 길어 오거나 빗물을 모아서 썼었다. 무화는 나무 밑에 놓아두는 빗물받이 독들을 확인했다. 멀쩡한 것은 모두 사라지고 무성한 가지 뒤에 이 빠진 독 하나가 남아 있었다. 무화는 위에 쌓인 낙엽을 대충 털어내고 독을 아궁이에 얹었다. 불 앞에 기댄 남녀는 시달리고 지치고 지저분했지만 그림처럼 아름다웠다. 무화는 불빛을 받아 장미색 보석처럼 달아오른 은발과 그 아래 고즈넉이 깔린 속눈썹과 그 눈이 보는 칠흑의 공주님을 눈에 새겼다. 넝마를 걸쳐도 서미는 당당한 공주였다. 누더기처럼으로 빙사 반하를 옆에 두고서도 조금도 주눅 드는 기색이 없었다.

"땔감을 찾아올게요."

무화는 방해꾼이 된 거 같아서 아무 핑계나 대고 밖으로 나왔다. 따뜻한 아궁이 옆에 그들과 함께 있는 것보다 빗방울이 쏟아지는 처마 밑에 혼자 있는 편이 덜 추울 것 같았다.

무화는 처마 밑에 떨어지는 빗방울을 응시했다. 서미에게 물어야 할 것이 있는데 잘 생각나지 않았다. 나무는 진실만을 노래하지만, 진실이란 보는 사람과 입장에 따라 달라진다. 만약에 정말로 서미가 둘을 바꾸었대도 왜 그런 생각을 한 건지, 정말로 자기만을 위한 건지도 알 수 없었다. 무화는 서미가 아니니까.

서미는 고작 일곱 살이었다. 무화도 같았다. 무슨 짓이든 할 수 있는 나이지만 결과는 생각하지 못하는 나이였다. 일이 이렇게 복잡해지리라곤 생각 못했을 수도 있었다. 손바닥도 마주쳐야 소리가 났다. 어느 한쪽이 완벽히 다른 한쪽을 기만할 순 없었다. 어쩌면 무화도 이 놀이에 동참을 했을지도 몰랐다. 서로의 엄마를 바꾸는 놀이에. 그게 언제부터 진짜가 됐을까. 무화는 서미의 엄마를 사랑했다. 녹옥의 손은 기억나지 않지만 밀기울을 굽고 곡식의 가루 냄새가 밴 손으로 무화를 쓰다듬던 그 손은 기억했다. 그게 엄마 손이었다.

이 복잡한 것들을 어떻게 서미에게 물어야 할까? 묻는다 해도, 서미가 뭐라고 대답할까. 무화는 그 대답을 듣는 것도 겁이 났다. 서미가 지금까지 무화가 믿어 왔던 서미가 아니게 될까 봐 두려웠다. 둘이 늘 좋아 죽고못사는 사이였던 건 아니었다. 하지만 세상이란 전장에서 등을 맡겨야만 한다면, 그게 서로라는 건 의심할 여지가 없었다.

서미의 대답을 듣건 듣지 않건 달라지는 것은 없다. 서미가 진실을 말한대도 거짓을 말한대도 무화가 공주가 될 수는 없고 서미가 시녀가 될 수는 없다. 무화는 결정했다.

서미는 무화의 단 하나뿐인 친구다. 무화가 원하는 건 그것뿐이었다. 반하에게서 공주님을 빼앗고 싶지도 않았다. 지금 무화가 휘젓지 않아도 일은 충분히 복잡했다.

우리가 여기에 살 때만 해도 이런 일이 있을 줄은 몰랐지.

무화는 이제 흔적조차 남지 않은 보리밭을 바라보았다. 배가 고프니까 길게 생각하기가 어려웠다. 춥고 배고픈데 다른 걸 고민하니까 이상하고 웃기네. 실존과 사치인가. 무화는 킥킥 웃으면서 땔감을 모았다. 몇 개 집어 들기 전에 젖어서 태울 수 없다는 걸 깨닫고는 사냥으로 목표를 바꿨다. 서미와 반하 둘 다 한나절 이상 굶었기 때문에 불을 피워도 한기가 가시지 않을 거였다. 무화도 그랬다.

조심해 무화.

밤의 목소리였다. 무화는 퍼뜩 지붕 위를 보았다. **밤**이 거기 앉았다가 사라졌다. 무화는 지붕 위로 기어 올라갔다. 어둠속에서 흔들리는 것들이 보였다. 어둔은 아니다. 시커먼 민달팽이처럼 스물스물 이쪽을 향해 접근하는 그림자는 사람이었다. 빗물에 섞인 짙은 땀내와 쇠 비린내가 맡아졌다. 복장만으로는 신분이나 소속을 구분하기 어려웠지만 정확한 속도와 움직임이 훈련 받은 병사가 분명했다. 태산의 가병이군.

무화는 깨진 기왓장을 들어냈다. 그 아래서 반하와 서미가 입맞춤을 나누고 있었다. 무화는 화들짝 놀라서 기왓장을 내려 놨다가 어쩔 수 없이 다시 들었다.

"공주님. 포위가 좁혀 오고 있어요."

반하와 서미가 아래에서 올려다보았다.

"빨리. 여기 있으면 잡혀요. 산 동쪽 그늘 벼랑으로 가요. 거길 내려가면 안 보이는 배가 있어요. 거기 가서 클로버에 대해 알려 줄 테니 도와 달라고 해요."

주머니에는 야르스에게 받은 야광주가 있었다. 무화는 그걸 서미에게 던지고 지붕에서 뛰어내려 수풀로 들어갔다. 마른 가지는 적의 모습도 잘 보이지만 이쪽도 은폐되지 않았다. 하지만 이 근방은 무화의 앞마당이었다. 무화는 어둠을 밟으며 버려진 토끼굴 때문에 지반이 약한 곳과 미끄러운 바위와 무른 바위 사이로 적들을 몰아갔다.

"이상한 소리가 들려."

가병들은 잔뜩 긴장했다. 고래등걸 출신들은 절대 이름 없는 산에 오지 않았다. 한때 여기 사람이 살던 적도 있었다. 유폐된 공주를 감시하는 노역부들이었다. 그들은 녹옥 공주가 떠나고 반공주의 존재가 알려지자 감시 소홀로 죄를 물어 모두 처형되었다. 이름 없는 산은 이제 어둔뿐 아니라 억울하게 죽은 귀신 소굴이 되었다.

"흐악!"

후두둑 밤송이 떨어지는 소리와 함께 피와 비명이 튀어 오르며 맨 뒤에 오던 서넛이 한 번에 쓰러졌다.

"뭐였어?"

가병들이 동요했다.

"어둔이야?"

"쉿! 그 이름은 여기서 금기야."

가병이 우왕좌왕 하는 동안 무화는 다음 습격을 준비하러 가장 멀리 가지를 뻗은 나무에 기어올라 웅크렸다. 거기 있으면 적들이 어느 길로 가도 더 빨리 가로지를 수 있었다. 포위대의 오른쪽에서 서넛이 더 쓰러졌다. 무화는 속으로 머릿수를 세었다. 서른다섯에서 여덟이 줄었으니 스물일곱이었다. 동내 깡패가 아니라 정규병이라 한꺼번에 상대하기엔 벅찼다.

"어디야?"

쓰러진 동료들을 챙기던 가병들은 공격이 위쪽이라는 걸 알아채고 다람쥐 몰 듯 무화를 몰기 시작했다. 무화는 나무에서 나무로 건너뛰었다. 뛰는 자리마다 활이 날아와 박혔다. 암습 기회를 놓쳐 드러난 몸이 고스란히 표적이 되었다.

이름을 불러.

실처럼 가는 나무 그림자가 **밤**의 목소리로 말했다.

"뭐?"

여기저기 모든 그림자들이 메아리처럼 그 목소리를 따라했다.

*이름을 불러. 네 왼팔. 네가 있다는 걸 알게. 헤매지 않고 **그늘**을 거슬러 너에게 오게.*

무화는 흔들리는 낙엽과 떨어지는 빗물 그림자에서까지 **밤**의 목소리를 들었다. 주위가 **밤**으로 가득 찼다.

가병들은 사방을 조여 오는 먹먹함에 짓눌린 채 눈만 뒤룩뒤룩 굴렸다. 산이 말하고 있었고 그걸 들으려고 모든 생물이 침묵하고 있었다. 하지만 가병들에겐 아무 소리도 들리지 않았다.

"이름 같은 거 몰라."

무화의 발밑에서 나뭇가지가 뚝 부러지는 소리와 함께 귀를 압박하던 침묵이 화다닥 흩어졌다. 새들이 날아올랐고 가병들이 움직였다.

"안이 비었다! 발자국을 따라가!"

가병들은 반으로 나뉘어 한 무리는 무화를 쫓고 한 무리는 옛집을 수색했다. 무화는 정신을 차렸다. 서미를 지켜야 했다. 무화는 다시 하나로 뭉치려는 두 무리 가운데로 뛰어들어 가장 가까운 가병의 목을 베고 뒤돌아보는 자의 가슴을 뺐다. 발에 달라붙은 진흙이 무거웠다. 피와 목숨의 무게였다.

"처리할 테니까 먼저 가!"

여남은 명이 무화를 맡고 나머지는 서미를 따라갔다. 무화는 마음이 조급해졌다. 왼팔을 다스릴 수 있다면 좋을 텐데. 왼팔의 괴물은 적옥 팔찌를 끼고 있을 때는 무화의 왼팔이지만 방비를 벗기면 어둠의 본성을 드러내고 폭주했다. 그래도 다른 선택이 없었다. 무화는 적옥 팔찌를 벗었다. 왼팔의 괴물이 소리 없는 진동으로 포효했다.

서미는 맞은편에서 오는 발소리를 듣고 황급히 길섶으로 벗어나 나무 뒤에 몸을 숨겼다. 태산의 가병들이 바로 옆을 스쳐 지나갔다. 그들이 되돌아오는 발자국을 구분하지 못했기를 바라며 서미는 잠시 고민했다. 가서 반하를 돕고 싶다. 하지만 할일은 그게 아니었다. 손안에 거머쥔 하현도가 차가웠다. 땅에 떨어진 빗방울이 거꾸로 치솟는 것처럼 젖은 둥지에서 새들이 날아올랐다. 서미는 고개를 번쩍 들었다. 불길함이 전신을 후려쳤다. 서미는 옛 집을 향해 달렸다.

보리 마당에 밀어닥친 안개가 보였다. 아니, 안개가 아니라 피에 젖은 몸뚱이와 벌어진 상처에서 피어오르는 김이었다. 서미는 숨 쉴 때마다 입에 고이는 진한 피 냄새에 뒷걸음질 쳤다. 한가운데에 어른거리는 그림자가 낯익었다. 서미는 두려움을 삼켰다.

"무화?"

무화의 왼쪽에 드리워진 거대한 그림자가 서미를 향해 뒤척였다. 이건 꿈이야. 저런 것이 세상에 있을 리 없어. 저런 괴물이 어두운 그늘 밖에서 형체를 가질 수는 없어. 서미는 생각하고 생각하고 생각했다. 이성을 잃지 않기 위해서. 그러나 괴물의 희번덕대는 수십 개의 눈이 정어리 떼처럼 동시에 이쪽을 향한 순간 서미는 비명을 지르며 뒤돌아 달렸다.

"서미?"

무화가 서미를 발견한 순간 머리 위에서 촘촘한 벼락이 떨어졌다. 온몸을 덮친 얼음송곳이 심장을 꿰뚫고 표본처럼 무화를 땅에 메꽂았다.

서미는 천적을 만난 짐승처럼 무화에게서 달아나려고 버둥댔다.

하지만 둘은 한 그물에 걸려 있었다.

"이야! 이게 정말로 먹힐 줄이야. 영주님이 만들라고 하실 때는 장난이라고 생각했지. 어둠을 잡는 그물이라니, 애들 장난도 아니고. 그런데 정말 뭐가 잡혔잖아?"

서미는 그물 끝을 쥔 자의 얼굴을 알아보았다. 태산의 보좌관이었다. 그는 그물 속에 갇힌 물고기처럼 팔딱대는 서미와 축 늘어진 무화를 내려다보았다.

"근데 두 마리가 잡혔네, 둘 중에 누가 어둠이지?"

서미는 어둠이 눈을 덮는 것을 보았다.

가리개가 벗겨졌어도 사위는 여전히 어두웠다. 헛간인가? 손발이 묶인 채로 서미는 주위를 탐색했다. 냄새가 먼저 장소의 용도를 알렸다. 썩어 가는 짚더미의 따뜻하고 뭉근한 냄새가 등 뒤에서 풍겨 왔다. 고개를 돌리자 강한 비린내가 코를 때렸다. 물고기를 다듬은 곳일까, 사람을 다듬은 곳일까? 땅 것은 누리고 바다 것은 비리지만 피와 내장이 썩을 때의 찝찔한 군내는 똑같았다. 껍질은 달라도 안에는 모두 같은 것들을 가졌다.

"깼나?"

횃불이 달아올랐다. 허공에 붕 떠오른 얼굴은 태산이었다. 서미는 천천히 안을 둘러보았다. 창문을 가른 나무 창살 너머에 어설픈 푸른 기가 감돌았다. 아직도 비가 올까? 새벽일까? 눈을 가리자마자 숫자를 세었었다. 몇 천 번을 세다가 혼미해지는 바람에 확신할 순 없지만 아주 오래 지난 거 같지는 않았다. 아마 그들을 옮기고 태산

329

이 도착할 정도리라.

"공주님을 초대하기엔 참으로 호사스런 장소네."

서미가 비꼬았다. 태산은 가병이 끌어다 준 간의 의자에 무거운 엉덩이를 걸쳤다.

"이렇게까지 수고롭게 할 줄은 몰랐지."

"시체와 혼인하려고?"

무화는 어디 있지? 서미는 주변의 숨소리에 신경 쓰면서 계속 시간을 끌었다. 한 그물에 걸렸던 것이 기억났다. 그 전의 일은 억지로 기억하지 않으려고 했다. 방 안의 기척 중에 텅 빈 곳이 있었다. 소리도 냄새도 없고 살지도 죽지도 않고 빛도 어둠도 아닌 것의 묵직한 존재감이 느껴졌다. 저기다.

"발가락 하나둘쯤 없어지면 네년도 고분고분해지겠지. 비단 신발을 신으면 티 나는 것도 아니고. 그래, 미칠 듯이 사랑하는 애인을 따라가서 뭐 좀 건졌나? 입맞춤? 포옹? 내가 갈아 놓은 얼굴에도 입술이 있던가? 놀라워, 거기 숨어들다니. 그래, 죽은 애인의 품은 따뜻했나?"

반하를 추적하지는 않겠구나. 죽었다고 생각하니까.

"그 지하에서 무슨 짓을 꾸미는 거야?"

서미가 반격했다. 태산의 얼굴이 깊게 그늘졌다.

"뭘 봤지?"

어딘가 물기가 있어야 하는데. 아주 조금이라도, 고드름 조각이라도 상관없었다. 다만 피와 소변 같은 체액이 아닌 진짜 물이어야 했다.

"당신이 숨기고 싶은 모든 것."

태산은 얇은 칼을 꺼냈다. 날이 횃불에 희게 번득였다.

"혀가 없어도 혼인하는 데는 문제가 없지."

가로지른 나무 창살과 타오르는 불이 기시감을 불러 일으켰다. 좁은 나무 우리 밖에서 무화를 가리킨 남자의 손가락에 에메랄드 반지가 빛났다. 칼을 쥔 태산의 손에도 똑같은 반지가 있었다.

"이 개자식."

고귀하신 공주님의 입에서 튀어나온 욕설에 움찔했던 태산은 싱긋 웃었다.

"그렇게 가짜인 걸 티낼 필요는 없잖아."

태산은 서미의 턱을 움켜쥐고 억지로 입을 벌렸다.

"내 혀가 없는 걸 어떻게 설명할 셈이지?"

서미의 말끝이 일그러졌다.

"난 아무 말도 안 해. 그저, 누군가에게 강제로 끌려갈 뻔한 공주님을 구한 영웅이 될 뿐이지."

"글을 쓸 거야. 아홉 나라 말로. 네놈의 행태를 고발할거야."

칼날이 입 안으로 들어오자 볼 살 안쪽에서 피가 흘렀다.

"그 예쁜 손가락도 반지를 치장할 수 없겠군."

태산이 말했다. 서미는 입을 꽉 다물고 칼날을 이에 물었다. 한 방울이면 돼, 성애 한 점만이라도. 그럼 하현도가 나타날 수 있다. 하늘의 달이 밤길을 따라 오듯이 두 칼도 물이 있는 곳이라면 언제나 주인을 따라왔다. 그러나 물은 아무데도 없었고 그나마의 수분도 열기가 말렸다. 너무 더웠다. 서미는 주변이 환해진 것이 해가 뜬 것이 아니라는 걸 알았다.

"불이야! 불이 났습니다!"

가병이 벌컥 문을 열고 들어왔다. 태산은 서미의 입안에 든 칼을 쑥 뽑으려 했지만 이에 꽉 물려서 빠지지 않았다.

"쳇. 번지지 않게 잘해."

태산은 칼을 포기하고 나갔다. 서미는 날을 옆으로 퉤 뱉었다. 거기에 숨소리 없는 무화가 있었다.

"일어나. 무화. 깨라고! 제발……."

서미는 묶인 몸을 비틀어 발길질했다. 무화는 잠들면 가끔 숨소리가 사라졌다. 그런 밤이면 서미는 높은 침대에서 내려와 발치에서 잠든 무화 옆에 오랫동안 웅크리고 앉아 있었다. 무화가 정상이 아니란 건 알고 있었다. 동녀가 된 충격 때문일까? 하지만 그 전에도 무화는 이상한 걸 보고 이상한 걸 들었고 아무도 없는데 대답했다. 자기가 보는 걸 서미는 못보고, 무서워한다는 걸 알고는 더는 말하지 않았지만 서미는 무화가 여전히 그런 것들을 보고 듣는다는 걸 알고 있었다. 그 이상한 짓을 멈춘 건 노래하는 나무 상단 안에서 뿐이었다. 배에서 내리자 무화는 또다시 산만해졌다. 무화가 어둠을 보는 것, 마노가 무화의 조각을 찾는 것. 그게 다 우연일까?

불길이 나무 창살을 살라 먹고 안으로 쏟아졌다. 바로 등 뒤에서 뜨거운 열기가 느껴졌다.

"무화! 일어나!"

서미는 무화의 괴물이라도 나타났으면 싶은 심정이었다. 하지만 무화의 왼편은 그늘에 먹힌 것처럼 그저 어둡기만 했다. 왜 안 움직이는 거지? 숨은 쉬고 있는데? 혹시, 저 그물 때문인가? 서미는 꿈틀 꿈틀 기어가 그물을 물어뜯었다. 줄에 석영조각을 발라서 입술이 헤 어져 줄줄 피가 흘렀다. 서미는 울면서도 멈추지 않았다. 일어나 무 화. 지켜주기로 약속했잖아. 뜨거운 열기가 그물을 달궜다. 서미는 피를 뱉으며 머리를 떨궜다. 여기서 끝인가?

갑시다. 반공주.

서미는 불길 안에서 숯처럼 새빨갛게 달궈진 비늘을 보았다. 창 문에서 쏟아진 불은 불이 아니라 연기와 불을 너울대는 거대한 뱀이 었다.

"반하?"

그럴 리가 없었다. 하지만 분명 반하의 목소리였다. 서미는 뱀처 럼 길게 늘어진 살아 있는 생물 같은 불덩이를 바라보았다. 어둔인 가? 아니야. 저건 불이야. 화룡이다.

'내가 갈아 놓은 얼굴에도 입술이 있던가? 죽은 애인의 품은 따뜻 했나?'

태산이 그랬다. 태산은 반하가 죽었다고 했다. 서미는 그가 잘못 알고 있다고 생각했었다. 하지만 그가 말한 것은 사실이었고, 반하 는 죽지 않았다. 죽지 않고 다른 것이 되었다.

서미는 턱으로 그물을 가리켰다.

"무화를 데려가요. 어서 가요. 태산이 오기 전에."

저 불이 무엇이든 상관없었다. 무화를 구할 수 있다면. 뒤에서 서 미를 지키는 건 무화지만 앞에서 방패가 되어 진짜 공주를 지키는 게 서미의 의무였다.

불은 잠시 망설였다.

저앤, 이미 죽었잖아요.

"안 죽었어요. 원래 그래요. 놈들이 원하는 건 반공주니까 나를 쉽게 죽이진 않을 거예요. 하지만 나를 데려가면 무화는 정말로 죽어요."

서미는 입안에 고인 피를 뱉으며 말했다.

시간이 되풀이되었다. 이번에도 먼저 나가는 것은 무화였다. 하지만 그때는 동녀로, 죽으러 가는 거였다. 이번에는 살러 가는 거다. 서미는 오랫동안 어긋났던 조각이 제자리에 맞춰지는 것을 느꼈다.

불은 서미의 결연한 표정을 보고 무화를 감싸 뜨거운 열기와 함께 위로 솟구쳐 지붕을 태우고 사라졌다. 구멍 뚫린 천장에서 천 개의 눈들이 따갑게 빛났다. 혼자 남은 서미는 맨발과 흐트러진 옷차림에 새삼 수치를 느끼며 그늘 쪽으로 사려 앉았다. 어둠이 서미의 여린 어깨를 안았다.

제13장
피지 않는 꽃

"우주는 살아 있거나 죽어 있는 모든 것들의 숫자만큼 많단다."

마노가 말했다. 둥그런 선창으로 햇살이 비치고 서가 가득 빼곡한 책들이 술렁였다.

"모든 것들이라고요?"

무화가 반문했다.

"그래, 보이는 것과 보이지 않는 것 다 포함해서."

무화는 그의 부드러운 목소리와 거기 담긴 광활함에 마음이 뛰었다. 그 말은 일반적으로 생명체라 부르는 것들을 넘어서 보이지 않는 것들에게까지도 가능성을 부여해 존재의 폭을 무한히 넓혀 버렸다.

"인간은 나무나 돌이나 바람이나 구름과 소통할 수 없기 때문에 죽어 있거나 아무것도 아닌 물질로만 보지. 하지만 모두 의식과 존재를 갖고 있단다. 나무와 꽃들조차도 인간이 모르는 방식으로 움직이고 소통하고 있어. 다만 알아챌 수 없을 만큼 느리거나 발현 방식이 달라 인지할 수 없을 뿐이야. 뒤집어 생각하면, 천 년에 한 번 몸을 뒤채는 돌에게는 인간은 찰나에 스쳐가는 풀씨고 흙이 되기 위해 흔들린 먼지 같겠지. 인간은 결코 돌의 목소리를 듣지 못할 거야. 만년에 한 번 들릴 테니까."

마노는 인간보다 오래, 아주 오래 살아서 인간이 결코 꽃을 볼 수 없다는 돌기둥 나무와 천 년에 한 번 날아오는 철새의 이름을 가르쳐 주었다. 무화는 인간의 수명으로는 결코 감당할 수 없는 세상이 너무나 크고 아득해서 마음이 아플 지경이었다.

마노는 탁자에 문진을 움직였다.

"여기 돌멩이가 있어. 네가 장난삼아 이걸 던졌다고 치자. 거기에 개구리가 맞아 죽었어. 그럼 누가 더 가엾다고 생각하니?"

무화는 가만히 문진을 들여다보았다.

"둘 다 가여워요. 개구리는 죽었고 돌은 원래 있던 자리를 떠나 피를 뒤집어 쓰고 누군가를 죽이게 되었죠. 제일 나쁜 건 저예요."

마노는 무화의 머리를 쓰다듬었다.

"너는 준비가 됐구나."

그는 무화에게 오래, 아주 아주 아주 오래 살아서 인간들은 결코 꽃을 볼 수 없다는 돌기둥처럼 보이는 나무와, 천 년에 한 번 날아오는 철새의 이름을 가르쳐주었다.

"마노, 어둔에게도 우주가 있어요?"

무화가 물었다.

"그래, 어둔도."

마노가 대답했다. 그의 미소가 물살에 쓸려가면서 나무의 노래가 급류처럼 무화를 휘감았다. 무화는 손가락 새로 흘러가는 황금빛 바람을 느꼈다. **나무의 노래**가 아니었다. 어둔의 **그늘**인가? **노래**라기엔 고요하고 **그늘**이라기엔 밝았다. 무화는 멀리 뒤엉킨 뱀 같기도 하고 나무 뿌리 같기도 한 것을 보았다. 그건 흐름이었다. 민물과 바닷물이 만나 뒤엉킨 해류처럼 서로 다르지만 본질은 같았다. 무화는 복잡하고 혼란한 물살 속에서 새빨간 부표처럼 떠 있는 물체를 붙들었다. 숯처럼 달궈진 비늘 아래로 금빛 불길이 일렁이는 거대한 물고기의 등이었다. 무화는 데일까 봐 손발을 움츠렸다.

'꽉 잡아.'

낯익지만 기억나지 않는 목소리가 말했다. 무화는 날카로운 비늘 모서리와 뼈처럼 단단하고 비단처럼 부드러운 지느러미를 움켜쥐었다. 화어(火魚)는 혼돈의 흐름을 거슬러 헤엄쳤다. **그늘**과 **노래**로 변한 시간의 편린들이 뺨을 스치며 유리조각처럼 날카로운 상처를 냈다. 서미의 목소리를 들은 것 같았다. 화어의 뜨거운 비늘이 나뭇결을 태웠다. **나무의 노래**는 비명이 되고 새카만 숯 같은 침묵이 되었다가 시간의 압력이 더해져 단단한 돌이 되었다. 그리고 마침내 연마사의 손길 한 번에 영원히 꺼지지 않는 빛으로 변했다. 무화는 그 안에 흐트러지지 않는 이야기를 들여다보았다.

그 산장에 곰은 없었다. 영주와 동녀로 팔린 무화 단둘뿐이었다. 영주와 무화를 남기고 떠난 하인들은 다음 날 아침 툇마루에 길게 끌린 선명한 혈흔과 온 방 안에 흩어진 고깃덩이로 변한 영주를 발견했다. 뱃속의 부속물은 누구 것인지 구분할 수 없지만 짓이겨진 피투성이 머리 가죽은 곱슬거리는 회백색으로 영주가 분명했다. 혈흔은 마치 큰 뱀의 비늘이 끌린 것처럼 결을 가지고 굽이치며 방안에서 툇마루로 산장 앞마당까지 이어졌다. 핏자국이 멈춘 곳엔 왼팔에서 솟아난 피웅덩이에 웅크린 무화가 있었다. 얼굴의 반이 웅덩이에 잠긴 몸뚱이는 몹시 작아 보였다.

그들은 늪과 짐승들이 무화를 처리하게 내버려두고 영주의 시신을 수습해서 떠났다. 영주는 곰사냥을 떠났던 것으로 알려졌기에 사인 또한 곰의 습격으로 처리되었다. 하지만 이름 없는 산엔 곰이 없었다.

무화는 왼팔을 흔들었다. 살아 있는 문신이 꿈틀댔다. 끔찍한 괴물도 잠든 얼굴은 평화로워 보였다.

'애초에, 약제사가 너를 데려간 건 미끼였어. 녹옥이 그렇게 한 거지. 아니면 어떻게 그렇게 절묘하게 무화가 붙들릴 수 있었을까? 내가 너희를 구한 건 운이 따랐지만 완전히 운만이었던 건 아니야.'

침착한 목소리가 들렸다. 누군지 아는데 이름이 떠오르지 않아서 머릿속이 근질댔다.

'왜 엄마가 그런 짓을 해요? 엄마잖아요?'

'세상에는 아주 많은 아이들이 있고 다 다르지. 엄마들도 그래. 녹옥은 무화를 숨기고 싶어 했어. 좋은 의도이든 나쁜 의도이든. 궁궐에 그 애의 존재를 알리고 싶지 않아 했어.'

'사생아를 부끄러워 한 건가요?'

연한 휘장이 드리워져 있고 의자에 앉은 등 돌린 소녀가 보였다. 칠흑처럼 검은 머리가 의자 아래로 떨어져 검은 비단뭉치처럼 바닥에 고여 있었다. 맨발의 하얀 발목이 아름답고 섬뜩했다.

'그렇기도 하고, 그렇지 않기도 해. 목 왕가에 전해 내려오는 이야기를 해 줄까?'

'어둠을 물리친 청목신왕 전설은 저도 알아요.'

이것도 잃어버린 기억의 조각일까?

'그래? 그럼 그 피가 이어져 내려온다는 것도 알겠네?'

소녀는 이를 악물었다. 뒷모습뿐이지만 꼿꼿한 목과 단단해진 어깨 근육으로 알 수 있었다.

'결국은 핏줄이라는 건가요? 운명이란 이미 다 정해졌고 우리 같은 천것들에겐 기회조차 없는 건가요?'

무화가 아니라 서미였다. 맞은편에 앉은 비단 휘장에 가려 있던 이의 눈이 무화와 마주치자 둥근 청옥으로 변해 목에 떨어졌다. 무화는 **그늘** 속으로 곤두박질쳤다.

무화!

밤의 목소리가 들렸다. **밤**은 모습이 변해 있었다. 뿔이 더 길고 날카롭고, 덩치도 크고 색깔도 밝아졌다. 이전에는 호랑이만 했는데 이제는 큰 곰만 했다. 처음에는 고양이만 했었지. 문지방 위에 웅크리고 앉아서 눈을 빙글거리며 둘을 내려다 봤었다. 어둠도 자랄까?

무화. 꽉 잡아.

밤은 추락하는 무화를 낚아챘다. 무화는 숲 안개와 나무 연기 냄새가 나는 털을 들이쉬었다. 서미는 알고 있었어. 무화는 고통스럽게 눈을 감았다. 그런데 왜 진실을 말해 주지 않았던 걸까. 공주님이 되고 싶어서? 아니야, 그럴 리가 없어. 그럴 수는 없어. 무화는 주문처럼 그 말을 되뇌었다. 우린 친구잖아.

밤. 내가 녹옥 공주님의 딸이야? 산장에 끌려가서 강간당하고, 늪에 빠져 죽은 게 나야? 내가 기억하는 것들이, 진짜 나야?

껍질에 쌓인 콩 같은 비밀을 맷돌에 짓이기자 고통이 가루가 되어 몸속 구석구석으로 피할 수도 없이 스며들었다. 어째서 진실을 보면서도 자신이 아닌 다른 존재에게 확인받고 싶은 걸까.

밤에겐 언제나 너야.

밤은 무화의 왼팔을 핥더니 물어뜯었다. 사방에 피가 튀고 노란색 고통이 반짝이며 부서지는 과육처럼 세상이 터져나갔다.

정신이 들자 반하가 보였다.

"움직이지 마. 많이 다쳤어."

무화는 간신히 손가락을 까닥여 허전한 옆을 더듬었다.

"내 칼⋯⋯."

입을 달싹이자 소리가 아프게 갈라져 나갔다. 반하는 베개 옆에 무화의 칼자루를 놓고 나무 컵을 들었다. 무화는 컵을 받으려 했지만 손에 힘이 없어서 놓쳤다. 반하는 잽싸게 컵을 잡아 무화의 입에 대주었다. 등을 감싼 얇은 붕대 너머로 반하의 손이 느껴졌다. 반하는 무화의 등이 긴장하는 걸 알았지만 떼지 않았다.

"공주님은?"

물 한 모금으로 입을 축이자마자 무화가 물었다. 반하는 혀를 내둘렀다.

"칼 다음엔 공주님이야? 물 마실 힘도 없는 주제에. 네가 어디 있는지, 어떻게 된 건지는 안 궁금하고?"

"지금 막 궁금해졌어."

무화가 말했다. 눈으로 보지 않아도 의식이 깨어날 때 이미 감지하고 있었다. 이곳은 배 안이었다. 본능에 새겨진 나무 냄새와 엄마 뱃속처럼 흔들리는 느낌을 모를 수가 없었다.

"해적선이로군."

반하와 서미가 잘 찾아냈구나. 아니, 서미는 나랑 그물에 있었어. 진저리나는 피 냄새가 차갑게 등골을 내달렸다.

"서미가 있었어. 내가 도와야하는데, 몸이 움직이지 않았어. 그런데 어떻게…….""

무화는 손톱이 파고들도록 반하의 손을 꽉 쥐었다.

"공주님을 구했어야지!"

예상치 못했던 힘은 순식간에 빠져나갔다.

반하는 침착하게 말했다.

"서미가 너를 구하라고 했어."

무화는 머리를 세게 얻어맞은 것 같았다.

"뭐?"

반하는 무화를 응시했다.

"내가 물어야 할 거 같은데. 왜 공주님이 너를 구하라고 한 건지."

뱃속이 꽉 뭉치는 기분이었다.

"그거, 단풍이지? 그는 돌아오지 않겠군."

적옥 팔찌는 아직 오른 손목에 걸려 있었다. 무화는 훤히 드러난 약점들을 가리려고 했다. 하지만 몸을 움직이는 것만으로 죽을 것처럼 아팠다.

"무리하지 마. 이미 다 봤으니까."

무화는 눈을 감았다.

문신 같기도 하고 화상 같기도 한 짐승이 왼팔에서 꾸불텅 몸을 뒤챘다. 지느러미 때문에 물고기처럼 보였지만 몸이 뱀처럼 길고 안으로 겹겹이 접은 긴 날개깃이 보였다. 반하의 서늘한 손가락이 손목에서 팔꿈치를 따라 왼팔을 훑었다.

"이 녀석이 너를 버티고 있는 거 같아. 적옥 팔찌를 끼울까 했는데, 어쩐지 이게 너를 지키는 거 같아서 족쇄를 채울 수 없었어."

카르파는 무화가 죽을 거라고 했다. 반하는 무슨 짓을 해서도 버텨 주길 바랐다.

"돌려 놔야 해."

무화는 억지로 몸을 움직여서 적옥 팔찌를 왼팔에 끼려고 했다. 반하가 손을 쥐고 막았다.

"안 돼."

"나는 괴물이 될 거야."

무화가 말했다. 몸속을 쥐어짜는 듯한 비통한 고백이었다.

"네가 괴물이 되면, 내가 너를 죽여 줄게."

반하는 무화의 손을 꽉 잡고 귓가에 속삭였다.

"어떻게? 당신도 잡아먹을 텐데."

"걱정 마, 그렇게 쉽지 않을 테니까.

무화는 그의 눈동자 속에서 이글거리는 불길을 보았다. 무시무시한데, 이상하게도 안심이 됐다.

"서미랑 떨어진 지 얼마나 됐어?"

무화는 불이 흔들리는 천장을 보았다.

"이틀."

반하가 답했다. 무화는 초조함에 입안이 바싹 말랐다.

"이틀? 태산이 그동안 무슨 짓을 했을지 모르잖아. 공주님을 구해야 돼."

무화는 숨을 들이쉬며 억지로 일어나 침상에서 나왔다. 그러나 한 발도 제대로 딛지 못하고 세상이 휙 높아지더니 반하의 팔 안에 쓰러졌다. 뼛속까지 부서질 듯이 아프고 세상이 빙빙 돌았다. 땀이 비처럼 쏟아져 바닥을 뚝뚝 적셨다. 이런 적은 없었다. 이렇게까지 몸을 가눌 수 없던 적은 한 번도 없었다.

"서미는 찾는 중이야. 너를 빼낸 직후에 다른 데로 옮겨졌어."

반하는 무화를 훌쩍 안아 다시 침상에 뉘였다. 무화는 간신히 목을 움직여 몸을 살펴보았다. 네모난 천 모서리를 대충 묶은 자루 같은 옷밖에 드러난 곳들도 엉망이지만 가슴 옆에 다물린 흉측한 입엔 잠깐 숨이 멎었다.

"심장이 멈췄었어."

반하가 말했다.

"서미를 구하는 건 다른 손을 빌릴 수도 있어. 하지만 서미를 '정말로' 구하는 건 너밖에 할 수 없을지도 몰라. 그러니까 몸 보전 해."

"무슨 말인지 모르겠어."

거품 같은 **나무의 노래**와 깃털처럼 흩날리는 불길이 머리부터 발끝까지 꿰뚫고 갔다. 반하는 서미를 공주님이라고 부르지 않았다.

"너는 네 입이 말하는 것보다 영리해."

반하는 무화의 이마와 머리카락을 쓸어주고 일어났다. 그 손이 떠나는 것이 아쉬워서 무화는 죄책감을 느꼈다.

깼어? 기분이 어때?

기다린 것처럼 카르파가 문을 열었다. 무화는 힘들게 이불속으로 숨으려고 꾸무럭댔다. 반하는 카르파가 들고 온 덜그럭대는 상자를 받아 탁자에 놓고 자리를 비켰다. 세 사람이 있기에 선실은 좁았다.

상처 좀 보자.

반하와 자리를 바꾼 카르파가 간이 의자를 당겨 앉았다. 무화의 얼굴이 굳었다. 카르파는 무화의 손이 닿는 곳에서 칼자루를 치웠다.

빙사가 무르게 굴었군. 누가 그 누더기 같은 몸을 치료했을 거라고 생각하는 거야? 저 금속쟁이? 사람 몸은 쇠가 아니야.

카르파의 말에 무화의 얼굴이 파래졌다가 빨개졌다가 다시 하얘졌다. 카르파는 그 작은 머릿속에 굴러다니는 생각을 읽었다.

여자인 건 좀 놀랐다. 야르스한테도 말했어?

내가, 왜?

카르파는 상자 속의 물건을 탁자에 늘어놓았다. 따끈한 죽 그릇과 숟가락과 섬뜩한 모양새의 도구가 함께 놓였다.

뭔가 먹을 수 있을 것 같아?

무화는 도리질 쳤다. 카르파는 그럴 줄 알았다는 듯 고개를 끄덕였다.

하나만 말하지. 네 안의 괴물이 너를 지탱하고 있어. 먹지 않으면 너는 죽고, 괴물이 너를 차지하게 될 거다.

카르파는 무화의 붕대를 열고 상처를 살피고 약을 발랐다.

먹어 볼게.

무화는 간신히 두 숟가락을 먹었다. 카르파는 기다렸다가 묵묵히 다시 남은 상처를 돌보았다. 시간이 아주 오래 걸렸다.

클로버는 찾았어?

네 공주님 걱정만으로도 벅차지 않아?

카르파가 말했다.

"거기 없었어."

문간에서 야르스의 목소리가 들렸다. 무화는 알몸이 드러난 어깨를 움츠렸다. 카르파는 한숨 쉬고 말했다.

외부인 출입금지야.

주의를 듣고 커다란 발이 들어오려다 말고 나갔다. 그는 얇은 나무 벽 너머에서 말했다.

"우리가 갔을 때는 아무도 없었어. 주점도 텅 비어 있었고."

아무도 없었다고?

"주점에는 스무 명 남짓 남자들이 있었어. 지하에는 언뜻 봤지만 서른 명 이상 사람들이 잡혀 있었고."

무화는 기억을 더듬었다. 시체의 수는 말하지 않아도 되리라.

"우리가 본 건 인간 도살장뿐이야. 아이들 시체가 몇 구 있었고."

그 많은 사람이 다 어디로 사라진 걸까?

"지하에 있던 사람들은 정상이 아니었어. 그런 사람들이 움직였다면 누군가는 봤을 거고, 소문이 날 거야."

"반하랑 같은 말을 하는군. 하지만 술에 취하거나 행동거지가 이상한 사람들을 봤다는 소문은 안 들려."

서로 숟가락 숫자까지 아는 마을이었다. 아무도 모르게 그 많은 사람들을 옮길 수는 없었다. 무화의 생각을 짐작한 듯 야르스가 말했다.

"영문 모르는 시체가 나왔다는 소식도 없어."

말 너무 많이 하지 마.

카르파가 주의 주었다. 무화의 상태는 좋지 않았다. 저렇게 말을 하고 있는 게 신기할 정도였다. 뼈가 드러나는 진저리 처질 상처들은 차라리 낫다. 눈에 보이는 것들은 맞추고 꿰매고 약을 바르면 됐다. 하지만 그 상처들이 나을 때까지 몸이 견딜지는 알 수가 없었다. 사람의 몸은 작동 인형이 아니다. 반하가 데려 왔을 때 무화는 숨조차 쉬지 않았다. 어떻게 이럴 수가 있지? 이건 썩지 않는 시체와 다를 바가 없잖은가.

'왜 시체를 가져 왔어?'

카르파가 말했다.

'죽지 않을 겁니다. 그러니까, 상처를 봐 주세요.'

반하는 지친 듯 얼굴을 쓸었다. 둘은 무화의 몸에서 그물을 걸어 내고 피떡이 진 옷을 잘랐다. 반하는 보드라운 소녀의 몸에 새겨진 무수한 흉터에 깜짝 놀랐다. 새 상처보다 오래된 상처가 더 많았다.

'이러고도 버틴단 말이지.'

카르파는 감탄했다.

'숨도 없고 심장도 멎었어.'

'하지만 몸이 식지 않아요.'

반하는 포기하지 않았다.

'아직 해 본 적은 없는데, 멈춘 심장을 억지로 다시 뛰게 하는 방법을 생각해 두었어. 되든 안 되든 어차피 죽은 몸이니까, 해 볼까?'

'뭡니까, 그게?'

카르파는 아주 얇고 예리한 단검을 꺼냈다. 공격용이라기엔 너무 짧았다. 의술용으로 개발한 게 틀림없었다.

'손을 넣어 직접 심장을 뛰게 하는 거야.'

카르파는 예리한 칼로 무화의 옆가슴을 갈라 겨드랑이 밑으로 손을 집어넣었다. 반하는 토할 거 같은 걸 억지로 참고 자리를 지켰다. 카르파는 규칙적으로 심장을 압박하며 반하에게 숫자를 세도록 시켰다.

'교대할게요.'

카르파가 지친 기색이 보이자 반하가 넘겨받았다. 질척한 내장 안으로 손이 미끄러져 들어가는 느낌은 섬뜩했지만 단단한 장기를 쥐자 자신감이 생겼다. 카르파가 숫자를 세 주었다. 반하는 손바닥에 체온을 높였다. 그는 카르파보다 더 오래 고정적으로 그 작업을 해냈고, 마침내 무화의 입에서 끄응 뒤척이는 숨소리가 들렸다.

'좋았어!'

카르파는 언제 나가떨어졌었냐는 듯이 반하에게 상처를 누르도록 시키고 봉합을 시작했다. 반하는 바닥에 질척하게 고인 피 웅덩이에 새삼 등골이 오싹했다.

'괜찮을까요?'

'우린 할 수 있는 걸 할 뿐이야.'

카르파도 무화가 피를 너무 많이 흘렸다는 걸 알지만, 포기하지 않고 꿰맨 상처를 눌러 지혈까지 꼼꼼히 끝마쳤다. 주위를 깨끗이 닦고 네모난 천을 어깨에서 묶어 몸을 가리고 나자 손목에 맺힌 시뻘건 핏덩이가 눈에 들어왔다. 카르파는 상처가 벌어진 줄 알았다가 빨간 팔찌인 걸 알고 지쳐서 의자에 주저앉았다.

'왜 안 죽는 거야?'

카르파가 묻자 반하는 대답 없이 무화의 팔찌를 쓸었다. 그의 손가락을 따라 붉은 광택이 팔찌 속에서 타올랐다.

'저도 모릅니다.'

카르파는 무화의 왼팔을 들여다보았다. 창백하게 푹 꺼져 보이는 다른 몸 부분에 비해서 혼자만 살아 있는 듯이 싱싱한 광택이 돌았다. 뱀 같기도 하고 뒤엉킨 물고기 떼가 쉬고 있는 것 같기도 하다.

'저건 뭐지?'

반하는 고개 저었다.

'알게 되겠죠.'

날 때부터 이랬어?

카르파의 물음에 반하는 고개 저었다.

저도 모릅니다. 아마 아닐 거예요.

카르파는 잠든 무화의 맥과 호흡을 확인하고 덮은 옷 매듭을 단정히 정리했다. 숨은 있지만 버티는 건 다른 문제다. 이 옷이 소녀의 수의가 될지도 몰랐다.

그가 선실에서 나오자 밖에서 기다리고 있던 야르스가 약 상자를 들어 주었다.

어때?

카르파는 차분한 표정으로 야르스를 대했다.

우리가 더 할 수 있는 건 없어.

야르스는 그 말이 무슨 의미인지 알기 때문에 침통했다.

그런 표정 짓지 마. 질투에 눈이 멀어서 내가 재를 해코지하면 어쩌려고.

카르파의 말에 야르스는 그의 팔을 툭 쳤다.

목숨을 앞에 두고 농담이 지나쳐.

그는 무거운 약상자를 가뿐하게 들고 앞서 갔다. 카르파는 터벅터벅 욕조가 있는 방으로 갔다. 장미색 옥으로 만든 욕조는 놀랍도록 사치스럽고 아름다웠다. 야르스는 불필요하게 무게를 늘리면 배가 느려진다고 반대했지만 카르파는 욕조를 포기하지 않았다.

'인생에는 포기할 수 없는 기쁨이란 게 있는 거야.'

카르파가 말했다.

'넌 그런 게 너무 많아.'

야르스가 미간을 찌푸렸다. 카르파는 웃었다.

'넌 너무 없고.'

그는 미지근하게 식어가는 물에 얼굴을 씻고 보석으로 조각한 단추를 하나하나 풀었다. 틀어 올린 머리장식 몇 개를 빼자 마르고 우아한 몸 위로 새카만 머리카락이 떨어졌다. 카르파는 흠없이 매끈한 피부 위로 일렁이는 물을 가만히 들여다보았다. 무화나 야르스의 몸과는 전혀 다른 말끔하고 아름다운 몸이었다. 하지만 지루했다. 그는 물을 휘저어 물방울을 튀겼다. 수면이 잔잔해지자 거기에는 카르파와 전혀 다른 얼굴이 떠올라 있었다. 물이 흔들려서가 아니었다. 카르파는 흑발인데, 수면에 비친 얼굴은 금발이고, 무시무시하도록 아름다웠다. 그는 벌떡 일어나서 대충 물기를 닦고 황급히 옷을 입다가, 다시 벗고 하인을 불러 향유를 붓고 검은 비단 옷과 검은 안료로 손톱 끝까지 치장했다.

준비를 마친 카르파가 갑판으로 나오자 손님이 당도해 있었다. 카르파를 본 선원들은 그가 장례 치를 준비를 하는 줄 알았다. 하지만 당도한 손님 앞에서는 어떤 색도, 아무리 빛나는 보석도 빛이 바랜다는 걸 카르파는 알고 있었다.

"목왕가의 수현 악사 수련입니다. 모신 분의 신분을 보증하러 왔습니다."

물거품에 녹아버릴 듯한 인상을 가진 자그마한 여인이 앞으로 나섰다. 카르파는 그 뒤에 늘어진 긴 그림자처럼 크고 우아한 손님을 응시했다.

뜻밖의 방문이시군요.

카르파의 인사에 망토와 두건을 쓴 손님은 고개를 들었다. 살짝 드러난 턱선 위에 부드럽게 호를 그리는 입술이 숨이 멎을 만큼 아름다웠다.

언제나 그렇듯이요.

손님은 고대어의 우아한 발음이 섞인 북쪽말로 말했다. 카르파는 이와 비슷하게 말하는 사람을 떠올렸다. 반하였다. 그가 말할 때는 먹물이 잔뜩 든 듯 불편했지만 손님의 입술에서는 지극히 아름다운 노래 같았다.

갑판의 심어를 확인하러 오신 겁니까?

손님은 고개 젓고 길고 우아한 손가락으로 보이지 않는 선실 쪽을 가리켰다.

그 아이를 봅시다.

카르파는 귀를 의심했다.

누굴 말씀하십니까?

시간 끌 거 없지요.

손님은 한 걸음 앞서 걸었다. 카르파는 그의 옷 주름이 흔들리는 한 겹 사이에서 까마득한 시간을 보았다. 시간의 구애 없이 찰나와 영원을 동시에 걷는 자가 이런 느낌일까.

제가 안내하지요.

카르파는 손님이 혼자서도 선실을 찾을 수 있다는 걸 알았지만 굳이 앞섰다. 특별한 손님과 함께인 시간을 조금이라도 더 늘이고 싶어서였다.

잠들었습니다.

카르파는 무화가 누운 선실 문을 열었다. 손님의 키는 문 높이보다도 컸지만 부딪치지 않고 우아하게 몸을 낮추어 문지방을 넘었다. 카르파가 따라 들어가려 하자 수련이 단호하게 그들 사이를 막았다.

"기다리세요."

수련이 등 뒤의 문을 닫자 손님은 얼굴을 가린 망토를 벗었다. 겹겹이 땋아 틀어 올린 금빛 머리는 어둠 속에서 한 올 한 올 햇살처럼 빛나고 물처럼 푸른 눈은 속을 헤아릴 수 없이 그윽했다. 그는 무화의 왼팔에 걸린 적옥에 먼저 예를 갖추어 가볍게 입술을 댔다.

이런 모습으로 뵙게 되어 안타까움을 전합니다, 단풍.

그리고 무화의 젖은 이마에 입 맞췄다.

이런 모습일 때야 너를 만나러 와서 미안하구나.

마노는 무화를 덮은 이불을 걷었다. 깨끗한 천 위로 붉은 얼룩들이 점점이 번져 오르고 있었다. 수련은 무화의 옷 매듭을 모두 풀고 상처가 드러나도록 했다. 마노는 팔뚝을 걷어붙이고 무화의 위로 올라가 발끝부터 천천히 모든 상처에 입을 맞췄다. 번지던 피 얼룩이 한 점 한 점 붉은 꽃으로 피어올라 마노의 뺨에 수 놓였다가 흐려졌다. 하지만 심장에서 피어오른 커다란 한 점만은 지워지지 않고 남았다.

마노가 무화를 돌보는 동안 수련은 돌아서 있었다. 무겁게 짓눌린 무화의 숨소리가 편안해질수록 마노에게 옮겨 온 붉은 꽃이 피는 숫자가 늘수록 수련은 안의 검은 늪도 깊어졌다. 수련은 무화를 증오했다.

바람은 여전히 날카롭지만 숨이 베일 정도는 아니었다. 야르스는 섬뜩한 겨울의 칼날을 녹슬게 하는 따뜻한 피 같은 봄기운을 느꼈다. 한창 흥청대는 저녁 시간을 넘긴 술집 골목의 새벽은 피로에 지쳐 하얗게 질려 있었다.

선착장 주점은 불이 꺼진 채로 고요했다. 야르스의 부하들은 몇 무리로 나누어 주변을 경계하며 주점으로 접근했다. 그들의 움직임은 훈련된 군인들처럼 조직적이고 낭비가 없었다. 주위의 동향이 파악되자 야르스는 주점 앞에서 무리에게 신호했다. 한 무리가 뒷문을 지키고 다음 무리가 대기하자 야르스가 선두에 선 무리가 앞문과 창문을 동시에 박차고 들어갔다. 주점 안은 텅 비어 있었다. 무장한 무리는 조용히 내부를 탐색했다. 방금 먹다 만 음식 그릇들과 술잔에는 술이 남아 있었다. 뒷문을 맡았던 무리가 야르스를 부르러 왔다.

대장! 보셔야 할 게 있습니다.

야르스는 마당으로 갔다. 발목에 휘감기는 진득한 피 구덩에 머리를 처박은 시체 몇 구가 있었다. 야르스는 한눈에 싸움의 양상을 훑어냈다. 몸이 빠르고 가벼운 자가 날카로운 치명상으로 상대를 저며놓았다. 칼을 그을 때는 망설임이 없었고 상대는 어디서 찔러올지도 깨닫지 못했을 것이다.

여깁니다.

야르스는 부하들이 지키고 선 구덩이로 다가갔다. 피비린내와 오물 냄새가 입구부터 코를 찔렀다. 도살장의 부속물을 묻는 구덩이인가? 그러기엔, 입구가 너무 넓었다. 이게 반하가 말한 지하로군.

횃불.

불이 왔다. 야르스는 손잡이 채 아래로 불을 던졌다. 바닥은 꽤 깊고, 빛이 퍼지는 면적이 넓었다. 연기는 구덩이 밖으로 나오지 않고 내부로 퍼졌다. 야르스는 마른 풀이 타는 냄새를 맡았다.

하강 준비해.

순식간에 몇 개의 손들이 밧줄에 디딤 매듭을 만들어 구덩이에 걸쳤다. 끝은 튼튼한 나무와 기둥에 얽어 묶고 몇 명이 급히 끌어당길 준비를 했다. 야르스는 밑에 있는 것을 예상하고 있었기 때문에 부하들을 철저히 준비시켰다.

세 사람씩, 한 번에 간다.

야르스와 부하들은 등을 맞댄 원을 만들어 방어 태세를 갖추고 줄을 타고 구덩이 안으로 미끄러졌다. 바닥에 떨어진 횃불은 습기 때문에 혼자 타다가 사그라졌다. 누군가 새 횃불에 불을 붙였다. 셋이 한 조를 짠 두 무리가 이어 내려와 떨어진 횃불을 주워 다시 불을

붙었다. 그들은 각기 다른 방향으로 탐색을 시작했다. 발 딛는 곳마
다 무덤 같은 침묵이 고여 있었다. 야르스는 바닥을 훑어서 떨어진
풀가루의 냄새를 맡고 모두 두건을 쓰도록 지시했다.

환각초다. 냄새 맡지 않게 조심해.

기묘한 정적이 심장을 조였다. 탐색이 막다른 벽에 부딪친 무리
가 하나씩 되돌아와 야르스의 무리와 합류했다. 야르스는 계속 전진
했다.

저쪽에 시체가 있습니다.

두 번째로 합류한 무리가 보고했다. 야르스는 주위를 경계하며 시
신의 얼굴을 일일이 확인하도록 시켰다. 시체는 모두 어린 아이였
고, 감금과 성폭력에 노출된 상처가 고스란히 드러나 있었다. 야르
스는 참담함과 동시에 두려움을 느꼈다. 이 시체들 속에 클로버가
있다면 어떻게 하지? 아니 차라리 이 속에 있는 게 나을지도 모르겠
다. 카르파의 명예를 생각한다면.

없습니다.

야르스는 안도와 불안을 동시에 느꼈다. 스멀스멀 맡아지는 날것
냄새가 그의 불안을 가중시켰다. 야르스는 그들이 마주칠 것이 무언
지 예감했다. 하지만 멈출 수는 없었다. 가서 눈으로 확인해야 했다.
그게 그의 임무였다.

이쪽에 균열이 있습니다.

야르스는 벽 틈으로 몸을 밀었다가 어깨가 걸리는 걸 깨닫고 다
른 통로를 찾도록 지시했다. 무리가 흩어졌고, 보고보다도 먼저 구
역질 소리가 위치를 알렸다. 야르스는 칼을 뽑아들고 그쪽으로 달려

갔다. 마침내 그들은 사람의 뼈와 살과 내장과 피와 지방과 근육막으로 치밀하게 벽을 바른 공간을 발견했다.

고기를 저장한 걸까요?

한 부하가 희망을 말했다. 야르스는 고개 저었다.

이건 사람을 발라 만든 둥지야.

사막의 돌탑 내부에서 이런 공간을 본 적이 있었다.

둥지라면, 여기 뭔가 산다는 겁니까?

다른 부하가 물었다. 야르스는 대꾸하지 않았다. 말은 실체를 만든다. 그가 입에 담는 순간 아무것도 아니었던 존재는 실체를 입고 공포를 불러들일 것이다. 두려움은 전염된다. 어느 하나라도 그런 기미를 보이면 균열이 생기고 모두가 무너질 것이다.

나도 몰라.

그게 가장 정직한 대답이었다. 그는 얇고 질긴 근육막의 촉촉한 탄력을 시험했다. 서옥에선 이걸 '태어나선 안될 것들을 품는 태'라고 불렀다. 여기서 뭐가 태어났을까.

철수한다.

그는 칼을 자루에 넣었다. 스릉 하고 쇠 스치는 소리가 불안을 틀어막았다.

야르스는 떠도는 담배연기와 술잔 속에 떠오르는 기포처럼 기억이 흘러 사라지게 두었다. 잔 너머에서 검은 머리를 틀어 올린 여인이 야르스를 향해 걸어왔다.

"만 야르스, 선주시라죠?"

잘강이는 금 노리개와 에메랄드 팔찌가 부러질 것처럼 가느다란 허리와 팔목에서 흔들렸다. 야르스는 무뚝뚝하게 목례하고 자리를 옮겼다. 남자들만 모인 사업 자리인데 녹색 옷을 입은 여자는 물 만난 고기처럼 잘도 쏘다녔다. 야르스는 영리한 척하는 여자의 얼굴과 보란 듯이 출렁대는 가슴과 터질 것 같이 조인 허리도 보기 불편했다.

"버들 부인의 관심을 마다하다니."

연제군은 목례를 하고 제 옆에 와 앉는 이방인을 바라보았다. 사교를 위한 자리가 아닌지라 그것만으로 충분했다.

"귀한 분이신 건 압니다."

"친해두면 사업에 도움이 될 텐데. 눈도 즐겁고."

연제군은 슬쩍 잔을 들어 보이고 술로 입술을 축였다. 야르스는 묵묵히 그의 잔을 비웠다.

"제 취향은 아니시라서요."

"하, 그거 참 직설적이로구만."

연제군은 그가 썩 마음에 들었다. 고만고만한 키의 목인들 속에서 튀지 않도록 등과 어깨를 구부정하게 말았지만 강직한 턱과 압도적인 체구는 세상을 돌아다니면서 만난 많은 사내들 중에서도 특출났다. 이런 자를 거느린다면 손바닥만 한 땅의 왕좌가 부러우랴, 천군만마를 손에 넣은 기분일 것이다. 게다가 순금을 녹인 듯한 금발은 또 어떠한가. 왕의 후원에 사는 미녀와도 견줄 만한 섬세한 금발과 볕에 그을린 거친 팔뚝은 사막에 핀 장미처럼 절묘하지 않은가. 이 자와 반하를 나란히 둔다면 태양의 금과 달의 은 같으리라.

"저는 남자를 조종하려 드는 여자는 질색입니다."

야르스는 씹어 뱉고 싶은 걸 순화하느라 입안에서 말을 굴렸다.

"남자만 힘을 가진 세상에서 힘을 가지려면 제일 강한 짐승을 길들이는 게 옳은 방법이지. 버들은 영리해. 자유로와지기 위해서 미망인이 되길 선택한 무시무시한 여자기도 하고."

야르스는 새삼 에메랄드 단 여자를 다시 쳐다보았다. 남편을 살해했단 말이지.

"그러고도 무사했습니까?"

"아무도 모르지 않나. 그럼 죄가 없지."

"그거 무시무시한 말씀입니다."

연제군은 비밀을 삼키듯 술을 한 모금 들이켰다.

"태산의 사람인가?"

"상선의 선주입니다. 남쪽에서 축포를 가져왔습죠. 태산님과는 두어 달 손발을 맞췄습니다."

"자네, 그냥 배 한 척의 주인으로 만족할 겐가?"

야르스는 그 말의 기저에 깔린 의도를 모른 척했다.

"워낙에 손이 가는 물건을 거래하는지라 더 욕심을 부릴 여유가 없어서요."

연제군은 마디가 굵고 못이 박인 그의 손을 물끄러미 내려다보았다. 굵직한 혈관마다 젊음이 흘러넘쳤다.

"세상은 넓고 자네 같은 사내는 드물어. 탐이 나는군."

"과찬이십니다."

뚜렷이 경계하는 눈치가 들자 연제군은 압박하는 대신 말을 돌렸다.

"축포는, 대포와 뭐가 다른가?"

예리한 질문이었다. 야르스는 긴장을 드러내지 않고 등받이에 편안하게 팔을 얹었다.

"멋진 불꽃을 하늘에 수놓는 것과 뜨거운 피를 전장에 뿌리는 것만큼 다르죠. 포신은 축포가 훨씬 길고 좁아서 아주 높이까지 쏘아 올릴 수 있습니다. 포알이 아주 가볍거든요."

"하지만 적절한 포알을 제공하고 걸맞는 목표물을 조준한다면 충분히 활용이 가능하겠지? 화약을 넣은 병을 던지는 것처럼."

야르스는 신중히 대답했다.

"충분히 검토 가능한 가정이지만 현장에서는 이론만으로는 되지 않는 것들이 있어서요. 철과 화약을 다루는 장인들이 고개 저을 겁니다. 그렇게 작고 가벼우며 화약에 견딜 수 있는 조합은 없거든요. 만약 그게 가능하다면 지금까지는 없었던 가볍고 작고 무시무시한 무기가 되겠죠."

"여기에 이름 없는 산이 있다는 걸 아나?"

연제군이 불쑥 화제를 바꿨다. 야르스도 세월에 다져진 강직함을 지닌 나이든 왕자가 옛 전설에 집착한다는 이야기를 들었다.

"기이한 것들이 산다는 풍문을 들었습니다만, 살아 있는 자와는 힘을 겨룰 수도 없이 하잘 것 없는 존재라는 말도 들었습니다."

연제군은 웃었다.

"거, 제법 대가 센 친구들을 가졌구먼. 거기 사는 것들이 뭐가 무시무시하냐면, 인간은 알 수 없는 것, 도저히 우리가 가진 힘으로 이해하고 증명해 낼 수 없는 것이기 때문이라네. 그것들은 때론 우리

359

가 불가능하다고 생각한 일을 숨결 한 번으로 이뤄 버리기도 하지. 그저, 변덕으로도 말이야."

야르스는 빛 한 점 들지 않는, 구름에 닿는 탑을 떠올렸다. 신처럼 희고 단정한 사막 너머에 생명과 혼돈으로 뒤엉킨 우거진 숲 속에 있는 그 탑은 해마다 태양을 향해 자랐다. 그 꼭대기에 숨겨진 숯처럼 붉게 빛나는 알이 해에게로 가고 싶어 하기 때문이란 소문이 돌았다. 야르스는 그 알을 봤지만, 정말로 해에게 가고 싶어 하는지는 확인하지 못했다.

"저는 그보다 갑작스럽게 봄 축제가 중지된 이유가 궁금한데요."

"아, 귀부인들의 침소에 도둑이 들었다네. 피해를 확인하고 경계를 강화하는 중이지. 그나저나, 태산이 가병들을 잘 훈련시켜 두었더군. 어찌나 대응이 빠르던지 깜짝 놀랐네."

야르스는 연제군을 내려다보았다. 연제군도 빈 술잔 너머로 이국의 젊은이를 바라보았다. 둘은 같은 생각을 하고 있었다. 단순한 가병이 아니라 목적을 가진 군대였다.

"그런데 이런 자리에 그, 빙사는 뵈지 않으시는군요."

연제군은 눈을 가늘게 떴다.

"반하랑 반공주가 함께 사라져서 둘이 사랑의 도피를 한 거라는 말이 돌고 있지. 태산은 그들이 도피자금을 위해 도둑질을 했을 거라고 말한다네. 하지만 죽어도 고개는 빳빳한 그 반공주와, 돈이라면 지천에 넘쳐나는 빙사가? 어림도 없지. 그리고, 사랑의 도피라니!"

연제군은 큭큭 웃었다. 야르스는 일이 그의 웃음만큼 가볍지는 않다는 것을 잘 알고 있었다. 그는 술과 담배가 든 쟁반을 들고 다니는 하인을 불러 담배와 새 술을 받았다. 연제군은 담배를 쓸며 향을 깊게 들이쉬었다.

"태산은 어디에 돈을 써야 하는지 정말 잘 아는군. 끝내줘."

야르스는 불을 붙여 연제군에게 건넸다. 연제군은 웃었다.

"나한테 뭘 원하는 건가?"

야르스는 자기 담배에도 불을 붙였다.

"잠깐, 따로 뵙지요."

그는 자기 담배를 다 피우지 않고 두고 나갔다. 연제군은 조금 뒤에 그 뒤를 따랐다. 재떨이에서 피어오르는 두 줄기의 연기가 음모를 속삭이며 뒤엉켰다.

저택의 손님방으로 스며든 그림자는 창틀에 기대 방주인을 기다렸다. 밤이 깊을수록 진동은 아래로 소리는 위로 올라와서 2층 작은 객실에서는 아래 마당에서 속삭이는 은밀한 소리들이 아주 잘 들렸다. 풀숲에 숨은 연인들과 음모를 속삭이는 모사꾼을 내려다보던 그림자는 복도를 따라오는 발소리를 듣고 커튼 뒤로 몸을 숨겼다. 하나? 아니, 누군가 따라붙어서 둘이었다. 제발 야르스가 여자를 달고 오지 말아야 하는데, 남자래도 곤란하지만.

발소리가 문 앞에서 멈췄다. 그림자의 심장이 두근두근했다.

"부디 조심히 돌아가십시오."

야르스는 누군가의 코앞에서 문을 닫았다. 짙은 버드나무 향기가 커튼 너머까지 풍겨왔다.

야르스는 등을 돌린 채 목 끈과 손목단추를 풀고 겉옷을 벗어 앉은뱅이 의자에 걸쳤다. 그의 움직임은 지독히 빠르고 휴식이 공격으로 바뀌는 간극을 거의 알아챌 수 없었다. 소리 없이 커튼 뒤에서 미끄러져 나오던 무화는 순식간에 잡힌 숨통을 풀려고 사력을 다해야 했다.

"뭐야? 어떻게 네가 여기 있는 거야? 몸은 괜찮아? 카르파가 뭐라고 안 했어?"

야르스는 후려치려던 주먹을 코앞에서 멈추고 무화를 놓아 주었다.

"서미 공주님은?"

무화는 그와 안전거리를 확보하며 언제든 뛸 수 있게 창문을 바로 등졌다. 같은 편이라는 걸 알아도 본능이 그러도록 시켰다.

"알아보는 중이야."

반하는 서미를 찾으면 클로버를 찾을 수 있을 거라고 했다. 사람이 아무도 모르게 사라지기는 쉽지 않다. 어디서 시체라도 나오기 마련이다. 아직 서미의 시체도 클로버의 시체도 나타나지 않았다. 반하는 어느 한 쪽을 찾기만 하면 다른 쪽도 반드시 찾을 거라고 말했다.

'매우 불쾌한 시선인데, 좀 거둬주시겠습니까?'

반하가 말했다. 무화에게서 묻은 핏물을 씻고 나온 반하는 지나치게 창백해서 유리조각 같았다. 아라킨과 같은 은발이지만 반하 쪽이 더 깊고 묵직하고 금속 광택이 강했다. 야르스는 지나치게 오랫동안 그를 응시했다는 걸 깨닫고 머쓱하게 사과했다.

'실례했소.'

저 머리는 유전일까? 아니면 젊은 나이에 머리가 셀 만큼 엄청난

일을 겪은 걸까. 유전이라면 가문과 혈통을 중시하는 목국에서 어느 쪽이 외도를 했을까.

'태산은 여러 척의 배를 건조해서 빼돌렸습니다. 날씨가 나쁜 날 유령선으로 위장해서 소문을 뿌리며 어딘가로 사라졌겠죠. 구매자가 직접 가져갈 수도 있지만, 아마 중간에 어딘가에 숨겨두고 거래를 했을 겁니다. 저는 서미 공주나 클로버 공주님이 그곳에 계실 거라고 확신합니다. 시체가 나타나지 않는다면요.'

카르파가 저자에게 클로버가 공주라고 말했을까? 그건 좀 경솔한데. 야르스는 카르파를 보았다. 카르파는 신경 쓰지 않는 눈치였다.

'죽어서 고래뱀 뱃속에 있을지도 모르지. 저 괴물은 연안에는 접근하지 않는데 최근 이 근방에서 죽치고 있는 걸 보면, 먹잇감이 있다는 뜻일 테니까.'

'그렇게 가정한다면, 다 끝난 거죠. 하지만 죽었다는 증거라도 찾으실 거잖습니까?'

반하가 말했다. 마치 카르파의 속을 꿰뚫는 거 같았다.

'밀매매라, 그렇게 간단한 문제였으면 좋겠는데.'

카르파는 야르스를 바라보았다. 그는 가볍게 고개를 끄덕였다.

'무슨 말씀이신지요?'

반하가 신중하게 물었다.

'야르스가 거기에 축포를 대여한 거 알지?'

'압니다. 하지만 그건 그냥 축포인데요, 쏠 수 있는 거라고 불붙인 종이통 정도 아닙니까?'

'그렇지. 그런데 대여 기간이 축제 기간만큼이 아니라 3년이야.'

카르파의 말에 깊은 침묵이 감돌았다.

'그 기간 동안에 알맞은 포알이라도 제작하겠다는 겁니까? 포알을 제작한들 어디에 쓰려고……'

반하는 입 밖에 낼 수 없는 단어를 삼켰다. 불길함이 그의 폐부에 가라앉았다.

'역모로군요.'

반하는 잠시 생각하고 말했다.

'선착장 주점 지하에 아무것도 없다고 하셨죠?'

야르스는 그에게 직접 질문을 받자 괜히 긴장했다. 전사들의 왕을 앞에 두고도 쫄지 않았던 그인데 저 얄팍한 사내에게 긴장하다니 스스로가 당황스럽다.

'시체들뿐이었소. 이상한 방도 있었고.'

반하는 시체가 몇 구였는지 묻고 그 안에 있던 사람들 수를 어림했다. 숫자가 맞지 않았다.

'죽였다면 번거롭게 이동시키지는 않았을 거고, 그렇게 많은 사람들을 눈에 보이지 않게 움직일 수는 없을 텐데.'

카르파는 책상 위에 정교하게 제작된 작은 배 모양을 흔들었다.

'그 유령선이라는 거, 비 오는 날만 움직인다며? 엊그제, 비가 왔었지.'

반하는 이름 없는 산에 떨어지던 빗방울과 그 아래 웅크린 음산한 것들에 살짝 몸을 떨었다.

'태산에게 겨울은 너무 길었겠군요.'

카르파는 야르스에게 태산 저택으로 가서 동태를 파악하라고 시

364

컸다. 반하는 자진해서 무화의 간호를 떠 맞았다.

'그 전에, 좀 쉬게.'

카르파가 말했다. 반하는 예의바르게 감사의 말을 하고 선실을 나
갔다.

'둘이 전에도 만난 적이 있어?'

반하의 발소리가 갑판 너머로 사라지자 야르스가 물었다. 카르파
는 킥킥 웃었다.

'아니.'

야르스는 벗은 옷을 무겁게 집어 들었다. 몸에 꼭 맞게 제단된 겉
옷의 안쪽은 안감이 아니라 한 가지 색 가죽으로 단단히 이어져서
대충 만든 칼쯤은 끄덕없이 막을 만큼 질겼다. 좋은데. 실용적이야.
무화는 갑자기 입은 옷이 얇게 느껴져서 약간 떨었다.

가죽 겉옷 아래엔 평상복이 개켜져 있었다. 야르스는 비단 셔츠를
벗고 거친 실로 짠 평직 옷을 머리에 꿰어 입었다. 갑옷 같은 근육이
촛불 아래서 깊은 음영을 드리우며 물고기처럼 유연하고 경쾌하게
움직였다. 어둠으로도 흐려지지 않은 깊은 흉터들이 굳게 다문 침묵
하는 입처럼 보였다. 무화는 언젠가 거기 얽힌 이야기를 듣고 싶다
는 생각을 했다. 아주 잠깐.

"클로버는 누구야? 동생? 연인?"

무화가 물었다. 야르스는 겉옷을 뒤집어 입었다.

"본인이 뭐라고 해?"

무화는 단호한 선을 그리는 널찍한 가슴과 군살 한 점 없이 다져
진 허리에서 얼른 눈을 뗐다.

"남쪽 왕의 보물이래. 예지력이 있던데?"

칼 띠를 조이던 야르스는 움찔했다.

"거짓말이야. 너도 속았군. 그 앤 좀 예쁘고 미쳤지."

그가 클로버에 관한 걸 숨긴다기보다는 자기 말을 정말로 믿고 싶어 했기 때문에 무화는 고개를 끄덕였다. 세상에는 자기가 볼 수 있는 것 외엔 받아들일 수 없는 사람들이 있다. 서미가 그랬고, 야르스도 그랬다.

"유령선을 찾았어?"

야르스는 무화가 온 이유를 알고 있다. 꼭 필요한 일이 아니라면 카르파가 부상자를 무리하게 움직였을 리가 없었다.

"무덤섬이라고 부르는 무인도야. 협곡 바로 밑이라서 등잔 밑이 어두운 곳이지."

무화는 그가 무장하는 걸 흥미롭게 관찰했다.

"그런데, 저택 내 무기 반입 금지 아니었어? 잘도 들여왔네."

남자의 무장을 지켜보는 건 화장하는 여자에게서 눈을 뗄 수 없는 것과 비슷했다. 야르스는 대꾸 없이 빙긋 웃었다. 어떤 화려한 무용담보다도 담대한 웃음이었다. 무화는 무기를 다루는 그의 간결하고 효율적인 동작에 매혹되었다. 야르스는 여러 개의 크고 작은 칼과 용도를 알 수 없는 몇 개의 도구들을 상의에 넣고 팔목과 발목에 찼다. 무화는 그가 허리에 차는 칼을 보며 숨을 죽였다. 크고 예리하고 무시무시했다.

"가자."

무화는 그 말이 떨어지기가 무섭게 창문 넘어 어둠 속으로 사라졌다. 야르스는 수리소의 컴컴한 통로에서 처음 무화를 봤을 때가 떠올랐다. 영락없이 여자앤 줄 알았다. 하지만 지금 움직이는 뒷모습은 단련된 전사였다. 야르스는 팔목을 타오르는 열기를 느꼈다. 불안일까, 호기심일까, 아니면 설레임? 흥분? 녀석과 어깨를 나란히 한다면 세상에 무서울 게 없겠지. 그에겐 그런 사람들이 필요했다. 곧 맞서 싸울 것들을 생각하면.

갑판 위에 무장한 청년들이 야르스와 무화를 맞았다.

배는?

야르스는 얼굴에 툭툭 떨어지는 빗방울을 맞으며 물었다.

좀 전까지는 위치를 파악하고 있었는데 구름이 끼면서 시야를 가름하기가 어렵습니다.

1등 항해사가 보고했다.

"비바람이 강해져."

무화가 말했다. 야르스도 알았다. 비구름은 빠르고 무시무시하게 해안선을 지워 나갔다. 아이를 잃은 여자처럼 섬뜩한 비명소리가 먼 바다를 채웠다. 무화는 소리의 방향을 가리켰다.

"고래뱀들이 울고 있어."

"무리를 부르는 신호다."

짐승이 무리를 부르는 이유는 두 가지다. 먹이를 몰거나, 짝짓기를 할 때. 고래뱀은 수면에서는 짝짓기하지 않았다. 그렇다면 우는 이유는 한가지였다.

"고래뱀은 시체를 먹어. 원래는 이런 근해가 아니라 심해에 살고.

그런데 연안에 출몰한 이유가 뭘까."

"먹이가 있다는 거지. 무리를 이끌고 이동해 올 만큼 많이."

야르스와 무화는 똑같은 생각을 하고 눈을 마주쳤다. 소리 소문 없이 시체를 처리하는데 고래뱀 뱃속만큼 적절한 곳이 있을까.

"일이 복잡하게 꼬였군."

야르스는 간결하게 명령했다.

추격전 준비해. 쾌속선을 내려서 고래뱀의 행적을 쫓아라. 뭐든 발견 즉시 불화살을 날리고 섬 그늘로 피해. 무모한 시도는 절대 하지 마.

부하들은 즉각 행동했다.

서미도 무덤섬에 있을까? 아니면 고래 뱃속에 있을까? 무화는 얼마나 서미와 멀어졌는지 애가 탔다. 칼이 부르면 좋을 텐데 상현도는 아무 반응이 없다. 칼을 잃어버린 걸까? 눈 한 뭉치, 얼음 한 덩이만 있어도 하현도는 서미에게로 갈 것이다. 인질에게 물 한 모금 주지 않는 걸까? 아니면, 물도 필요 없는 상태가 된 걸까?

"카르파는?"

먼저 내리셨습니다.

무화는 깜짝 놀랐다. 지휘부가 먼저 배를 뜨다니? 하지만 야르스는 흡족해했다.

좋아, 잔소리꾼 아가씨 없이 우리끼리 가 보자고.

선원들은 왁자하게 웃었다. 그들은 진심으로 카르파를 내리게 한 걸 시원해 하고 있었다. 무화는 배 안에 충만한 전의에 온몸이 짜릿했다. 전투에 대한 그들의 열망은 압도적이었다. 매일 반복되는 훈련과 재갈 물린 금욕으로 팽팽하게 달아오른 투기가 금방이라도 터질 것 같다. 이자들은 그냥 선원이 아냐. 노잡이 한 사람조차 진짜 전사다. 무화는 그들의 혈관에 흐르는 위용에 감염된 거 같았다.

"기회는 지금뿐이야. 내릴래?"

야르스가 무화를 돌아보았다. 부상을 걱정해 주는 거였다. 무화는 씩 웃었다.

"엄청 재밌을 텐데 나만 빠지라고?"

"무리는 하지 마."

야르스는 고개를 끄덕이고 돌아서 뱃머리에 섰다. 선원 하나가 몸이 식지 않도록 비가림 망토를 가져다주었다. 무화도 하나 받았다.

비바람이 시야를 가리는 중에도 멀리 불길이 움직이는 게 보였다. 망꾼이 신호했고 키잡이는 뱃머리를 좌현으로 틀었다. 돛대에 걸린 모든 돛이 팽팽하게 부풀었고 갑판 위는 깨끗하게 치워져 바닥의 무늬가 환하게 드러났다. 무화는 처음 배에 올랐을 때 스쳐간 바닥 무늬의 일부를 떠올렸다. 그건 단순히 노래하는 나무 상단의 표식을 흉내 낸 것이 아니라 그 의미까지 정확하게 담은 바람과 파도를 부르는 그림 주문 심어였다.

"이걸 구현할 수 있는 사람이 있었어?"

무화는 전율을 느꼈다. 야르스는 깜짝 놀라 무화를 내려다보았다.

"이 배가 작동하는 원리를 알아?"

무화는 새어 나가는 비밀을 붙잡느라 손으로 입을 막았다.

심어가 가동됩니다. 변화에 대비하십쇼!

키잡이가 키 중앙의 반구를 두드리고 외쳤다. 무화는 거기서 솟아나는 반사광이 안개처럼 주위를 감싸는 걸 보았다. 모든 노가 안으로 접혀 들어간 상황에서도 배의 속도는 현저히 빨라졌다. 아래에는 비바람에 사나워진 파도가 사위를 흔들고 위에서는 비가 퍼붓듯 몰아치는데 배는 매끄러운 얼음 위를 스치는 칼날처럼 절묘하게 수면을 탔다. 주위의 구름 형태가 변하고 섬 그림자가 삽시간에 뒤로 사라졌다. 무화는 이 느낌을 알고 있었다. 노래하는 나무 상단이 최신 건조된 어느 배보다도 빠르고 어떤 해협도 무사히 건너는 비밀이 이거였다.

"카르파가 이 배를 가져 왔어. 누가 만든 건지는 말 안 했고."

야르스가 말했다.

"태산과 한패인 줄 알았어."

무화가 말했다.

'그들을 믿을 수 있어?'

도움을 받았지만, 정말 신뢰할 수 있는지 무화는 확신하지 못했다. 카르파와 야르스는 몹시 매력적이지만, 그게 한편이 될 수 있다는 의미는 아니었다. 빙사와 한편일 때 발목을 조심해야 하는 것처럼.

'그들이 뭘 꾸미는지는 모르지만, 태산과 한 패는 아니야.'

반하가 말했었다.

"숨기려는 게 이 배였군."

흑요는 분명 옥인의 작품이었다. 옥인은 자신들과 관계된 것은 철저히 비밀로 했다.

좌현에 배다!

망루에서 신호가 왔다. 비바람에 가물거리는 수면 위에 커다란 배가 보였다. 고래뱀들이 휘광처럼 배 주위를 맴돌며 울었다. 츳츳, 칫

칫 하고 낮게 혀를 차는 듯한 소리는 보채는 어린애 같기도 했다. 새 돛을 올린 그 배가 수리소에서 보았던 흉물스런 배라는 걸 짜맞추기까지는 오래 걸리지 않았다. 유령선으로 위장한 밀수선은 바싹 따라붙은 흑요를 전혀 못 본 채 느리게 나아가며 선미에서 가득 차 찢어지기 직전의 포대를 바다로 던졌다. 사람의 피로 시커멓게 얼룩진 포대는 물에 빠지기도 전에 터지거나 공중에서 낚아 채여 내용물을 산산이 흐트러트렸다. 사람의 팔다리와 내장을 찢어 삼킨 고래뱀들은 미친 사람처럼 웃었다. 야르스와 무화는 한마음으로 그들이 찾는 사람이 저 조각 속에 없기를 빌고 빌었다.

"무시무시하군."

야르스는 진심으로 감탄했다. 진주알처럼 빛나는 빗방울과 포말 사이로 떠오른 수십 개의 검은 무지개들이 본능 깊숙한 곳에 새겨진 공포를 깨웠다. 인간이 아직 아무런 권세도 갖지 못하고 빛과 어둠과 혼돈과 괴물의 세상이었을 때부터 이어져온 낙인 같은 공포였다. 만약 인간이 다른 모습으로 다른 세상에 살 수 있더라도 그 공포는 결코 잊히지 않으리라.

흑요는 괴물들에게 먹이느라 바쁜 밀수선 옆에 바싹 다가가 충각으로 옆면을 들이 받았다. 고래뱀들의 소란 때문에 그들이 접근하는 소리는 거의 들리지 않았고, 돛까지 짙은 배의 색깔 때문에 어둠속에서 흑요를 알아보기는 불가능했다. 야르스는 심어가 발동되기 전에 갑판의 모든 등을 꺼두었다. 해적들은 선루와 난간에 매어 둔 밧줄을 몸에 감고 충격에 대비했다가 두 배가 맞붙자마자 몸에 감았던 줄에 갈고리를 달아 던졌다. 갈고리가 저쪽 배에 단단히 걸리자 힘센 선원들이 두 배를 바싹 끌어당겼고, 충분히 가까워지자 갑판 위로 몸을 날렸다.

충각을 들이받혀 반쯤 기울어진 밀수선의 선원들은 혼비백산했다. 훈련받은 전사들은 손쉽게 그들을 제압했다. 하지만 선원들 속에서 은빛 머리가 나타나자 전세가 역전되었다. 야르스는 두 배를 옭아맨 갈고리에 연결된 밧줄을 잡고 갑판에 뛰어들어 아라킨에게 달려들었다. 무화는 파도가 뱃전을 부딪는 소리에 귀를 기울이며 배와 부딪기 전에 몸을 웅크려 배 벽을 딛고 밧줄과 울퉁불퉁한 굴 껍질을 이용해 배 벽에 기어올랐다. 거센 빗줄기와 바람 소리 때문에 사방을 분간할 수가 없었다. 이런 어둠 속에서는 아군과 적군이 뒤엉키기 마련이라 자칫하면 같은 편을 벨 수도 있었다. 무화는 어느 틈엔가 주위가 불을 밝힌 것처럼 환하다는 걸 깨달았다. 사위는 여전히 어두웠지만 눈이 아니라 몸이 사물을 보고 있었다. 뒤엉킨 사람들 속에서 칼날이 부딪는 불꽃이 번개처럼 강렬하게 느껴졌다. 무화는 스러지는 그 빛 너머에서 스물스물 피어오르는 깊고 농밀한 어둠을 보았다. 보이지도 않는 살육의 비린내가 벌써 목구멍을 타올랐다. 무화는 주점 지하 개미굴에 남겨진 사람의 피와 살로 만든 둥지를 떠올렸다.

거기서 뭐가 태어났지?

불길함이 왼팔을 달궜다.

야르스는 아라킨의 힘과 기품이 넘치는 움직임에 찬사를 뱉었다. 길고 유려한 팔다리가 속도까지 갖추기는 어려웠다. 하지만 아라킨은 해냈다. 그래, 인간의 모양을 하고 있다고 인간이라고 생각해선 안 된다. 야르스는 칼을 바투 쥐고 그를 뱃머리로 몰아붙였다.

"제법이로군. 만 야르스. 아니 북대공 전하. 조선소 인부로 부리기엔 아까운 인물이다 싶었지."

아라킨이 말했다. 야르스의 눈가가 움찔했다.

"네놈이 인간이 아니란 걸 안다. 네가 왔던 곳으로 꺼져라."

야르스는 아라킨의 어깨와 아랫배에 깊은 상흔을 남겼다. 아라킨은 상처에서 흘러나오는 검은 흙먼지를 보면서 껄껄 웃었다.

"그 여자, 사막의 탑에서 사라진 괴물을 찾고 있지?"

야르스는 움찔했다.

"너희가 탑에서 훔친 화룡의 알은 재앙이 될 거야. 그 알이 깨어나면 세상은 불바다가 될 거고, 절대로 꺼지지 않겠지. 인간의 것이 아닌 보물을 훔친 대가는……."

야르스는 그가 입을 나불댈 틈을 주지 않고 가슴에 칼을 박아 배 밖으로 밀었다. 아라킨의 웃음이 미친 사람처럼 날카로운 뱀고래들의 웃음소리와 허공에 뒤엉켰다.

"야르스!"

무화는 막 뱃전 너머로 아라킨을 밀쳐 버린 야르스를 발견했다. 아라킨의 거미줄 같은 은발이 파도 너머로 사라져 버렸다. 무화는 믿기지가 않아서 난간에 몸을 내밀고 아래를 보았다. 아라킨을 삼킨 어둠은 시커먼 무저갱처럼 물결조차도 반사하지 않았다.

"죽었어?"

"응."

무화는 다시 싸움판에 뛰어드는 야르스의 팔을 꽉 붙잡았다.

"빛이 필요해."

무화의 손은 불로 달군 족쇄 같았다. 거기 걸린 팔찌가 용광로에서 끓여낸 쇠처럼 번뜩였고 부푼 팔에서 끊어져 나갈 듯 아슬아슬해 보였다. 야르스는 무화가 가리킨 방향을 보았다. 원래 여기 있지 않은 것이 육안으로 보일 정도로 뚜렷하게 형태를 갖추고 있었다. 아라킨의 상처에서 흘러나오던 검은 안개먼지가 떠올랐다. 사방이 젖어 물과 소금과 빗물이 번들대는데 그곳만은 암흑의 심연처럼 광택 없이 그저 검고 사막의 모래 같았다.

활잡이! 불화살을 쏴서 돛을 태워!

난전 한가운데 불화살이 시위를 떠났지만 비에 젖은 돛에 박히자마자 피식 꺼졌다.

기름통을 찾아 불을 붙여 굴려라! 술통도!

야르스의 부하들은 적을 해치우며 기름통을 찾기 위해 동분서주했다. 바닥에 미끄럽고 냄새나는 것들이 흘러넘쳤고 불이 갑판을 태웠다.

철수!

야르스의 부하들은 침착하게 갈고리를 타고 흑요로 되돌아갔다. 야르스는 손짓으로 몇 명을 따로 남겼다. 밀수선의 선원들은 우왕좌왕 물에 뛰어들었다.

대장, 저건?

야르스에게 바싹 붙은 부하가 입을 떡 벌렸다. 불타는 돛을 가리며 일어나는 괴물은 곰보다도 크고 팔다리가 많았다. 저런 생물은 듣도 보도 못했다.

무화가 상대할 거야. 우린 클로버를 찾는다.

괴물을 상대해 본 적이 없었다면, 그가 남았으리라. 하지만 그는 인간의 힘으로 상대할 수 없는 것들을 직접 겪어 보았다.

선내를 수색해서 클로버를 찾지 못하면, 탈출해라.

그는 부하들에게 완료 시간을 숙지시키고 마지막으로 무화를 돌아보았다. 무화는 왼팔에 바싹 얼굴을 대고 있었다. 거기서 피어오르는 괴물의 모습에 야르스는 오싹한 소름을 느꼈다.

"어스름."

속삭이는 말에 왼팔의 굶주린 어둠이 꿈틀댔다. 무화에게 온 뒤로 녀석은 배가 불러 본 적이 없었다.

"네 이름은 **어스름**이야."

어둠은 이름을 가지면 이전의 존재와는 다른 무엇이 되었다. 무화는 아무것도 모르는 아이일 때 **밤**의 이름을 불러 버렸다. 지금은 목적을 알고서 왼팔을 불렀다. 무화의 왼팔은 애초에 동족에게서 분리되어 불안정한 상태였다. 그렇다면 속한 곳이 어디인지 확실히 알려주는 게 나았다.

"내가 내 종족과 작별하듯이, 너도 네 종족과 작별하는 거야."

어스름, 어둡지만 밤처럼 깊지 않고 밝지만 낮처럼 밝지는 않은 때, 아침이 오기 전과 밤이 오기 직전의 경계. 인간이지만 인간이 아니게 된 무화와 어둠이지만 어둠이 아니게 된, 둘이지만 하나인 괴물의 이름으로 딱이었다.

"저것은 너였어. 하지만 이제 너는 나야."

무화가 말했다. 왼팔은 소리 없이 진동만으로 울었다. 무슨 뜻일

까. 너도 나처럼 네가 아닌 다른 것이 되는 게 괴로운 걸까? 갓 태어
난 아기 같은 흉포함 굶주림이 무화 안을 휘돌았다. **어스름**은 늘 굶
주려 있었다. 어릴 때의 무화처럼. 무화는 내부에 휘몰아치는 피와
살점에 대한 갈망을 지금 눈앞에 거대한 곰처럼 일어나는 열두 개의
팔다리를 가진 존재에게 쏟았다. 사냥감은 결정됐다.

젖은 돛이 환하게 빛났다. 쏟아 부은 불화살과 부서진 기름통에서
흐른 기름이 빗발을 물리치며 불을 키웠다. 불길에 도드라져 더욱
선명해진 새카만 형체는 역관절을 가진 팔다리와 여러 개의 몸마디
를 갖고 돛대만큼 자라났다. 앞발로 추정 되는 위쪽 네 발은 잘 벼린
칼날처럼 예리했다. 무화의 왼팔에서 뒤틀린 어둠이 입을 벌리며 포
효했다. 귀로는 들을 수 없지만 몸에 닿는 진동에 소름이 돋았다.

괴물과 괴물이 맞붙었다.

배가 불타서 바다에 빠져 죽는 게 나을까 어둠 속에서 태어난 존
재의 먹이가 되는 게 나을까. 갑판 문을 닫으면서 야르스는 생각했
다. 어느 쪽도 아니다. 그는 살기 위해 최선을 다하는 편을 택했다.

야르스와 부하들은 배를 수색하면서 선원 몇 명을 찾아내 한곳에
구금했다. 만약을 위해서 다리는 결박하지 않았다. 배가 침몰하면
각자 알아서 목숨을 구하게 하기 위해서였다. 갑판 위의 상황이 궁
금했지만 무화가 직접 오기 전까지는 기다리는 게 옳았다. 물론 그
전에 배가 가라앉을 수도 있으니 포문 몇 개를 넓혀서 탈출로를 확
보하는 것도 잊지 않았다.

대장님.

수색조가 야르스에게 소식을 가져왔다. 야르스는 그들을 따라 아

래로 아래로 이동했다. 코를 찌르는 악취가 방향을 인도했다. 야르스는 어둠속에서 등을 켜고 손바닥으로 빛을 가렸다. 갇힌 사람들을 자극하지 않기 위해서였다. 그곳은 원래 짐을 싣도록 구획된 넓은 공간이었다. 거기에 웅크린 사람들이 구더기처럼 잔뜩 뒤엉켜 있었다. 묶여 있진 않았지만 그럴 필요도 없었다. 약과 굶주림이 그들의 몸을 빼앗았고, 절망할 힘도 그래서 다시 희망할 기회도 모두 봉쇄했다. 야르스는 그들에게서 풍기는 낯익은 마른 풀냄새를 맡았다. 선착장 주점에 갇혀 있던 자들이 분명했다.

눈이 녹색인 여자애를 찾아.

야르스의 명령에 부하들은 각자 구획을 나누어 사람들을 파악했다. 갑판 밑을 지키고 있던 인원도 합류했다. 야르스는 그들 뒤에 천천히 떨어지는 무거운 발자국 소리를 듣고 돌아보았다. 검은 재와 뭔지 알 수 없는 얼룩으로 몸 반쪽을 물들인 무화였다. 비에 흠뻑 젖었는데도 몸에 묻은 검댕은 조금도 씻기지 않았고, 너덜너덜한 왼쪽 소매 밑에 드러난 창백한 문신이 살아 있는 뱀처럼 비늘을 꿈틀댔다.

"무사했구나!"

야르스가 반가움에 다가가자 무화는 흠칫 물러서 어둠 속으로 몸을 숨겼다. 야르스는 겉옷을 벗어 내밀었다. 무화는 그 옷으로 몸을 가렸다.

"괜찮은 거냐?"

무화는 고개를 끄덕였다. 너무 지친 얼굴이라 말을 걸기가 무색해서 야르스는 어깨를 으쓱하고 하던 일로 돌아갔다. 무화는 가만히 그들을 지켜보았다. 아주 많은 사람들이 있었고, 모두 지쳤고, 약해 빠진 절망의 냄새가 공간에 가득 차 있었다.

"이 배는 오래 못 버틸 거야."

야르스는 속삭이는 듯이 쥐어짜는 목소리를 들었다.

"갑판이 불타서?"

"아니, 사람들 때문에. 그러니까 서둘러."

무화는 배의 나무를 더듬었다. 사람들의 지친 발자국, 힘없이 기댄 남루한 몸, 입에서 새어 나온 절망의 숨결들이 나무의 결 사이사이에 스며 깊숙이 물들면 나무는 죽어서도 지니는 탄성을 잃고 마모되어 부서져 버렸다. 이런 거대한 배조차 인간의 한숨으로 와해될 수 있었다.

야르스는 무화에게 물을 가져다주었다. 무화는 두어 모금 먹고 뒤에 가서 붉은 덩어리를 토했다.

없습니다.

이쪽도 없습니다.

부하들의 보고가 속속 들어왔다. 그도 입안이 탔다. 저쪽에서 부하가 손을 들었다.

대장!

야르스는 훌쩍 달려갔다. 부하는 반항하는 소녀를 번쩍 등에 둘러메고 나왔다. 야르스는 등불을 들어 소녀의 얼굴을 뜯어보았다. 카르파와 닮았고 눈은 새싹처럼 밝았다.

클로버로군. 신의 세 잎, 행운의 네 잎.

야르스의 입가에 안도의 미소가 스쳤다. 클로버는 고양이처럼 빛나는 눈으로 야르스의 눈을 빤히 들여다보았다.

나를 방해한 대가를 치르게 될 거야, 당신과 카르파 둘 다.

연두색 눈에 갓 움튼 아지랑이 같은 게 일렁였다. 야르스는 움찔
했다.

기꺼이 그러지.

클로버는 옭아맨 팔이 느슨해지는 걸 느끼자 야르스에게 뛰어내
렸다. 야르스는 가뿐하게 소녀를 받았다. 클로버는 고양이처럼 그에
게 매달려 양손으로 그의 얼굴을 꽉 쥐고 억지로 입을 맞췄다. 야르
스는 벌레처럼 소녀를 떼어 냈다.

당신은 여자를 증오하지. 증오의 맛은 어때?

클로버는 기분 나쁘게 웃었다.

카르파는 당신을 사랑해. 하지만 절대로 당신을 얻지 못할 거야.

야르스는 입술을 문지르며 말했다.

우린 친구야.

오빠는 다른 걸 원해. 그래서 결국 당신을 죽이게 될 거야. 당신은 절대로 오빠
의 것이 되지 않을 테니까.

야르스는 소녀의 말을 무시했다.

모셔 가라.

부하가 야르스의 손에서 클로버를 인계받았다. 클로버는 그를 밀
치고 배 난간을 꽉 붙잡았다. 둘을 보고 있던 무화는 반사적으로 옆
기둥을 잡았다.

"꽉 잡아!"

날카로운 경고에 야르스와 부하들은 엎드리거나 벽과 바닥을 붙

잡았다. 쾅 하는 소음과 함께 배가 크게 휘청거렸다. 비명과 혼란이 뒤엉킨 사이로 클로버는 몸을 돌려 좁은 통풍구로 기어들어 갔다. 부하가 따라가 그 안으로 손을 휘저었지만 어깨도 들어가지 않았다.

"내가 갈게."

무화는 그를 밀고 통로 속으로 기어들어 갔다. 야르스는 갑판에서 내려온 보고를 들었다.

적함의 포격입니다!

야르스는 갑판 위로 뛰어 올라갔다. 해안선 쪽에서 나타난 군함이 밀수선과 흑요를 동시에 공격하고 있었다.

'유령선을 만난 배들은 죄다 난파당했죠. 조선소와 수리소의 일 감을 늘리면서 빚지고 새 배를 사야만 하는 영주민들을 노예화 하는 겁니다. 밀수선의 목격자도 줄이고요. 배 밀매와 수리를 동시에. 꿩 먹고 알 먹고죠.'

반하가 말했었다. 하지만 고래등걸에는 아직 대포가 없었다. 네 돛 범선을 건조할 기술을 가진 것과 무장을 하는 건 별개의 문제였다.

귀선하라. 포를 재장전하기까지는 시간이 걸려. 흑요를 방어해.

부하들은 빠르고 침착하게 검은 배로 되돌아갔다. 야르스는 마지 막의 마지막까지 무화와 클로버를 기다렸다. 그러나 아무도 나타나 지 않았다.

피격된 선미로 물이 들어옵니다.

부하가 보고했다.

침몰하기까지 시간이 얼마나 남았지?

태산은 발뺌을 위해 모든 증거를 인멸할 터였다. 당연히 밀수선과 여기 노예들도 몰살하겠지.

배의 크기와 용적을 고려해 현 상태에서 완전히 침몰하기까지 한 시간 반쯤입니다.

구명 장비는?

없습니다. 있다 해도 저런 사람들은 못 구합니다.

야르스는 넋이 나간 사람들을 둘러보고 이를 꽉 물었다.

적선을 해치운다.

클로버님을 아직 못 찾았습니다.

야르스는 무화를 생각했다.

우리가 빨리 이길수록 이 배를 구할 시간을 버는 거다. 만약에 죽었다면, 시체를 건져 간다. 카르파는 자기 보물이 남의 손에 들어가는 걸 원치 않아. 클로버 자신에게조차도.

야르스는 입과 턱을 부비어 작고 보드라운 입술 감촉을 지웠다.

흑요에서 두 배를 연결한 갈고리를 끊어내자 밀수선이 크게 휘청이더니 파도를 타고 멀어졌다. 두 배가 떨어지자 군함은 어느 쪽을 공격할지 머뭇대다가 어둠속으로 은닉한 흑요를 찾기보다 손쉬운 증거 인멸을 선택했다. 포화가 연기와 비를 가로며 밀수선을 때렸다. 흑요는 즉각 군함 집중 공격에 나섰다.

대포의 사정거리와 재장전 시간은?

두 가지를 파악하면 대포의 종류와 생산지를 알 수 있었다. 그렇다면 태산의 군함이 어디에서 대포를 얻었는지 알 수 있을 것이다. 야르스는 연제군의 상상이 기우이기를 바랐다. 탁월한 기술력을 가진 남쪽에서조차도 축포만큼 좁고 긴 포신에 쓸 포알은 만들지 못했다.

해수면에서 배들이 서로 꼬리를 무는 동안 밀수선 안에서 무화와 클로버가 다시 만났다. 정확히는 클로버가 무화를 찾아 온 거였다.

"배가 가라앉아. 여기서 탈출해야 해."

무화의 말에 클로버는 고개 저었다.

"난 안 가. 하지만 넌 가야 해. 네 무덤은 여기 없어."

연두색 눈이 반딧불이처럼 빛나서 무화는 오싹했다.

"정신 차려. 물고기 밥이 될 셈이야?"

클로버는 웃었다.

"그래도 어쩔 수 없어. 나는 운명을 봤거든. 사람들은 운명을 기다려. 하지만 그걸 만나는 행운을 가진 사람은 별로 없고, 막상 코앞에 다다라도 감당할 용기를 내는 사람도 거의 없어. 나는 이미 한 번 운명을 놓쳤고 두 번 후회할 생각은 없어."

한낮의 황금과 한밤의 백은, 새벽과 저물녘엔 살해된 밤과 태양의 핏빛으로 물드는 사막이 있었다. 그곳에 구름을 꿰뚫고 자라나는 돌의 탑에 운명이 있었다. 빛 한 점 들지 않는 탑 안에 숨겨진 붉은 용의 알. 하지만 소녀는 망설였고, 다른 손에 가로채였다. 다시는 그런 미련을 남기지 않으리라. 떨어질 것이 두려워 나는 것을 망설이지 않겠다. 이미 충분히 뒤에 남겨진 쓴 맛을 봤다.

"운명이라는 걸, 대체 어떻게 알아?"

무화가 물었다.

"마주치면, 알게 돼. 모른다면 운명이 아니지. 따라와."

클로버가 앞장섰다. 둘은 비바람을 맞으며 기울어진 망루에 올랐다. 내려다 본 배는 좌현 후미가 크게 기울어져 파도를 따라 휘청대고 있었다. 클로버는 휘파람 소리 같은 맑고 높은 소리를 냈다. 강약과 음조를 가진 짧은 부름이 끝나자 눈 달린 검은 아치가 뱃전으로 치솟아 올랐다. 무화는 눈앞에 다가온 거대한 머리를 얼떨떨하게 바라보았다.

"고래뱀이잖아?"

어슴푸레한 하늘을 가르는 암흑과 비늘에서 풍기는 역한 물비린내에 숨이 막혔다.

"타."

무화는 어리둥절하게 클로버를 돌아보았다.

"네 공주님을 지켜야지."

무화는 고래뱀을 보고 클로버를 본 다음 콧등에 돋은 돌기와 뿔을 잡고 미끌거리는 머리 위로 기어올랐다. 무화가 자리를 잡자 클로버는 높낮이가 정확한 휘파람을 불었다. 서미가 금속을 다스릴 때 내는 소리와 유사하면서도 미묘하게 진동이 달랐다.

"클로버 넌 어쩌려고?"

무화는 멀어지는 배를 향해 크게 소리쳤다. 클로버는 손을 흔들고 곧 보이지 않을 만큼 작아졌다. 거대한 고래뱀은 모래를 가르는 뱀처럼 빠르게 해면 위를 미끄러졌다. 아치를 드리운 고래뱀 떼 너머로 야르스의 흑요와 태산의 군함이 혼전을 벌이고 있었다. 그 사이에 덩그러니 낀 밀수선은 유린당한 아가씨처럼 처연했다. 무화는 부디 모두가 무사하길 빌며 고래뱀의 머리에 바싹 엎드렸다.

제15장

마른 가지에서 움트다

"어수선하군."

연제군이 말했다. 침입자와 반공주 실종 때문에 축제가 중지되고 경비가 강화되었는데, 태산의 집무실은 드나드는 발소리가 부쩍 늘었다.

"이건 말이 보호지 감금이에요."

버들 부인이 씩씩대며 연제군에게 왔다. 저택 안에서는 자유롭게 돌아다닐 수 있지만 외부에는 나갈 수 없었기 때문에 손님들의 원성은 날로 커졌다.

"벌써 보름이에요. 수도에서 할일이 태산처럼 밀렸다고요."

"태산이 송별연을 연다는군."

연제군은 담배를 물었다.

"그런데 그게 끝나서도 우리가 여길 떠날 수 있을지는 의문이야."

버들 부인의 눈꼬리가 길어졌다.

"이자가 뭘 꾸미는 거죠?"

버들 부인은 손목의 녹주석 팔찌를 돌렸다.

"반하 공자가 정말로 반공주와 달아났다고 생각하세요?"

"내가 아는 반공주는 야심이 커. 적송가의 마나님 정도로 만족할 리가 없어."

"제가 아는 반하도 그래요. 별 볼일 없는 반공주와 눈 맞아서 달아날 만큼 사랑스런 청년은 아니죠."

둘은 음침한 미소를 나누었다.

"그럼, 송별연에 가 보실까."

연제군은 버들 부인을 안고 있던 팔을 풀고 팔짱을 꼈다.

태산은 넓게 식탁이 차려진 연회장 한 쪽에 서 있었다. 축제 첫날과 달리 그의 주변엔 접근하려는 귀족들이 없고 가병만 부쩍 늘었다. 연제군은 기다렸다. 불편을 토로하는 목소리가 술잔 아래로 퍼질수록 긴장의 밀도가 높아졌다. 연제군은 버들 부인이 그의 근처에 있도록 했다. 음악이 연주되었으나 춤을 추려는 사람들은 없었다. 혈관에 푸른 봄이 도는 젊은이들이 서넛 어울려 춤추었으나 그나마도 곧 사라졌다.

부관이 가병을 가르고 태산에게 와서 뭔가를 속삭였다. 태산이 고개 젓는데 연회장으로 통하는 큰문이 벌컥 열렸다. 연제군은 기다린 때가 다다랐다는 걸 알았다. 봄꽃처럼 알록달록한 야회복 사이로 눈가루를 뿌린 듯 반짝이는 새하얀 옷자락이 미끄러졌다. 동장군이 현신한 것처럼 묵직한 백색의 청년이 장중한 걸음으로 검은 파도를 가르며 들어와 회장 가운데 섰다. 눈도 머리도 이 세상 것이 아닌 은빛이었다. 연제군은 새삼 반하가 얼마나 그들과 다른지 깨달았다.

거품 같은 수근거림이 썰물처럼 빠져나간 연회장 가운데에서 반하는 대지처럼 단단한 침묵을 딛고 섰다. 태산은 시체처럼 검게 질려 있었다.

"잠시 외출한 사이에 저택 경비가 제 얼굴을 잊은 것 같더군요."

반하는 긴 손가락으로 은발머리를 쓸어 넘겼다. 티 한 점 없이 시원한 이마와 곧고 단정한 콧날이 드러나자 달콤한 탄식이 회장 안에 술렁였다. 명명백백히 시선을 끌고자 한 몸짓에 돌아오는 반응을 즐기며 반하는 말을 이었다.

"귀신이라도 본 얼굴이십니다."

태산은 굳은 입을 간신히 떼었다.

"그렇잖아도, 걱정하던 참이었습니다. 반하 공자."

믿을 수가 없었다. 그가 직접 톱날을 이어 짠 강판에 반하의 얼굴을 갈았다. 아무도 안 하려고 했기 때문이었다. 헛간에는 그때의 비명과 진저리나는 피가 아직 씻기지도 않았다. 그런데, 반하의 얼굴을 한 저 괴물은 뭔가?

"설마 직접 처리한 제 걱정을 해 주셨을까요?"

반하는 과장되게 어깨를 낮추었다. 태산은 억지로 웃었다.

"재미없는 농담을 하시는군요."

반하는 태산 앞으로 걸어갔다. 태산은 물러서려는 다리에 힘을 주느라 혼신을 다했다. 얼굴에서는 땀이 비처럼 쏟아졌다.

"농담이라뇨. 제 얼굴을 강판에 가셨잖습니까?"

반하는 얼굴을 쓸어 내렸다. 핏방울이 후두둑 흰옷을 적시며 살점이 갈려나가 뼈가 드러난 얼굴에서 빈 눈구멍이 태산을 노려보았다.

"저와 함께 도피했다고 꾸며낸 반공주님의 신변은 안녕하십니까? 저를 다지듯이 공주님도 다쳤다면 큰일이 될 겁니다."

태산은 비척대며 뒷걸음질 쳤다. 반하는 웃으며 몸을 돌렸다. 아름다운 얼굴이 빛났다.

"여기 계신 고귀한 분들 앞에 고래등걸의 영주이자 조선소의 대표인 태산을 고발합니다. 그는 장부를 조작하여 투자자를 기만하고 국가적 재산인 네 돛 범선을 밀매하여 나라를 위기에 빠트렸습니다."

반하는 능구렁이가 이빨을 드러낼 틈을 주지 않고 목을 틀어쥐었다.

"유령선을 위장해 백성들의 마땅한 소유물인 선박들에 피해를 입히고 노예 계약을 한 건 앞선 죄목에 비해 너무 가벼워서 부끄러울 정도군요."

태산은 쉽게 밀리지는 않았다.

"제게 누명을 씌우시는군요."

그는 반하에게 다가와 속삭였다.

"네놈은 참으로 끈질기구나. 가문을 등에 업은 애송이 주제에. 네가 핏줄과 잘난 얼굴을 빼고 이룰 수 있는 것이 무엇이더냐? 사람들이 너를 떠받들어 주는 게 네 능력인 줄 착각하는 거냐? 사생아 주제에!"

반하는 그의 모욕에도 낯빛 하나 바꾸지 않았다.

"저에 대해 잘 모르시는군요."

미묘하게 걸린 그 입가의 웃음에 태산은 전율했다. 그는 반격을 서둘렀다.

"무슨 증거로 헛소릴 지껄이는 겁니까? 장부 조작이라고요? 건조 된 적도 없는 배를 어떻게 팔았다는 겁니까? 내 땅에서, 주인을 모욕 한 대가를 치를 준비는 하신 겁니까, 반하 공자?"

그는 이미 반하의 방에 숨겨둔 조선소에서 도둑맞은 서류들을 회 수해 두었다. 반하에겐 아무것도 없다는 걸 너무 잘 알았다. 반하는 눈 하나 깜박하지 않았다.

"증거라, 그런 게 필요했지요. 참."

반하는 멀리 시선을 두었다. 문에서 피와 검댕으로 얼룩진 지저분 한 외투를 입은 커다란 남자가 반하가 왔던 길을 따라 들어왔다. 태 산은 가병들에게 눈짓했다. 와르르 달려나간 가병들이 남자를 포위 하자 남자는 가볍게 한숨 쉬고 등에 짊어진 자루를 그 자리에 무겁 게 내렸다.

"늦었습니다."

자루에서 뚝뚝 떨어진 핏물이 바닥에 번졌다. 사람들이 웅성대며 물러났다. 가병들도 표정이 변했다.

"네놈은 뭐냐?"

남자는 태산의 물음에 대답 없이 웃옷에서 꺼낸 두툼한 것을 반 하에게 건넸다.

"반공주께서 전하라셨습니다."

태산의 표정이 변했다. 말도 안 돼. 반공주는 그의 수중에 있었고 저 수첩은 그의 금고에 있어야만 했다.

"말도 안 돼, 반공주라니! 반공주는 지금……."

"지금, 뭡니까?

반하가 날카롭게 물었다. 태산은 할 말을 찾지 못해 어물댔다. 반하는 가죽 수첩을 모두의 앞에 들어보였다.

"이건 태산 공의 서재에서 나온 것이죠. 여기엔 아주 간단하게 밀수출된 배의 규모와 이동 날짜가 적혀 있습니다. 출항소에는 삭제된 기록이지요."

태산은 자기도 모르게 허리춤을 더듬었다. 수첩은 아무도 열 수 없는 3중 금고 속에 있어야 했고 열쇠는 여전히 그의 허리춤에 있었다.

"배는 언제나 비 오는 날에 출항했습니다. 이건 유령선을 만난 선장들의 항해 일지입니다. 대조해 보면 일이 어떻게 된 것인지 충분히 짐작할 수 있죠. 태산은 밀수선을 눈에 띄지 않게 이동시키려고 비 오는 날을 택해 유령선으로 위장했고, 마주친 어선들을 그냥 보내지 않았습니다. 증거를 남기지 않으려고요. 운 좋게 살아남은 선장들은 새 배를 구입하느라 영주 가문에 큰 빚을 지게 됐지요. 여기에 대한 증거들은 지금 태산공이 손댄 열쇠가 맞는 곳에 있을 겁니다."

모든 시선이 태산의 허리춤으로 몰렸다. 반하가 손을 내밀자 태산은 열쇠를 뒤로 감췄다. 이미 모든 품위와 권력이 빠져나간 그의 손은 비굴했다.

"모…… 모함이다. 나를 실각시키려고 계략을 꾸민 거야."

"누가, 왜요?"

반하의 목소리는 차분했다.

"저 서류를 꾸며낸 자겠지. 그렇군, 자네 조부 사극은 조선소에 큰 지분을 갖고 있지. 그래서였어. 나를 몰락시키고 사업을 통째로 삼키려는 거로군."

"저희 가문에 돈은 필요 없을 만큼 많습니다만."

반하는 남자가 들고 온 자루를 가리켰다.

"그럼, 이건 어떻게 해명하시렵니까?"

남자는 걸머메고 온 커다란 자루를 열었다. 안에서 껍질이 벗겨진 살덩이들이 쏟아졌다. 머리카락이 달린 사람의 주검이었다.

"당신이 밀수선에 태운 선원들을 부리는 주점 지하에서 가져온 겁니다. 그 주점은 태산가 소유더군요. 이 사람들에게 무슨 짓을 한 겁니까?"

연회장은 비명과 신음소리로 난장판이 되었다. 태산은 틈을 놓치지 않고 가병들에게 신호했다. 가병들은 모든 문을 막고 무기를 빼들었다. 달아나려던 사람들은 노른자와 껍질 사이에 낀 흰자처럼 반하와 병사들 사이에 끼어 우왕좌왕했다.

"이런 식으로 나오면 재미없어. 빙사. 네 소중한 공주님 걱정은 손톱만큼도 안 하나?"

무력을 갖자 한결 침착해진 태산이 말했다.

"그리고, 출사도 못한 애송이가 무슨 권리로 영주를 고발할 수 있지?"

반하는 품에서 밀납으로 봉한 두루마리를 꺼냈다. 금색 원안에는 왕실의 인장이 찍혀 있었다.

"네가 비밀 감찰관이로군."

태산은 증명서를 훑어보고는 반하의 눈앞에서 조각조각 찢어 날렸다.

"어차피 비밀이었으니 무덤까지 가져가라. 여기서 너를 죽이고 수도로 진군하겠다."

가병들이 달려와 반하를 에워쌌다. 반하는 이를 악물었다.

"당신은 승산이 없어."

"글쎄. 난 그렇게 생각 안 하는데. 목단왕은 무력해. 나는 배와 대포를 가졌고, 몸값을 치를 인질들이 있지. 누가 이기는지 볼까?"

태산이 가병들에게 명령했다.

"죽여라."

가병들이 움직임과 동시에 외투를 입은 남자가 반하 앞에서 칼을 빼들었다. 반하는 이전에도 같은 일이 있었던 것 같은 기시감을 느꼈다. 아니, 기시감이 아니지. 그의 입술에 쓴웃음이 스쳤다. 거대한 검이 음산한 빛을 발하며 거울 같은 옆 날에 주인의 얼굴을 비췄다. 태산은 외투자락 아래서 드러난 굽슬거리는 금발과 거구를 알아보았다.

"만 야르스? 이게 무슨 짓인가?"

"그를 해치려면 나를 거쳐 가야 할 거요."

방금 해전을 마치고 상륙한 야르스의 칼날은 아직 비바람에 젖어 있었다. 가병들은 땅바닥에서 들어올리는 것만으로 벅찬 칼을 연검처럼 다루는 사내의 힘에 압도되었다.

"뭣들 하나! 둘 다 죽여라!"

태산이 소리 질렀다.

"병사들에게 쓸데없이 목숨을 버리게 해서야 되겠나?"

주춤대는 가병들을 밀치고 연제군이 수염을 쓰다듬으며 나섰다.

"상자를 수락하신 줄로 압니다만?"

태산이 비아냥댔다. 연제군은 가볍게 한쪽 눈썹을 추켜세웠다.

"왕실의 금고에서 축낸 알량한 금 말인가? 원래 내 것인 것을 돌려받는 데 조건이 필요한가?"

그는 태산이 따질 틈을 주지 않고 계속 말했다.

"공권력을 행사할 주체가 없을 때, 왕족 세 명이 모이면 동등한 힘을 발휘한다는 걸 알고 있나?"

태산의 낯빛이 어두워졌다.

"흥. 결국 이렇게 나오시는군요."

연제군은 느긋이 말했다.

"나를 위해 수현 악사를 불러준 건 고마웠네. 그 때문에 자네 편을 들어줄까 싶기도 했지."

태산은 연제군이 자기 패가 아니라는 걸 인정했다.

"그럼 또 누가 계시나? 공권력을 발휘할 왕족 세 명이? 설마 자네가 예비 부마라고 주장하려는 건 아니겠지, 반하 공자?"

반하는 야르스에게 돌아섰다. 태산의 표정이 미묘해졌다.

"무슨 짓을 하려는 거야, 반하? 죽다 살아오더니 정신이 나간 건가?"

"승인해 주시겠습니까?"

반하는 동요 없이 말했다. 야르스는 당황한 눈치였지만, 선선히 고개를 끄덕였다.

"그러지."

태산은 눈을 희번득 댔다.

"만 라임. 당신은 아무 자격도 없어. 무슨 미친 짓을 벌이는 거냐, 반하? 여긴 내 영지고, 저자는 이방인이야!"

반하는 그를 쳐다보지도 않았다.

"그리고 나머지 한 분은 저 문 너머에 계십니다."

반하가 문 쪽으로 몸을 돌리자 화사하게 차려 입은 아름다운 반공주가 서 있었다. 태산은 귀신을 본 것처럼 희번덕대며 반하와 반공주를 번갈아 보았다. 이건 꿈이야. 죽은 자들이 나타나 수치를 주는 악몽이다. 그는 꿈에서 깨려고 머리를 흔들었다. 환영들은 사라지는 대신 실체를 입고 의연하게 걸어왔다. 반공주에겐 방패도 무기도 없었지만 완벽하게 차려입은 당당한 걸음을 막아설 칼은 없었다.

"불러 줘서 고마워요, 반하. 저도 증인이 될 수 있겠죠? 비록 반쪽짜리 공주지만."

태산은 반공주의 얼굴을 뚫어져라 노려보았다. 상처를 가리느라 화장이 짙었지만 이런 순간조차 반공주의 미모는 숨이 멎을 만큼 아름다웠다. 이런 순간이라서 더 그런 것 같기도 했다.

반하은 잠시 반공주를 바라보다가 무릎을 낮춰 깍듯이 절했다.

"어서 오십시오. 공주님."

자리의 모두가 반하를 따라 절했다. 태산은 절하지 않았다.

"이게 누구십니까. 왕실 시궁창에서 건져낸 반공주가 아니십니까?"

그는 이제 아무것에도 놀라지 않기로 했다. 어떻게 반공주를 찾아냈는지 몰라도, 죽은 줄 알았던 자가 살아온 것에는 비할 바가 못

됐다.

"그런데, 진짜 공주님이시긴 합니까?"

그 말의 의미가 얼마나 복잡한지 알고나 말하는 걸까. 반공주는 씁쓸하게 웃었다.

"무슨 뜻이죠? 저를 납치라도 하셨던 건가요?"

반공주의 말에 태산은 움찔했다. 그는 짙게 화장한 반공주의 얼굴을 샅샅이 다시 뜯어보았다.

"넌 서미가 아니군! 누구지? 알겠다. 그 팔 병신이구나. 시녀 주제에 호사를 누리는군. 반하 공자, 나를 위해 기껏 준비한 반전이 이런 속임수인가? 응?"

반공주는 비아냥대는 태산에게 바싹 다가가 뺨을 날렸다. 왼손이었다.

"다시는 제 사람을 모욕하지 못할 겁니다."

태산을 때린 반동에 휘청대는 몸을 반하가 잡아 주자 반공주는 옷자락을 털고 반듯하게 턱을 들었다.

"이게 무슨 개수작이야!"

태산은 볼썽 사납게 터진 코피를 닦으며 소리 질렀다.

"이제 네가 누구건 상관없어. 반공주는 가짜야. 진짜 공주는 창녀로 팔려서 이름 없는 산에서 죽었지. 내가 팔 잘린 그 시체를 똑똑히 봤다! 어디서 굴러먹다 온지도 모르는 계집을 반공주랍시고 봉해서 비싸게 팔아먹으려 들다니, 참으로 대단한 왕실이고 대단한 허세가 아닌가?"

반하는 그의 턱을 가격해 입을 다물렸다. 바닥에 누런 옥수수알이 핏물과 엉켜 후둑 떨어졌고 매끈한 손등에 피가 배어 흘렀다. 반공주는 턱을 싸쥐고 웅크린 태산에게 성큼 다가가 속삭였다.

"네 아비가 나를 샀지. 그래서 나는 그를 죽여 내 명예를 지켰다."

공주의 눈 속에서 흑자색 불덩이가 타올랐다. 죽은 자의 부패한 얼굴색이었다. 태산의 눈이 흐릿해졌다.

"괴물…… 너흰 다 괴물이야. 이것들은 사람이 아니야! 내가 팔 잘린 네 시체를 보았다. 그 늪에서."

태산은 이가 빠져 웅얼대는 소리로 반공주를 향했던 손가락을 반하에게 돌렸다.

"너, 이 징그러운 뱀. 내가 네 얼굴을 강판에 갈았다. 넌 어디서 온 괴물이냐? 그래, 너희가 바로 어둔이구나! 이름 없는 산이 베껴 낸 괴물들!"

반하의 얼굴이 그늘졌다. 태산은 미친 것처럼 소리쳤다.

"하지만 너흰 그림자다, 아무 힘도 없어! 죽은 자는 산 자를 절대 못 이겨!"

연제군은 가병을 불렀다.

"저자를 포박하라."

그의 목소리는 낮고 침착했지만 오랫동안 권력을 갖고 사람을 다스려온 자의 묵직한 힘이 실려 있었다. 가병들은 우왕좌왕 하다가 태산을 향해 하나둘 무기를 돌렸다. 태산은 끝까지 발악하며 끌려 나갔다.

"잠깐만. 군함에 있던 대포의 포알은 누가 만든 거지?"

야르스의 물음에 태산은 고개를 돌렸다.

"내가 말해 줄까 보냐?"

"아라킨이군. 배건 탑이건 무엇이든 생각대로 만들어 내는 연금술사. 외뿔 고래로 조선소를 지을 생각도 그자의 머리에서 나왔지."

야르스의 말에 태산의 입에서 빈 신음 소리가 새어나왔다. 그거면 충분했다.

그와 부하들이 연회장을 정리하는 사이 연제군이 반하에게 다가왔다.

"굉장한 원군을 데려왔군. 어떻게 된 건가?"

"천천히 말씀 올리겠습니다."

반하가 말했다. 연제군은 가짜 반공주를 물끄러미 보고는 말없이 등을 돌려 나갔다.

제16장

달이 비친 물

여기가 어디더라. 내가 왜 여기에 있지?

서미는 입안에 고인 피를 뱉었다. 입술이 바싹 탔고 왼팔은 짐짝 처럼 무거웠다. 부러진 걸까. 아예 감각이 없는 걸 보니 더 나쁜 상 태일지도 몰랐다. 무화는 매일 이런 팔을 달고 다녔단 말이지.

'공주는?'

태산이 물었다.

'무사하십니다.'

서미는 날카롭게 웃고 싶었다. 하지만 칼에 베인 입안이 너무 아 팠다. 간신히 킥킥 거리는 소리를 내자 태산은 불쑥 다가와 뺨을 때 렸다. 그 다음 머리통을 후려치고, 가슴 배 할 것 없이 발길질이 쏟 아졌다. 때리면서 태산은 한마디도 하지 않았다. 어린 계집에게 고 개를 숙인 굴욕과, 뜻대로 할 수 없었던 분노가 응축된 폭력이었다.

서미는 피떡이 되어 정신을 잃었다.

다시 눈을 떴을 땐 통속이었고 좁은 틈새로 미약한 불빛이 보였다. 서미는 눈을 한쪽씩 깜빡여 멀지 않았는지 점검했다. 양쪽 다 무사했다.

"목…… 말라……."

서미는 미간을 찌푸리며 간신히 말했다. 한 남자가 통에서 미끄러져 나온 서미를 일으켜 앉히고 물을 주었다. 물은 찢긴 입술에 몇 방울 닿지도 못하고 옷 위로 뚝뚝 흘렀다.

"살살 다뤄. 공주님이잖아."

다른 남자가 말했다. 태산도 여기 있을까? 그럴 리가 없겠지. 바쁜 몸이시니까 말이야. 입안에 찝찌름한 액체가 계속 고였다. 서미는 혀끝으로 이빨을 더듬어 보았다. 상태가 좋지 않은 것도 있지만 아직 다 제자리에 있었다.

"공주님을 이렇게 심하게 때린단 말이야?"

물을 준 남자가 말했다. 얼굴이 좁고 소심해보였다.

"여자가 맞을 이유야 많지. 공주라도 맞을 땐 맞는 거 아닌가?"

넙적한 얼굴에 천해 보이는 입매의 남자가 말했다. 서미는 갑자기 킥킥 웃었다.

"어쩌나. 나는 공주가 아닌데."

이렇게 홀가분한 말이었구나. 태산의 실망한 얼굴을 못 본 게 아쉬운걸.

"거짓말하지 마."

"진짠데."

서미는 씩 웃었다. 찢어진 입술 밖으로 피가 배어 나와 기괴하게 흘러내렸다. 사내들은 수선스럽게 저희끼리 떠들었다.

"내가 그랬잖아, 하나가 더 있었다고."

천한 얼굴이 말했다.

"없어. 저년 하나뿐이었다고. 진짜야. 있었더라도 타 죽었나 보지."

소심한 얼굴이 도리질 쳤다.

"그럴 리 없어. 아무도 없었다고."

"그럼 달아난 거야? 언제? 어떻게?"

서로 눈짓을 나눈 남자들은 서미에게 돌아섰다.

"말해, 반공주는 어디 있지?"

"몰라. 지금쯤 아주 멀리 달아나셨겠지."

눈앞이 번쩍 하는 통증이 지나갔다. 서미는 고통에 무감해지도록 자신을 깊숙한 방에 밀어 넣었다.

"말해!"

말소리가 물속에서 듣는 것처럼 먹먹하다. 귀가 나갔군. 서미는 당황하지 않았다. 이보다 더 지독한 일들을 겪을 수도 있다고 매일 밤 상상해 왔다. 내가 공주가 아니라면, 동녀로 팔렸다면 더한 일들을 겪었을 것이다. 무화가 돌아오기 전에 겪었을 일처럼.

"좋아. 그럼 계집년을 다루는 방법으로 다뤄 주지."

아니, 그거랑 비슷하거나 조금 더 나쁠지도 모르겠다. 무화의 과거는 지나갔고 서미는 현재였다. 담배에 쩐 지독한 몸 냄새가 제일 먼저 다가왔다. 까마득한 어둠이 눈앞에 펼쳐진다.

전에도 이런 일이 있었지. 홍등가의 그 좁은 우리 안에서. 무슨 일을 당할지 눈치 챈 순간 팔려가는 게 내가 아니길 간절히 빌었다. 소원은 이루어졌다. 공주가 될 수 있길 빌었다. 그 소원도 이루어졌다. 어느 무시무시한 신이 그 부덕한 소원들에 귀 기울였을까.

서미는 몸 위로 덮쳐오는 남자를 걷어찼다. 다친 데다가 여자라고 우습게 본 남자는 비명을 지르며 데굴데굴 굴렀다.

"이 개쌍년이!"

남자가 욕설을 퍼부었다.

"쌍년 맛 좀 봐라."

서미의 손에서 하현도가 빛났다. 피와 비명이 튀었다. 서미는 그들을 헤치우고 문 뒤에 바싹 붙어 주위의 동정에 귀 기울였다. 문은 잠겨 있지 않았고 밖은 고요했다. 서미는 바깥이 안전하다고 판단하자 문을 나섰다. 너덜너덜한 치마 속으로 싸늘한 바닷바람이 쳐들었다. 서미는 그대로 가려다가 찬바람이 등을 할퀴자 하는 수 없이 돌아와 남자들의 겉옷을 벗겨냈다. 냄새가 지독해서 선뜻 걸치기가 망설여졌다. 하지만 지금 내 꼴도 가관이지. 서미는 솟구치는 눈물을 쓰게 삼켰다. 냄새는 익숙해졌다. 하지만 비참함은 익숙해지지 않았다.

여기는 어딜까. 서미는 주위를 둘러보았다. 짧은 능선 너머로 수평선이 보였다. 서미는 능선으로 기어 올라갔다. 삐죽삐죽 솟은 창나무 숲이 보였다. 아니, 창이 아니라 수십 척의 배에서 솟아오른 돛대였다. 항구도 아닌 섬 그늘에 수십 척의 배가 은밀하게 숨어 있었다. 뱃머리가 향한 방향은 북동쪽, 수도 가름이었다.

태산의 흉계구나! 배를 밀매매 한 게 아니라 역모를 실행할 셈이야!

서미가 반하에게 넘긴 수첩에 조선소에는 없는 배에 대한 기록이 있었다. 반하는 태산이 선박을 밀매했고, 고래등걸의 부흥의 원천이라고 했다. 하지만 태산의 진짜 꿍꿍이는 왕이 되는 거였다.

이제 어떻게 하지. 배가 여기 있다면, 아직 역모는 실행하지 못한 거다. 저택으로 돌아갈까? 하지만 돌아가도 서미의 신분이 그대로라는 보장이 없었다. 태산은 비밀을 알고 있고, 언제 까발려도 이상하지 않았다. 그의 아내이자 노예가 되느니 다 버리고 달아나는 편이 나으리라.

어디로?

젊고, 연고가 없는 여자가 어디를 가서 무엇을 하고 산단 말인가. 서미는 어깨를 옹송그렸다. 추위보다 막막함이 서러웠다. 옷에서 나는 지독한 냄새는 몸을 움직일 때마다 새록새록 살아났다. 공주 옷을 입어도 매 순간 떠오르던 산골 소녀처럼.

무화는 어떻게 됐을까? 그 불 속에 있던 건 정말로 반하였을까? 그 기이한 미모는 정말로 인간의 것이 아니었던 걸까. 내가, 그걸 확인할 기회나 있을까?

무화는 이상한 말을 하고 이상한 것들을 보았다. 서미는 보지 못했다. 보고 싶지도 않았다. 그래도 늘 듣다 보면 저것일지도 모른다고 짐작 가는 것들은 있었다. 갑자기 눈을 돌리면 사위에 스치는 검은 물체라든가 잠자리에서 올려다 본 대들보에 영혼까지 집어삼킬 듯이 깊게 고인 어둠이라든가.

그게 왕실의 핏줄에 흐르는 힘이라는 건가. 처음부터 모든 것이 타고 난다면, 애초에 무슨 기회가 남아 있을까? 그건 불공평해. 서미가 먹고 입고 싸고 잠자는 것처럼, 무화도 먹고 입고 싸고 잠잤다. 서미와 무화가 다른 점은 아무것도 없었다. 마노도 종족으로서의 인간은 다르지만 인간으로서의 인간들은 모두 같다고 했다. 한 나무에 열린 사과들처럼. 하지만 서미는 결코 무화가 보는 것, 느끼는 것, 생각하는 것을 무화처럼 똑같이 느끼고 이해할 수는 없었다. 핏줄의 힘에 대항해 보고자 한 모든 노력은 헛수고였다.

한 나무의 사과라도 모양이랑 맛은 다 다르지.

서미는 쓸쓸하게 웃었다. 자기연민에 빠지지 말자. 최악의 최악이라도, 해야 할 일이 있었다.

무화에게 돌아가자. 가서 모든 것을 제자리로 돌려 놔야지.

내딛는 발자국마다 얼음을 딛는 듯 무겁고 시렸다. 무화가, 이 모든 걸 받아들일 수 있을까? 자기 것이 아닌 줄 알았던 혹독한 과거를 감내하고, 믿고 있던 친구가 자기 신분을 훔쳤다는 걸 받아들일 수 있을까? 아무리 마노와의 약속이었대도 사심은 없었노라고 당당히 말할 수 있을까?

내쉬는 한숨이 뱃속부터 얼어붙어 차가웠다. 아니, 그건 못하지. 무화를 지켜주려면 다른 방법을 택했어야 했다. 하지만 서미는 어렸다.

그게, 너에게 변명이 될까?

"무화……."

서미는 숨결처럼 이름을 삼켰다. 다시 만난다면 어떤 얼굴로 마주해야 할까. 너는 나에게 어떤 얼굴을 보여 줄까.

"아, 꼴이 거지같네."

마음도 몸도 차림새도 그랬다. 우선, 품위를 되찾자. 몸을 씻고 깨끗한 옷을 입고 머리를 빗자. 그러고 나면 할 일이 좀 더 명료해질 것이다. 하지만 누가 거지꼴이 된 가짜 반공주를 도와줄까. 도움이란 득실을 계산하지 않는 무조건일 터였다. 하지만 귀족들은 결코 그런 식으로 움직이지 않았다. 그들의 도움을 받고 싶다면 줄 수 있는 게 있어야 했다. 지금이든 나중이든. 서미에겐 아무것도 없었다. 서미는 문득 목이 메었다.

반하가, 나를 받아 줄까?

서미는 속옷 띠 속에 숨겨둔 둥근 것을 꺼냈다. 흐릿한 구름 아래 짓눌린 태양이 발하는 빛을 받은 투명한 보석은 반하에게서 훔친 향목 노부인의 보석 씨앗이었다. 무화가 던진 주머니에 함께 들어 있었다.

"이게 마노가 그토록 찾는 무화의 조각이란 말이지."

'모두 그런 씨앗이 있어요? 내게도 있어요?'

서미의 물음에 수련은 대답하지 않았다.

"포도 씨를 삼키면 뱃속에서 포도가 자라는 줄 알았던 때가 있었지."

서미는 씨앗을 손 안에서 굴렸다. 움직일 때마다 자색과 황색으로 색깔이 다르게 흘러 다니는 보석은 맑은 사탕처럼 영롱하고 달콤해 보였다.

"네 씨앗을 먹으면, 내 안에서도 공주가 자랄까? 무화 공주님?"

서미는 씨앗을 삼켰다.

구름이 걷히며 중천에 오른 태양이 보였다. 마음속에 검게 얼어붙은 한기가 잠시 누그러지는 것 같았다. 지열이 오르자 아지랑이가 일렁였다. 아니 아지랑이가 아니라 사람의 그림자였다. 서미는 옷 아래 숨긴 칼을 꽉 쥐었다. 인적이 드문 곳에서는 짐승을 만나는 것 보다 사람을 만나는 게 위험했다. 게다가 지금 서미는 태산의 벼랑 에 서 있었다.

서미는 사람들이 가까워지는 걸음수를 세면서 짧은 칼로도 치명 적인 상처를 입힐 수 있는 거리 안에 들어오기를 기다렸다. 그런데 남자들은 서미 앞에 다다르기도 전에 허리를 굽혔다.

"서미 공주님? 반하 공자님께서 찾고 계십니다! 무사하셔서 정말 다행입니다."

서미는 긴장이 풀려서 쓰러질 것 같았지만 간신히 버텼다. 무너지 는 모습으로 동정을 사야 할 상대는 따로 있었다. 남자들은 서미의 차림새를 보더니 말없이 망토를 벗어 건넸다. 서미는 최대한 위엄을 잃지 않으려고 노력하며 냄새나는 옷 위에 그 옷을 덧 걸쳤다. 꼴이 너절하다고 마음까지 너절해질 순 없었다.

"가시죠."

그들이 공주님를 모셔간 곳은 돛까지 전부 검푸른 색으로 위장한 배였다. 아주 선명한 낮이면 해수면에 반사된 물고기 그림자처럼 보 일 것이고 밤이라면 별을 삼킨 까만 공허 외엔 아무것도 보이지 않 을 것 같았다. 서미는 위압적인 검은 돛을 올려다보며 말했다.

"이 배의 이름이 혹시 밤인가요?"

서미를 마중 나온 은테 안경의 청년이 상냥하게 대답했다.

비슷합니다. 우리는 흑요라고 부르지요.

그가 배 안으로 안내했다. 서미는 남쪽말로 말했다.

반하님은요?

태산의 부하들이 아니란 건 옷차림새로 알 수 있었지만, 반하가 보이지 않는 한 그들을 완전히 신뢰할 수는 없었다. 태산은 이방인들을 잔뜩 고용했고, 어느 쪽이 그의 사람인지 서미는 몰랐다.

곧 만날 겁니다.

반하를 못 봐서 걱정되는 한편, 당장은 그를 보지 않아도 된다는 것에 서미는 약간 안도했다. 이런 몰골로 좋아하는 남자 앞에 서려면 정말로 많은 용기가 필요하리라. 서미는 의연할 자신이 있었지만, 그게 아무렇지 않다는 뜻은 아니었다.

당신 이름은 뭐죠?

검은 머리 청년은 은테 안경을 벗으며 미소 지었다.

카르파입니다.

그의 손은 여자처럼 곱고 꿀 같은 광택이 흐르는 황동색이었다. 저런 손을 가지려면 얼마나 신분이 높아야 할까. 서미는 못 박인 손을 뒤로 감추며 그의 이름을 기억 속에서 헤집었다. 분명히 들어본 적 있었다.

이쪽으로.

그가 안내한 방에는 아무도 없었고, 붙박이장에 아래 위가 하나로 이어진 이국풍의 옷과 장신구와 신발이 가지런히 차려져 있었다.

필요하실 거 같아서요. 급히 준비해서 마음에 드실지는 모르지만, 부디 사용해 주시지요.

서미는 그의 손에 입 맞추고 싶은 기분을 간신히 눌러 참고 담담히 말했다.

세심한 배려에 감사드립니다.

카르파는 살짝 고개를 끄덕이고 문을 닫고 나갔다. 서미는 큰 거
울 속의 자신을 보았다. 이런 꼴로 반하를 볼 생각을 했다니 용기도
가상하지. 서미는 거울에 박아 넣은 무지개색 자개를 보면서 카르파
의 모든 이름을 기억해 냈다. 라시오 카르파니니. 남쪽의 별, 용의 심
장. 남령 황금 도시 카리나의 중심 카노푸스를 지배하는 무셀라 가
문의 적장자.

"이제 카르파니니가 아니라 카르파 엔센이겠군."

기대 이상의 인연을 얻어 버린 건지도 몰랐다. 서미는 가슴이 뛰
었다. 조금만 더 예쁜 모습을 보였다면 좋았을 텐데. 카르파는 서미
의 첫인상을 잊지 못하리라. 하지만 아직 기회가 있었다. 깜짝 놀랄
만큼 아름답게 차려입고 반전을 꾀한다면 더 깊은 인상을 남길 수도
있다.

"나 참 너무한다."

서미는 이런 순간마저 그의 지위를 계산해 스스로를 무기로 써먹
을 생각을 하는 자신을 비웃었다.

옷들이 차려진 탁자 옆에는 섬세한 살로 짜인 병풍이 둘러져 있
었다. 서미는 나무 살 틈으로 장미색 욕조를 보고 홀린 듯이 다가갔
다. 물은 오래 손님을 기다린 듯 식어 있었지만 마음을 녹이기엔 충
분히 따뜻했다. 서미는 머리를 통째로 물속에 처박았다. 그리고 울
었다.

서미가 카르파의 비호를 받아 비밀리에 태산 저로 되돌아왔을 때
무화는 공주 변장을 지우는 중이었다. 거울 너머로 이국적인 옷을 입

은 서미가 비치는 걸 보고 무화는 얼룩덜룩한 얼굴 그대로 달려왔다.

"무사했구나!"

공주의 옷을 입고 정교한 은관을 쓴 무화를 본 서미의 얼굴이 굳어졌다. 무화는 서미의 눈치를 보더니 얼른 관을 벗어 등 뒤에 감췄다. 서미가 무화의 손을 잡았다.

"신경 쓰지 마. 잘 어울려."

서미는 은관을 다시 무화의 머리에 씌웠다. 무화는 어쩔 줄을 몰랐다.

"화난 거야? 사정이 좀 있었어. 일이 너무 급박해서……."

"그런 거 아니야."

서미는 변명하려는 무화의 말을 막았다.

"왜 나는 네가 이렇게 예쁘단 걸 몰랐을까."

진심이었다. 그래서 더 질투 나고 고통스럽단 말을 서미는 머릿속에조차 떠올리지 않으려고 했다.

"왼팔은, 이제 괜찮은 거야?"

"응."

"어떻게?"

"이 팔찌 덕분에."

서미는 못 보던 적옥 팔찌가 무화의 팔에 걸린 걸 보았다. 반하가 말했던 그 팔찌였다.

"어디서 난 건데?"

무화의 얼굴이 어두워졌다.

"아직, 말하고 싶지 않아."

"나한테까지 숨기는 거야?"

서미가 말했다. 무화는 서미를 똑바로 보았다.

"너도 나한테 숨기는 거 있잖아?"

지금이 고백할 때였다. 서미는 알았다. 그런데 입이 떨어지지가 않았다.

"반하는?"

서미는 결국 말하지 못했다. 이 순간이 두고두고 수치로 남으리라.

"녹옥 공주님을 마중 나갔어."

무화는 대답한 후 잠시 침묵했다. 서미는 무화의 얼굴을 똑바로 볼 수가 없었다.

"녹옥님은 잠자는 병 때문에 궐 밖에 안 나오시잖아."

"깨자마자, 여기 오겠다고 하셨대. 군사를 데려오셨어."

무화는 반하가 태산을 고발했고, 그의 계획에 의해 무화가 잠시 반공주로 탈바꿈했다는 이야기를 했다. 어떻게 공주 변장을 했는지는 말하지 않았다.

'반공주가 필요해.'

검은 장막으로 은신한 카르파의 임시 막사 안에서 반하가 말했다. 고래뱀은 무화를 해안에 내려 주었고 거기엔 은으로 된 등대 같은 반하가 기다리고 있었다.

'아직 공주님을 못 찾았어?'

무화가 야르스를 도와 클로버를 찾는 대신에 반하와 야르스의 부하들이 서미를 찾아 주기로 했었다. 경비가 강화된 태산의 저택에 몰래 숨어들어 갈 만한 자가 무화밖에 없었고, 수색은 넓은 범위를 필요로 하는 일이니 합리적인 판단이었다. 하현도가 부른다면 무화 혼자라도 서미를 찾아낼 수 있었다. 하지만 칼들은 침묵했다.

'수색 중이야. 짐작 가는 곳은 많아서 하나하나 뒤져야 해서 시간이 걸려.'

반하는 신중히 대답했다. 불안이 덜컥 가슴에 떨어졌다.

'서미는 공주님이야, 연약한 소녀라고…….'

무화는 차마 드는 오만가지 불안을 입 밖에 낼 수가 없었다.

'알아. 그것과는 별개로, 서미가 돌아올 때까지 자리를 지킬 준비를 해야지. 무사히 돌아왔는데 이름도, 돌아갈 궁궐도 없어지면 곤란하잖아.'

반하의 말에 무화의 목소리가 떨렸다.

'무슨 뜻이야?'

'반공주가 쓴 누명을 벗지 못하면, 궁궐에선 반공주를 아주 내칠지도 몰라. 사실이든 아니든 흉문만으로 공주의 명예에 흠집이 되니까. 가뜩이나 출생 신분 때문에 예민한 입지인데 단박에 추락하는 건 일도 아니지.'

'그럴 순 없어! 서미가 여기까지 오려고 얼마나 애를 썼는데!'

서미는 공주가 되기 위해 무수한 살해 위협과 협박과 굴욕을 견디고. 거짓을 처발라 우정을 잃을 위기까지도 감수했다.

'그래, 그러니까 최선을 다 해.'

반하가 장막 한 장으로 가름한 옆 칸으로 건너갔다. 막 정리를 마치고 일어서던 카르파가 반하를 돌아보았다.

정말로 할 수 있겠어?

409

반하는 무화를 돌아보았다.

해 봐야지요. 공이 좀 들겠지만.

카르파는 무화를 꼼꼼히 들여다보더니 혀를 차고 나갔다.

부디 성공을 비네.

무화는 반하를 쳐다보았다.

'뭐야?'

반하는 소매를 걷으며 궤짝을 가리켰다.

'거기 앉아.'

무화는 여러 가지 상자와 옷들이 널린 주위를 둘러보며 뻣뻣하게
서 있었다.

'뭐 하려는 건데 ?'

'네 공주님을 지키고 싶지?'

무화는 어색하게 궤짝에 앉았다. 반하는 화려한 옷과 작은 관을
옆 탁자에 올렸다. 무화는 바싹 긴장한 채 침을 꿀꺽 삼켰다.

'설마 그거?'

'그래, 네가 입을 거야. 지금부턴 네가 반공주다.'

'정신 나갔어?'

'입조심해. 네 신분을 잊지 마.'

무화는 찔끔했다.

'입어.'

반하는 뒤돌아섰다. 무화는 잔뜩 부은 채로 반하가 준 옷을 꾸역
꾸역 입었다.

'속옷부터 차근차근 제대로 입어. 안에 바지 입을 생각 마. 아무리

진짜처럼 치장해도 넌 가짜니까, 진짜보다도 더 진짜 같아야 해.'

　등에도 눈이 달렸나. 무화는 구시렁거리며 벗고 다시 입었다. 침묵 속에서 비단이 피부를 스치는 사각사각 소리가 예민하게 들렸다.

　'다 됐어.'

　무화를 돌아본 반하의 눈이 살짝 가늘어졌다. 무화는 그의 표정을 불만으로 해석했다.

　'호랑이 가죽을 입는다고 고양이가 범이 되진 않아.'

　무화가 투덜댔다. 반하는 옷 선을 바로 잡아 주며 말했다.

　'범이 되라고 안 했다. 그런 척만 하면 돼.'

　실은 반하는 속으로 깜짝 놀랐다. 여자의 몸은 뻔하고 지루하다고 생각했다. 그런데 무화는 소녀의 섬세함과 소년의 상쾌함 위에 성숙한 여인의 매혹을 덧입는 중이었다. 반하는 둥글고 탄탄한 어깨선과 목과 등을 따라 흐르는 꽉 조인 허리에 자꾸 눈이 가는 걸 막느라 애써야 했다.

　'그렇게 심각한 표정일 건 없잖아. 당신이 계획한 거라고. 가능할 거 같으니까 한 거 아냐?'

　무화가 말했다.

　'최선을 다해야지.'

　반하는 무화가 앉은 궤짝 앞에 탁자를 끌어다 놓고 소매를 걷었다. 길고 섬세한 손과 정교한 근육으로 꽉 짜인 매끈한 팔뚝이 화장 도구를 다루는 모양새가 아름다웠다. 사람이 아니라 신이 빚어 놓은 조각 같았다.

　'말 하지 마. 눈도 깜박이지 말고.'

반하는 무화의 얼굴 위에 한 겹 한 겹 세심하게 공주의 얼굴을 만들어 나갔다. 무화는 얼굴에 닿는 그의 손길에 계속 흠칫흠칫 굳었다.

'아무도 눈치 채지 못할 거야. 여자의 얼굴을 빤히 보는 건 실례이기도 하지만 사람들은 의외로 남을 유심히 보지 않거든. 다들 자기가 어떻게 보일까에 더 관심이 많지. 서미가 예쁘단 거 외엔 제대로 기억하지도 못할 거다. 의외의 장소에서 만난다면 아예 알아보지도 못할 걸. 사람의 기억은 개의 코보다도 신뢰도가 떨어져.'

반하는 무화의 긴장을 풀어주려고 천천히 계속 말했다.

'여자들은 화장에 따라 인상을 바꿀 수도 있어. 가장 큰 차이는 피부색과 나이에 따른 얼굴형의 변화인데, 너는 공주님과 동갑이니까 나머지는 내 손에 맡겨라.'

반하는 파르르 떠는 눈 위에 검푸른 색 안료를 바르고 눈썹 모양을 우아하게 다듬었다. 가짜 속눈썹을 준비했지만 사용할 필요는 없었다. 머리를 틀어 작은 은관으로 고정하고 뾰족 나온 입술에 연지를 바를 때, 그의 손이 살짝 떨렸다.

'거울을 보여 주마.'

반하는 얼른 손을 추스르고 거울을 들었다.

'얼굴을 돌려 봐라. 숙이고, 웃어 봐.'

무화는 시키는 대로 했다. 거울 속의 얼굴은 거의 서미처럼 보였다. 무화인 부분은 그늘진 눈매 뿐이었다. 반하는 예상보다 둘이 더 많이 닮았다는 것에 좀 놀랐다. 일부러 서미를 따라할 필요도 없었다. 무화의 얼굴을 다듬고 치장한 것만으로 둘은 쌍둥이처럼 닮아

보였다.

아니, 서미가 무화의 얼굴을 흉내 낸 거야.

반하는 화장이 지워진 서미의 얼굴이 전혀 다른 인상이었다는 걸 떠올렸다. 시녀의 얼굴을 흉내 낸 공주라. 왜?

'다 끝난 거지?'

무화가 무거운 치마를 추스르며 일어났다.

'잠깐만, 입술.'

반하는 무화를 멈춰 세우고 살짝 삐져나간 입술연지를 문질렀다. 그리고 고개를 숙여 입 맞췄다. 꽃잎을 입에 문 것 같았다. 몸 안에 따뜻한 향기가 저릿하게 퍼지며 달콤한 여운을 남겼다.

'뭐야, 이거?'

무화가 물었다. 감정으로 들끓는 강인한 눈이 반하를 노려보고 있었다. 서미의 얼굴인데 서미의 입술과는 전혀 달랐다. 감정마저도 영악하게 계산하는 반공주의 얼굴과 마음을 숨길 줄 모르는 얼굴은 전혀 달랐다.

'아무것도 아니야.'

무화는 그의 뺨을 때렸다. 분노가 눈까지 차올라 눈물로 넘쳐날 것 같았다.

'이봐, 울면 안 돼. 화장 망가져.'

'울어? 내가? 기대도 크셔라.'

무화는 반하를 밀치고 장막을 나왔다.

"옷 갈아입어. 녹옥 공주님을 뵈러 가야지. 말리를 불러 올게."

서미는 돌아서는 무화의 손목을 붙잡았다.

"잠깐만, 너한테 할 얘기가 있어."

무화는 서미를 돌아보았다.

"아무것도 말할 필요 없어."

서미는 무화가 진실을 알고 있다는 걸 깨달았다.

"나…… 내가 너한테……."

무슨 말을 해야 할지 알 수가 없었다. 바싹 마른 입술이 물밖에 나온 물고기처럼 달싹였다.

"서미야, 네가 공주님이야. 내가 그렇게 정했어. 이게 끝이야. 알았지?"

서미가 부럽지 않았다면 거짓말이었다. 하지만 가진 적 없던 공주라는 이름보단 서미가 더 소중했다.

"정말로?"

서미의 얼굴이 딱딱해졌다. 그건 그가 해야 할 말이었다. 고백은 서미의 몫이다. 무화가 함부로 가로챌 수 있는 게 아니었다.

"너는 나한테 화도 안 나? 너를 속인 거잖아. 왜 그랬는지, 궁금하지도 않아?"

"괜찮아. 너만 내 곁에 있다면."

서미는 갑자기 숨이 막혔다. 마노가 남긴 손목의 심어가 팔을 타고 올라 심장을 옥죄는 기분이었다. 서미는 결코 마노와 무화 둘에게서 자유롭지 못할 것이다. 그저 무화를 도우려고 시작한 거짓말이었다. 무화가 악몽에서 깨어 울 때마다 꿈이라고, 네 것이 아니라고 달래 주려 한 것뿐이다. 그럼 그게 누구냐고 무화가 묻길래 나라고, 내가 겪은 나쁜 일이었다고 얼버무렸다. 무화는 몸도 마음도 쇠약해

414

진 상태였고, 결국 진짜로 자기가 개울 건너 집 딸이라고 믿게 되었다. 서미는 계속 무화를 속이고 이용하고 있다는 죄책감 속에 살았다. 하지만 잘 생각해 보면, 이용당한 것은 서미였다. 서미는 마노의 장기말이었고 무화의 방패와 다름없었다.

"넌 나한테 속은 거야. 안 분해? 안 억울해? 난 너를 속이고 네 걸 가로챘다고."

"상관없어."

서미는 무화의 무구함에 증오를 느꼈다.

"왜? 아무것도 없어도 네가 진짜니까? 그래서 네 피에 흐르는 것을 증명할 필요가 없다는 거야?"

"입 다물어. 네가 시작한 거짓말이야. 모두가 네가 공주란 걸 알아. 이제 와서 무를 순 없어. 네가 책임져야 할 건 내가 아니라 너 자신이야."

무화가 무섭게 말했다. 서미는 입을 다물었다. 그 말이 옳았다.

"'네가 뭘 하든 널 위한 거야.' 그 말은 이런 뜻이었구나."

무화가 서미의 말을 따라하며 쓸쓸하게 웃자 서미가 말했다.

"네가 되고 싶었어. 너네 엄마가 우리 엄마였으면 좋겠다고 생각했어. 매일 낡은 옷에 손톱 밑이 새카만 우리 엄마가 아니라 그림을 그리고 글을 읽는 공주님이 우리 엄마였으면 좋겠다고 생각했어."

"나도 너네 엄마 딸이면 좋겠다고 매일 생각했었어. 언제나 깨끗한 옷이랑 맛있는 걸 주셨으니까."

실개울이 찰랑이는 듯한 웃음소리가 둘을 감싸고 흘러 두 갈래로 갈라졌다.

문 두드리는 소리가 들렸다. 무화는 얼른 곁방으로 숨고 서미가 문을 열었다. 반하가 서 있었다. 완벽하게 성장을 하고 단정하게 빗어 내린 은발이 유리조각처럼 투명하게 빛났다. 반하는 점점 투명해지는 것 같았다.

"서미 공주님."

벼랑에서 헤어진 뒤 처음 보는 얼굴이었다.

"반하 공자."

서미는 괜히 어색해서 고개를 떨궜다.

"모시러 왔습니다. 잠시 들어가도 될까요?"

서미가 뒷걸음질 치자 반하는 조용히 등 뒤의 문을 닫았다.

"반공주에 대한 불신이 팽배합니다."

반하는 요점만 말했다. 서미는 간신히 다져 놓았다고 생각한 발밑이 다시 질퍽대며 꺼져 들어가는 걸 느꼈다.

"태산이 공연한 소리를 지껄였다죠."

저택 복도에서 마주친 야르스가 정황을 알려줬었다.

"위기는 기회의 다른 말이죠. 부디, 잘 버텨내시길 빕니다."

반하는 품안에서 가죽으로 감싼 물건을 꺼냈다. 안에는 녹색과 분홍색으로 양끝이 물든 수박석으로 만든 목걸이가 있었다.

"공주님을 위한 겁니다."

반하가 목걸이를 서미의 목에 직접 걸어 주었다.

"경계가 없이 뒤섞인 두 개의 색, 한 몸에 숨겨진 두 개의 얼굴. 그야말로 당신에게 어울리는 보석이죠."

서늘한 반하의 체향이 뺨을 스쳤다. 일부러 들으려하지 않았는데도 예민해진 피부에 스친 금 사슬이 잘강이는 노래가 들렸다. 좁은 방 안이었다. 서미와 반하가 마주보고 있었다. 빙사가 직접 그 얼굴에 화장을 했다. 서미는 홀린 듯이 반하의 이마가 눈높이로 낮아지고 아름다운 입술이 닿을 듯 뺨을 스치는 것과 낯선 방 안에서 그의 손길이 뺨에 겹쳐지는 순간을 동시에 보았다. 그의 입술이 다가와 서미에게 입 맞추었다.

서미는 목에 떨어지는 선득한 돌의 촉감에 소스라쳤다. 그건 서미가 아니라 무화였다. 현재가 아니라 목걸이 줄에 새겨진 금속의 노래였다.

"고마……워요."

값진 목걸이는 빛을 잃고 죄수의 몸을 짓누르는 묵직한 나무칼로 변했다. 서미는 목을 옥죄는 목걸이를 뜯어내고 싶은 것을 간신히 참았다.

"제게 비밀을 빚지셨단 걸 잊지 마세요."

반하가 속삭였다. 그가 문을 두드리기 전에 얼마나 오래 밖에 서 있었을까. 서미는 등줄기가 섬뜩해졌다. 제 손으로 판 무덤에 물이 차올라 목까지 잠긴 기분이었다. 반하가 팔을 내밀었다. 서미는 그 위에 손을 얹었다. 둘이 방을 나서자 그새 옷을 갈아입은 무화가 문 앞에 대기해 있었다. 반하는 무화를 흘끗 보고는 그대로 서미와 함께 지나쳤다.

봄이 오고 있는데도 산에서 내려온 바람은 겨울보다 매서웠다. 서미는 배에서 내리는 왕실의 행렬을 보고 몸이 바짝 굳었다. 녹색 비

417

단과 은으로 치장한 녹옥 공주가 가마에서 내렸다.

'엄마, 서미가 잡혀 갔어요. 도와주세요.'

무화가 **밤**에게 서미의 소식을 전해 들었을 때, 엄마는 궁궐에 가기 위해 머리끝부터 발끝까지 완벽하게 성장을 하고 있었다. 마치 하늘에서 내려온 선녀 같았다. 그래, 바로 저기서 걸어오는 저 모습처럼.

'너랑 상관없어. 옷 입어라, 성으로 가자.'

엄마는 마음도 선녀 같았다. 사람의 온기는 조금도 느낄 수가 없었다.

'싫어요.'

무화는 눈을 감았다. 밀기울 냄새가 나는 거칠고 상쾌한 손이 떠올랐다. 이제 그 손은 서미 엄마의 손이었다. 죽은 건 무화의 엄마가 아니라 서미의 엄마였다. 하지만 녹옥 공주가 엄마라는 생각은 요만큼도 들지 않았다. 무화는 또 엄마를 잃어버렸다. 뼛속 깊은 곳에서 우러나는 한기는 누비 솜옷을 다시 여며도 추웠다. 배도 고팠다. 이 허기는 잃어버린 엄마 대신 영원히 무화를 떠나지 않을 거였다.

"알아보면, 어쩌지?"

서미는 떨고 있었다. 무화는 가만히 서미의 손을 잡았다 놓았다. 서미가 돌아보자 무화는 언제나처럼 서미의 그림자 속에 서 있었다. 서미는 어깨를 폈다.

"오랜만입니다, 연제군 마마."

녹옥 공주가 절하자 연제군은 말없이 마주 절했다.

"처음 뵙는군요, 반하 공자. 말씀은 많이 전해 들었어요."

"녹옥 공주 마마."

서미와 무화는 녹옥 공주가 가까이 올 때까지 꼼짝 않고 서 있었다. 녹옥은 반하를 지나쳐 반공주 앞에 섰다. 서미는 긴장한 기색을 감추고 가만히 머리를 낮췄다. 녹옥은 그 너머의 무화를 보았다. 그리고 금은보석으로 치장한 손을 뻗어 서미를 안았다.

"내 딸."

그 품이 어쩌나 차던지 서미는 소스라칠 뻔했다.

"어머니."

이렇게 차가운 품이 엄마라고? 뺨에 닿는 숨결만으로 얼어버릴 것 같다. 서미는 녹옥의 손을 잡은 순간 등 뒤에 두고 온 것이 무언지, 앞으로 가야 할 곳이 어디인지 깨달았다. 거짓과 한기로 가득 찬 궁궐, 거기가 서미가 동경해 온 세상이었다.

서미는 눈에 다 담을 수도 없이 펼쳐진 바다와 두려움 가득한 바람과 그 너머의 이름 없는 산을 떠올렸다. 그리고 무화를 돌아보았다. 어쩌면 두 사람은, 녹옥 공주가 정체를 폭로해 주길 바랐을지도 몰랐다. 서로가 뽑을 수 없는 칼을 누군가 대신 뽑아 악연을 잘라 주길. 하지만 그 순간은 지났다. 행렬의 머리가 고래등걸 저택으로 향했다.

제17장

꽃으로 지다

밤은 어두울수록 좋았다. 무서운 계획을 실행할 때라면 더욱 더.

그늘 속에 숨은 이는 밤의 어둠이 숨결에 스며 몸이 되고 번뜩이는 별이 눈이 되어 사물이 분간될 때를 기다렸다. 모든 감각이 사물과 동화되면 움직여도 멈춰선 것 같고 멈춰서도 움직이며 눈을 감아도 보이는 순간이 왔다. 나뭇가지를 붙잡은 손가락에 초록색 에메랄드가 검게 보였다. 철장 너머로 보았던 그 반지였다.

"저를 풀어 주실 줄 알았습니다. 반공주님."

고래등걸 영주 태산이었다.

"하지만 좀 덜 은밀했으면 좋았을 텐데요."

태산은 손바닥을 비볐다. 처한 상황에도 불구하고, 그는 능글맞음을 잃지 않았다.

그림자는 움직이는 자신을 멀리서 보는 것 같은 기묘한 분리감을 느끼며 조용히 어둠 속에서 일어섰다. 태산은 완전히 무방비했다. 그는 어떻게 하면 반공주를 구슬려 자기 편리로 이용할까 궁리하느라 눈알이 번득대고 있었다. 그림자는 태산이 자신을 발견할 만큼 가까워지기를 기다렸다. 두근두근 긴장이 혈관을 달렸다.

"어? 누구냐? 반공주가 아니잖아!"

태산은 상대가 누군지 알아보지 못했다. 그림자는 화살처럼 날아가 태산의 배를 가격했다.

"큭!"

태산이 앞으로 고꾸라지기 전에 그림자는 그의 등 뒤에 서 있었다. 수정처럼 투명한 얼음 칼날이 하늘에 뜬 하현과 겹쳐졌다. 달빛에 드러난 그 얼굴을 태산은 뒤늦게 알아보았다.

"서미, 반공……."

그의 입은 말을 다 맺지 못하고 피를 토하며 목을 떨궜다. 하현달이 핏빛으로 물들었다.

"이름을 안 부르는 게 나았을걸."

서미는 칼날에서 피를 털었다. 돼지처럼 목이 따인 태산의 시체가 그의 정원에 쓰러졌다.

"내가 할 수 있는 건 무화도 할 수 있어. 그 반대도 되는 거지."

하현도가 갓 벼려낸 것처럼 영롱하게 빛났다.

'이 칼은 뭐예요? 수정인가요? 투명한 게 정말 아름다워요.'

서미와 무화는 마노가 연 상자 안에 담긴 두 개의 달을 보며 넋을 잃었다.

'조심해. 주인이 아니면 스치기만 해도 벤다.'

421

'아야.'

그렇잖아도 무화가 베인 손가락을 입에 넣었다.

마노는 맨손으로 칼을 꺼냈다.

'이건 녹지 않는 얼음에 날을 세운 거야. 자세히 보면 기포와 물결무늬가 보이지? 만년빙을 용암에 벼려 낸 거지. 이제 너희 거다.'

마노는 둘에게 각각 칼을 주고 주인의 의식을 치러 주었다.

'이 칼은 상현, 이 칼은 하현이다. 잃어버려도 당황하지 마. 어디든 한 방울의 물만 있다면 칼은 주인을 찾아올 거다. 달이 밤길을 따라 오듯이. 이 칼을 쓸 때는 한순간도 주저하지 마렴. 주저하는 순간, 녹아 부러진 칼날이 너희를 향할 거다.'

서미는 마노의 우아한 손이 건네는 투명한 칼을 받았다. 주인이 아니면 누구든 벤다는 예리한 칼은 마노에게 긁힘 하나 남기지 않았다.

'마노는 안 베네요?'

서미가 물었다. 마노는 빙그레 웃었다.

'나는 물이야. 그러니까 벨 수 없지.'

그때 서미는 그 말을 이해하지 못했다. 사실 지금도 그랬다.

시체의 피 냄새를 맡은 짐승들이 멀리서 울었다. 술렁이는 움직임이 그늘 속에서 언 땅을 긁고 있었다. 시체에서 흘러나온 뜨거운 피가 눈을 녹이다 얼음으로 엉겼다. 서미는 작은 짐승들이 기어 나와 흙에 엉긴 피를 먹고 주린 배를 채우게 두었다. 이대로 살점이 몽땅 뜯어 먹히면 칼자국도 사라지고 그가 죽은 이유는 아무도 모르게 될 것이다. 죽은 살점은 생명이 되고 뼈는 흩어져 돌이 되어 아무도 기억하지 않는 지층의 일부가 되겠지. 그리고 결국 이곳엔 아무도 아무엇도 남지 않게 될 것이다. 비밀도 그와 함께 영면하리라. 서미는 태산의 손을 밟아 에메랄드를 부췄다. 초록색 알갱이가 흙 속에 묻혔다.

서미는 시체에서 등 돌려 저택을 떠났다. 어둠 때문에 길들이 더욱 가까워 보였다. 파도 소리가 점점 다가왔다. 서미는 물속에 들어가 몸을 씻었다. 물은 얼음처럼 차디찼다. 녹옥의 품 같다. 핏물이 검게 번진 수면 위로 죽은 얼굴들이 서미에게로 떠 왔다. 기억하는 것도 있었고 모르는 것도 있다. 방금 죽은 태산의 얼굴도 그 사이에 있었다. 서미는 그 사이에서 엄마의 얼굴을 보았다. 그 얼굴이 자기를 저주하길 기다렸지만 죽은 사람은 말이 없었다. 질책하는 건 서미 자신의 목소리다. 서미는 물결이 그들을 지우게 두고 물 밖으로 나왔다. 등 뒤에 젖은 발자국이 뱀의 비늘처럼 번뜩이며 따라왔다.

무화는 나뭇가지가 술렁대는 소리에 잠에서 깨었다. 서미의 침대가 비어 있었다. 무화는 반하에게 달려갔다. 반하는 잠든 적 없는 얼굴로 무화를 맞았다.

"혹시 공주님이 여기 계셔?"

"아니."

반하는 무화에게 방 안을 보여 주었다.

"잠깐 바람 쐬러 가신 거 아냐? 그런데, 넌 왜 떠는 거지?"

무화는 반하의 말에 자기가 떨고 있단 걸 알았다. 몸 속 깊은 곳에서 우러나는 두려움과 불안이 어깨에 들러붙어 떨쳐지지 않았다. 반하는 무화의 어깨에 옷을 걸쳐주고 등을 들고 아래층으로 갔다. 서미의 침대는 차가웠다. 베개를 치우자 그 위에 날 없는 하현도와 수박석 목걸이가 놓여 있었다.

"하인들을 깨워. 찾아봐야겠어."

무화는 그의 말에 반응하지 않았다. 반하가 재촉하려는데 무화가 그의 팔을 잡았다. 반하는 깜짝 놀랐다. 얼음장 같았다.

"어둔이 와."

무화의 동공은 밤하늘처럼 아득히 검었고 부서진 별들이 어두운 보라색으로 번득이며 광활한 공간을 헤매고 있었다. 반하는 그 속에서 이름 없는 산을 보았다. 산꼭대기에서 내려온 새카만 안개가 언덕을 넘고 마을을 따라 길과 담을 넘어 저택을 향해 밀려오고 있었다. 사람들은 안개가 피어오르는 것을 보고 집으로 돌아가 문과 창을 닫았다. 미처 집에 가지 못한 사람들은 옆집 담 안으로 뛰어 들었다.

"도망쳐야 돼. 여기는 어둔에 대한 방비가 없어."

무화의 눈에는 어둔이 수천만 개의 입 달린 손으로 대지를 훑으며 산목숨을 긁어 먹는 게 보였다. 방비가 있는 곳은 그냥 지나가지만 없는 곳은 어둔에 먹혀 산 것들은 모조리 먼지처럼 변했다.

반하는 질문 대신 이불과 시트를 끌어내 난로에 넣고 허리띠에서 긴 칼을 끄집어냈다. 칼은 종잇장처럼 얇고 유연하고 날카로웠다. 그는 커튼과 식탁보와 장식 천들을 죄다 찢어 불쏘시개로 만들어 방 안에 던졌다. 그리고 마지막으로 등잔의 기름을 붓고 난로에서 꺼낸 장작을 던졌다.

"사람들은 어둔을 이해 못 해. 그러니까 도망칠 구실을 만들어야지. 불은 빛이니까 어둔을 상대로 시간도 좀 벌겠지."

"옛 저택은 방비가 있었어. 그리로 가자."

불길이 번졌다. 저택이 삽시간에 아수라장이 되었다. 서미 공주의
방에서 시작된 불길은 바람이 없어도 크게 일었다. 사람들은 자다
말고 일어나 허겁지겁 달아났다.

"불이야! 옛 저택으로 피해!"

반하는 아우성치는 사람들을 유도했다. 저택 내부를 살라먹은 불
은 돌 벽 앞에서 잠시 주춤하더니 고개 든 뱀처럼 한순간 더 크게 일
어나 벽을 넘었다. 무화에겐 그 불이 살아 있고 생각하는 것처럼 느
껴졌다.

"불을 꺼야 해!"

누군가 외쳤다. 무화는 그자의 입을 틀어막고 소리쳤다.

"늦었어요! 옛 저택으로 도망쳐요!"

어둠은 소금 낀 안개처럼 지붕과 길을 덮치고 삽시간에 밀려 왔
다. 방비된 집 안에 있는 사람들은 창가에 구름이 스쳐 달빛을 가렸
다고 생각했다. 어둠에 붙들린 자들은 영문도 모른 채 모든 구멍으
로 내장을 토하며 쓰러졌고 이내 검은 잿더미만 남기고 안개 속에서
증발했다.

무화는 주위를 돌아보았다. 반하가 보이지 않았다.

어디로 사라진 걸까?

무화는 어둠에 방비된 옛 저택의 문을 닫으며 새 저택을 향해 파
도처럼 일어났다가 부서져 내리는 암흑을 보았다. 불은 여러 갈래로
갈라져 어둠에 대항하듯 일어났다. 솟아오른 불기둥 하나하나마다
살아 있는 짐승의 머리처럼 어둠과 뒤엉켜 서로를 물고 찢고 뜯었

425

다. 가장 뜨거운 불에선 황금빛 비늘이 번뜩이는 것처럼 보였다.

불붙은 새 저택에서 빠져나온 사람은 많지 않았다. 무화는 여자와 아이들이 보이지 않는다는 걸 알고 절망했다. 그때 반하가 무화의 어깨를 잡았다.

"온실에 사람들이 있어."

무화는 깜짝 놀랐다.

"어디 갔었어요?"

"온실로 가자."

반하는 대답 없이 무화를 이끌었다. 그의 말대로 향목 노부인의 온실에 사람들이 모여 있었다. 빠져나오지 못했다고 생각한 여자와 아이들이었다.

"어떻게 다들 여기 계신 겁니까?"

반하가 버들 부인에게 다가가 속삭였다.

"녹옥 공주님께서 향목 부인을 위로하려고 수현 악사를 불러 비밀 연주회를 열었어요. 그런데, 이게 대체 무슨 난리랍니까?"

버들 부인은 온실 유리창 너머로 치솟는 새 저택의 불길을 겁에 질린 채 응시했다. 반하는 사람들이 조금 더 안전한 저택 안쪽으로 이동하도록 설득했다. 연제군과 버들 부인이 그를 도왔고 녹옥 공주가 향목 노부인을 앞세워 사람들을 인도했다. 그들은 저택 신관이 다 타고 검은 연기가 한낮의 태양을 너머로 스러질 때까지 거기 있었다. 무화는 연기 그늘 속에 숨어 있던 어둔이 산으로 물러가는 것을 보았다. 멀리서 우르릉 쾅 소리가 들렸다. 사람들은 저택이 무너지는 것을 보며 우왕좌왕 했다. 하지만 무화의 눈은 그보다 먼 곳에서 일어나는 일들을 보고 있었다.

큰 파도가 일었다. 거대한 물결이 하늘에 닿을 듯 치솟아 조선소를 덮쳤다. 바람도 없이 일어난 거대한 파도가 조선소를 덮치자 방파제처럼 버티던 말뚝들이 쓰러졌다. 거기에 살과 뼈를 못 박혀 있던 거대한 고래가 몸부림쳤다. 파도를 타고 몰려온 각층 떼가 고래의 긴 외뿔이 되었다. 외뿔 고래는 오랫동안 썩어 뼈와 거죽만 남아 있었지만 아직도 노래할 수 있었다. 거친 물살이 외뿔 고래 뼈에 지어진 조선소를 부수고 잔해를 갈퀴처럼 긁어 흙 속에 파묻혔던 고래의 심장을 드러냈다. 바위처럼 딱딱해진 심장에 짠물이 닿자 고래는 큰 숨을 내쉬며 몸을 뒤쳤다. 바다를 향해 벌어진 입이 닫히고 숨구멍으로 숨이 모였다. 고래는 인간의 힘으로 얽은 족쇄를 풀고 어둠을 살로 입고 조개껍질로 미늘 거죽을 둘러 바다를 향해 나아갔다. 물을 미는 몸 틈틈이 잔물결이 스며 새 피로 돌았다. 바다 저쪽에서 걸린 검은 무지개들이 목을 울리며 외뿔 고래를 환영했다. 무화는 그들이 먼 바다로 떠나는 것을 보았다. 슬프고 장엄한 광경이었다.

"뭘 보는 거냐?"

반하가 무화의 눈을 들여다보고 있었다. 무화는 반하가 코앞에 있다는 걸 깨닫고 흠칫 물러섰다. 반하는 의자에 기댔다. 그도 지쳐 있었다.

"물을 가져다 드려요?"

"아니, 가능하면 술이 좋겠어. 없으면 아무것도 필요 없고."

무화는 방을 나가다 막 들어오던 녹옥 공주와 부딪칠 뻔했다. 무화가 황급히 몸을 낮추자 녹옥은 무화의 검은 머리꼭지를 흘끗 보고는 풀이나 나무를 스치듯 지나쳤다.

"반하."

녹옥 공주가 부르자 의자에 기대 있던 반하는 억지로 일어나 허리를 굽혔다.

"공주마마."

등 뒤의 문이 닫히자 녹옥이 다가와 말했다.

"잘했어요."

반하는 녹옥 공주의 치하를 복잡하게 들었다. 그가 불을 조종한 걸 녹옥이 알고 있을까? 이름 없는 산에 10여 년 간 유폐되었고 어둠을 보는 반공주를 낳은 여자가 과연 보통 사람일까?

"무릇은 좋은 아비였나요?"

녹옥 공주는 반하가 기대 있던 의자에 나붓이 앉아 턱을 들었다.

"아버님을 아십니까?"

반하는 녹옥 공주가 아버지를 직위가 아닌 이름으로 불렀다는 것에 약간 놀랐다. 반하가 말을 이으려는 찰나 연제군이 청지기를 대동하고 응접실로 들어왔다.

"북관과 동관은 전소되었고 남관과 서관은 일부 남았습니다. 억류된 가병들은 구 저택 감옥에 있어서 모두 무사하고 말들도 엊그제 비바람으로 마구간 한쪽이 기울어서 이쪽 마구간으로 옮겨둔 터라 큰 피해는 없습니다."

청지기가 보고했다.

"다행이군요."

녹옥 공주가 말했다.

"태산은 어떻지?"

연제군이 물었다. 청지기는 머뭇거리며 대답했다.

"그게, 감옥에 없었습니다."

"경비 책임자는?"

반하가 캐물었다. 청지기는 하인을 보내 책임자를 찾아왔다.

"태산은 어딨나?"

반하가 물었다. 경비 책임자는 곤란한 듯 눈을 굴리다 무겁게 입을 열었다.

"그게…… 실은 초저녁에 서미 공주님이 들르셔서 풀어 주라고 하셨습니다."

"풀어 주라고?"

연제군이 반문했다.

"네."

"서미는 어디 있나요?"

녹옥 공주가 물었다. 반하는 고개를 저었다.

"어젯밤부터 보이지 않으십니다. 시녀가 알리러 와서 제가 내려갔는데 방에서 불길이 번져 나왔습니다."

"시신을 찾아 봐요."

녹옥 공주는 딸의 죽음을 말하면서 눈 하나 깜짝하지 않았다. 반하는 새삼 녹옥 공주의 얼굴을 쳐다보았다. 누군가의 엄마라기엔 지나치게 젊었다. 반하는 공주가 유폐된 나이를 몰랐다.

"아마 찾지 못할 겁니다."

반하는 서미의 침대에 놓여 있던 날 없는 칼자루와 목걸이를 녹옥 공주 앞에 내놓았다. 녹옥은 손대지 않고 물끄러미 보더니 고개를 끄덕였다.

"이제 모든 것이 제자리로 돌아왔군요."

연제군은 의아한 눈길로 녹옥 공주를 보았다. 녹옥 공주는 아무것도 설명하지 않았다. 반하는 침묵했다.

〈2부에서 계속〉

나무 대륙기 1

1판 1쇄 찍음 2016년 2월 12일
1판 1쇄 펴냄 2016년 2월 19일

지은이 | 은림
발행인 | 김세희
편집인 | 김준혁
책임편집 | 최고운
펴낸곳 | 황금가지

출판등록 | 2009. 10. 8 (제2009-000273호)
주소 | 06027 서울 강남구 도산대로 1길 62 강남출판문화센터 5층
전화 | 영업부 515-2000 **편집부** 3446-8774 **팩시밀리** 515-2007
홈페이지 | www.goldenbough.co.kr

도서 파본 등의 이유로 반송이 필요할 경우에는 구매처에서 교환하시고
출판사 교환이 필요할 경우에는 아래 주소로 반송 사유를 적어 도서와 함께 보내주세요.
06027 서울 강남구 도산대로 1길 62 강남출판문화센터 6층 민음인 마케팅부

ISBN 979-11-5888-077-4 04810
ISBN 979-11-5888-079-8(세트)

㈜민음인은 민음사 출판 그룹의 자회사입니다.
황금가지는 ㈜민음인의 픽션 전문 출간 브랜드입니다.

Black
Romance
Club

블랙 로맨스 클럽을 열며

로맨스 소설에도 흐름이 있다. 한참 인기를 지속하던 칙릿 이후 10대에서 출발해서 무서운 속도로 영역을 넓혔던 인터넷 소설 시장에 이어, 과히 광풍이라고 부를 수 있을 정도로 전 세계를 평정한 뱀파이어 소설이 최근의 주류를 이루고 있다. 하지만 한 작품이 인기를 끌고 나면 그 뒤로는 아류작이 쏟아져 나오는 시장의 특성상, 너무나 천편일률적인 작품들이 유행에 따라서 서점을 채우고 있다.

블랙 로맨스 클럽은 바로 이 획일화 되어 있는 로맨스 소설 시장에 대한 고민에서 출발했다. 사실 로맨스 소설은 다 비슷한 게 당연한 것 아니냐고? 천만의 말씀. 그냥저냥 잘생긴 남자랑 예쁜 여자가 만나서 악역 조연들에게 시달리며 오해를 겹겹이 쌓아가다가 어느 순간 너를 너무 사랑하니까 하고는 결혼에 골인하면 되는 거 아니냐고? 부디 블랙 로맨스 클럽을 통해 그 편견을 버려 주시길 바란다.

블랙 로맨스 클럽 편집부는 로맨스라면 흔히 떠올리는 소재나 플롯 등에서 벗어나 다양한 소재를 다룬 신선한 소설, 탄탄한 이야기 구조를 기반으로 재미와 감동을 전해 주는 소설만을 엄선하고자 한다. 시리즈의 작품들은 하나 같이 기존의 로맨스 소설의 공식을 깨는 개성 넘치는 작품들로, 시대를 초월한 재미를 추구하는 작품만을 선정했다. 추리, 호러, 스릴러, SF, 판타지, 역사, 좀비 등 소설에서 기대할 수 있는 모든 이야기에 로맨스라는 양념이 덧붙여진 종합 선물 세트와 같은 다양한 소설들로 독자들에게 색다른 재미를 드리고자 한다. 블랙 로맨스 클럽의 '블랙'은 하얀색, 분홍색, 빨강색 등의 색조로 흔히 표현되는 로맨스 소설을 뒤집어 개성 넘치는 로맨스 소설을 담고자 하는 출판사의 마음을 담고 있다.